EIN KRIMI AUS DEM MITTELALTER

Rolf Bönnen studierte Psychologie, Soziologie, Germanistik und Kunstgeschichte und promovierte zum Dr. phil. Er war Universitätsdozent in Bamberg, arbeitete für den Bayerischen Rundfunk, als Regisseur und als Theaterleiter. Heute ist er Drehbuch- und Romanautor. Seinen Arbeitsplatz hat er auf eine kleine Insel im südchinesischen Meer verlegt. Auswahl seiner Romane: »Nachts im Block« (Jugendkrimi), »Ausgeknipst« (Jugendkrimi), »Hänschen Klein« (Kriminalroman), »Am Nordpol ist es viel zu kalt!« (Kinderbuch).

Dieses Buch ist ein Roman. Die Handlung ist frei erfunden, wenngleich im historischen Umfeld eingebettet. Einige Personen, Ereignisse und Orte sind historisch, einige sind es nicht. Insbesondere Markus von Geldern ist eine Kunstfigur.

Dieser Roman wurde mit einem Förderstipendium des Landes NRW ausgezeichnet.
Vermittelt wurde er durch die Agentur Hanauer München.

ROLF BÖNNEN

DER GROSSE TANZ

EIN KRIMI AUS DEM MITTELALTER

Emons Verlag

Umschlagzeichnung: Heribert Stragholz
Druck und Bindung: Clausen & Bosse GmbH, Leck
Printed in Germany 2007
ISBN 978-3-89705-508-7

»Selig, die ihr jetzt hungert, denn ihr werdet satt werden.
Selig, die ihr jetzt weint, denn ihr werdet lachen.
Selig seid ihr, wenn euch die Menschen hassen und
aus ihrer Gemeinschaft ausschließen, wenn sie euch beschimpfen
und euch in Verruf bringen um des Menschensohnes willen.«

Lukas 6: 21-22

PROLOG

Im Jahr des Gekreuzigten, dem ich mein Leben und Trachten gewidmet habe, 1349

»Ich glaube nicht, dass ich diese Nacht noch überlebe. Zu viele hab ich sterben sehen. Fast alle. Als hätt der Wind sie weit verweht mit seinem heißen, faulen Atem.

Nein, Antonius, sag jetzt nichts. Ich weiß, wovon ich rede. Jeden Wimpernschlag muss mir das Fieber kommen. Damit du zu der Stund' bereit bist, sag ich dir jetzt genau, was dann zu tun ist. Hör zu. Gut zu. Du wirst dein Messer schärfen. So arg, bis selbst ein Grashalm sich von ganz allein zweiteilt, wenn du ihn nur auf die Schneide legst. Dann brenn die Klinge aus. Ganz unten im Feuer, wo es blau ist. Hol Jan und Frieder aus dem Fuhrhof. Das sind die Stärksten. Sie müssen mich wie einen in der Tobsucht halten. Dann stichst du mir mit Sorgfalt jede Beule auf. Von Rand zu Rand. Wenn aller Eiter, jede Fäulnis herausgedrungen ist, tränk alle Wunden satt mit scharf gebranntem Wein. Dann deckt mich zu, so gut es geht, und bettet mich ins Stroh.

Nein, hör mir weiter zu. Rebecca hältst du von mir fern. Erzähl ihr, ich sei fort. Ich weiß, Antonius, du bist so voll Begierde, dass du mich hassen musst. Wenn du sie siehst, reichst du mir deine Hand und alles brennt wie Nessel. Doch das ist mehr als nichts. Alles kreist, aus Tag wird Nacht. Und Hass ist nur ein andres Wort für Liebe.

Wenn ich's nicht schaffe, gehört Rebecca dir. Und eines schwör ich dir: wenn du ihr jemals wehtust, zieh ich dich mit ins Grab. Und jetzt hör auf, mich anzustarren. Fang an, sonst ist's gleich sowieso vorbei.

Antonius! Gib Acht auf deine Hand! Wenn sie so zittert, stich mich gleich ins Herz.

Es wird schon dunkel. Hörst du die Drosseln noch? Sie sind ganz still. Da oben auf dem Ast. Sie schaun mich an, als wollten sie mich holen. Schieß sie herunter! Die Augen sind ganz gelb.

Natürlich, Herr, bin ich ein Sünder. Ich leugne nicht. Und doch, bereu ich nichts als meine Angst. Und meinen Kleinmut, ihren hoffnungslosen Worten zu vertraun. Es wird so schwarz. Und kalt. Ich fürchte mich. Die Nacht kommt, mich zu fressen.

Warte, gleich! Da ist ein Lichtschein. Trügerisch und schwach. Die Fackeln dieser Schinder! In der Nacht, die mein Innerstes nach außen kehrte. Mich rüttelte, bis aller Mut herausfiel. Und sie auf meine Arme legte. Wie schwer war sie mir damals. Als wollte sie mich in die Erde ziehn. Erst dann hat sie mir laufen beigebracht. Und ihren Tanz. Der mir die Flügel gab.

Ich sehe sie vor mir. Nass und schmutzig wie ein Biber, den man am Damm in einer Falle schnappt. Um sich biss sie wie die Flöhe auf dem Pelz. Und strampelte wie eine Spinne mit zwölf Beinen. Ich musste lachen. Und der Walter, mein Lausebruder, der Speichellecker unsres Vogts, der schrie mich nieder. Ich weiß nicht, was er brüllte. Wie konnte ich denn hören, bei all dem Feuer, das aus ihren Augen schlug?

Antonius, ich red schon wirr. Wie Krähen schwirren die Gedanken. Nimm diese Schrift. Du weißt, wem du sie geben musst. Für wen ich sie verfasste. Du musst sie besser hüten als dein Herz. So gut wie dein Gemächt.

Denn alles steht darin.«

1. Kapitel

Es war schon später Nachmittag. Kraftlos schwand die Februarsonne hinter den Weiden. Die Böden waren immer noch gefroren. Vom Bach stieg Dunst zum Himmel.

Ich musste mich beeilen und trieb die Hunde an. Der Weg am Bach entlang war ihnen längst vertraut. Herrisch kläfften sie die Herde vorwärts, um so bald als möglich dem Frost ins Gatter zu entkommen, wo ihr Fressen auf sie wartete.

Auf keinen Fall wollte ich heute die Vesper versäumen. Pater Remigius, unser Subprior und Novizenmeister, war an der Reihe, sie zu halten. Ihm verdankte ich das Tagwerk, das man mir an Aschermittwoch übertrug, nachdem die Schwindsucht unsern Bruder Hieronymus aufgezehrt hatte.

Damit war ich endlich von den Schweinen befreit, zu denen mich unser hochverehrtester Prälat, Markus von Geldern, der von Jülich-Berg nach jenem unerklärlich raschen Tod unseres angestammten Abts so eilfertig und eigenmächtig weltlich eingesetzte Verweser der Abtei, letzten Sommer befohlen hatte. Ach was, befohlen. Dazu verdammt hatte er mich! Nach jener Nacht zu Peter und Paul, in der mich meine Gier in die Verderbnis riss.

Schon bei der Vigil hatte ich mich schwach wie nie gefühlt. Danach, im Dormitorium, fand ich beim besten Willen keine Ruhe mehr. In Johannes, im Strohhaufen neben mir, knurrte und ächzte es in einem fort, bis auch mein Magen aufbegehrte und mich vor lauter Aufruhr von einer Seite auf die andre warf. Die Magenwände rieben und rissen aneinander, als könnten sie aus irgendeiner Windung meiner Eingeweide noch eine Spur von Nahrung quetschen. Wie im Fieber schlich ich mich auf Zehenspitzen durch die Reihen meiner Brüder, von jedem kleinen Schnarcher aufgeschreckt und versteinert.

Zuerst versuchte ich es bei den Abfallkübeln unter der Schütte der Bratenküche. Kaum eine Handvoll Knochen blitzte abgenagt ins Mondlicht, um die sich mit bestialischem Gepfeife und Gequieke ein Rudel Ratten balgte.

Mit unserem Steinofen hinterm Wirtschaftsgebäude hatte ich mehr Glück. Aus einer Fuge auf dem Abziehsims kratzte ich zwei Krumen Brot, die meinen Hunger aber nur noch mehr anstachelten und mich völlig zur Verzweiflung trieben. Vorbei am Kräutergarten stahl ich mich zu den Ställen, und dort dann, bei den Schweinen, überkam es mich wie eine lautre Offenbarung. Die Reste des Festmahls unseres hohen Herrn von Geldern füllten drei pralle Lederkübel, die nur darauf warteten, auf die Tröge der Borstenviecher verteilt zu werden. Ich konnte gar nicht anders, als mich wie besinnungslos über all die Köstlichkeiten herzumachen. Zwei Fischköpfe mit unversehrten Wangen und vielversprechend weißen Resten an den Gräten. Ein Mus von Rauke, das unzweifelhaft nach Geräuchertem schmeckte. Die Sünde selbst, ist uns Mönchen doch der Verzehr von Fleisch nur ausnahmsweise zur Genesung statthaft. Und dann, als unverhoffter Vorgeschmack aufs Paradies, ein halber Apfel in einer Honigkruste! Ich schleckte und ich stopfte, als sich ein Schatten auf mich legte. Mit einem Sprung warf ich mich noch ins Dunkel hinter den Schweinetrögen, aber das Lachen aus der tief gezogenen Kapuze las mir die Predigt, für die Buße, die mich unweigerlich erwartete, und brachte mir mein Blut zum Stocken.

Gleich nach der Frühmesse wurde ich vor seine Exzellenz, Graf von Geldern, geführt. Nur aus den Winkeln seiner dunklen Augen unterm wohlgeformten Wimpernfächer schenkte er mir einen Blick.

»Nun, Gilbert, ich verlange kein Geständnis. Dein Frevel ist zwar nachvollziehbar, immerhin ist keiner frei von Gier. Dennoch war dein Streben maßlos. Und Diebstahl außerdem, den ich – was mich angeht – dir nur zu gern vergebe.« Ein Lächeln, von sich selbst beseligt, schlug mit schwerer Süße auf mich ein. »Vermutlich weißt du nur zu gut, wie mir das Seelenheil meiner Schutzbefohlenen am Herzen liegt. Schon gar das eines aufgeweckten Geistes, als den dich deine Lehrer rühmen. Ein Mönch, dem jede Einfalt fehlt, benötigt schließlich doppelt Demut. So gerne ich dir also Nachsicht schenken würde, bin ich doch zur

Gerechtigkeit gehalten. Befragen wir den Rat der Schrift. Wie gibt sie uns noch weise auf?« Er ließ mich gar nicht erst antworten, sondern fuhr mit sichtlichem Behagen am Klang seiner volltönenden Stimme fort. »Auge um Auge. Zahn um Zahn. Das ist die Gerechtigkeit des Himmels. Und der Welt. So bleiben mir die Mühsalen der Strenge nicht erspart. Um deinetwillen.«

Er seufzte hingegeben voller Selbstmitleid und runzelte die Stirn über der Karfreitagsmiene. »Denen du genommen hast, sollst du fortan geben. Von heut an sollst du, um sie besser zu erfassen, mit den Kreaturen leben, die du um ihre Nahrung gebracht hast. Und um Vergebung dir von ihnen zu gewinnen, dein Brot mit ihnen teilen.«

Er wandte sich mit einem leidenden Augenaufschlag zu Arnulf, den er als Leibschreiber von unserem verstorbenen Abt übernommen hatte. »Der Cellerar soll die Mahlzeiten unseres eifrigen Novizen hälfteln. Der eine Teil geht bis auf Weitres in die Mast. Die Säue mögen den Speck allemal besser vertragen als meine Studiosi. Ein satter Kopf wird träg und leer. Nicht wahr, mein Freund? Vertrau mir ruhig. Die Sünde des Schlemmens werden wir dir überwinden helfen«, versprach mir seine Exzellenz, bevor er mich mit einem Fingerzeig wegwinkte. Um sich endlich wieder dem Geschenk seines provenzalischen Vetters, einer Meerkatze, zu widmen, die er in ihrem goldenen Harnisch mit seiner Hammelkeule durch den Thronsaal trieb, wobei ihm der Bratensaft aus den Mundwinkeln troff.

In aller Demut, Herr, die Gier nach einem vollen Magen wurde im Schweinekoben zum Wahn, bis sie sogar noch meine Träume in Beschlag nahm. Die unheiligsten Erscheinungen peinigten mich des Nachts auf meinem Strohsack, abgeschieden von den Brüdern, denen ich selbst zur Wutz geraten war. Die Ferkel erschienen mir in ihrem Schlamm schon bald als Räucherkrusten. Vor meinem Augenlicht suhlte sich nichts als Wellfleisch und Geselchtes. Kurz vor Dreikönig hielt ich es, vergib mir, Jesus, doch du weißt es längst, dann nicht mehr aus, stibitzte mir ein Ei, um's hinterm Stall im Morgengrauen auszuschlürfen. Als Albert, unser Cellerar, dann nach den Laudes angehinkt kam, um mir Brot und eine Zwiebel vor den Verschlag zu stellen, da feierte ich mein neues Jahr.

Umso mehr dank ich dir, Herr, für deine Güte, dass du Pater Remigius, unsren großherzigen Subprior und Novizenmeister, in deinem Ratsschluss mir als Erlöser zugedacht!

Die Fastnacht hatte Albert mir mit einem Ziegenkäse und einer zerbrochnen Wabe Honig versüßt. Am Mittwoch fehlte dann die Zwiebel in der Schüssel. So schaurig fing der Tag an.

Die Glocke läutete die Prim ab, als mein Novizenmeister höchstselbst am niedren Gatter des Schweinekobens rüttelte, den Ärmel seiner Kutte als Riechschutz fest vors Gesicht gedrückt.

»Pack dein Bündel.«

Oh Vater! Oh Remigius! Worte wie Gesang von Engeln. Alle Lichter des Paradieses schienen auf einmal vor mir auf.

»Bruder Hieronymus ist von uns gegangen«, fuhr der Subprior mit ungewohnter Hast fort, die Stimme hörbar von Übelkeit gepresst.

»Der Herr nehme sich seiner armen Seele an«, brabbelte ich und bekreuzigte mich hastig, denn in Gedanken war ich längst im warmen Dunst der Badestube, die ich nach fast einem Dreivierteljahr nun endlich wiedersehen würde.

»Das wird er ganz gewiss. Bei dir bin ich mir da nicht so sicher.« Die Schelte des Novizenmeisters war wie so oft mit Schalk gemischt.

Erkenntlich widerwillig angesichts der Wolken von Gestank, nahm er den Ärmel von der Nase, verschränkte die knochigen Arme vor der Brust und ließ die Hände in die Kutte schlüpfen.

»Eigentlich hatte ich gehofft, dich dieses Jahr zu Lichtmess weihen zu können. Deinen Ausflug in die Viehhaltung hatte ich dabei allerdings nicht eingerechnet. Gilbert! Vergiss nie, wo du herkommst! Jede Unbotmäßigkeit büßt du dir tausendfach. Und schändest die Talente, die der Herr dir anvertraut hat.«

Er gab sich sichtlich Mühe, mich mit Strenge zu betrachten, aber das Possenspiel gelang ihm äußerst unvollkommen.

»Ich habe Folgendes erreicht: Du wirst an Bruder Hieronymus' Stelle treten, um deine Studien wieder aufzunehmen. Bei den Schafen kannst du lesen und studieren, und abends nach der Vesper erscheinst du mir zur Disputation. Ich habe unsern hochverehrten Herrn und Abtverweser Markus von Geldern davon überzeugen können, dass ich dich als Schreiber brauche. Wahrhaftig führst du ja die Feder wie der Teufel in Person! Mit etwas Glück wirst du noch zum Notarius der Abtei. Wenn du nur endlich Mäßigung und Demut lerntest.«

»In tiefster Demut beuge ich mich unserm Herrn. Doch sagt mir, Vater, ist Aufrichtigkeit nicht die Mutter aller Demut? Und alle Heuchelei nur Sünde?«

»Nicht hier.« Bewusst ließ mein Retter an dieser Stelle völlig offen, ob er damit auf Ort oder Zeit unseres Gesprächs abheben wollte. Jedes weitere Wort wäre auch nicht ratsam gewesen, denn selbst bei den Ställen wimmelte es nur so von Wächtern und Bütteln aus Gelderns Tross, seit er das stille Kloster zu einer Trutzburg mit dreifach mannshohen Mauern, Zinnen, Wehrgängen und Meldetürmen gegen die Kölner Flanke aufrüsten ließ, als sinne er geradezu auf Händel mit dem Erzbistum.

»Es hat mich mein Traktat über die Reinheit des Geistes gekostet, das ich unsrer Exzellenz zugewidmet habe, um dich hier herauszuholen«, gestand mir der Novizenmeister ein. »Wo Geldern nicht mal gescheit lateinisch lesen kann, heilige Eitelkeit!«

Wie so oft vergaß sich unser Subprior in »Zungen«, wie er seine Sticheleien in biblischer Harmlosigkeit umschrieb.

»Wenn du nicht lernst, dein Maul zu hüten, die Rinnsale deiner Gedanken mit *Ihm im Himmel* abzumachen und dich bei unserem Regenten und Seelenhirten für die Askese zu bedanken, die er dir angedeihen lässt, muss ich ihn noch zum Gelehrten machen! Dann steht auf meiner Summa Theologica sein Name! Und da sei meine Eitelkeit davor!«

Ich war mir sicher, Vater Remigius niemals zu enttäuschen, als ich in den Zuber rutschte, um mich von allem Schrund auf meiner Schwarte zu befreien. Schon zur Terz war ich am Gatter und brach mit Wulf und Wolf und unsrer Herde auf. Am Fallgitter der Zugbrücke hätte ich tanzen mögen. Selbst Walter, unter dem Verräterhelm des Trossvogts, winkte ich derart ausgelassen zu, dass er die Bauern mit dem Butterfass ohne den üblichen Aderlass an Wegzoll durchließ. Was die derart zum Staunen brachte, dass sie beinah ins Stolpern kamen, als sie den altersmüden Ochsen vorwärtstrieben, denn Walter war als Blutsauger verschrien, seit Geldern ihm den Oberbefehl über seine Truppen und Leuteschinder übertragen hatte.

***

Sieben herrliche Tage folgten, in denen ich Gottes Luft atmen, Seinen Himmel bewundern, unter seinen Bäumen ruhen und aus Seinen Quellen trinken durfte. Ich las den Schafen aus der Bergpredigt, erklärte ihnen, wie Er Saulus zu Paulus werden ließ, warum die Armen und Einfältigen ins Himmelreich eingehen und mit welcher Macht und Herrlichkeit Er uns am Ende aller Tage von unsern Sünden erlösen wird.

Aber steht nicht geschrieben, dass den sieben fetten Jahren die sieben mageren folgen? Dass die Erde aufbrechen und alle Mauern und Türme geschleift werden müssen, ehe die Engel unsres Herrn die Posaunen der Gerechtigkeit anstimmen?

So war denn auch bei mir die Spanne meines Glücks und der Besinnlichkeit gezählt. Mehr als acht Tage sollte mir mein Schöpfer nicht vergönnen, von jenem Aschermittwoch, der mich zu Seiner Gnade und Berufung zurückbestellte, bis zu dem Tag, an dem mein Schicksal sich unweigerlich dem Höllenschlund entgegenwinden sollte.

2. Kapitel

Gerade trieb ich die Schafe durch das mit Doppeltürmen hochbewehrte Tor des Klosters, das unter Gelderns Regiment nun einer Wehrburg glich. *Klosterburg* nannte Markus das unfromme Gemäuer, das sich wie eine Zwinge um die Sakralgebäude legte. Zwar waren mir und meinen Brüdern derart geplante Zwitterfesten durchaus nicht unbekannt. Doch wurden sie üblicherweise allein zu Schutz und Seelenheil von Dorfbewohnern an abgelegnen Flecken des Reichsrandes errichtet, wo täglich mit Überfällen heidnischer Steppenvölker oder Muselmanen gerechnet werden musste.

Mitten im Kernland unsres heiligen römischen Reiches nahm sich die Trutzstatt Gelderns eher wie ein Fehdezeichen gegen die umliegenden Grafschaften und Besitztümer aus, zumal unser Abtverweser sich nicht scheute, entlang der Grenzmarkierungen zum Kölner Erzbistum ständig neue Streckenposten und Wachtürme zu errichten.

Die Abendglocke läutete schon die Vesper ein. Eckhard, unser unheiliger Pförtner und Beutelschneider, röstete Äpfel, die er irgendwem als Wegzoll abgepfändet hatte, nahm einen Schluck aus dem Krug zu seinen Füßen und rülpste vergnügt aus vollem Leib.

Da schallte grauenvoll die Stimme unsres Trossvogts durch den Klosterhof, brach sich scharf und schneidend an den Zinnen.

»Haltet sie! Lasst sie nicht entkommen! Greift euch die Teufelsbrut!«

Sofort sprang Eckhard auf die schiefen Füße, zog ungelenk sein Schwert und stierte wie ein Schafbock in die Düsternis, die sich auf uns herabsenkte.

»Tor zu, verdammt!« Die Stimme gellte wie das Echo eines Axtschlags von den Zinnen. Die genagelten Sohlen der Wachen schlugen von überall her auf die Pflastersteine. Wie Krähenschwärme stürzten die Häscher rundherum heran.

Eckhard warf die Almosenpforte zu, vermochte aber nur einen Flügel des Haupttors zu schließen, solange sich meine Schafe hindurchzwängten.

»Die Viecher weg!«, fuhr er mich an, völlig außer sich, als kreiste schon die Peitsche unsres allgeliebten Trossvogts Walter über seinem Buckel.

Ich tat mein Bestes, pfiff Wolf und Wulf zu mir. Über die Riste meiner Schafe sprangen sie heran.

Dann spürte ich den Schlag in meinem Rücken. Ich strauchelte, blieb knapp nur auf den Beinen. Als ich herumfuhr, sah ich nur die Kapuze.

»Halt uns den Satan!«, schlug Walters Krächzen mir ans Ohr.

Schon griff ich nach dem Umhang, doch wendig wich der Satan aus, schlug Haken, buckelte zu Boden und wollte wie ein Wiesel unter meinen Armen flugs hindurch. Im letzten Augenblick bekam ich ihn zu fassen. Ich riss ihn hoch, er stürzte an mich …

Was ich dann spürte, sich mir jäh entdeckte, rief jede Schande über mich. Durch meine Kutte brannte sich, betäubend heiß wie Weihrauchglut, zitternd eine wohl gewölbte Weiberbrust.

Oh Herr, das Unding, das sich jetzt, in dem Moment, ganz ohne meinen Willen regte, sich heiß entfachend über meine Sinne kam, war mir vorher so ungeheuer fremd! Geißeln und Dornen hätten auf mich regnen sollen, nicht aber diese wilden Blicke aus der Glut der Augen unterm Überhang.

Walter und seine Häscher waren schon heran und rissen mir das Wesen aus den Armen, als sich der Mund des Mädchens auftat wie der Himmel. Ein Wort nur formte er.

»Tölpel.«

Dabei schien ein Lächeln über die Lippen zu schweben, das mir gänzlich unverständlich war, ein Anflug nur, so mild wie trotzig, eingefroren erst im Augenblick, da die Büttel sie zu Boden warfen und wie ein Wild zu schnüren suchten.

Walter suchte Haltung, stemmte sich jetzt mächtig aus dem Wanst. Sein Bass schlug an die Köpfe, verteilte atemlos Befehle.

»Der Kerkermeister wird sich freuen. Und nichts zu essen und zu trinken für die Brut. Kommt sie zu Kräften, rennt sie uns am Ende noch mal weg.«

Noch immer trat und schlug der Wildfang um sich, biss und kratzte toll wie eine Wölfin vor der Brut. Fünf Häscher brauchte es, die Furie zu binden, selbst dann noch rang sie zappelnd wie ein Fuchs im Sack.

Das Schauspiel ätzte sich in meine Augen. Der ungestüme Mut und Überlebenswille schlug mich in fast andächtigen Bann. Unauslöschlich blieb das Bild in mir.

»Was suchst du denn noch hier?« Walter fuhr mich wie ein Irrwisch an.

Ich vermochte nicht zu sprechen. Allein zu sehen. Als wäre alle Blindheit eben von mir abgefallen.

Doch Walter setzte nach, schlug mir mit Wucht die Faust in meine Seite.

»Erwartest du vielleicht noch Dank von mir, nach all der Häme, die ich für dich ernte, mein dummer, kleiner Mönch?«

Ich schüttelte den Kopf. Ohne die Augen von dem Mädchen abzuwenden, kaum gebändigt von fünf Männern, schön und unbezwingbar wie ein Erzengel.

»Was hat sie denn getan?«

»Naseweis wie eh! Das geht dich gar nichts an.« Noch einmal, bündig, wies mich mein Bruder Trossvogt auf meinen Stand zurück. »Außerdem weiß ich's nicht. Sie haben sie bei Düsseldorf, kurz vor der Stadt gefangen, im Judenviertel wohl, und danach auf Befehl des Herrn gleich hergebracht.«

»Des Gelderners? Des Abtverwesers? Wie denn das?«

»Na, eins weiß nun mal jeder: Die Gewaltrichter der Stadt sind tranig. Und bestechlich. Ein, zwei Beutel Silber … dabei muss die Metze es teuflisch arg getrieben haben, dass sich der hohe Herr des Satansbratens in persona annimmt. In weisester Voraussicht kann ich da nur sagen. Du hast ja selbst gesehen, selbst hier noch wäre sie uns beinah ausgekommen.«

Erst ein Schläfentritt erlaubte es den Bütteln, ihr Waidwerk zur Gänze zu verrichten. Sie schulterten das Mädchen wie ein erlegtes Wild, an einer Pike aufgehängt.

»Ich sah die Augen einer andren Welt.« Vorlaut liefen die Gedanken von mir weg. »Und dennoch schien sie mir vertraut. Wie aus der Ferne unsrer Kindheit.«

»Ach, was du von den Weibern weißt!« Walter verzog das Gesicht, als wäre alle Gicht, die ihn nach jedem Winter plagte, von seinen Händen geradewegs auf seinen Schlachterschädel hochgesprungen, und bedachte mich mit einer Kopfnuss. Schon immer hatte mir mein Bruder, zwei Handvoll Jahre älter, kopfbreit über mich gewachsen, Liebkosungen der Art freigiebig gewidmet. Er war kein schlechter Kerl, nur ungeschlacht und voller Ehrgeiz, zuweilen durchaus mit Gespür und Sinn für die Gerechtigkeit und die Gebote. Doch ließen ihn dann wieder seine Eigensucht und eine schroffe Trägheit des Gewissens zum willfährigen Kettenhund des herrschaftlichen Brotgebers geraten. Mein Bruder hasste nicht und quälte nicht aus Lust und Laune, wie manch andrer Reisig oder Vogt. Er war nur grob und taub für andrer Leute Sinnen. Ein Klotz, der jedes Fragen und Gedankenspiel vermied. Er stand wie eine Säule für den Herrn, die sich genauso wenig schert, an welchem Dach sie trägt.

Boshaft war Walter nicht, kein Plünderer und Schinder. Nur eines kreidete ich ihm bitter an: er war sich seiner Sicht als gottgewollt gewiss. Die Herren waren Herren. Der Rest ihr Eigentum. Und er der Hütehund der Herde. Als Vogt des Herrschaftstrosses, als Hauptmann aller Reisige und Schergen. Und Zwingvogt seines Grafen. Was nichts andres hieß, als Schulze über alle Büttel, Torwachen und Turmbläser. In allen Orten, Flecken, Landen Bergs.

Mein Bruder Walter. Nicht geachtet, noch geliebt. Bloß geächtet und gefürchtet, ausgeschlossen und seiner eignen Barschheit ausgeliefert. Und zu allem Überfluss auf all das auch noch geradezu unbändig stolz.

Rau zog er jetzt mein Ohr an seinen Mund und flüsterte mit einem Schwall von Spucke:

»Vom Teufel kommt die Judenbrut.«

»Vergiss nicht, dass die Teufel Engel sind«, brach es aus mir heraus.

Walter zückte angesichts der Besserwisserei behänd die Peitsche aus dem Gürtel. Sein Federhut verlieh ihm, seit Markus sich das Kloster vor den Toren Kölns zum Herrschaftssitz erkoren hatte, sogar noch die Kadavermacht, die Mülheimer Abtei und alles, was dazugehörte, mit seinem Rinderriemen zu beglücken. Auch hier stand er für eine Zucht, der er sich unnachgiebig hin- und ganz und gar anheimgab – wenn auch zugegeben ohne den verderbten Genuss so mancher Leuteschinder unter ihren blutbespritzten Büttelhelmen.

Mich allein ließ Walter stets aufs Neue nur allzu gern den Lederriemen mit der Strenge eines Vaters spüren, als müsst' er eine Sendung nachvollziehen am Einzigen, der ihm noch nahestand.

Schwarz und speckig vom gestockten Blut der Buckel traf mich der Riemen an der Schulter. Stumm und aufrecht zwang ich mich, ihn zu ertragen, als Ehrenzeichen unbrechbaren Eigengeists.

»Sag mir, was hat das Mädchen angestellt?«

Ich sah ihm aufrecht in die blassen Augen und genoss, wie er sie unwillkürlich vor mir niederschlug.

»Gilbert! Meng dich nicht in herrschaftliche Dinge. Dir wird vom Gelderner die Gunst zuteil, zu lernen und zu beten. Wende deine Sinne nur dahin, wo man's von dir verlangt. Und wenn dich das hier nicht belehrt«, er ließ den Peitschengurt vor meinen Augen einen Veitstanz führen, »dann gebe ich dir beim Verlass des Bruders ausnahmsweise einen Rat. Vergiss das Weibsstück! Wag nicht einmal, nach ihr zu fragen. Keinen. Nie. Und jetzt scherst du dich schleunigst weg. Geh beten oder Bücher wälzen. Du bremst den Lauf der Dinge nicht. Ein Scheiterhaufen mehr, was macht das?«

»Aber … um unsres Herrn Gerechtigkeit …«

Walter lachte auf. So schallend, so dröhnend, dass die Tauben von den Zinnen stoben. »Gerechtigkeit! Der Wirrkopf will Gerechtigkeit!« Er bog den Wanst vor Lachen. »Gerechtigkeit ist gut! Im Himmel, Bübchen. Im Himmel mag sie gelten.«

Mit puterrotem Nacken stapfte Walter kopfschüttelnd ein paar Schritte übers Pflaster, bis ihm der Schwertgürtel unter die Hüften rutschte und die Scheide über den Boden scharrte. Da machte er kehrt, kam, seinen Gurt richtend, auf mich zu, verdrehte dabei die Augen wie ein angestochenes Ferkel.

»Du machst mir Angst. Versündige dich nicht«, ermahnte ich ihn tapfer.

»Versündigen?« Gleich schäumte Walter auf. Schon machte er auch einen Ansatz auf mich zu. Doch dann wurde der Vogt mit einmal völlig starr und flüsterte nur leise. »Versündigen? Ach ja. Du musst ja noch dran glauben.«

Unvermittelt sah er mich mit offenem Blick an. Die Lider hingen schwer unter den Brauen, und dicke Wülste schirmten die Augäpfel von der Narbenlandschaft seines Gesichts ab.

»Ach Gilbert, was weißt und was verstehst du schon?« Und unvermittelt, ungewollt, kam er mir nah, strich seine schwielige Hand unter mein Kinn. Worüber Walter dann derart erschrak, dass ich im nächsten Augenblick schon wieder die Peitsche auf dem Buckel kosten durfte.

Wortlos stapfte er davon, zog im Gehen den Schwertgurt noch fester um den Bauch.

Mit zwei Fingern pfiff ich Wulf und Wolf heran und ließ sie die Herde sammeln, die all das Ungestüm in die letzten Winkel des Klosterhofs versprengt hatte. Es war stockdunkel, als wir auch das letzte Lamm zurück in den Stall verfrachtet hatten.

3. Kapitel

Die Brüder standen schon bei der Collatio, als ich im Kapitelsaal neben meinen Novizenmeister schlüpfte.

»Da wandte sich der Hohepriester nochmals an ihn und fragte: Bist du der Messias, der Sohn des Unnennbaren …?«, las Johannes, den alle nur »das Hausgespenst« nannten, mit zittriger Stimme unter Markus' unwirschen Blicken, der auf seinem Thronsessel am Kopfende des Kapitelsaals ungeduldig mit den Knien wippte.

»Merkt es euch! Das Judenpack! Die Gottesleugner!« Unser Klosterherr, Verweser der Abtei, von Berg und Jülich eingesetzt, ohne je die Gelübde abgelegt zu haben, wie es vorgeschrieben war, massierte mit den ausgestreckten Zeigefingern seine Schläfen, und seine Worte fanden im Echo des Abgangs zur Krypta ihren beklemmenden Widerhall. Ohne auch nur ein Semester Theologie gehört zu haben, geschweige denn dem heiligen Benediktus die Nachfolge zu beschwören, genoss er es, uns Brüder und Novizen mit Exegesen zu belehren, als wäre er der Vatikan höchstselbst. Wenn nicht gar Gottes fleischgewordner Heiliggeist. »Seid auf der Hut, denn es ist ihre Art, uns Christen zu verderben! Und du lies lauter, Mönch!«

»Jesus aber sagt: Ich bin es.« Der schmächtige Johannes, dem die Adern sich schon wie Spinnweben übers ausgemergelte Gesicht breiteten, mühte sich am Pult. Sein dünnes Stimmchen krächzte fahrig. »Und ihr werdet den Menschensohn zur Rechten der Macht sitzen und …«

»Lauter, Bruder! Lauter! Lass uns nicht entschlafen!« Markus von Geldern lehnte sich in dem mit kostbaren Reliefs versehenen Thron des Abtes unterm Baldachin zurück, eine Widmung Engelberts von Berg anlässlich der Klostergründung mit einer fast bedrohlich plastischen Darstellung der Apostel unterm Kreuz im Rücken. Den blonden Schopf ans Wappen in der Lehne gebettet, forschten die Glutaugen des selbstgewissen Aspiranten auf höhere und höchste Weihen beharrlich in den Gesichtern der vor ihm im Karree aufgereihten Brüder.

»... zur Rechten der Macht sitzen und mit den Wolken des Himmels ...« Johannes presste die Silben mühselig hervor.

»Zur Rechten der Macht!« Ungeniert sinnierte Markus durchs Kapitel, als sei es ihm schon rechtens anvertraut. »Der Macht zur Rechten thront der Menschensohn! Wohl gesprochen! ER verleiht die Macht!« Bedächtig ertasteten sich seine schlanken Finger die Lehnen seines Throns. »Weiter jetzt! Sprich unverzagt! Und laut! Steh grade!«

Johannes versuchte sich zu räuspern und schüttelte dabei den ausgezehrten Körper. Er hob den Kopf wie eine Taube, um mit letzter Anstrengung zu würgen: »... und mit den Wolken des Himmels kommen sehen. Da zerriss der Hohepriester sein Gewand und rief: Wozu brauchen wir noch Zeugen ...«

»Bei allen Himmeln! Ich versteh kein Wort!« Ungehalten sprang der Gelderner aus seinen Kissen. »Wohlgefällig und gewählt sind diese Worte! Heilig aus der Feder des Evangelisten, dessen Name Markus meiner eingedenk gewählt ist! Die weise Schrift meines Patrons! Und der Bengel schluckt sie wie Gemüsesuppe! Drei Tage scharfes Fasten, für deine Seligkeit! Und wenn ich jetzt nichts höre, noch eine Woche mehr!«

»Er ist verkühlt.« So ruhig wie bestimmt schallte Remigius' Stimme von den nackten Wänden, während er auf das Lesepult zuschritt. »Wenn Ihr es wünscht, lasst mich das Schriftkapitel lesen.«

»Nein, Pater, das wünsche ich beileibe nicht.« Markus von Geldern studierte trotzig die doppelt beringten Finger. Sichtlich unzufrieden mit den Daumennägeln, begann er sie mit seinem Schmuckdolch zu bearbeiten. Das einzige Geräusch im Raum. Alles verharrte gesenkten Hauptes und schickte sich ins Unabwendbare. »Soweit ich weiß, Ihr dürft mich korrigieren, ist Selbsthingabe und Gehorsam der Mönche höchste Tugend. Lassen wir unseren verkühlten Bruder darin sich fleißig üben. Um sich am Geist des Schriftworts zu erwärmen.« Er schenkte Johannes ein bitteres, dennoch aufmunterndes Lächeln. Milde trat im Kerzenschein in sein Gesicht, verlieh ihm einen Zug von Aufrichtigkeit und Güte.

Johannes schwankte leicht, als er fortfuhr, die Hände krallten sich an die Heilige Schrift, einen mächtigen Folianten von fast acht Pfund. Er presste seine Stimme, gab ihr letzte Kraft.

»Wozu brauchen wir noch Zeugen. Ihr habt die Gotteslästerung gehört. Was sagt ihr? Und sie fällten einstimmig das Urteil. Er ist schuldig und muss sterben. Und einige im Volk spuckten ihn an …«

Johannes sackte weg wie ein gekapptes Segel. Sofort war Remigius bei ihm, horchte nach dem Atem.

»Er atmet kaum noch, Exzellenz. Schafft ihn ins Infirmarium. Bruder Lukas, gib ihm von deinem Kraftsud …«

»Ein junger Bursche. Wer weiß, womit er sich geschwächt hat.« Markus schniefte ärgerlich und glitt geziert in seinen Thron zurück. »Zu viel Nachsicht, Pater … so viel Umstand …«

»Ist unumgänglich, Exzellenz«, unterbrach ihn Remigius knapp und bündig, mit all der geistlichen Autorität, die ihm nach unsrer Ordensregel zustand, als Subprior, dem Ersten aller Patres und damit eigentlichem Anwärter auf die Nachfolge im Amt des Klostervorstands. »Jetzt schafft ihn endlich fort.« Sein Blick stach durch die Reihen der erstarrten Brüder.

»Ach? Verzeiht, seid ihr jetzt hier der Abt?« Markus von Geldern erhob sich mit einem beißenden Lächeln, verschränkte die Arme vor der Brust und machte ein paar ungehaltne Schritte auf dem Stufenaltar. Seine Augen verdüsterten sich, und die zornigen Verwerfungen zwischen den Brauen stachen heraus wie ein Fächer von Geschwüren. Dennoch wahrte er die gebotene Sanftmut, wählte die Worte mit ruhiger Gewissheit.

»Soweit ich weiß, ist mir das Kloster übertragen.«

»Es ist das Kloster unsres Herrn. Den Platz des Abtes, dessen ich bestimmt nicht würdig bin, kann nur ein Ordensmitglied übernehmen.«

»Das Land, auf dem Ihr steht, ist Berg zu eigen! Und mir zum Abtverweser anvertraut!« Markus flüsterte, als wäre ihm ein jedes Wort zu viel.

»Und dennoch einzig unter Seinem Richtspruch«, donnerte Remigius mit einer Stimme nicht von dieser Welt. Worauf sich der Subprior erhob, mit einer angedeuteten Verneigung von der

Kanzel abtrat und sich in sich gewendet vorm Altar im Knien bekreuzigte.

Dann kam er hoch, stand still und kerzengerade vor dem Kreuzbild unsres Herrn. Allein, sein Blick traf auf mich wie ein Schlag.

Mit einem Mal fiel alle Angst von mir wie ein durchnässter Habit. Ich ging zur Kanzel, schulterte Johannes hinterm Pult auf und trug ihn unbehelligt aus dem Raum.

Das Infirmarium befand sich auf der gegenüberliegenden Seite des Kreuzgangs, zwischen Dormitorium und Kräutergarten. Beim Brunnen zwischen den Rosenrabatten hielt ich an und flößte meinem Bruder, dem die fahle Haut kaum noch die Knochen beieinander hielt, eine Kelle Wasser ein. Johannes schlug die Augen auf, schloss sie aber sogleich wieder. Sein Atem flog stockend, ohne Maß und Regel, aus dem Mund.

Die hundert Ellen von der niedren Pforte mit ihrer Lederschürze gegen den rauen Zug der Luft bis hin zum Krankenbett verlangten mir so gut wie keine Mühe ab. Wie einen ausgezehrten Vogel legte ich Johannes auf dem Strohsack vor dem Kachelofen ab und entledigte ihn seiner Kleidung.

»Irgendwann erlöst man uns von ihm und kauft ihm eine Mitra …«, gab ich mir alle Mühe, ihn zu trösten.

»Warum nicht gleich dem Teufel einen Heiligenschein?«, würgte Johannes angestrengt heraus und lächelte tapfer, aber Stirn und Wangen glänzten im Fieber.

Endlich kam Bruder Lukas, unser Krankenpfleger, schnaufend vom Konvent herangehinkt, um mich abzulösen.

»Der Herr gibt. Der Herr nimmt«, murmelte er mehr zu sich, die Spinnenfinger schon in den Tinkturen. Johannes sah mit einem Mal so gotterbärmlich aus, als hätte er das letzte Glöcklein schon gehört. Er schrumpfte regelrecht in seine Decke.

»Steht es denn so arg mit ihm?« Ich wagte kaum zu fragen.

»Wenn Beelzebub all seine Geißeln miteinander auspackt, steht es schlimm genug.«

Ich schrak zusammen. Sollte das am Ende heißen, dass wir auf das Äußerste gefasst sein mussten? Nur noch Gebete eine Ausflucht boten?

»Und seine ärgste Plage geht auf diesem Kloster nieder. Über unsre Rücken.« Nur verschämt traute sich Lukas, einen Pulsschlag lang mit seinem stoppelbärtigen Kinn auf die Abtei zu weisen, dann machte er sich wieder an den Tiegeln und Mörsern zu schaffen. »Aber wenn wir es überleben, überlebt er's auch. Das Fieber senken wir mit Lungenkraut und Melisse. Den Rest erledigen wir mit Eiern, Milch und Pflaumenbrot ... und damit ...« Der Infirmarius wuchtete ein gewaltiges, mehr als kindsgroßes Bündel vom Boden des Arzneiregals, schlug das gewalkte Tuch auf und brachte einen wacholdergeräucherten Knochenschinken samt Huf und Haxe drin zum Vorschein, der mir mit seinem Duft beinah die Sinne nahm. Es fehlte nicht mehr viel, und ich hätte Johannes um seine Schwäche beneidet. Ich musste sehen, dass ich aus der Kammer kam.

Zurück im Kapitelsaal hörte ich gerade noch das »Amen« der Komplet, dann zogen sich die Brüder fröstelnd in die Nachtruhe zurück. Auch mir fielen fast die Augen zu, doch Bruder Arnulf, von Geldern mit Rang und Würden eines Adlatus und Sekretärs bestallt, von daher immer nah am Pulsschlag unsres Plagegeists, zupfte mich verschwörerisch am Ärmel.

»Glaub mir, es tut mir leid für dich. Ich hab für sie gesprochen. Jedoch, bei dieser Todesschande gegen Gott und alles menschliche Gesetz ist jedes Gnadenflehen müßig, da bleibt nur noch das Betteln um einen raschen Tod ...«

»Was weißt du von dem Mädchen?« Meine Stimme überschlug sich fast.

Arnulf aber starrte mich an, als wäre ich gerade von meiner Grablegung aufgetaucht.

»Mädchen?« Er zog das Wort seltsam, fast beschwörend, in die Länge. »Was für ein Mädchen? Ach Gott, die Metze ... ja, hat dir denn dein Bruder ...? Er hat doch selbst den Trupp geführt und sie in die Gerichtsobhut genommen ...«

»Was für eine Obhut, was für ein Gericht? Was haben sie ihr angetan?«

»Du weißt es wirklich nicht. Allmächtiger im Himmel. Der Scheiterhaufen wartet schon.« Arnulf stammelte nur noch tonlos vor sich hin. Jetzt beinah wie entrückt. »Alles brennt. Und keine Gnade. Der Herr erbarm sich ihrer Seele. Lass sie nicht schmähen Seinen Namen aus Verzweiflung …«

Welch unsägliche Schuld das Wesen unter der Kapuze auf sich geladen haben konnte, blieb mir ein Rätsel. Fahle Scherben von Erinnerung fügten sich nur schwer zu einem Ganzen. Lange Haare sah ich, blau vor Schwärze. Samtaugen, die nie Ruhe fanden, die Welt durchforschten mit Inbrunst und Begier. Dunkle Haut an zarten Füßen, die durch den Anger unsres Dorfes hüpften, schlammbesudelt. Weiß und rosig nur die Sohlen, wenn sie sie dann am Bach mit Wasser netzte. Ein freches Lachen, das mich lockte, und glockenhelle Schelte, sobald ich in die Nähe kam. Ein Frosch, den flinke Hände mir in den Nacken unter mein ausgeflicktes Wollhemd setzten. Die Nase, die sie mir dann drehte, als ich, statt sie zu fangen, in den Moderweiher rutschte.

Rebecca! Da war der Name wieder, schlug mir ins Gedächtnis! Wie oft hatte die Mutter mich beschworen, mich von ihr fernzuhalten, da sie doch »anders« sei, ganz fremd und eigen, fern der Christenschar. Und Walter bläute mich mit Hieben bis aufs Blut, als er mich am Gerstenacker mit Rebecca rangeln sah. Und sie verfolgte er mit Tritten, dann mit Steinen, bis sie im Unterholz des Reichswalds Deckung fand und wegkroch.

Vielleicht auch deshalb sah ich sie kaum eine Woche später auf dem Ochsenkarren neben ihrem Vater mit dem Judenfleck am Umhang und dem gelben Hut. Der Bruder, Aaron, hielt die Zügel in der Hand, als ritte er mit einem stolzen Heer gegen die Hunnen los. Er träumte sich die Welt zusammen, der Weltumschlinger, Röckefänger, angehende Student. Ein Tagedieb und Paris, mit Lockenkopf und Kulleraugen, der mit immer neuen Ausflüchten und Versprechungen dem Alten das Silber aus dem Beutel trieb. Für ihn war ich nur eine Feldlaus, ein Goi, ein törichter dazu, der wie eine Stubenfliege um seine Schwester schwirrte. Im Grunde war er kaum ein Jota besser als mein Walter. Nur dass er in Kinderträumen schwelgte, sich für die Jungfern Märchen aus der Nase zog und sich nach Minnesängerabenteuern und hehrem Ruhm verzehrte.

Hinter dem Nichtsnutz stapelten sich auf dem Karren hochgetürmt die Säcke mit den Lumpen und die Ballen grober Stoffe, womit der »Kleiderjude« damals Landhandel betrieb. Doch diesmal ging es nicht auf Kauffahrt, denn Schemel, Tische, Decken, Hausrat, alles war zum Wegzug aufgeschnürt, und nie sah ich Rebecca wieder.

Bis vorhin. Als ein Weib mir in die Arme stürmte, das mir als Kind so nah wie nie ein Mensch gewesen ist.

»Was soll das, Arnulf? Wer schmäht Seinen Namen? Lass sie Ihn doch Jahwe rufen! Wir beten zu demselben Gott, und Moses gab uns allen die Gebote. Auf ihre Weise ist das Mägdlein so rein und fromm wie ... meine Mutter ...« Der Vergleich fiel mir in aller Unschuld ein und schien mir nur natürlich.

Arnulf jedoch verdrehte wie vom Irrsinn geschlagen die Augen, riss tonlos seinen Mund auf, nur um im gleichen Augenblick die Lippen mit den Händen zu versiegeln. Dann schossen ihm die Tränen aus den Augen. So heftig stürzten sie heraus, dass ich ihn bei der Schulter nehmen und kräftig rütteln musste, bis er sich wieder halber Wegs zu sammeln schien.

Wie ein Kind hielt er die Hände vor das Maul gepresst, ein ersticktes Winseln, dann stierte er mich an, als wäre er soeben vom Erdkreis abgetreten, riss sich los und rannte schreiend weg.

»Du weißt nicht, was du sagst.« Arnulfs Worte klirrten wie Schwerter gegen das Mauerwerk.

Jeder Gedanke an Schlaf war von mir weggewischt. So viel war klar: für die Gefangene des Gelderners waren die letzten Stundenschläge eingeläutet. Falls sie überhaupt noch lebte.

Ich lief aus dem Kapitel, durch den Kreuzgang, vorbei an der Sakristei, quer über den neu angelegten Wehrhof mit den Wachzimmern und Waffenschuppen an der Westfront unserer Abtei, hinter dem sich wie ein Bergfried die Privatgemächer des Gelderners erhoben. Die Einsiedelei des ehemaligen Abts auf einer Anhöhe über den Rheinauen hatte sich der Statthalter von Bergs und Jülichs Gnaden zu einem Fürstensitz ausbauen lassen. Teil des Klosters noch, von Wall und Mauern eingefriedet, umlagert von gepflasterten Übungsplätzen, wo sich die Reisige und Schergen mit Schwertern, Morgensternen, Äxten schlugen, ein jeder dieser Höfe groß und einschüchternd genug, um eines unheiligen Tages hier, auf Klosterboden, Turniere oder andre herrschaftliche Lustbarkeiten zu veranstalten.

4. Kapitel

Eckhard lungerte am Feuer vor dem Eingang zu dem vierstöckigen Hochbau aus festem Quaderwerk und bohrte hingebungsvoll in seiner Nase, auf der die Blatternnarben wie die Blumen sprossen.

»Ich muss zu seiner Exzellenz. Sofort.«

»Der hohe Herr ist sehr beschäftigt«, posaunte Eckhard artig, was man ihm geheißen hatte. Worauf er in ein müdes Raunen überging. »Und überdies heut gar nicht zu genießen.«

»Und wenn schon.«

Ehe Eckhard sich's versah, war ich durchs dreifach mannshohe Tor geschlüpft, ausladend genug für jeden aufgespornten Ritter hoch zu Ross. Ich schlug die Bohlenpforte zu und schob den Riegel in die Führung. Eckhard war fürs Erste ausgesperrt, wie bärbeißig sein Spieß auch gegen die Beplankung tobte.

Ich rang nach Luft. Mein Herz schlug mir den Takt von einem Leichenzug.

Der Gang, in dem ich mich befand, war düster. Nur ein Span leuchtete ihn in der Mitte aus. Am Ende dann, säulenbewehrt, ein Bogenerker mit einer fein mit Kupfer ziselierten Doppeltür.

Ich tastete mich näher, zog vorsichtig die Tür einen Spalt breit auf. Ein warmer Luftzug wehte mir entgegen. Ich trat in einen Speisesaal mit kirchschiffhohen Wänden, dicht mit Schmuckteppichen behängt. Sie zeigten die Versuchung unsres Herrn, Seinen Kampf mit allen Teufeln und Genüssen. Weiße, dralle Leiber drängten sich um Seine Gunst. Bedachten Ihn mit Spezereien, Wein und köstlich reifen Früchten, die fremd und namenlos mir waren. Die Stühle waren mit Brokat bezogen, die Tafel lang wie ein Turnierplatz, auf ihr Schalen voller Stachelbeeren, Äpfel, kleinen Kuchen.

Meine Schritte nahm ein Teppich auf. Dicht und weich, darin, im Flor geknüpft, der Anbeginn der Welt. Wie Adam der Verführerin erliegt, die Schlange gleichsam ihm aus seinen Hoden wächst.

Mir schwindelte, die Luft war süß, voll Weihrauch. Dem Feuer im Kamin waren reichlich Tannenzapfen beigemengt.

Ein golddurchwirkter Filzvorhang schloss zum Gemach der Herrschaft ab. Ich duckte mich, als ich den Vorhang sachte aufschlug, mein Herz schlug mir zum Hals heraus.

Der Gelderner stand wie eine Statue an die Ummauerung des gotisch zulaufenden rückwärtigen Fensterbogens angelehnt, das Antlitz mit den fein geschwungnen Wangen, den dichten Brauen und den zart geneigten Wimpern zum eigentlichen Fenster hin durch einen seidigen Behang zur Gänze abgeschirmt. Die Bernsteinaugen folgten wie gebannt einem Geschehen außerhalb, unmittelbar unterhalb des Fensters. Aus den üppig festen Lippen drängte rascher Atem. Ein Apoll im Widerschein der Fackeln.

Mein Kommen war ihm nicht entgangen. Fragend starrte er mich an, blieb aber stumm.

Vom Hof drang Walters bellendes Gemüt herauf.

»Zum letzten Mal jetzt! Wo hast du deinen Abgang heimtückisch versteckt? Das Wurm, das dir die Hexe mit ihrem Teufelssud aus deinem Lotterleib geschwemmt hat? Die Schinder reißen dir die Haut in Fetzen, wenn du nicht endlich sprichst!«

Markus wies mich mit einem Fingerzeig zu sich in den rückwärtigen Teil des Raums. Nun konnte ich genauer sehen, wohin sich sein Blick verlor. Unten auf dem Wachhof, der früher Klostergarten war, duckte sich jetzt zwischen unserer ehemals gerühmten Kunstschmiede, die jetzt als Zeughaus diente, und den Pferdeställen, die sich die Wehrmauern entlang bis zu den Misthaufen und Abfallscharten reihten, der Klosterkarzer. Ein vordem niedrig angelegter Bau, in dem Unbotmäßige des Klosters ihre Sünden überdenken konnten. Jetzt hatte man, so wie es aussah, die Zellen zu tiefliegenden Verliesen ausgeschachtet und sie mit Eisengittern fest bewehrt.

An einem dieser Gitter hatten Rebeccas Peiniger sie mit quälend weit gespreizten Armen und Beinen festgekettet, nackt im fahlen Widerschein der Fackeln, die schrittbreit links und rechts von ihr in Halterungen unterm Vordach des Wehrgangs in den Zinnen schwelten.

Den Kopf leblos auf die Brust gesenkt, als wäre jedes menschliche Bewusstsein längst in ihr erstickt, hing ihr Körper in den Eisen. Erstickt hörte ich Laute in der Sprache des Alten Testaments. Ein Wort. Allein und einzig.

»Adonai.« Hebräisch stöhnte sie nach ihrem Gott.

Markus glitt in die Kissen auf der Steinbank unter dem gotisch schlanken Sims, rührte hastig mit den Fingern Gewürz in seinen Süßwein. Er trank in tiefen Schlucken, die Blicke unverhohlen auf das Mädchen vorm Verlies geheftet. Der Gelderner winkte mich voll Ungeduld direkt vor seine Bank.

Im Näherkommen wurde mir die Andacht offenbar, die er dem in die Ketten eingespannten Körper schenkte. Den sehnig schlanken Gliedern, die nass im Funkelschweiß des Schmerzes glänzten, gekrönt von einem wirren Haarkranz, der auf die zart geschwungnen Schultern stieß. Wie ein Geflecht von schwarzen Dornen hatte sich dicht Rebeccas Haar ums Haupt gelegt und glitzerte im Schein der Fackeln wie eine Krone oder beinah ein Heiligenschein.

Den beiden Schergen oder Stallknechten, bloß bis auf die Lendentücher, die ihre feisten Ochsenziemer mit beiden Händen halten mussten, gingen beim Anblick des makellosen, bronzefarbnen Leibs die Augen über. Der Gestutztere der beiden Schinder, nur noch zwei Stumpenzähne schienen ihm verblieben, atmete schwer und schnarrend.

Ihr Hauptmann, Walter, fauchte unwirsch, griff drohend schon zur eignen Knute.

»Was steht ihr faul herum, ihr Lumpen? Streichelt sie, dass sie mir wieder aufwacht.«

Markus schlürfte den Rest aus seinem Kelch und zog die Meerkatze enger auf seinen Schoß, um ihr die Nackenhaare inniglich zu kraulen.

Der Gedrungene unterm Wehrgang spuckte in die Hände, spreizte die Finger und legte sich den Knauf des Ziemers zwischen den Handballen zurecht. Dann wischte er mit dem abgewetzten Ärmel seines Überwurfs den Rotz unter der Nase weg und holte mit der Peitsche aus.

Ich konnte nicht mehr an mich halten, erstahl mir unerlaubt das Wort.

»Im Namen unsres Herrn, edelster Herr, ich bitte Euch, was geht hier vor?«

»Was siehst du denn?« Ein Lächeln spielte über Markus schwanenweiße Züge.

»Ich sehe ein geschundnes Menschenkind.«

»Was siehst du noch? Beschreib mir doch, was du noch siehst. Wir sind ganz unter uns.« Er formte seine Worte ganz gelassen, ohne Arg, doch lag ein leichter Flor von Fieber über seinem Augenspiel.

»Verzeiht mir, Herr, Rebecca kenne ich aus Kindertagen. Wir sprangen durch dieselben Felder, stahlen von den gleichen Bäumen …«

»So also …« Er hatte mir kaum zugehört, hing eigenen Gedanken nach. »Weiter. Sprich.«

»Was soll ich sagen, Herr. Sie ging mit ihrem Vater, einem Händler, fort.«

Markus zog die Karaffe mit dem Wein heran und schenkte nach. Dann griff er einen weiteren Kelch vom Sims und bot ihn mir mit einer harschen Geste an. Ich dankte artig.

»Herr, Ihr wisst, mir steht nicht zu …«

»Ich bemesse, was dir zusteht.« Argwohn flackerte zwischen seinen Brauen auf. »Sind wir nicht alle Brüder?«

Ich senkte nur verschämt den Kopf. Er war die Allgewalt und ich die Wanze. Was trieb er für ein Spiel mit mir?

Markus von Geldern räkelte seine Reckengestalt in den Kissen, legte den Kopf mit dem fein ziselierten Gesicht in den Nacken und sah mich mit geschürzten Lippen an, während er den Wein in den für mich bestimmten Kelch fließen ließ. Die markanten Brauen, fast schwarz im Unterschied zum hellen Haar, zuckten ungehalten auf.

»Von den Küsten des Languedoc. Eine schwere Süße, die dich durch die Wolken tanzen lässt. Gib ruhig etwas Muskat hinein.« Er hielt mir eine Würzphiole hin. »Berg und Geldern lassen sich nicht lumpen.«

»Herr, verzeiht …«

»Gar nichts verzeih ich. Du sollst trinken.«

Ich hatte Angst, mir durch den Wein die Sinne noch mehr zu

verwirren. Aber Markus war unberechenbar. Jede Weigerung und jeder Widerspruch konnten das Ende bedeuten. Wenigstens das Ende meines Bittgangs. Ich leerte den Becher in einem unbedarften Zug. Der scharf gewürzte Wein versengte mir die Kehle. Ein Husten überkam mich.

»Das Trinken müssen wir noch üben! Jetzt komm her.«

Er winkte mich genau vor sich. Fast väterlich besah er sich die Scham und all die Furcht in meinen Augen. Belustigt kam der Anflug eines Lächelns auf sein Lippenspiel. Jungenhaft, kaum zwei, drei Jahre über mir. Und doch auch voller Überdruss. Das Lächeln eines Greises, der genug sah, sein Augenlicht für immer zu verlöschen. Ein greises Kind, gehüllt in kostbaren Damast, als wäre es verpuppt.

»Gilbert. So war doch dein Name?« Er sprach flüsternd, abgeschieden. »Sieh sie dir an. Studiere sie genau. Noch kein Weib, doch schon blüht eine Schönheit, die in Kürze üppig wird. Wie sie die Augen schließt mit ihren langen Wimpern, die sanften Hügel ihrer Wangen ... fast glaubst du ihr die Unschuld. Ja, auch du! Und gerade du! Denn dazu ist sie da, die Frömmsten zu verwirren.«

Er goss sich Wein nach, trank sogleich in einem viel zu gierig angesetzten Schluck. In roten Fäden troff der Saft ihm aus den Lippen, benetzte seine weiße Spitze unterm Kragenlauf und rann noch weiter auf das silberblonde Haar, das üppig um die Schultern fiel.

»Was sagen dir die Schenkel? Und erst die Fesseln einer Stute von bestem Sarazenen-Blut? Das Ebenmaß der Muskeln um die Rippen, die Schulterblätter wie geflochten. Die Brüste wie die heiligen Hügel von Jerusalem. Was sagen sie zu dir?«

Die Augen brannten mir wie Feuer. Ich sah nur einen Körper voller Schweiß und Striemen und ein Gesicht, das auf die Himmelspforte starrte.

»Sie sagen mir: Gott unser Herr hat sie erschaffen, aus Adams Rippe, als Abbild Seiner Gnade.«

»Soso. Mehr sagt das Fleisch dir nicht.« Er prüfte mich mit einem Eisblick. »Weißt du, fast möchte ich dir glauben. Fast.«

Er riss meine Hand samt Kelch an sich und goss mir mit der

Rechten nach. »Da. Und jetzt trink.« Mit dumpfem Anschlag stieß er mit mir an.

Ich zögerte. Es kam mir vor wie Sünde, mich weiter zu betäuben. Geldern jedoch schien wild entschlossen, sich gründlichst zu besaufen. So fuhr er mich gleich unwirsch an. »Na los, ich sauf nicht gern allein. Schon gar nicht heute.«

Er sah nach draußen, wo Rebecca fast besinnungslos in ihren Fesseln zuckte.

»Was glaubt ihr Mönchlein unter euren Kapuzen denn? Meint ihr in eurer Tugendhaftigkeit vielleicht, ich kann mich dran ergötzen? Die Todesangst in ihrem Herzen, die Schreie und das Stöhnen gehen mir nach wie blanker Alb. Mir ist, als schwirrte eine Unzahl Fledermäuse um mich, mit ihren Schwingen wie Skelett. Wo ich auch hinkomme, erwarten sie mich schon und schreien harsch nach Buße. Wer strafen muss, den trifft die Strafe doppelt. Das ist das Herrenjoch. Wie angenehm, sich seiner Nachsicht hinzugeben. Auch damit lockt der Dämon. Du siehst das Mädchen deiner Kindertage! Doch das ist tot! Übrig ist nur die Judenbrut der ganz besonderen Art! Verteufelt und zum Teufel schön! Wenn sie die Arme um dich schlingt, bist du für deinen Gott verloren!«

»Nicht alle Schönheit kommt vom Teufel. Augustinus sagt …«

»Ach, Augustinus! Komm mir ja nicht mit Traktaten! Hast du denn gar nichts zwischen deinen Lenden? Die Ausgeburt der Hölle ist Luzifer in einer Larve! Ich geb dir den Beweis!«

Leicht lehnte Markus seinen Kopf seitlich ans Pergament des aufgerissnen Fensters, dass man ihn ja nicht sah.

»Heda! Vogt! Schabt mir das Weibsstück und wendet sie zu mir, dass ich das Schandmal sehe.«

Klirrend stieß die Karaffe an den Kelch, als Markus nachgoss, in einem feisten Schwall, der überrann. Fein säuberlich leckte er die Tropfen ab und stürzte drauf den Kelch auf einen Satz in seinen Schlund. Er schenkte wieder nach. Auch mir. Obwohl ich nur zwei Fingerbreit getrunken hatte.

Jetzt ließen Walters Schergen die Dolche von Rebeccas Scham. Bleich schimmerte der blanke Venushügel in die Nacht. Ich deckte die Augen mit meinen Händen zu.

»Sieh hin! Mach die verdammten Augen auf! Ihr Mal leuchtet bis hier herauf!«

Markus riss mich mit beiden Händen an der Tonsur zum Fenster. Ich kniff die Augen zu. Da kamen seine Finger über meine Lider, zwangen sie auseinander.

»Da! Sieh hin! Da hast du den Beweis!«

In tiefem Schwarz stach mir das Satansmal entgegen, knapp über Rebeccas Scham. Selbst auf die Entfernung, im bloßen Fackelschein, erkannte ich das Fünfeck, den gleichschenkligen Drudenfuß.

»Da hat der Dämon sich auf seinem Sukkubus verewigt, den Höllenpakt mit ihrem Jungfernblut besiegelt, nachdem er sich des Scheidenpfuhls bemächtigt hat! Du weißt, wovon ich spreche?«

Jeder wusste das. Jeder kannte den Dämonenpakt mit dem Inkubus, der eingeladen wurde, ins Fleisch der Unschuld einzudringen. Sogar ein unschuldiges Mönchlein wusste um diese tödlichste von allen Sünden, sich mit dem Satan zu vermählen.

Die Jungfrau, die ihm ihre Keuschheit schenkte, wurde mit nie verblassender, übermächtiger Schönheit belohnt. Aus der Unschuld wurde Satans Braut, ein Höllenengel. Unwiderstehlich jedem Mann. Ein schwarzer Zauber ihres Lächelns reichte, Sinn, Glauben und Verstand restlos zu rauben und willenlos die Opfer ihrer Geilheit zum Höllenschlund zu reißen.

»Dennoch fleh ich um Milde, Herr. Erspart ihr die Tortur. Entreißt sie Satans Klauen. Meines Wissens versteht sich unser Subprior Pater Remigius auf Exorzismus. Seine Kunst kann unserm Herrn die Seele dieses Mädchens retten.«

Markus fuhr auf. Seine Linke quetschte mir die Gurgel. Als ob der Veitstanz wild in ihn gefahren wäre, riss er mir an den Haaren, zog mir den Schädel in den Nacken, bis er mir fast den Hals wegbrach.

»Bist du toll? Die Seele einer Jüdin exorzieren? Den Dämon brennt das Feuer aus! Sobald die Satansbuhle uns gesteht, wo sie den gehörnten Kadaver ihrer Sündenfrucht verscharrt hat, schenkt ihr der Scheiterhaufen alle nötige Gnade. Und ihrem fleischgewordnen Frevel ebenfalls. Denn der folgt ihr natürlich nach, bevor der Teufelssamen doch noch aufgeht und der vergrabne Fetus aufersteht.«

Er ließ mich aus dem Griff, ich rang nach Atem. Auch Markus schnaubte noch, doch kühlte sich sein Zorn. Die Falten über seiner Nasenwurzel schwanden.

Dann war es für zwei Atemzüge still. Der Blick des Gelderners entfloh in eine unbestimmte Ferne. Wie eine Statue gemeißelt stand mein Herr vor mir. Ohne hinzusehen, leerte er den Kelch, züngelte den letzten Tropfen vom Rand – und nahm mich sinnend ins Visier. Er schenkte mir ein mildes Lächeln.

»Du. Ausgerechnet. Du willst bitten.« Er kaute selbstvergessen an den Lippen. »Du bist Gilbert. Der vaterlose Bursche.« Seine Zunge spielte forschend um die Zähne, während er sie bleckte und mit dem Daumen putzte. »Aus Gerresheim.«

Ich nickte stumm. Was tat das jetzt zur Sache?

Er suchte knapp nach meinem Kelch, füllte ihn mit Sorgfalt bis zum Rand, hielt ihn mir vor den Mund.

»Den trinkst du jetzt in einem Zug. Und dann, so hoffe ich, erweist du dich als Mann.«

Wie sollte ich den Gelderner verstehen? Wie konnte ich ahnen, dass er gleich Pandoras Plagenkäfig über mich ergoss? Alle Übel aller Welten auf mich kamen? Und Jesus, unser Heiland, für immer Seine Augengnade mir entzog?

Ich tat, wie mir geheißen, der Wein verbrannte mir das Herz und rann wie Lava mir ins Hirn.

»Setz dich zu mir.«

Ohne großes Federlesen drückte mich Markus auf die Bank.

»Nicht jede Mutter ist in Gottes Plan probates Werkzeug. Ein Jahr zu spät hat mich meine Gebärerin in diese Welt geschissen. Jetzt räkelt sich mein schwachsinniger Bruder auf dem Thron von Geldern. Und jagt sich mit dem Klever. Und ich? Wo ist mein Land? Hab ich ein Bistum? Ein nachrangiges Kloster halte ich für Jülich-Berg als redlicher Verwalter! Bin Titularprälat in ihrem Furzloch Düsseldorf. Als Reichsgraf!« Er schluckte betreten, wandte sich ab, Unruhe schauerte durch seinen ganzen Körper. Er streckte seinen Rücken in die Kissen, schwer hob und senkte sich die Brust. »Habt innigst Dank, verehrte Frau Mutter!«

Kopfschüttelnd schenkte er sich aus einer zweiten Karaffe ein, die er unter der Sitzbank hervorzog. Als zwinge er sich Galle in den Schlund, stürzte er den Wein in sich hinein.

»Dumpf brüten sie uns aus und schmeißen uns vom ersten Tag an dem Sterben vor die Eiterfüße. Und dafür sollen wir sie lieben?«

Natürlich hatte ich immer noch nicht die geringste Ahnung, worauf er abhob, aber das irrlichternde Zwinkern seiner Augen ließ in mir die schrecklichsten Vorahnungen aufsteigen.

Mir war, als stiegen sämtliche Reiter der Apokalypse stumm in ihre Sättel, um mich zu sich zu holen!

Und ohne Gnade setzte Markus mein Todesurteil fort.

»Die Teufelsmuhme, die diesem Judenaas Rebecca die Satansfrucht mit einem Hexentrank entband, dass ja nicht ruchbar wurde, wem sich die Satansbraut verschrieben hat ... und ja der Fetus an geheimem Ort sich zu aller Dämonenkraft und Macht auswachsen kann, uns eines Tages alle zu verderben ... wir haben sie mit Hilfe deines Bruders Walter schnell gefangen und so gut wie überführt. Wir halten sie in Düsseldorf im Kerker. Gilbert – das Weib, das den Teufelsfetus der Jüdin und ihres Inkubus zu Tag gefördert hat, ist deine Mutter!«

Das Blut stürzte aus meinen Schläfen und kreiselte die Welt aus meinem Blick.

»Jesus, steh mir bei.«

»Dir?«

Ich wusste kaum noch, wo ich war, noch was ich sagen oder anfangen sollte. Das Einzige, was ich spürte, waren Schweiß und Tränen überall, Fieber in den Augen und allen Gelenken. Ich wollte schreien, aber mein Mund verweigerte sich mir. Stumm fiel ich auf die Knie und fasste Markus von Geldern am Saum seines Umhangs.

»Rettet sie. Was immer Ihr verlangt.«

»Siehst du, mein Freund, so kurz kann Mitleid währen. Das Mädchen hast du schon vergessen. Nun ...«, Markus klatschte mit knapper Geste in die Hände und schloss die mit Pergament bezognen Fenster und dann, weil es zu regnen anfing, auch noch die beiden Läden »... gönnen wir den Knechten ihren Spaß.«

Er machte eine Pause, sah mir unverwandt ins Gesicht. Starr. Schweigend. Draußen prasselten die ersten Tropfen vor die Läden. Markus studierte mich wie einen Käfer. Immer tiefer bohrte sich sein Blick in meine Angst. Bilder der Erinnerung legten sich über mich wie ein Bleimantel. Ich sah das Dorf. Die Wiesen mit den ausgedämmten Wassergräben. Die ärmlichen Hütten mit den mageren Hühnern. Meine Mutter, die auf Knien das übriggebliebene Korn aus den Ackerfurchen klaubte. Mir meinen Brei aus Roggenschrot und Nesseln kochte, ihn mir mit gekünsteltem Behagen voraß und dann mit einer Scheibe süßer Rübe krönte, bis ich den ganzen Brei vom Brett gelöffelt hatte.

Mir war, als zög die Erde mich in sich hinein.

Endlich fand ich Worte. Wie Kiesel rollten sie mir aus dem Maul.

»Bei meiner Seligkeit. Das sind nur Lügen.«

»Gilbert. Wir glauben oft zu kennen und zu wissen. Doch nur der Herr kann in die Herzen sehn.« Seine Miene wurde ernst und steif. Er zog den Umhang fester.

»Lasst mich für meine Mutter büßen. Gebt mir die Qualen, die ihr zugedacht.«

»Wozu, mein Freund? Was soll das helfen?« Ein Lächeln huschte über sein Gesicht. »Ich werde Gott doch keinen Diener nehmen, um Satans Engelmacherin zu retten.«

»Herr! Meine Mutter glaubt an Gott. Die Heilige Dreifaltigkeit und die Heilige Jungfrau und Himmelsmutter. Mit jedem Tag und jeder Faser ihres müden Leibs. Bei Sonnenaufgang fegt und schmückt sie die Kapelle und kniet als Erste in der Mette!«

Der Gelderner atmete schwer, als er mir beide Arme auf die Schultern legte. »Sei stark, mein Sohn. Sie hat gestanden. Jetzt gibt es nur noch einen Weg, die Seele der Verlorenen für die Ewigkeit zu retten. Fürs ewige Gericht am Jüngsten Tag. Sollen wir ihr die Gnade der Läuterung verweigern? Dass nicht die Heerscharen des Herrn sie auf immer in die Höllenfluten stoßen.«

Ich wollte meine Lippen öffnen, doch in meiner Kehle wütete ein Feuer, das jedes Wort versengte.

Markus zerrte mir die Ohren lang und riss mich aus den Träumen. Oft hab ich mich geprüft, war ich doch bis zum Äußersten verstört, jedoch ich bin mir sicher, dass kein Geistesnebel mir gegaukelt hat, was dann geschah.

Der Gelderner barg seine Stirn an meiner, die Hände fest um meinen Kopf gepresst. Dann küsste er mich wie ein Bruder auf die Stirn. Doch dann, ich weiß es wohl, es sengt mir noch die Lippen, küsste er mich mit aller Inbrunst auf den Mund.

Er schiebt mich sachte von sich und streichelt mir den Hals.

»Geh, Gilbert, lauf rasch, geh beten!«

5. Kapitel

Vor dem Altar warf ich mich zitternd auf den Schiefer, um Gott um Gnade und Erbarmen für die Mutter anzuflehen. Wobei ich wusste, dass sie längst verloren war. Genauso wie Rebecca.

Auch wenn mir gegenüber meinem Herrn und Klostervorstand nichts als Demut anstand, konnte ich doch den unbändigen Freveln, die meiner guten Mutter angelastet wurden, nie und nimmer Glauben schenken. Sicher, sie war vertraut mit allerlei Kräutertränken und Mixturen und hatte schon so manchen aus unserm Dorf geheilt. Doch nie, bei allen Himmeln nie, hätte meine Mutter sich gegen kirchliches Gebot gewandt! Nie einen Sud verabreicht, der eine Leibesfrucht entfernt! Nie Satan in die Hand gespielt! Nie einer Teufelsbuhle zur Ausgeburt der Dämonenfrucht verholfen!

Und Rebecca? Konnte sie sich wirklich um den Preis unvergänglicher Schönheit Satans Inkubus hingeben? Seinen Samen austragen, um damit unsre Christenwelt zu vertilgen? War sie so? War das möglich? Das Mädchen, das ich einst kannte, liebte, mehr als ein Teil von mir? Hatte ihr Judengott, ihr Volk sie so verschlagen und voller Niedertracht gemacht? Nein und nie schrie es in mir! Und dennoch! Da war das Mal! Das schwarze Satansfünfeck! Das Zeichen seiner Diener: der dunkle Drudenfuß!

Einzig fahles Mondlicht erhellte das roh gewölbte Kirchenschiff, in dem ich um Erleuchtung und Vergebung rang. Das Chorgestühl sah schwarz und drohend mir entgegen. Hohlwangig verlosch der Schmerzenskönig am rauen Holzkreuz hinterm Tabernakel.

Ich war verwirrt, verloren. Ruchlos und verderbt. ER hatte mich verlassen.

In mir loderten die tausend Fragen immer wieder beißend auf, lindwurmgleich durchbohrten sie mein Blut.

Meine Mutter, alles, was mir diese Schauerwelt noch ließ,

würde brennen. Warum in aller Welt wollte die fromme Eintracht in Person der Teufelsbuhle bloß die Schande ihrer Frucht ersparen? Um welchen Preis gab sie sich der verwerflichsten von allen Todessünden so anheim? Eine Seele im Herrn auszumerzen, und damit hilflos der Erbsünde auszuliefern. Selbst wenn die ungeborene Leibesfrucht dem Dämon schon verschrieben war – war sie doch Saatkorn Seiner Allmacht und Fügung. War Er es nicht, der alles wenden konnte? Wenden würde, in Seiner Gnade und Barmherzigkeit? Wollte abergläubisch sie Ihm in die Bestimmung pfuschen, den Teufelssamen im Sumpf der Erinnerungslosigkeit ersticken?

Ich höre deine Stimme, Mutter! Dein Weinen, hier, vorm Herrn, an dem Altar.

Und höre deinen Schrei Rebecca. Den Schrei nach deinem Gott!

Warum nur gabst du für die Eitelkeit die Seele? Ist denn dein Gott nicht Gott des Zornes und der barbarischen Gerechtigkeit? Unerbittlich gegen jede Schuld und Schande? *Mir allein gebührt dein Sohn*, hat Er von Isaak gefordert. *Ich, Jahwe, schenk ihm das Leben im Austausch für den Widder. Alle Kinder Israel sind Fleisch von meinem Fleisch! Ich, Jahwe, der euch geführt hat ins gelobte Land!* Warum brachst du, Rebecca, dann derart liederlich den Bund und alle Bande deines Volkes? War deine Eigensucht dein Eigenwahn? Gewährtest du dem Dämon Zutritt in dein Fleisch, um dich mit Adonai zu messen?

Höllenfragen, die mir in die Seele schnitten, kalt mir in die Glieder fuhren, mir einen wachen Alb bescherten, der mich in andre Sphären trug.

So sah ich mich auf einem Berg. Eis kroch in meine Adern, Sehnen, gefror mich zu einem Gletscher, in dem fern und verloren ein kümmerliches Licht aufflackerte, jeden Augenblick bereit, für immer zu erlöschen. Bis das Licht aufzuckte, erst rosig, dann tiefrot. Sich durch den Gletscher brannte und wie ein Phönix aufstieg. Über die Kuppen dunkler Hügel mit wenigen nackten Stämmen von kalkigem Weiß entschwand der Feuervogel in die Gipfel schneebekränzter Bergmassive, lenkte in weiten Bögen über wilde Schluchten, um endlich sanft über die moosigen

Hügel eines sprudelnden Bachlaufs zu gleiten, auf die turmbewehrten Zinnen einer Stadt zu, mit tausend Türmen unter einem glitzernden Kreuz. Gegen den Horizont eines silbernen Meeres voll weißer Kronen.

Stille. Einkehr. Glück. Am Ende aller Welt. Und in einer Muschel entstieg der Brandung eine mächtige Gestalt und streckte den Stab nach mir aus, den knorrigen Hirtenstab des wahren Hüters …

Jäh brachen Worte in meine Spukwelt ein und rissen mich heraus.

»Was quälst du dich?«

Die altersheisre, doch in sich geborgne Stimme gehörte Vater Remigius. Meinem Vater. Der mir mein zweites Leben zeugte. Im Kloster und in Gott dem Herrn.

Er beugte sich zu mir. Im Schattenriss des Mondlichts stach sein gebeugter Rücken ab, als trüge er alle Menschheitslast.

»Gilbert. Verzweifle nicht. Steh auf.«

Aufrichtige Wärme lag in diesen Worten. Ja, wahrhaft väterliche Sorge. War unser Vorsteher mir doch alles: Lehrer, Bruder, Beichtvater und Beschützer, seit er mich auf unsres Dorfpredigers Bitten in seine Obhut nahm und meinen schwachen Geist erweckte.

»Steh auf, mein Sohn.«

Ich konnte nicht. Der Boden hielt mich fest. Ich konnte mich nicht stellen. Die Stirn blieb auf dem kalten Schiefer haften, in meinen Augen tanzten wild die Lichter einer Walpurgisnacht.

Remigius kniete sich zu mir, zittrig fuhren seine Hände an meine Schultern. »Sieh mich an, mein Sohn.«

Ich konnte kaum den Kopf aus seiner Neige lösen. Wie im Nebel entdeckte ich das bleiche, ausgezehrte Antlitz, dem der Engel des Todes schon den Augenglanz genommen hatte.

»Verzeiht mir, Vater.«

»Wenn du endlich dir verzeihst.« Mehr mit Willen als körperlichem Vermögen hievte mich der Pater auf die Knie. »Gilbert?« Er suchte forschend meinen Blick. Als käme jede Regung, jede Ohnmacht, die mich sprengte, gleichsam auch auf ihn. »Wenn du verzweifelst, zweifelst du an Ihm.«

Ich sank auf meine Arme. Brüchig stockten mir die Worte, als spräch ein anderer aus mir: »Vater, ich fleh nur um Gerechtigkeit.«

»Gerechtigkeit? Beim Menschen?« Remigius erhob sich mit einem unterdrückten Ächzen, fand pendelnd Halt im Stand. »Was kann uns dieses Dasein geben, außer Trug und Schein und Irrtum?«

»Ist Schönheit Sünde, Vater?«

»Wenn sie nicht keusch und ohne Hoffart ist, durchaus.«

»Kommt sie vom Teufel?«

»Dem Verderber dienen Aphrodites Gaukel als Versuchung. Selbst des Gottessohnes in der Wüste.«

»Nicht jede Schönheit kann des Teufels sein. War nicht die Mutter unsres Heilands strahlend schön wie Licht?«

»Kein Licht von dieser Welt! Wenn du auf diese Jüdin abhebst, beweisen deine Zweifel nur, dass sie auch dir den Geist vernebelt, ihr düstrer Zauber sich wie Salpeter an dich heftet. Lass deine Augen nicht ihr Werkzeug werden! Hüt dich, Gilbert, die Wollust übermächtigt dich! Auch wenn du sie unterdrückst, ist sie nur still, nicht tot.« Er schüttelte mich mit einer Kraft, die nicht aus seinen gichtverkrümmten Knochen kam. »Wenn ich dich so sehe, wird mir klar, warum uns Satan seine Buhle in unsren stillen Hort sandte. Uns alle zu versuchen und verderben! Bete, Gilbert, bete um unser aller Rettung. Noch ist es nicht zu spät.«

»Dann sagt mir, Vater, wo die Rettung für meine Mutter bleibt? Sie hat sich keinem Dämon ausgeliefert! Nie und nimmer! Bei meinem Seelenheil, das schwöre ich ...!«

»Wie kannst du dich erdreisten, dein Seelenheil als Pfand zu stellen? Herr, mein Gott, so schenk uns Dein Erbarmen, entwinde diesen Burschen des Versuchers Fängen!«

Ich sah zu ihm auf. Pater Remigius hielt die Augen geschlossen, seine Lippen bebten in stummer Einkehr des Gebets.

»Vater, ich weiß nicht mehr weiter. Was man ihr vorwirft, kann nur Niedertracht entspringen. Ausgerechnet sie, fromm in Demut bis zur Selbstverleugnung, soll einem Teufelsbalg mit Zaubertränken zur Frühgeburt verholfen haben. Pater, als mich das Kloster aufnahm, hat sie aus Dankbarkeit ganze vierzig Tage lang gefastet.«

Remigius sank auf die Knie, bekreuzigte sich mit fliehendem Atem. »Satan sucht sich gerne die, die ihren Glauben überschätzen.«

»Um keinen Preis macht meine Mutter sich zur Handlangerin des Dämons! Ich weiß nicht, ob es sündhaft ist, es so zu sagen. Für mich ist meiner Mutter Glaube derart rein und tief, dass man ihn heilig nennen muss! Fest und unbeirrbar, wie nie wir ihn erreichen! Ja, selbst Ihr nicht!«

Mein Erzieher schluchzte auf. »Herr, gebiete diesem Wüten Einhalt.« Tränen standen in den gelblich matten Augen, stießen wie Kristalle mir ins Herz.

»Helft mir, Vater! Was man ihr vorhält, raubt mir den Verstand. Mit welcher Absicht soll sie sich zur Geburtsamme des Teufels aufgeworfen haben? Warum sollte sie dem Übel Allmacht schaffen? So sagt es mir doch, Vater! Oder wollte die Mutter sich aufopfern und Gottes Gebot einzig zuwider handeln, um Satans Samen seines Lebensodems zu berauben, noch ehe er das Irdenlicht erblickt? Wollte meine Mutter ihr eignes Leben für den Glauben geben? Was ist sie dann? Märtyrerin im Herrn?«

»Schweig, Gilbert! Schweig! Du taumelst schon im Wahnsinn!«

Gebrechlich sank der Pater vor mir auf die Knie, die langen, bleichen Finger fassten meine Hände, zittrig wie Uferschilf im Wind.

»Hast du denn wirklich nichts von mir gelernt? Was marterst du dein Hirn mit gottlosen Fragen? Warum auch immer, Er zumindest sieht und weiß es, wie Er alles weiß. Ob diese Jüdin nun eine Satansbuhle ist, wie es im Dunstkreis unsres Abtverwesers heißt, oder nur ein dummes Mägdlein, das schändlich seine Leibesfrucht dem Herrn entzogen hat – tödlich gefrevelt hat sie allemal. Und deine Mutter hat an diesem Frevel Anteil. Selbst wenn, was ich nicht glauben kann, dahinter lautre Absicht stehen mag – in Seinem Angesicht und menschlichem Gefüge hat sie ihr ewigliches Lebensrecht verwirkt! Wenn sie wirklich Satans Plagen über uns ersticken wollte, mag ihre Schuld gemindert sein. Dann tröste dich mit der Gewissheit, dass im Herrn ihr eines Tages Großmut widerfährt. Im Weltgericht wird alles redlich ausgewogen.«

»Und das Gericht, vor das man sie jetzt zerrt?«

»Demut und Gehorsamkeit verbieten uns, am Werk der Obrigkeit zu rütteln. Ja, jeder Zweifel, jedes Misstrauen, ist für uns schon sündhaft. Gilbert, wir sind nicht von dieser Welt. Als sich die Klosterpforte hinter dir verschloss, hast du der Welt entsagt. *Gib dem Kaiser, was des Kaisers ist.* Die Herrschaft richtet nur den Leib. Nur der kann brennen. Die Seele aber wird vom Flammenmeer geläutert und geschieden. Gottes Purgatorium züngelt um den Preis der Ewigkeit. Im Feuerschmerz gereinigt, können wir dereinst der Gnade Seines ewigen Angesichts gewahr sein. Keinem bleibt diese Tortur erspart. Keinem.«

Sein kahler Schädel sank mir an die Brust. Er konnte kaum noch atmen. Ich richtete ihn auf, so gut es ging.

»Von mir aus soll die Jüdin ihre Schuld bezahlen. Doch für meine Mutter muss ich kämpfen. Mit allem, was der Herr mir anvertraut.«

»Spotte Ihn nicht mit deinem Grimm.« Remigius wurde leise, war kaum noch zu verstehen. Gespenstisch drang sein Flüstern durch das Mondlicht. »Was willst du anstellen? Schwach sind deine Hände gegen ihre Schwerter. Du kannst für sie bitten, sprechen. In dem Fall ist es nutzlos. Schädlich.«

Er sah mir in die Augen, legte seine Hände auf mein Haupt.

»Wirklich. Schädlich.«

Sein Blick durchstach mich. Ich sprang auf.

»Was wisst Ihr, Vater? Ihr wisst mehr!«

»An der Schwelle, auf der ich stehe, weiß ich, dass ich nichts wissen will. Ich gebe mich gänzlich in Seine Obhut.«

»Vater – das ist nicht genug!«

»Nicht genug? Ach, wenn wir das schon schafften. In deinem Alter hab ich auch gehadert, ob alles, jedes Seiner Macht und Fügung unterliegt. Mit Platon war mir der Gedanke ein Widerhall des heiligen Geistes. Ja, mein Hochmut ging so weit zu denken, der Mensch bestimme mit Vernunft und Handlung sein Geschick. Welch ein Balgenkram, ein Knüppelvers der unsäglichen Ungewissheit in uns selbst!«

Remigius erhob sich, es war, als käme vom Altar eine Kraft über ihn, die seine Glieder straffte, den Blick stechend werden ließ, den trüben Augen Morgenglanz verlieh. Mit Wucht drückte er mir die geballten Fäuste auf den Kopf, zwang schnaubend mich mit wildem Atem, Sankt Georg vor dem Drachen gleich, auf den Kirchenboden.

»Bereue, Gilbert! Bereue! Bete, prüf dich, wirf dich in den Staub! Dass du nicht weiter fehlst! Füg dich Seinem Ratschluss und Seiner Menschenordnung. Da. Das soll dir helfen. Kastei dich gegen die Versuchung. Bezwinge deinen Zweifel.«

Er griff in den Ärmel seiner Kutte, bot mir eine Franziskanerschnur. Eine geflochtene Ledergeißel mit eingewirkten Dornen – im Angedenk des Schmerzenskönigs.

»Vater, sagt, wie kann ich zweifeln, wäre nicht dieser Zweifel selbst Sein Wille, Seine Fügung?«

Ein Schauder überflog den Vater, dem mein Herz gehörte. Ein Sturz von Tränen, vermischt mit Blut, das aus den Augenhöhlen trat, benetzte seinen Greisenschädel, spann ein Gewebe roter Schlieren auf die Pergamenthaut. Angst fraß an seinen hohlen Wangen, saugte bebend jedes Fleisch heraus.

Ich machte mich zum Henker meines Retters, ich war der Abschaum allen Abschaums, Satans Kot und Hodenschleim – und doch vermochte ich nicht anders, als zu sehen, was ich sah, und mich zu fragen, was man mir verheimlicht.

»Was verbergt Ihr über meine Mutter?«

Meinem Vater brach die Stimme. Mit Schluchzen krächzte er im tauben Zorn des liebenden Erziehers. »Schweig, mein Sohn. Schweig still. Demut und Unterwerfung unter Seinen Ratschluss fordert deine Mutter Kirche einzig und allein von dir. Banne deinen Zwiespalt, sonst ist deine Seele rasch und endgültig verloren.«

Mit einem Mal war Remigius' Verschweigen mir beredt. Mein Lehrervater sprach gar nicht vom Zweifel, nicht von Gott und Glauben. Er bezog sich auf die Erdenmacht der Kirche. Dieses Kloster. Die Kapitel, Kirchenpfründe dieser Grafschaft. Auf Gewalt, Intrige, Ehrgeiz.

Aller Zorn und Inbrunst waren nur ohnmächtige Warnung, hilflos strauchelnd liebende Besorgnis.

Remigius' seherische Augen hatten die tiefsten Klüfte und Eiterseen der Erdenhölle geschaut!

Ich neigte tief mich vor dem Mann, an dem ich mich so arg versündigt. »Erteilt Dispens mir, Pater. Ich muss nach meiner Mutter sehn.«

»Das kann ich nicht, mein Sohn. Hier ist dein Platz. Hier hast du Ruhe und Beschaulichkeit. Alles, was zu deinem Seelenheil dir frommt. Bann den Schmerz der Welt aus deinem Herzen und schließ es auf dem Herrn. Um meinetwillen. Erkenne ich mich doch in dir. Gehorch mir Gilbert, dass ich mich nicht verliere, mein ganzer Irdengang mir Aussatz wird.«

Mit gepresster Stimme bedachte mich mein Vater so mit letzten Worten, dann krampfte sich sein Arm um meinen Nacken.

»Bleib bei uns, Gilbert. Bleib bei mir!«

Ich will die Lippen öffnen, um mein Bleiben zu geloben, doch mein Mund ist taub. Beißend legt sich Glut auf meine Zunge, versengt mir jedes Wort.

Mein Vater sinkt in meine Arme.

Mein Vater ist bei Ihm!

Nur mit Gehorsam kann ich ihm noch danken.

6. Kapitel

Ich wagte nicht, die Glocke der Gefahr zu läuten, auch wenn der Tod des Subpriors mich ärger ankam als jede Feuersbrunst. Gewiss würde man mich genauestens befragen, was zwischen mir und meinem Lehrer vorgefallen war, und meine Dreistigkeit und Missetat, ihn bis zum Schlag gereizt zu haben, würde schnellstens offenbar. So schlug ich ängstlich mein Gewissen nieder und überantwortete den abgestorbnen Leib dem Ort, den mein Seelenvater wie keinen andern schätzte: dem Aufgang zum Altar, zu Füßen des Gekreuzigten. Spätestens bei der Vigil würde man Remigius dort finden. Dennoch – ich lag auf meinem Stroh im Dormitorium wie auf einem Bett von glühend heißen Kohlen. Die Halme stachen mich wie Dolche, züngelten wie Flammen in die Haut. Ich wälzte mich von einer Seite auf die andre, wie im Todeskampf. Ich schreckte hoch, saß aufrecht, sah um mich her nur Leichen, weiße, morsche Glieder, bis ich der Brüder Schnarchen hörte, ihr Rascheln auf den Laken, ihr müdes Keuchen aus dem Traumreich.

Die Züge meiner Mutter tauchten vor mir auf, leer die Augenhöhlen und voller Maden, die Nase gelber Knorpel, blutverkrustet, sie öffnete den Mund zum Schrei. Nur Splitter noch von Zähnen, die Zunge dick und pelzig, einem Hamster gleich, der Speichel troff herab … die Hände streckt sie flehend mir entgegen. Die Finger Spinnenbeine ohne Kuppen, die Nägel unter Daumenschrauben abgequetscht. Nur Schorf und Schrund und Blut und Eiter.

Ich flieh auf meinem Lager vor die Wand, press mich an den rauen Kalk. Schwamm und Schimmel legt sich auf mich, kriecht in mich hinein. Ich zieh die Beine an mich, bis sie beinah aus den Hüften reißen, und dräng mich zwischen sie. Auch sie versagen mir den Schutz.

Jetzt, in dieser Stunde kommt, wie könnte es auch anders sein, der Vater wieder zu mir. Jünger, im Saft der Mannesjahre kommt er auf mich, mit einem dürren Kranz von Haar! Remigius.

Mein Lebensbild, mein Retter. Die wunden Füße tragen mich zu ihm. Die Mutter führt mich an der Hand. Im weiten, blauen Rock, dem Sonntagsstaat. Ihr ganzer Stolz. Wieder, wieder, wiederum, gewendet, umgesäumt, mit Weberstichen kunstgestopft, wo er fadenscheinig glänzt. Ihr Gesicht, sonst tiefgefurcht und von der Ackerfron versengt, glänzt hell und glatt und rosig wie beim Jungferntanz. Sie schweigt, doch heute nicht bekümmert, fast beschwingt. Nur ab und an schlägt sie ganz bei sich still das Kreuz und murmelt Dankesworte an die hohe Mutter. »MariavollderGnadendiedudichderUnwürdigstennocherbarmst …«

Mein Holzschuhstolpern schlägt dazu den Takt. Um Längen sind sie mir zu groß, kostbares Erbstück meines Vaters, mit ungegerbten Lederschäften auf mein Knochenmaß gebracht.

An der Klosterpforte bleibt sie starr zurück. Ich wend mich um und seh die Mutter auf den Knien im Gebet. Wer weiß, wie lang sie so verharrt, sich derart für den Rückweg rüstet, sechs Stunden bis nach Himmelgeist, zwei, drei weitere die Böschungen des Rheins entlang, den sie so kindisch liebt, und dann bei Düsseldorf die Hügel hoch nach Gerresheim, fast noch einmal zwei Stunden.

Derweil weist mir Remigius in der Befugnis des Novizenmeisters den Platz am Eingang des Kapitels, am Scholarentisch des Refektoriums. Vage, müde streifen mich die Blicke seiner Klosterbrüder, in sich gekehrt und menschenscheu. Nur die Scholaren und Novizen mustern mich mit harschen Augen, starren mir verächtlich mein abgestoßnes Hemd, den roh gewirkten Umhang und das plumpe Schuhzeug fast vom Leib. Der Subprior steht über allem, entzwingt sich ein halbwegs herzliches Willkommen.

Dann kommt die Nacht. Das Dormitorium. Kaum ist Remigius aus dem Raum, schlüpft die Scholarenbrut zu mir. Tritte, Knüffe, Kratzer, Schläge überkommen mich wie ein Gewitter. Die dünne Flickendecke bietet keine Rettung. Alles seltsam leise. Still sirren Flüche durch die Nachtluft. »Die Nas flach, hergelaufner Hundsfott!« – »Er beleidigt unsre Nasen, der Gesindearsch!« – »Kusch dich zu den Bettelbrüdern, Niemand!« Ausgestreckte Finger weisen zu den Höfen, wo die Fratres hausen. Bis

Remigius in der niedren Tür erscheint. Sein Schweigen reicht, dem Spuk für diese Nacht ein jähes Ende zu bereiten.

Dennoch, die ersten Tage, Wochen wurden mir kein Zuckerschlecken. Im Refektorium versüßten mir meine Novizen- und Scholarenbrüder die Mahlzeiten mit Rotz und Spucke. Den Ausblick auf Altar und Chorgestühl verstellten mir rosige Nacken, mittels eingeschleuster Wegzehrung für die allerheiligsten Pfade sorgsam gemästet. Immer wieder suchte mich dabei die Phalanx frommer Buckel aus dem Kapitel ins Kirchenschiff zu drängen.

Jedes Wort in den Latein- und Bibelstunden bescherte mir Nachtmahre ohne Gnade oder Unterlass. Mal schwamm mein Strohbett halb im Wasser. Dann weckte mich ein Strahlenkranz von Pisse im Gesicht. Fast lauschig, wenn man mir das Stroh zur Nacht mit Mist vermengte. Was blieb mir übrig, als mir wie ein Büßermönch ein Schweigegelübde aufzuerlegen und jede Unterrichtung mit stummem Starren zu verfolgen? Bis mich Remigius im Kreuzgang stellte.

»Am Anfang war das Wort.« Er sah mit seinen altersfeuchten Augen tief in mich hinein. »Das Wort ist aller Anfang.«

Ich nickte gehorsam. Unbeholfen. Schuldbewusst.

»Ich ahne ja, warum du mich enttäuschst.« Der Subprior setzte eine Pause. Mit Bedacht.

Mein Herz schlug mir mit Wucht zum Magen.

»Du sprichst ein besseres Latein als Bruder Gandolf, der beste unserer Kopisten. Als du hier ankamst, branntest du von Wissensdurst und Feuer. Jedes Schriftwort, jeden Psalm, den ich dir aufgab, hast du mit Scharfsinn, Feingefühl und filigraner Logik erspürt, gedeutet, eingeordnet. In Disput und freier Disputatio hast du dich mit Meisterschaft geschlagen und mit einem Mutterwitz, der seinesgleichen sucht. Du hast die Kirchenväter eingesogen wie ein ganzer Bienenstock den Nektar. Die Novizenmystik deiner Mitscholaren hast du arg entzaubert. Gedankenstreng wie ein Albertus Magnus, doch mit der Menschenliebe eines Doctor seraphicus, Franziskus. Gilbert, du bist voll des guten Geistes. Der Herr hat dich im Übermaß mit seinem Gabenfluss beschenkt. Und plötzlich kommt das große Schweigen.«

Er nahm den Blick von mir wie einen Segen.

»Die Demut tut mir Not. Zu gern und lang hab ich mich in den Vordergrund gedrängt.«

»Vordergrund? Den Vordergrund von was? Vor wen hast du dich denn gedrängt? Vor das Gekröse unsres Amts- und Ackeradels, das hier dem Herrn die Tage stiehlt? Dem tumben Nachhall der Geschlechter? Den Nachgeborenen der Krämer, die sich Handelsherren dünken? Sie hassen dich. Natürlich. Weil sie hassen müssen. Ausgemustert aus dem Erbe, fortgedrängt von Bratspieß und Pasteten, allein mit Stumpfsinn, Racheträumen, abgefeimtem Größenwahn. Kastrierte Herren sind Tyrannen, Gilbert. Zahnlose Hunde, die bloß noch im Rudel winseln. Geh nicht auf die Arglist ein, die dreiste Hatz auf Stolz, der längst verloren ist. Bis sie zur Ruhe kommen und sich der Kutte besinnen, in der sie stecken, sind sie dumpf, alt und verfettet und balgen sich um letzte Gunst und Pfründe und neiden sich den Prior, ja selbst Cellerar. Das ist nicht deine Welt. Von der bist du verschont. Dein Glaube hat niemals auf Macht und Lehn gegründet. Nur auf sich und Gott. Das Einzige, dessen einer wie du jemals Herr werden kann, bist du selbst. Werde der, den Er gewollt hat.«

Was mir der Subprior mit schmalen Sätzen schenkte, war so kostbar, dass ich es kaum zu fassen vermochte: Vertrauen. Vertrauen in mich, den Habenichts, den Weilertölpel, den spillerigen Knaben ohne Stand. Den Waldschrat, der die Zeilen mit den Fingern auflas, wie Holz und Reisig für den Winter.

»Wie kann ich Euch je danken, Vater? Jemals Eurer Weisheit würdig sein?« Ich suchte seine Hand, um sie mit einem Kuss zu decken. Er winkte unwirsch ab.

»Du brauchst mir nicht zu danken. Dank deinem Schöpfer und deinem Erzeuger für das Füllhorn an Auffassungsgabe und Erfindungsreichtum, mit dem sie dich so überreich beschenkt. Alles, was ich weiß, ist hart gekautes Brot. Ernte durchstudierter Nächte, die ich mit meinem Augenlicht bezahlt hab. Vielleicht ist es der Neid auf deine intellektuelle Leichtigkeit, die mich für dich einnimmt, für den ungestümen Genius, der in dir wohnt. Wenn es nur nach mir ginge, ich schickte dich zum Studium an die Sorbonne, in Kaiser Karls neue Universität nach Prag oder wenigstens in eine Erzabtei wie Brüssel oder Zürich.«

»Ich wäre nur verloren, Vater. Ich hab noch keine Stadt gesehen, außer Düsseldorf. Ich bin doch nur auf meiner Wassersuppe hergeschwommen, wie die andern unken.«

Remigius lächelte so spitz wie sanft. »Vielleicht ist das gerade gut. Vielleicht braucht Er einen mit Lehm und Krume an den Sohlen hier nötiger als einen noch so hochfliegenden Geist. Gilbert, dieser Flecken Erde steht vor ungewissen Zeiten.«

Der Subprior zog mich unter die Bogenbrüstung und ging ins Flüstern über.

»Berg fehlt der Erbe. Wie es aussieht, fällt die Grafschaft Jülich zu. Damit hat Jülich alles unter seiner Fuchtel. Den halben Niederrhein bis Maastricht, Anwartschaften auf Westfalen. Nur Köln droht ihnen aus der Hand zu gleiten. Walram als Erzbischof ist alt und seine Macht vom Patriziat gebrochen. Ob unser neuer Kaiser Karl als Luxemburger Jülich unter seine Schutzhand nimmt, wagen viele zu bezweifeln. Papst Clemens in Avignon ist weit und Frankreich ausgeliefert. Ein Machtwort von ihm hieße Krieg. Das lässt manch einen hochtrabende Pläne schmieden und skrupellose Ränke. Denn eins steht fest: der nächste Erzbischof kommt nicht aus Jülich. Aus Berg schon gar nicht, die sind seit Anno und Engelbert in Köln gründlich verbrannt. Also muss Jülich-Berg sich einen willfährigen Hofnarr suchen …« Remigius unterbrach sich vielsagend. »Verstehst du, was und wen ich meine?«

Ich nickte, denn mir war nur allzu klar, auf wen er abhob. Der Gelderner streckte seine zartgliedrigen Finger geschickt in jede Richtung aus. Remigius fuhr mit geschlossnen Augen fort.

»Nur täuscht sich Jülich-Berg gewaltig, nein tragisch, in dem Kerl, den sie als selbstverliebten Fratz erachten, mit dem man ohne Folgen spielen kann. Geldern ist nicht halb so töricht, wie es scheint. Er schmiedet seinen eignen Plan. Erst rüstet er das Kloster auf. Dann die Grenzposten wider Köln. Und Jülich lässt ihn nur zu gern gewähren. Mit Düsseldorf baut er sich Stück für Stück ein feines Nachschublager auf. Noch dazu eins, das emsig Steuern sprudeln lässt. Überall hebt er neue Männer aus und setzt sie unter Waffen. Unser Abtverweser und Statthalter der Lande Bergs baut Burgen und bastelt sich ein Heer. Und kauft mit Zollgold, das er überall erhebt, das Kölner Patriziat. Geldern will den Thron in Köln. Eher gibt der keine Ruh. Und weißt du auch warum?« Noch bevor ich Luft geholt hatte, gab sich Remigius selbst die Antwort. »Weil der Erzbischof von Köln die eigentliche Macht im Reiche hält. Er allein hat die Macht und durch das Reliquienmonopol das Geld, die Wahl des Kaisers zu bestimmen. Mainz und Trier und Aachen sind zu klein und arm. Die schielen nur nach Köln. Von Köln aus wird das Reich beherrscht. Unter der erzbischöflichen Fuchtel darf der Kaiser nur zu gern den Kaiser spielen. Und wenn der sich nicht jedem Wunsch des Doms gemäß verhält, gibt es auch noch die Kurie in Avignon. Glaubst du denn, noch einmal will ein deutscher Kaiser nach Canossa oder, was weiß ich, beim nächsten Mal: Grenoble gehen?« Er rieb sich über den Schädel, als wollte er sich vergewissern, dass der nach so viel Wahrheit noch auf den Schultern saß. »Und, Gilbert, du musst wissen: Geldern ist nah dran. Ich für mein Teil glaube nicht, dass er in seiner Machtgier und Ruchlosigkeit noch aufzuhalten ist. Von nichts. Von niemand. Und schon gar nicht von der frommen Einfalt der Diener unsres Herrn.«

So also stand's denn wirklich um die Welt, die uns die Schulweisheit des Bibelunterrichts verkleistern sollte. Remigius kam ächzend zur Conclusio.

»Alle Zeichen wenden sich auf Sturm. Ich denke nicht, dass Gott mir noch genügend Kraft und Zeit lässt, unser Kloster durch die Unwetter zu steuern. Die Not fällt andren, kundigen Händen zu. Vielleicht hat Er dich deshalb uns geschickt.«

Das Erschrecken zog mir wie eine Dornenhecke in die Kehle.

»Vater, Ihr … ich bin ein Nichts, ein Niemand, noch nicht einmal geweiht … ich bin schwach und unwissend über jeden Zeitenlauf jenseits dieser Mauern …«

»Eben darum muss ich mein Werk in deine Hände legen. Unschuld ist eine Tugend, wenn ein Meer von Gier an unsre Ufer schlägt. Gilbert, die Wölfe schleichen um das Kloster, haben schon die Fährte aufgenommen. In den Wäldern, auf den Feldern reißen sie die Schafe. Das Land braucht einen Hirten. Mit starken Schultern, heißem Herz und glasklarem Verstand.«

»Das bin ich nicht.«

»Dann werd es.«

Mir schauderte. Ich schlug die Hände vors Gesicht. Der Subprior zog sie mir weg.

»Für meine Brüder rüttle ich an Gottes Ordnung, seit ich den Bittbriefen deines Dorfpfarrers entsprach und dich in diesem Kloster in die Schule nahm. Jeden Tag spuckt einer deiner wohlgeborenen Mitscholaren Gift und Galle, dass du mein Bastard wärst. Ja selbst die Fratres und Novizen tuscheln über Alterswahn, einen Zauber, gar von Sodomie. Nur Geldern kam gelegen, dass ich deinetwegen die Weltordnung überging, die angeblich ja göttlich ist, was ich, gelind gesagt, für Unfug halte. Denn Gott gibt, wem er geben will. Sein Reich kennt andre Stände. Wie dem auch sei, indem ich dich ins Kloster holte, ersparte ich mir glatt den Abtsstab, an den man mich zu gern als Abschiedsgruß gekettet hätte. Mit einmal war ich Jülich-Berg zu seltsam, sonderlich. Ein altersstarrer Kauz mit törichten Ideen. Freilich konnte man auch schlecht an mir vorbei einen andern aus der Bruderschar ernennen. Das hätte unseren Erzprior in Avignon auf den Plan gerufen. So kam denn Geldern durch weltliche Bestimmung auf den, seit unserm letzten Abt, Jakobus, lang verwaisten Thron und kann von Tag zu Tag mehr auf die Gunst der Stunde hoffen. Wenn ich all das im Vorhinein geahnt hätte, hätte ich bei Gott mehr Ehrgeiz an den Tag gelegt, um Markus zu verhindern. Aber, was soll es? Ich sehne mich weder nach dem Thron noch nach dem Ring des Abts. Ich will allein mein Kloster. Und in einem, Gilbert, irren sie sich nicht: mein ganzer Samen liegt in dir.«

Der Subprior bleckte die verbliebenen drei Zähne. Ein alter Fuchs vor seinem Bau.

»Geh jetzt und enttäusch mich nicht.«

Ich trollte mich an mein Studierpult in der Bibliothek und las mich in die Genesis.

Am Anfang war das Wort. Und das Wort kam von Gott.

Wie ein sechsflügeliger Seraphim, im Widerhall eines heiligen Franziskus, wollte ich mich ohne Zorn erheben und für jeden meiner Schöpfer kämpfen.

Keine Stunde, keine Exegese verging mehr ohne meine Stimme.

Die Adelknaben stacheln den von Monheim an. Ein Flackergeist mit jeder Menge Hinterlist in seiner Fragetechnik. Sokratiker und wieselflink. Er fordert mich zur Disputatio. Remigius stellt uns das Thema: Gott ist alles. Alles ist in Gott.

Der Monheimer repetierte artig Augustinus' Argumente für das Göttliche im Sein. Verwob es umständlich mit Gottgefühl und mystischem Erfahren und sah Ihn so als erwiesen an. Ich entschied mich dreist für einen umgekehrten Weg und stritt Ihn schlichtweg ab. Stellte dann jedoch die Negation in Frage. »Es gibt keinen Gott. Doch wenn es Ihn nicht gibt, existiert doch ein Wort für Ihn. Ein Begriff von Ihm in mir. Was unmöglich macht, dass es Gott als Prinzip nicht gibt. Jedes Verneinen macht Ihn wahr und zwingend.«

Monheim schnappte wüst nach Luft, köderte mich mit allzu glatten Fragen – die ich immer auf ein Ergebnis bringen konnte: Die Frage nach Etwas setzt die Vermutung eines Seins voraus. Gottes Allmacht ist so groß, dass Er selbst im Zweifel sich beweist.

Remigius nickte stumm, beendete die Disputatio mit einem Klopfen auf den Tisch. Den anderen Scholaren schwirrte wohl der Kopf, sofern sie nicht entschlummert waren, wie Jacop, der Kölner Overstolzen-Neffe mit dem Wasserkopf. Oder mich mit Blicken fraßen und mir mit flacher Hand die Gurgel schnitten, wie Berengar von Soest, unser wackerer Novizenprimus, der im Schlafsaal das Kommando führte.

Selbstredend auch im Angriff nach Vigil, als alle mich mit Wucht ins Lager drückten, aus dem die Scheiße schwappte.

»Habt ihr euer Hirn in meinem Stroh versammelt«, konnte ich grad noch ätzen, dann pressten mich Berengar und Jacop kopfüber in die braune Gülle, bis mir die Luft erstickte. Ich hörte schon mein letztes Stündlein schlagen, ein zartes, fahles Licht am Ende eines dunklen Grabens war alles, was mich noch vom Jenseits schied.

Blei glitt mir in die Gelenke, alles in mir wurde schwer. Bis ich Remigius' Stimme hörte, fern und jugendlich und klar. Werde der, den Er gewollt hat.

Ich krümmte mich wie eine Katze, schnellte aus dem Glitsch nach vorn, riss mich an der blanken Mauer hoch, in eine Fensterluke ... und sprang dem Soester ins Genick, dass er mit voller Wucht zu Boden kippte. Im Sturz traf seine Schläfe gegen einen Schemel und raubt' ihm die Besinnung.

Ich fass mit aller Vorsicht über die aufgeplatzte Stirn, aus der, knapp eine halbe Handbreit unter der Tonsur, ein feister Blutstreif quillt – wie Purpur bleckt das Kainsmal aus der Haut.

»Da, das ist euer Werk.«

Mehr brauch ich nicht zu sagen. Das Rudel rettet sich unter die Decken. Kaum schaff ich es, den Overstolzen aus dem Stroh zu zerren, um Berengar, als er langsam zu sich kommt, zurück auf seine Lagerstatt zu hieven.

Ich schlich mich aus dem Dormitorium an die Zisterne hinterm Küchentrakt. Zwanzig Eimer Wasser und die scharfen Kanten eines Steins reichten mir nicht, mich als einigermaßen gesäubert zu empfinden.

Ich wusch die Kutte aus und legte mich ins Gras beim Kräutergarten, juckte, kratzte, schälte mich, bis die Prim geläutet wurde und ich mich in die nasse Kleidung zwang.

Ich weiß nicht, wer dem Subprior das nächtliche Geschehen zutrug.

Ich weiß allein, dass er es war, der am darauffolgenden Sonntag, dem ersten heißen Junitag im Jahr, die öffentliche Messe las.

Ich durfte ministrieren.

Nach dem Chorgebet und dem Tedeum, bevor Remigius zur Predigt tritt, bedeutet er mich mit den Augen an den Fuß der Kanzel, vor die Brüder, und hebt wuchtig mit der Stimme an.

»Keiner wagt, solang ich lebe, dem Herrn zu nehmen, den, den Er berufen hat! Lasst die Einfältigen zu Ihm kommen! Und ist die Einfalt voll vom Heiligen Geist und aller Inbrunst Seiner Schöpfung und geht der Mund ihr über, Ihn zu preisen, so soll sie Sein Wort unter Seine Schafe rufen und mit Seinen Weihen das Priesteramt versehen!«

Das Fliegensummen auf den Feldern war zu hören. Nie wieder wurde es so still in der Kirche der Abtei.

Zwei Wochen später empfing ich von Remigius meine ersten Weihen und trat ins Noviziat.

Jetzt ist mein Vater tot. Mein Lehrer, Mentor, Schöpfer. Wie wurde ihm sein Großmut, die Hingabe an diesen frommen Ort, sein Wissen, Streben, Glauben nur vergolten? Mit Zweifel, Hochmut, Ignoranz! Jedoch, den Todesstreich an ihm vollzog der Ungehorsam. Der ärgste Bruch der Regel.

Von mir. Nur mir allein, dem undankbarsten, widerwärtigsten Geschöpf, das dieses Jammertal zu aller Zeit gesehen hat.

Und welcher Satansbraten ritt mich zu dem Gräuel? Luzifer, du kennst die Winkel deiner Seelenziele. Du hast von Anfang an gewusst, dass ich die Fleischeslust in ihrer Kindsgestalt des Mitleids nicht überwinden kann. Dass ich dein Bocksgeschöpf als Ringelreihen meiner Kindertage wiedertreffen würde, das Sündenfleisch mir jede Logik tötet, die meine Lehrer mühselig in mich gepflanzt.

Rebecca, Höllenlaus! Zwei Christenseelen hat das Judenaas jetzt schon auf dem Gewissen – soweit die Heilandsmörder derart kennen.

Oh, sie soll brennen! Lodern, glühen, in den Flammen bersten! Mit tausend Schmerzen sollen ihr die gelben Zungen die Haut in schwarze Schale legen! Raben-, teufelsschwarz und ihrer lasterhaften Seele gleich.

Vergehe, Hure Babylons, vergeh doch endlich!

Ich lege gern noch Reisig auf! Will auf der Glut noch tanzen! Und die Satansasche in alle Höllenwinde furzen!

7. Kapitel

Ich fiel in einen schweren, dunklen Traum, in dem ich mit Schimären kämpfte, mit Greifs und Stachelwürmern, die von überall in meinen Körper drangen.

Noch vor der Prim dann wach ich schweißnass auf, alles klebt in meinem Sud. Die Brüder schnarchen, röcheln, gekrümmt wie Leibesfrucht im Mutterleib. Nur der von Soest liegt reglos, starr auf seinem Schlachterrücken und pfeift aus seinem Walrossmaul eine plumpe Melodie.

Die Morgenkälte treibt mich aus dem Lager, in den Hof.

Ich winde mir den Ledereimer aus der Zisterne hoch, da schiebt ein rauer Wind die Wolkenberge fort, der Vollmond bleckt heraus.

Von fern hörte ich Rufe. Mir war, als kämen sie vom Hügelrist am Rheinhang, unterhalb der Mauern, die sich um den westlichen Wehrhof schlossen.

Ich schlich mich um die Wirtschaftskammern, seitlich an Markus' Herrschaftssitz vorbei. Schritte und Tuscheln drangen hinter dem Verlies herauf.

Nur zwei, drei Wurf weit bis zum Pferdestall. Dann bin ich bei der Kehrichtluke und kann die Abfallschütte runterspähen.

Ausgerechnet auf der kleinen Lichtung der Auenkuppe, zwischen Abtrittkanal, Modergrube und Mistkaule hat man einen Scheiterhaufen aufgeschichtet.

Mir springt das Herz, wie kann ich's hindern, mitleidlos vor Freude in die Luft: grad das rechte Plätzchen für die Hure. Staub zu Staub, Asche zu Asche, Unrat zu Unrat!

Dann schleifen sie sie an! Die Judenmetze! Sogar das Büßerhemd hat man weise ihr verweigert. Bloß und sündhaft, wie sie ist, zerren sie sie an den Pflock. Der Henker nur und sein Geselle. Keine Büttel, keine Brüder, selbst von Walter keine Spur. Nur aus den pergamentbespannten Fenstern im Burgfried unsres Abtverwesers schimmert mattes Öllicht. Der Gelderner scheint schon erwacht.

Das Frauenzimmer windet sich und tritt den Henker. Der packt sie im Nacken wie ein Kätzchen, drückt ihr den Knebel weiter in den Mund.

Guter Mann! Nimm ihr nur die Luft! Was soll die Buhle noch den Odem unsres Erdenrundes rauben!

Wild schleudert Luzifers Sukkubus seinen schwarzen Schopf herum, im Veitstanz peitschen ihre Haare. Rebecca bäumt und sträubt sich vor- und rückwärts, trifft den Henker am Kinn. Der stutzt, ja taumelt, packt dann fester zu. Der Henkersknecht springt ran, und mit vereinten Kräften wird die Buhle angezurrt. Der Henker prüft die Knoten, tritt dann mit dem Gesellen ab.

In einer Mulde hat der Scherge trocknes Sägemehl und Laub vermengt und schlägt jetzt Feuer, schiebt mit der Faust die purpurrote Maske hoch und bläst die Funken an, bis das Brennwerk kräftig genug kokelt, die beiden Fackeln zu entzünden.

Der Meister und sein Knecht im Lederwams der Unzunft greifen sich die Flammenzweige und stoßen sie mit Wucht in die laubgespickten Zündelstöße an den Reisigecken. Gleich sticht der Flammenwurf empor!

Der Judenmetze werden schon die Sohlen heiß, ihr Rücken presst sich an den Scheiterpfahl, als wollte sie sich mit den Schulterblättern aufwärts in die Freiheit hangeln … da, in ihrem unfügsamen Zorn würgt sie mit einem Mal den Knebel aus dem Maul …

Ich dachte gerade noch drüber nach, wie anders diesmal alles war, wie abseits und verschwiegen, ja fast heimlich. Sonst fand das Brennen, wie das Rädern und jede Henkersarbeit, am blauen Stein im Angesicht des Treppenfirsts am Hauptportal der Kirche statt, mit allen klerikalen Brüdern, einfachen Fratres, Bütteln, dem Abtverweser samt Gefolge, den Zwingvögten der angrenzenden Gaue und einem unzählbaren Leibermeer aus sämtlichen umliegenden Dörfern, Weilern und Gehöften – mitsamt dem Jahrmarktsheer der Gaukler, Söldner, Bader, Possenreißer, Wanderhuren. Einzig unser Subprior mied nach Möglichkeit derlei rüde Spektakel, die der Gelderner und Bergs und Jülichs Ministrale zur Warnung wie Erbauung mehrmals jährlich dem Sumpf des Volksbehagens boten.

Doch wahrlich! Diesmal war alles anders … Rebeccas Knebel tanzte auf der Flammengischt … Sie hob, vom Rauch umtost, die Stirn, weiß stand sie im Silberschein des Morgenmonds … Da entrang ein Schrei sich ihrer Kehle, hell und klirrend wie Kristall, schlug an die Quadermauern der Abtei wie an die Säulen des verlornen Tempels: »Adonai! Mein Adonai!«

Was dann geschah, lässt sich kaum schildern. Der Mond bedeckte sich sogleich mit Wolken wie mit Scham. Durch sie hindurch stach hitzig gelb ein viel zu früher Strahl der Sonne, gleißend, einer Lanze gleich, deren Spitze sich um den Scheiterhaufen und Rebecca legte und wie ein goldnes Schutzschild sie umkränzte!

Dann brach ein Hagel nieder mit Katapultgewalt: Eisbrocken, faust- und eiergroß, sausten aus der Luft und schlugen auf den Henker und seinen Gesellen ein, die die Köpfe mit den Armen zu bedecken suchten, was ihnen keinen Lidschlag lang gelang, dann stürzten sie der Ohnmacht nah zu Boden.

Rebecca sah zum Himmel auf, von allem Tosen unberührt. Ein sanftes Lächeln kam auf ihre Züge, entfernt, entrückt, von einem Jenseits ohne jeden Schmerz, dann senkte sie den Kopf, erhob ihn über ihren Richtplatz – und sah zu mir, auf mich, hinter der Abfallluke.

Schwarzviolett strahlten die Irislichter aus dem Seidenkranz der Wimpern um zart gewölbte Lider wie Perlmutt.

Noch auf das Joch Entfernung zu Rebecca hin konnte ich in ihnen lesen … das gleiche, unschuldige Kinderwort, das ewig uns verband: »Du! Ach, du mein Selbst!« Vieltausendmal hatte sie mir den Satz voll Übermut ins Ohr geflüstert, auf Zehenspitzen tänzelnd, mit der törichten Endgültigkeit des Kindes. Ins Ohr. Ins Hirn. Ins Herz.

Ein unbedachter Sprung, ich rutschte auf der Schütte, auf allem Moder, Unflat über den Hang … grad dem Henkersknecht vor seine ausgefransten Stiefel, der nur verwundert auf meine bloßen Beine unter der hochgerutschten Kutte starrte.

Er brummte unwillig ein: »Weg hier Mönch.«

Ich dachte nicht lang nach und holte nicht groß aus. Rücklings noch am Boden trat ich mit aller Wucht in seine … – ER möge mir vergeben, mit mir ging alles durch – … just unterhalb des Schambeins …

Der Bohnenlange sackt zusammen und windet sich im Schmerz.

Jetzt kommt der Henker auf mich zu, ein zotteliger Berg von Muskeln, die Arme gegen erneutes Hagelwüten über der Henkersmaske aneinander.

»Na los! Verschwinde hier!« Die Worte quetschen aus dem Schlitz im Leder.

Ich sehe nur Rebecca und den Messerschaft im Henkerwams. Ein Kindheitsbild schießt mir ins Hirn. Der rote Heinrich, der Dorfschulzenbankert, der sich für einen Junker hält, macht sich über Rebecca her, reißt schnaufend ihr den Rock entzwei. Ich renne hin, Heinrich kommt hoch mit seinem Möhrenschopf … ich dreh mich leicht zur Seite, knick in der Leiste ein, berg mich in meinen Armen … spring in die Höhe, aus dem Sprung lass ich den rechten Ellenbogen gegen Heinrichs Schläfe krachen … Heinrichs Schädel schallt wie eine hohle Rübe, dann liegt er lang und still vor mir …

Genau wie jetzt der Henker!

Ich reiße ihm das Messer weg, jag schnurstracks in die Flammenwand hinein, ich sehe nichts, die Höllenglut brennt mir die Augenlichter aus, dann fühle ich den Pfahl, zwei wohlvertraute Hände und das Seil, setz wie von Sinnen Schnitte … Rebeccas Leib fällt mir entgegen, ich reiß ihn auf die Schultern und hechte aus den Schwaden … nur weg vom Kloster, an den Rhein … im Laufen noch gewahr ich einen Mehlsack auf dem Abfall, bekomm ihn in die Hand, kann ihn Rebecca auf die Blöße decken … dann wird der Wind zum Sturm, der Regen Flut, ich werf mich mit Rebecca in den Fluss, den heißen Körper fest an mich geborgen …

8. Kapitel

Ungezählte Tagwerk stromabwärts spülte uns der Rhein an seinen Ufersaum. Ich konnte mich kaum noch rühren, eben noch den Mund aus einer Schlammmulde befreien, japsend, gurgelnd, schluchzend mit dem Ersticken ringen.

Etwas rieb an meiner Schulter.

Ein mühsam abgequältes Blinzeln, blauschwarzes Haar wellte sich über mein Schlüsselbein.

»Rebecca!«

Ich richtete mich seitwärts auf, sah den Sack im Schlick zu meinen Füßen und breitete ihn hastig auf dem wie gekreuzigt auf einem Moosbett aufgebahrten Körper aus.

»Rebecca, komm zu dir!«

»Zu mir«, echote befremdlich schwingend ein längst verlornes Stück von mir.

Ich beugte mich herab und horchte nach Rebeccas Atem. Ganz schwach, spärlich, wehte er hervor. Ich presste ihr im Takt den Brustkorb, schmutzig grünes Wasser floss übers Kinn heraus. Der Atem wurde fester, ein wenig Farbe kam auf ihre Wangen.

Ich tätschelte sie derb.

»Komm, Unglückskind, wir müssen weg von hier!«

Das Neckwort unsrer Kinderrangeleien schien sie zu erwecken. Wie aus dem Grab schlug sie die Wimpern hoch. Benommen blieb sie liegen.

Ich fasste sie im Nacken und rüttelte die magren Knochen.

»Wir haben keine Zeit zum Schlafen.«

Dabei rutschte der Umhang weg, den der Sack vorher abgab. Die Blöße ließ Rebeccas Feuer lodern, mit einem Ruck drehte sie sich fort von mir.

»Guck woandershin, du Heiliger, sonst fürchte ich um deine Unschuld.«

Ein kleines, glucksendes Lachen perlte aus ihrem Mund. Um

es zu unterbinden, schlug sie die Zähne in das raue Linnen des ausgebeulten Sacks.

Nur mit Schmerzen konnte ich mich beiseite wenden. Arme, Hände, Knie, jeden Fetzen Haut hatte mir das Treibgut des aufgepeitschten Stroms und der Steingrund nah am Ufer blutig aufgerissen. Und was nicht blutete, war grün und blau.

Aber wir lebten noch und hatten keine Zeit zum Jammern, nicht einmal zum Leiden.

Hinter mir vernahm ich ungestümes Reißen.

Auf allen vieren kroch ich die Böschung hoch und lugte aus dem Unterholz. Noch war nichts zu sehen. Die Häscher, die man ohne jeden Zweifel nach uns schickte, waren noch nicht auf unsrer Spur.

Ich fühlte eine Hand am Arm. Rebecca kniete bei mir. Ich sah mit einem Seitenblick auf sie und musste grinsen. Sie hatte sich in ihren Sack gepellt wie eine Wurst.

Eine schöne, dunkle, verführerische Rauchwurst, mit einem Schnittlauchbund am Ende.

»Wie siehst du denn aus?«

»Und du erst!« Sie hob spitzbübisch das Kinn. »Das also ist aus dir geworden. Sag, Gilbert, seit wann bist du Asket?«

Kaum verhohlener Spott kräuselte ihre Mundwinkel. Unverschämt wie eh und je schielte sie mir ins Gesicht.

Ich bat den Herrgott um Vernunft und hütete mich strikt, Rebeccas Spottlust weiter anzustacheln.

»Ganz nebenbei. Der Gelderner ist wie vernarrt in seinen Marstall. Auf seinen Pferden sind die Schergen nicht mehr weit. Und wenn sie uns erst haben, brennst du nicht allein. Nachdem der Henker uns die Haut in sorgfältigen Streifen abgezogen hat. Wie kamst du eigentlich in unsere Abtei in Mülheim?«

»Beim letzten Vollmond musste ich fort aus Düsseldorf. Freunde im Reichswald boten mir fürs Erste Unterschlupf. Freie Leute. Weil ihnen Gold für Waffen fehlte, machte ich mich noch einmal auf den Weg ins Vaterhaus. Da fingen sie mich ab und schleiften mich in euer Kloster. Als sie mir die Fesseln lösten und mich in Eisen schlagen wollten, sprang ich aus dem Fenster. Und lief dir schnurstracks in die Arme.« Rebecca nahm mein Kinn und drehte meinen Kopf in ihren Blick. »Und jetzt Gilbert sag mir endlich, warum du mich gerettet hast?«

Ich zuckte unwillkürlich mit den Schultern. »Vielleicht die Erinnerung. Ich weiß es nicht.«

Sie sah mich forschend an und fragte blitzschnell nach. »Woran?«

Woran schon. Worte. Gesten. Altkluges Gezwinker. Ein kitzliges Gerangel mit den Zehen. Heimlichkeiten, die wir teilten, und Versprechen. Gegenseitig entdeckten wir uns das Verbotene: den Keller von Rebeccas Vater, der als Synagoge diente. Das tiefe, kalte Brunnenbecken, noch darunter, das Rebecca Mikwe nannte. Die Gänsehaut bei dem Geständnis, dass sie dort nackt hineinstieg. Einen Morgen, als sie mich an die Tür des Kellers schleifte und ich zehn Männer geheimnisvolle, fremde Laute beten sah, flache Kappen auf dem Kopf, weiß und schwarz gestreifte Tücher überm Nacken, seltsame Riemen um den linken Arm und einen weitren um den Kopf, der ein Kästchen hielt, oberhalb der Stirn. Rebeccas Vater, der zwei mit goldner Schrift geschmückte Rollen trug, die Rebecca Thora nannte.

Und dann noch die Erinnerung an den ersten Wein, den wir zusammen kosteten. Die eine Nacht im Herbst, als der Blitz im Schober einschlug, alles sich zum Löschen reihte und wir danach, als das Gewitter noch einmal heranzog, aus Angst und Überreizung die Nacht in einer Höhle an der Lehmkuhle durchlitten, verkrallt, verkittet ineinander.

Und jener Abend, als wir die Äpfel aus dem Grafengarten brieten, die Glut den ausgedörrten Baum erfasste und ich mit meiner Pisse löschte. Da tat sie es mir nach, das Hemd geschürzt, und es sah lachhaft aus, weil etwas an ihr fehlte.

»Gilbert, woran hast du gedacht?«

An nichts. An das. An alles. Und alles andere, wofür ich sie gehasst. In meinem frömmelnd aufgegeilten Zorn.

Ich wich Rebeccas wachen Blicken aus.

»Ich weiß nicht. Ich weiß nur: Gott ist gnädig, und Er allein soll richten.«

»Sag das dem Gelderner.« Sie starrte bitter und verstockt.

»Was hast du jetzt vor?« Rebecca hörte nicht auf meine Frage.

Nichts mehr konnte sie erreichen. Sie sah durch mich hindurch, als würde ein grausamer Fluch auf mir lasten, der überspringen kann.

»Ich suche meine Freunde. Komm doch mit!«

»Was sind das für Freunde?« Ich fragte wie ein Kind. Mit scheuer Eifersucht.

»Menschen, die ihre Freiheit lieben, gegen den Fürstendünkel aufstehen. Und alle Ungerechtigkeit.«

»Mit andern Worten: Aufwiegler, Banditen, Katarer und Ketzer. Worauf hast du dich eingelassen?«

Ich schlug mir an den Kopf. Ich war kein Samariter, sondern Satans Hofnarr! Die Kindheitsgaukeleien hatten mir den Verstand geraubt! Alles hatte ich mit meinen Füßen weg von mir getreten. Gelübde. Kloster. Meinen Seelenvater! Heilige Mutter Kirche! Deinem Ratschluss war ich in den Arm gefallen. Und aller irdischen Gerechtigkeit. Am Ende auch noch Seiner? Für was? Für wen?

In meinen Adern brannte das Blut wie Nesseln.

Rebecca hob den Kopf, stierte jetzt nur noch verstockter über mich hinweg. Ich spürte Straucheln in ihr. Hass und Rachsucht. Was konnte sie zur Umkehr bringen?

»Wo waren deine Freunde heute Nacht?«

Rebecca bebte. Fror. Ich legte meinen Arm um sie. Sie schlug ihn weg.

»Ich bringe dich zu deinem Vater.«

Sie drehte mir den Rücken zu und barg den Rumpf zwischen den Beinen.

»Was weißt du Dummkopf eigentlich?«

»Zu wenig. Nichts. Sag du mir, was geschehen ist.«

Sie schüttelte den Kopf. Ganz leicht nur, dann ohne Unterlass, im Krampf.

Noch einmal rührte ich sie an der Schulter.

Sie zuckte weg, ließ sich nach vorne fallen, zitterte im Gras.

»Rebecca, lass dir helfen.«

»Früher bist du immer mitgekommen.«

Sie schluchzte atemlos in sich hinein.

»Ich muss zu meiner Mutter.«

»Ja.«

Rebecca fuhr herum, mit Augen weiter weg als Sterne, rot und milchig. Eine Seherin, die Menetekel schaute.

Sie nickte stumm und biss sich auf die Lippen. Dann stand sie langsam, schwankend auf, fand mühsam Halt. Einmal noch hob sie den Kopf. Von ihrer bleichen Lippe perlte rot das Blut.

Dann rannte sie aufs Feld hinaus, stolperte wie von Sinnen durch den Acker.

Ich konnte ihr nicht nach. Ich hörte Hufschlag.

Ich rollte mich vom Abhang und kroch in ein Gebüsch. Ein Baumstumpf gab mir etwas Deckung.

Die Hufe hielten ein. Ein klammes Husten. Dann trabten die zwei Gäule wieder an. Ich ließ mich an den Baumstumpf fallen und fand das Nest im Spalt der Rinde.

Drei Eier ruhten in dem Zweigwerk. Braun gesprenkelt. Braun wie der Ton, aus dem wir trinken. Und wie der Lehm, aus dem der Herr uns schuf.

9. Kapitel

Ich machte, dass ich in die Wälder kam, mied die Ackerfurchen, am Waldrand dann die Moose und die Farne und hoffte inständig beim Herrn, keine allzu sichtbare Spur zu hinterlassen. Denn eines war gewiss: Die Reiter unsres Abtverwesers würden umkehren, wenn sie uns nicht am Ufer fanden, und weder Rast noch Ruhe kennen, bis sie mich und Rebecca in Gewahrsam hatten. Oder zumindest unsre Köpfe.

Sonst Gnade ihren Buckeln und Kriecherhintern!

Doch wozu sich um die Verfolger scheren? Gleichgültig wer die Hatz auf mich vollführte. Für mich gab es allein ein Ziel. Es durfte nur eins geben: meine Mutter vor dem Henker retten!

Auf einer Lichtung, im Schatten hochgewachsener Kastanien, wagte ich zu verschnaufen, verkroch mich unterm Wurzelwerk. Ich pellte mich aus meiner Kutte, wrang sie aus. Sie in den matten Sonnenschein zu hängen schien mir verhängnisvoll. Unter den Wurzeln breitete ich ein Bett aus Blättern aus, legte sie hinein und hoffte, dass das Laub die ärgste Feuchtigkeit in sich hineinsog.

Da lag ich nun, nackt wie eine Raupe, mit halb geschlossnen Augen und zwickte mich jeden Moment, um nicht zu schlafen.

Hinterhältig, mit der Ruhe, kam Not und Sorge angeschlichen.

Was konnte ich noch für die Mutter tun? Wohin mich wenden? Bei wem bitten? Wie noch für sie sprechen? Ich war ein Flüchtling. Ein Verräter. Ich selbst hatte mich ausgestoßen aus dem Orden. Alle Gott und der Gemeinschaft am Altar gegebenen Gelübde hatte ich gebrochen und geschändet. Demut und Gehorsam hatte ich verweigert, indem ich eine Jüdin dem Spruch der Oberen entriss. Sie war nackt. Sie zu berühren schon ein Bruch der Keuschheit. Und selbst der Armut hatte ich entsagt, auch wenn ich die Gemeinschaft nur um einen weggeworfnen Sack bestahl.

Bald schon würde man mich für vogelfrei erklären. Dann war ich verfemt. Und, was noch schlimmer war, wahrscheinlich morgen schon aus meiner Mutter Kirche exkommuniziert. Ein Dorn im Leib des Glaubens, der christlichen Gemeinschaft.

Ich war lebendig tot.

Wenn ich am Kerker meiner Mutter ankam, würde man mich zu ihr schmeißen, bevor ich mich's versah. Sofern ich überhaupt durchs Stadttor kam! Und falls ich noch ein Wort erheben konnte, war das der letzte Schuldbeweis, der noch gegen meine Mutter fehlte!

Was hatte ich nur angerichtet? Zu welchem Abgrundritt hatte mich das Unglücksbalg verhext? Der bloße Anblick hatte ausgereicht, mich in einem Dickicht aus lachhaftem Entsinnen, kindischer Verklärung, dunklen Trieben und Verlangen derart zu verirren, dass nach dem Vater nun auch noch die Mutter den Schächer in mir fand!

Meine Schande! Meine Schuld! Meine große, übergroße, untilgbare Schuld!

Auch wenn ich verworfen war und nichts mehr retten konnte, musste ich mich eilen. Vielleicht konnte ich mit Gottes Gnade mein würdeloses Leben gegen Barmherzigkeit für meine Mutter tauschen.

Ich zog die Kutte über. Klamm klebte sie an meiner Sündenhaut.

Mir war kalt. Ich musste laufen. Trieb mich mit schnellen Schritten vorwärts. Mehr als ein halber Tagesmarsch lag vor mir bis ans Düsseldorfer Tor.

Die Äcker dunsteten. Lachen, Tümpel überall, manche groß wie Teiche. Das Korn lag abgeknickt am Boden. Nur nah am Waldrand, im Windschatten des Sturms, standen noch vereinzelt Roggengarben.

Die Senken links und rechts vom Karrenweg brodelten wie Springquellen im Lehm. Die Rüben staken ausgeschwemmt entlang der Furchen in die Luft, die schwere Erde zwischen ihnen aufgebrochen wie Gedärm.

Vor mir, über einen sanften Hügel, erstreckte sich ein Feld Buschbohnen, niedergemäht und weggeschwemmt von Sturm und Hagel. Entwurzelt türmte sich das Wirrwarr von Pflanzen und Erdreich am Fuß der Steigung.

Eine Gestalt klaubte hastig etwas in die vorgestülpte Schürze. Im Näherkommen erkannte ich ein hinfälliges Mütterchen, die Last des Alters im Genick, als wollte sie sie in den Boden drücken. Sie schreckte auf, als sie mich hörte. Schielte mich, den Kopf im Buckel halb gewendet, ängstlich an und wollte auf die Beine.

Sie kam nicht hoch, blieb zittrig an der Ackerkrume haften.

»Wartet doch, ich helfe Euch.«

Ich trat zu ihr, um aufzuhelfen, als dumpfes Schnauben an meine Ohren drang.

Ich sah auf. Ein Schlachtross, so schrundig wie gewaltig, scharrte mit den Hufen auf dem Kamm. Aufrecht stand der Reiter im stumpfen, wappenlosen Harnisch des niedren Ackeradels in den Steigbügeln. Den Nasenflügelhelm im Ellenbogen.

»Großer Gott! Der Herr vom Baumberg.«

Auf allen vieren machte sich das alte Weib davon, krauchte auf den Waldrand zu, als könnte sie der retten. Die aufgelesnen Schoten fielen im Schwall aus ihrer Schürze.

Reglos sah der Ritter zu. Nur der Wind zauste in seinem Bart.

Behutsam, fast behäbig griff er in die Zügel und fiel zurück in seinen Sattel. Das knappe, löcherige Kettenhemd schlug hoch, als der Reiter dem Apfelschimmel die Schenkel gab. Mit gesenktem Hals trabte der gewaltige Zossen an.

Schwer senkten sich die zotteligen Hufe in den Karst. Grad auf mich zu.

Keine zwei Armlängen vor mir zog der Recke die ehedem betressten Zügel an und schnalzte mit der Zunge. Mit Flattern in den Nüstern kam der gesprenkelte Koloss zum Stehen. Ein Kopf, wuchtig wie von einem Stier. Ein Ohr nur, das andre schneckengleich verknorpelt. Die Mähne ockergelb und wüst verknotet. Rist und Kruppe gleichauf mit meinen Schultern.

»Ein Mönchlein.« Das war alles, was der Reiter sagte. Schnaufte.

Die Augen, das eine halb geschlossen von einem steifen Lid, forschten suchend die Ackerkrume ab, bis sie an dem Häuflein Bohnenschoten haften blieben.

»Hm.«

Er grunzte durch den Bart und ließ den Blick nicht von den Bohnen, als wären sie ein Schatz aus Gold. Er beugte sich sogar herunter, als wollte er die braun gefleckten Schoten zählen.

Dann strich er dem Schimmel die Zügel über den Hals und ritt an.

Im leichten Trab stampfte das Schlachtross über das aufgeweichte Feld. Der Reiter zog das Schwert.

Die Alte kroch noch immer um ihr Leben. Dann standen Ross und Ritter wie eine Wand vor ihr.

Ich rannte wie von Sinnen los.

»Bei unserm Heiland, hoher Herr! Sie hat doch nichts verbrochen!«

Die Stimme schlug mir Purzelbaum.

»Das Aas da wollte mich bestehlen.«

Die Alte rang die Hände. »Die Handvoll Bohnen. Das Unwetter hat alles weggeschwemmt. Entwurzelt. Es wäre sowieso verrottet.«

»Was du nicht sagst.« Der Ritter sah die Greisin prüfend an.

»Übt Nachsicht, Herr!«

Ich fiel dem Streiter in sein Zaumzeug. Ein Griff nur, und er wäre aus dem Sattel. Doch ich war nur ein Streiter für den Herrn.

»Lasst gut sein, edler Herr.«

»Nun ja.«

Griesgrämig schlug er mich mit einem Fausthieb weg. Dann packte seine Faust die Hand der Alten, zog sie zum Sattel hoch, und ansatzlos, als wäre es ein hinderlicher Ast in einem Hohlweg, durchtrennte er das mürbe Handgelenk mit seinem Schwert. Das Weiblein stürzte ohne Laut. Ein Rascheln bloß, als sie mit ihrem Flickenkleid am Boden aufschlug.

»Am jüngsten Tag wird Er mit Euch auch keine Nachsicht kennen.« Ich war außer mir.

Der Ritter streifte sein Schwert an seiner Satteldecke ab. »Was willst du denn? Sie lebt.« Er wienerte mit seinem Handschuh an der Schneide. »Heißt es nicht: Gib dem Kaiser, was des Kaisers ist?«

»Und Gott, was Gottes ist. Gerechtigkeit und Nächstenliebe.«

»Auge um Auge. Zahn um Zahn. Du sollst nicht stehlen! Hat man dir das nicht beigebracht? Ich übe hier Gerichtsbarkeit. Auf meinem Boden. Milde weckt nur Begehrlichkeit. Meinst du, ich lass mir noch den letzten Bissen von dem Gesindel stehlen? Unsereins lebt gottesfürchtig, solang man uns nicht um die Ernte bringt. Hagel, Stürme, Eis im Sommer! Da bleibt nichts für die Raben! Dich mästen sie in deinem Kloster.«

Er riss sein Pferd herum und gab ihm schlechtgelaunt die Sporen. »Lass dich hier nicht mehr blicken! Hörst du? Ich weiß doch, dass ihr Brüder mit dem Auswurf unter einer Decke steckt!«

Ein Feldstein, taubengroß, sah vor mir aus der Erde. Im Werfen war ich trefflich. Als Kind erwischte ich auf fünfzig Ellen jede Ratte. Jedoch – *mein* ist die Rache, sagt der Herr. Und ich musste Ihm dienen.

So nahm ich mich der Alten an, riss einen Fetzen aus dem Saum der Kutte und wickelte damit das Handgelenk, so fest ich konnte. Ohne Besinnung lag die Frau in meiner Achsel. Das Blut pulste aus der Elle wie eine träge Quelle. Ich riss mir einen Ärmel ab, faltete ihn dreifach, breitete ihn um den Stumpf und zog die Binde mit ein paar losen Fäden zu.

Da drang mir ein schwerer Schlag ins Ohr wie Donner. Als ich in die Richtung sah, aus der der Rumor kam, lag der Ritter langgestreckt hinter seinem Pferd, ein Pfeil stak unterm Adamsapfel wie ein Banner.

Vom Waldrand kam ein großgewachsener Mann gerannt. Das schulterlange Blondhaar wippte im Laufen wie ein Schweif.

Mit ein paar langen Sätzen war er bei dem Reiter, riss den Pfeil heraus, erhob sich dann breitbeinig über ihn. Die Rechte ging zum Dolch im Gürtel, ein flinker Schnitt, die Gurgel klaffte auf wie ein gespaltner roter Apfel.

Mit geübten Griffen fingerte der Blonde den Toten auf Kostbarkeiten ab. Genugtuung und Hochmut las ich in seinen Zügen, als er Siegelring und Schwertgurt an sich nahm und aus der Geldkatze des Ritters vier schwere Silbermünzen in seine Schnapphand leerte.

Dann kam er auf mich zu und warf mir eine Münze vor die Füße.

»Du kannst ihm eine Messe lesen. Er wird sie nötig haben.«

»Genau wie du.«

Die Münze ließ ich liegen. Der Hüne lachte auf.

»Gerechtigkeit wächst nicht an Bäumen.«

»An Schwertern aber auch nicht.«

»Willst du denn alles dulden?« Sein Kinn wies auf die Alte.

»Wer das Schwert erhebt, wird vom Schwerte sterben.«

»Und wenn schon. Was hast du zu bieten? Gebete. Fromme Worte. Schalen Trost.«

Was konnte ich dagegen sagen? Er hatte recht. Mir blieb nur, Pein und Not zu lindern.

»Hilfst du mir? Wir müssen einen Wundarzt finden.«

»Den kannst du dir sparen. Sieh nur hin.«

Das alte Mütterchen hatte die arme Seele ausgehaucht. Ich verschloss ihr die Augen, faltete die Hände und gab ihr meinen nichtsnutzigen Segen.

»Sie muss begraben werden.«

»Leg sie zu ihrem Grundherrn. Da hat sie ihr Grab.«

Er schnappte sich das Pferd des Ritters und saß auf. Dann gab er ihm die Fersen und sprengte auf den Waldrand zu.

In selben Augenblick trat sie wie eine Elfe aus dem Saum des Hains, das Leuchten ihrer Augen machte sie zur Feenkönigin, und selbst der Sack lag um sie wie ein goldner Mantel, aus Sternenstaub gewebt.

Der Apfelschimmel war jetzt auf gleicher Höhe mit Rebecca. Ohne den Galopp zu bremsen, fasste sie der Hüne an der Achsel, rutschte rückwärts, sie sprang, und er zog sie im hohen Bogen vor sich in den Sattel, hielt dann auf einen Waldweg zu, der sich die Hügelkuppen hoch nach Osten zog.

Nur einmal meinte ich, Rebeccas Blick zu spüren.

Dann trug der Apfelschimmel seine Reiter über die nächste Kuppe und verschwand. Ausgestorben lag die Schneise im flirrend weißen Dunst.

Einzig ein Bussard kreiste noch um die Wipfel.

Ich zog die Alte zu den Bäumen, deckte mit bloßen Händen Erde, Zweige, Blätter über sie, so gut es ging.

Ich scharrte wie ein Hund. Ein Kläffer.

***

Ich schlich mich am Rhein entlang. Wenn mich die Häscher fanden, konnte ich wenigstens noch in den Fluss entkommen. Zur Zeit der Non passierte ich die Feste Zons am andern Ufer.

Die Beine setzte ich wie Stelzen. Die Füße spürte ich schon längst nicht mehr.

Als schon die Dämmerung mit Macht hereinbrach, leuchteten auf einer Anhöhe zaghafte Lichter eines Dorfes auf.

Ich wagte mich bis auf einen Steinwurf hin. Zwei Höfe. Stallungen. Ein tiefgedrücktes Fachwerkhaus. Strohgedeckte Hütten um die hölzerne Kapelle mit dem runden Wehrturm. Hier war ich schon einmal durchgekommen. Länger als zehn Jahre war das her, an der Hand der Mutter.

Da, das ist Himmelgeist – hatte sie gezeigt. Und noch mal, langsam, die Zunge voller Schmelz: Himmelgeist. Der Name hatte sie verzückt.

Von hier aus bis nach Düsseldorf brauchte man drei gute Stunden. Wenn man nicht kraftlos und halbtot war wie ich jetzt.

Vor dem Fachwerkhaus lockte mich ein Brunnen. Ich brannte innerlich. Nur ein paar Schlucke, um meine Kehle zu benetzen. Doch ich wagte mich nicht hin.

Am liebsten hätte ich an der nächstbesten Tür gepocht, um einen Kanten Brot gebettelt, vielleicht mit Schmalz oder sogar ein wenig Gerstengrütze dazu. Ein Nachtlager erfleht, ganz nah beim Feuer in der Küche. Oder mich in den warmen Stall gestohlen.

Allein – man würde mich befragen, erforschen, wo ich herkam und wohin ich wollte. Und blieb nur eine Spur Verdacht, würde ich Bekanntschaft mit dem Büttel machen. Im schlimmsten Fall hatte sich der entsprungne Mönch schon herumgesprochen. Mit Freude würde man mich dann dem Vogt verraten und mich in Ketten auf dem Ochsenkarren sehn. Falls man mich nicht gleich auf dem Dorfplatz in die Hölle drosch.

So blieb ich an der Böschung liegen und fiel in einen todesstarren Schlaf.

Ein Scheuern weckte mich, wie von einem Mahlstein. Erst sah ich nur fahle Sterne durch dunkle Wolkenwände zwinkern. Dann entdeckte ich die Karrenräder, keine zwei Schritt von meinem Kopf. Ich sprang auf.

»Habe ich Eure Andacht unterbrochen, Freund?«

Die Stimme warm und herzlich. Der Mann, dem sie entsprang, war dafür umso verwegener gekleidet. Ein goldbesticktes Wams, mit einer Sonne auf der Brust. Beinlinge, blau und gelb geringelt. Die Stiefel rot, aus zartem Leder. Und auf dem Kopf eine Art Kardinalshut, nur in Gelb und Rot und wieder Gold, mit Federbusch. Darunter ein Gesicht wie Kreide mit winzig wasserblauen Äuglein.

»Verzeiht, ich habe mich nicht vorgestellt. Doktor Hubertus Wipfling, Magister und Gelehrter, Doktor, Magier und Alchimist. Was nicht heißt, dass wir Schacherfeinde wären.« Er kicherte in sich hinein. Schien auch von mir ein Lachen zu erwarten.

Ich blieb ihm den Gefallen schuldig.

Das Lächeln blieb an seinen Lippen kleben.

»Nehmt doch wieder Platz. Im Sitzen plaudert es sich besser.« Er musterte mich wie einen Lurch. »Sagt, seid Ihr Pater oder Laienbruder?«

»Novize erst.«

»Ah ja. So habt Ihr schon die niedren Weihen. Nun ja. Verratet mir, was treibt Euch zu so später Stunde um?«

Bevor ich eine Antwort finden konnte, setzte er aufs Neue an: »Nein, wartet, sagt mir erst, habt Ihr auch von dem entlaufnen Mönch gehört? Vielleicht ein Klosterbruder gar von Euch? Ein Kloster gar nicht weit von uns. Auf etwas mehr als halber Strecke hier nach Köln. Die Abtei bei Mülheim. Falls Ihr diese kennt.«

Er grinste schlüpfrig, als könnte er Gedanken lesen. Mein Herz schlug wild drauflos. Ich verneinte stumm, doch Hitzerot schlug mir auf beide Wangen.

»Nun ja, man kann nicht alles kennen. Ich kam zufällig meines Wegs in diese Gegend. In Köln war ich Gast beim Dechanten von Sankt Kilian. Ein frommer Mann. Und weise.« Hubertus räusperte sich, kratzte in den Zähnen. »Man tauscht sich gern mit Gleichgesinnten aus. Er frönt wie ich der Alchimie. Er hat mir das Rezept zu einer Löwenzahnessenz gegeben, die Tote aufweckt. Nun, kurz und gut, ich fahr mit seinem Segen aus der Stadt. Zwei Zimmerleute geben mir ein Stück Begleitung. Ihr kennt den alten Treidelpfad am Rhein? Nicht? Bergisch gräfliche

Reiter kommen uns entgegen. Nicht einmal. Zweimal. Und fragen jedes Mal nach einem jungen Mönch. Im Grau der Benediktiner. Nein, sagen wir wahrheitsgemäß und artig. Dann will ich's aber wissen und frage gradheraus: Ihr Herren! Verratet mir, worum es geht! Ich komme viel herum. Vielleicht kann ich Euch helfen. Erst zögern sie, und dann … fast hab ich mir so was gedacht … auch die Heiligen sind doch nur Männer …«

Wie gebannt starrte ich dem Magister auf die schmalen Lippen.

»Und dann? Was sagten sie?«

»Wegen einem Weibsstück ist er ausgerückt! Ich wusste es! Ein Weib! Mit Ach und Oh, Trallala und Getändel hat sie dem Tropf den Kopf verdreht, bis ihm die Kutte platzte!« Er sah mir untern Bauch. »Ihr wisst schon, wo!« Der Doktor kicherte in sich hinein. »Dann ist die Hübscherin gleich mit ihm durchgebrannt. Und wisst Ihr, was ich glaube?«

Ich rätselte ihn an.

»Da war noch Gold im Spiel! Ein Messkelch! Ein Steinchen aus dem Abtsstab oder gleich ein Ring. Zumindest ein paar Münzen.«

Hubertus sah mich selbstbegeistert an. Und schlug dann tückisch um.

»Ihr müsst im gleichen Alter wie das Mönchlein sein. Wärt Ihr mit einer Dirne unterwegs, dann möchte man fast meinen … Sagt, wo kommt Ihr denn her?«

»Aus Duisburg.«

Ich log schnell. Und schlecht.

»Ach, gibt es da jetzt Benediktiner? Eine Priorei?«

»Ganz klein.«

Mir wurde immer mulmiger. Eine Kröte kroch mir durch den Hals.

»Soso. Im Hafen?«

»Nicht weit davon. Gleich bei der Schmiedegasse.«

Die gab es überall. Sicherlich auch in Duisburg.

»Ach ja! Am Markusplatz?« Er schlug die Fingerspitzen an die Schläfe. »Das Alter macht zwar weise, doch vergesslich.«

Er ging mir auf den Leim. Ich war erlöst.

»Genau. Am Markusplatz.«

»Der wäre dann genauso neu wie Eure Priorei!«

Erst zog er den Dolch. Und dann den Hut. Stülpte ihn gelassen auf sein Knie.

»Ich vermute mal, wir kommen ins Geschäft.«

Mir wurde schwindelig und flau, mein Gedärm kochte und würgte mir den Magen.

»Verzeiht mir, ich versteh Euch nicht. In was für ein Geschäft?«

»Eine blitzsaubere Hand wäscht die andre. So ist das guter Brauch.« Das Lächeln dieses Magiers war bitterer als Krötengalle. »Ich vergesse nicht, dass ich vergesslich bin. Ihr überlasst mir dafür den Inhalt Eurer Taschen.«

Na, wenn's nichts weiter war, wonach er schielte! Dem Manne war zu helfen.

Ich kniete hoch und zupfte ihm die Beuteltasche auf Höhe meiner Leiste raus. Ein bisschen Sand und Kiesel. Nicht mal ein Krümel Brot. Den hätte ich auch längst verdaut.

»Ist das alles? Dreht Euch um.«

Hubertus wies mir mit der Schneide seines Dolchs die Richtung. Tastete mir grob den Rücken ab.

»Na, setzt Euch. Entweder seid Ihr nicht der Gesuchte. Oder das saubre Früchtchen hat den Dieb bestohlen. Was haltet Ihr davon?«

Ich hing schief auf meinen Knien, drehte mich wie auf dem Rad und ging fast von allein zu Boden. »Ich habe nichts gestohlen.«

Mein Mund war gleichsam verklebt.

»Was machen wir denn da?« Der Doktor legte seine Stirn in Falten. Dann schob er die Gürtelschnalle auf den Rücken, bis ihm die Scheide überm strammen Bauch herabhing, steckte seinen Dolch zurück, zog die Schnalle wieder vor und stand mit einem Ächzen auf. Er ging zu seinem Maultierkarren, griff unter die Kutschbank und kam mit einem Ziegenschlauch zurück, in dem ein Korken steckte.

»Kommt, Freund, trinkt einen Schluck.«

Er zog den Korken aus dem Lederhals, der in einem Wulst abschloss. So etwas hatte ich noch nie gesehen.

»Nun trinkt. Das ist kein Gift. Aber Vorsicht mit den Fingern, nicht so fest, sonst strömt der gute Wein heraus.«

Unsicher wie ein grad geschlüpftes Küken nahm ich den Schlauch entgegen und setzte mir den Wulst an meine Lippen.

»Na, noch ein Schluck. Das ist Labsaal für die Seele. Auf Euer Wohl.«

»Auf unsern Herrn.«

Der Wein wärmte mich wie ein Mantel. Ich setzte dankbar ab und reichte meinem Spender den Schlauch zurück.

Hubertus gönnte sich einen Sturzbach wie ein Fuhrknecht. Dann tupfte er das Mündchen mit zwei Fingerspitzen ab. Die Sitte war mir fremd. Wem immer er sie abgeguckt, er vollführte sie galant, fast höfisch.

Er räkelte und streckte sich.

»Bei Tagesanbruch will ich nach Düsseldorf.«

Viel zu spät bemerkte ich, dass ich die Brauen hochzog. »Ach, Ihr auch?«

Schon wieder wusste ich mich ertappt.

»Ein verschlafnes Städtchen. Hinter hohen, festen Mauern. Und Torwachen, die keinen Spaß verstehen. Tja. Ein eignes Volk, die frisch erkornen Städter.« Er verstaute seinen Ziegenschlauch unter der Karrenplane. »Wäre ich ein entsprungener Mönch, mich würde es in die Stadt ziehen. In eine möglichst junge. In der sich jeden Tag neue Gesichter zeigen. Stadtluft macht bekanntlich frei. Ein Jahr. Ein Tag. Und alles vorher ist vergessen.« Er schmunzelte mich arglos an. »Was meint Ihr, Freund? Soll ich Euch schleusen?«

In mir war Aufruhr. Der Mann war fremd, kein Freund, was konnte ich ihm sagen? Ging ich auf seinen Vorschlag ein, war das ein Geständnis. Dann war ich jeder Niedertracht hilflos ausgeliefert. Er konnte mich verraten und verkaufen. Oder mich zu Dingen zwingen, die mit Fegefeuerqualen nicht zu bezahlen waren. Ich wog ab und wusste doch, ich hatte keine Wahl.

Er wartete geduldig, aber prüfend.

»Na? Denkt in Ruhe nach. Wir haben Zeit. Ich mache mich solange in meinem Karren lang. Ein wacher Geist braucht einen ausgeruhten Körper.«

»Ich habe nichts, was ich Euch geben kann.«

»Oh doch. Sicher. Gewiss.«

Hubertus beugte sich weit in den Wagen, brachte eine Kiste mit kunstvollen Beschlägen hervor. Innen ausgeschlagen mit glänzender Seide und angefüllt mit winzigen Phiolen und Amphoren. Was der Doktor aber herauszog, war ein silberner Zylinder. Er hob den Deckel ab und schüttete drei flache weißliche Oblaten heraus. Hostien. Er blickte auf.

»Die sollt Ihr mir weihen.«

»Das kann ich nicht.« Ich war verstört. Ich hatte keine Priesterweihe, und selbst wenn, die allerheiligste Wandlung war an die Messe, die Eucharistie, gebunden. Das ist Christi Leib! Und dies das Blut des Herrn! Nur im Andenken des letzten Abendmahls, des Gottessohns, der sich für uns geopfert hat, konnte, durfte der Gläubige die Kommunion vollziehen.

»Ein Samariterdienst. Eine Tinktur. Die will ich rühren für die ärgsten Wunden.«

»Ein seltsames Rezept.«

Jeder Krümel der geweihten Hostie war Teil und Sinnbild des Allmächtigen. Der Priester, der Gesalbte, hatte sie mit seinem letzten Tropfen Blut zu schützen. Bei der Erstürmung Akkos hat ein Bruder am Altar dem Tod so lange widerstanden, bis er die letzte Hostie aus dem Tabernakel verspeist hatte. Erst der vierundzwanzigste Pfeil der Muselmanen vermochte ihm das Leben auszuhauchen.

Hubertus hatte anderes im Sinn. Ihm ging es allein um seine Rezeptur.

»Probat ist die Mixtur, wenn sie fromm gerührt wird. Wir Alchimisten nennen sie den Gralssud, weil sie tödliche Wunden schließen kann. Ein Ritter aus dem Schwäbischen, im Turnier vom Pferd gemetzelt, wurde durch ein Großschwert beider Beine ledig. Der Gralssud hat die Stümpfe gleich verschlossen. Der wackre Streiter lebt bis heute. Ohne Beine.« Er streckte sich, als würde er auf Beifall warten. »Und wisst Ihr was? Die Salbe war von mir! Fünf Hostien. Geweiht! Nicht wie Betrüger, die Oblaten aus der Klosterbäckerei verwenden! Pah! Da liegt kein Segen drin! Nun kommt schon. Tut mir den Liebesdienst.«

»Wie verfertigt Ihr die Salbe?«

Er wand sich in den Schultern. Rang mit sich.

»Mein Freund, das ist geheim. Im Wesentlichen besteht der Sud aus Mistel, Kamille, Nieswurz, Ameiseneiern und einer Prise Eulenkot aus einer Vollmondnacht. Darin löst man die Hostien ...«

Ich geriet außer mir, ging dem Magister an den Kragen. »Ich soll Euch die Hostien weihen? Dass Ihr den Leib des Herrn mit Scheiße mengt?« Ich stieß Hubertus von mir. Hart schlug er an seinen Karren.

»Das bereust du noch!«, keifte er. Stieß tausend Flüche aus.

Ich ließ ihn einfach fauchen und sah zu, dass ich Land gewann.

Nur mühsam schleppte ich mich noch von dannen, spürte alle Irdenschwere bei jedem allzu müden Tritt. Denn ungebärdig wie die Igel stachen mir die Knorpel meiner Beine in mein wundes Becken, als wollten meine Knie sich zermahlen.

10. Kapitel

So irrte ich wie ein dem Fangeisen entsprungner Hase durch die finstre Nacht. Nur die Käuze krächzten ihre Warnungen heraus.

Dann endlich, unter einem Himmelsbogen, aus dem die Sterne matt für diese Nacht verschwanden, lag die Stadt vor mir im Morgendunst.

Nur ganz vereinzelt glitzerte ein Licht über die Mauern. Da also lag Düsseldorf.

Anno '88 des vergangenen Jahrhundertreigens hatte Berg dem Dorf am Rheinlauf einen Hafenkai vermacht und es zur Stadt erhoben, wie eine Urkunde verriet, die ich vor Jahren im Kloster zu kopieren hatte. Nur zu gern hätten die Bürger auch noch das Stapelrecht gehabt, das Vorkaufsrecht auf alles, was vor den Mauern angelandet wurde. Doch damit hätte Berg den größten Vorteil gegenüber Köln verspielt – beim Verladen auf die flachen Barken, die den Oberrhein befuhren, griff man den Schiffern in der Domstadt emsig in die Beutel. Dagegen war das Löschen in Düsseldorf von allen Abgaben und Zwängen frei. So bekam der Hafen zwischen Köln, Duisburg und dem kaiserlichen Werth Vorteil und Bedeutung, zumal Berg seiner Stadt Zollfreiheit für die ganze Grafschaft zugestand.

Schon vor der Neige des Jahrhunderts wuchs das Städtchen auf vierhundert Bürger an – und Ungezählte, die nicht das Bürgerrecht besaßen.

Inzwischen tummelten sich gut und gerne täglich über tausend in den Mauern. Und genauso viele noch davor.

Immer mehr zog es aus den Weilern und Gehöften in die Stadt. Leibeigene aus linksrheinischen Gefilden, denen die Flucht über den Rhein gelungen war. Tagelöhner und Gesellen auf der Walz. Versehrte Bergarbeiter aus Westfalen. Krüppel und Entsprungene aus Steinbrüchen und Söldnerheeren. Fliegende Händler, Krämer, Marktschreier und Possenreißer. Und immer wieder Heimatlose: Ketzer mitsamt Anhang und Gesinde. Nachfahren der Katharer und Albigenser aus dem Languedoc. Bedienstete der Templer und all des andern Ketzerauswurfs, der sich auf der Flucht vor den Dominikanern der Heiligen Inquisition über die Handelswege und Trampelpfade des Römischen Reichs ergoss.

Kein Zweifel. Düsseldorf war eine Stadt.

Und eine Festung. Mit Graben, Wall, Türmen und Mauern im Geviert. Unüberwindlich und robust gegen jeden räuberischen Angriff.

Und schier unzugänglich für jeden, der hineinzuschleichen suchte.

Ich schritt geduckt die ganze Mauer ab. Dann fand ich, was ich suchte. Beim Südostturm ließ sich eine Ente vom Wall in den Festungsgraben gleiten, schwamm die zwanzig Ellen auf der trüben Brühe, die Färbern, Gerbern, Senkenknechten als Abflussbecken diente – und verschwand! Die Mauer musste einen Durchschlupf haben.

Ich sah mich um.

Nur schwach wurde der Himmel vom Morgenlicht erhellt. Noch ging keiner auf die Felder. Das zerlumpte Lager aus Zelten und Verschlägen, das sich zu meiner Rechten bis hinter der Wassermühle auf die Hügel zog, wirkte leblos. Nur ein ausgezehrter Köter schnüffelte um die verloschne Feuerstelle.

Das Vordorf der Juden mit der hohen Hecke dämmerte verschlafen vor sich hin.

Auf dem Mauerkranz rührte sich nichts. Nur hin und wieder hörte man entfernt die Schritte einer Wache von den Zinnen.

Ich kroch den Wall hinauf. Verharrte oben Augenblicke flachgedrückt.

Kein Tritt, kein Ton drang aus der Stadt. Die Nachtwächter beendeten woanders ihre Runde.

Ich rutschte langsam in den breiten Graben. Die Jauche moderte und stank. Vor mir schwänzelten zwei Ratten durch Moos und Unrat auf dem Wasserspiegel.

Ich schwamm behutsam, Arme und Beine unterhalb der Oberfläche. Und auch den Kopf hielt ich nach Möglichkeit im trüben Nass, so widerlich die Abflussbrühe mir auch in Mund und Nase drang.

Der Graben wurde seicht, ich kletterte ins Trockene. Bäuchlings presste ich mich ans Mauerwerk. Niemand hatte mich bemerkt.

Handbreit um Handbreit tastete ich die Fugen ab, bis ich den Spalt gleich überm Fundament entdeckte. Mein Arm kam mühelos hindurch. Mein Kopf passte mit Not.

Wollte ich durch, musste ich noch ein paar der Felssteinquader lockern.

Ich versuchte es mit aller Gewalt meiner Hände. Die Fugen hielten stand. Auch ein stabiler Stock als Hebel brachte mich nicht weiter.

Ohne Hacke und den damit verbundnen Lärm war der Spalt nicht auf Schultermaß zu bringen. Die Mauer war so festgefügt, dass jeder Eindringling verzweifeln musste. Höchstens als Neugeborenes hätte ich an dieser Stelle in die Stadt einzudringen vermocht.

Widerwillig glitt ich zurück in die grüne Haut des Grabens, brachte mit gehetzten Zügen die Gülle hinter mich.

Als ich den Wall herunterkam, ging die Sonne hinter einem Wolkenschleier auf. Trauer kroch mir durch die Eingeweide.

Nichts brachte ich zuwege.

Allein und von aller Welt verlassen würden sie meine Mutter über die Todesschwelle stoßen.

Noch einmal flehte ich den Herrn um Vergebung für meine Verbrechen an. *Ich* hatte gefehlt. *Ich* hatte ihn verlassen.

Die Klagen gegen meine Mutter mussten ein Irrtum sein. Vielleicht Intrigen. Unbedachte Worte eines Nachbarn. Ein falsches Wort, ein scheeler Blick, schon war man ein Zauberer, ein Teufel mit dem bösen Auge.

Doch Seine Gnade war unendlich. Seine Erde war gerecht. Und Seine Kirche voller Großmut.

Der Gelderner mit seiner Gier nach Allmacht, Geltung und Bedeutung, Pomp und Ämtern war bloß einer Seiner Diener. Nicht wirklich Seiner würdig. Er war nur eine Prüfung für meinen wahren Glauben. Für die wahrhaftige Hingabe an Ihn.

Jeder Vorwurf, jeder Vorbehalt gegen meine Mutter musste sich mit Gottvertrauen klären lassen. Ihre Richter waren meine Brüder. Von frommer Härte, tiefgläubigem Eifer, doch letztlich ohne Häme, voll Barmherzigkeit im Herrn.

Sie mussten, würden mich verdammen. Mein Orden mich verstoßen. Schwerste Buße würde man mir auferlegen. Einen Pilgergang nach Santiago di Compostela. Ein strenges Fastenjahr. Bewährung als gesichtsloser grauer Büßer, fern der Menschen. Möglicherweise Jahre der Diakonie. In einem Siechenhaus. Im schlimmsten Fall im Aussätzigendorf. Doch nach der Zeit des Purgatoriums war ich wieder frei.

Frei an der Mutter gutzumachen, was sie im Augenblick durch mein Unvermögen, sie aus dem Kerker zu erlösen, litt. Sicher hatte ich ihre Lage durch meine Schuld und Unbotmäßigkeit zu allem Übel noch verschlimmert.

Zurück aufs Feld würde ich gehen. Zum Schäfer als Gehilfe. Auch ohne Murren zu den Schweinen. Ein ganzes Leben blieb mir noch zum Büßen, zur Reinigung von meiner Schuld und Schande. Ich wäre eine Laus, ein Staubkorn.

Und dennoch, ich dürfte wieder gottesfürchtig sein.

Wie zur Bestätigung kam auf unsicheren Beinchen ein Küken auf mich zugetaumelt, die Flügelstummel flatterten so erregt wie ungeschickt. Der rot geflammte Kater war keine zwei Ellen mehr entfernt, gerade setzte er zum Sprung an – als ich mich ihm vor die Nase stellte. Ich beugte mich herab. Der Hunger in den Augen verzerrte sein Gesicht. Er fauchte.

»Es ist so jung. Kaum aus dem Nest. Auch du warst mal so hilflos. Und Er hat deinen Weg geleitet. Da.« Ich deutete auf einen Fischkopf, der am Saum der Bleiche lag.

Die geschlitzten Augen des Katers nahmen Maß an mir. Dann trollte er sich zu dem Fischkopf.

Das Küken stakste mit abgespreizten Flügeln über den Wall. Ich lief ihm nach, um es vor einem weitren Angriff zu beschützen. Und dennoch, was war schon eines Menschen Schutz? Einzig Er war es, der uns das Leben lieh. Uns in Seiner Güte barg. Und auch mich zurück in Seine Gnade nehmen konnte.

Immer wieder versuchte der kleine Nestflüchter vom Boden

abzuheben. Viel zu kurz und schwach waren dazu die Flügel. Schließlich kostete das aufgeregte Flattern das Küken eine Feder. Sanft und flauschig tanzte sie im Wind.

Gedankenlos nahm ich sie an mich und suchte weiter nach einem unentdeckten Durchlass im stolzen Mauerwerk.

Mit jedem Schritt verlor ich mehr und mehr die Hoffnung. Jedes Suchen war am Ende sinnlos. Die Mauern waren dicht. Die wenigen Stellen, die die Frühjahrshochwasser brüchig gemacht hatten, waren sorgsam ausgebessert.

Nach Düsseldorf war kein Hineinkommen.

Dennoch, ich musste diese Mauern überwinden. Nicht mit Gewalt, mit dem Verstand.

Und dann, mit einem Mal, schenkte Er mir ein Zeichen. Auf einmal wusste ich, Er hatte mich erhört.

Halb verdeckt von einem Feldstein fand ich einen Flicken Samt. Glänzend schwarz, mit violetten Punkten.

Und damit einen Einfall.

Denn meine Rechte barg immer noch die gelbgoldige Feder.

11. Kapitel

Als ich über die Wallbrücke aufs Südtor zuschritt, fing es an zu regnen. Ich dankte Gott aus tiefstem Herzen. Ohne Argwohn zu erregen, konnte ich jetzt meine Kapuze überstülpen. Ich zog sie, so tief es eben ging, in meine Stirn. Und barg Hals und Kinn nasenhoch im Kragen meiner Kutte.

Der Torhüter winkte mich fröstelnd zu sich. Ein Kerl mit Schweinskopf und dem Porenriss der Säufer.

»Wohin willst du, Bruder?«

»Remigius, der Subprior von Sankt Gregorius in Mülheim, schickt mich. Zum Kanonikus. Eurem Dechanten Wigbert.«

In meinem Innern bat ich Remigius noch einmal um Vergebung, dass ich mich auf ihn berief. Sein Ableben war hier gewisslich nicht bekannt, sein Name dafür umso mehr. Und Dechant Wigbert war ein Glücksfall. Das altersschwache Männlein hatte sich vergangnes Jahr in unsere Abtei gequält, um Kopien der in der Klosterbibliothek komplett geführten Augustinuswerke von Remigius zu erbitten. Dabei war unschwer zu erkennen gewesen: der umtriebige Gottesmann hörte nur noch Stimmen laut wie Glocken. Und war, was in meinem Fall noch schwerer wog – vergib mir Herr, wenn ich für das Gebrechen eines Bruders ohne Häme danke –, zuweilen recht vergesslich, ja verwirrt.

»Was willst du vom Dechanten?«

»Ich soll ihm das hier bringen.« Mit eindrucksvoller Geste zog ich das Samttüchlein hervor. Auf der Fläche meiner Linken breitete ich das Gewebe aus – in seiner Mitte bettete es die Kükenfeder, die im ersten Tageslicht noch goldener erstrahlte.

Der Wächter sah mich fragend an.

»Von der Flügelspitze eines Seraphs.«

Der Wachmann stutzte. Fragte unwirsch gleich zurück. »Von welcher Flügelspitze? Eines was?«

»Die ist vom Flügel eines Engels, Mann! Weißt du vielleicht nicht, dass beim letzten Kreuzzug die Engel selbst für uns gefochten haben? Einem sechsflügligen Seraph ging einer durch den Streich einer Damaszenerklinge ganz verloren. Mit größter Mühe haben Johanniter den Muselmanen den Flügel wieder abgetrotzt. Ihre Gnaden, Walram, der Erzbischof von Köln, hat ihn kürzlich erworben. Einige der allerheiligsten Federn unserm Kloster übergeben. Und unser Prior schickt nun eine dieser Federn als Zeichen der Huld für diese Stadt und den Kanonikerkonvent.«

Der Torhüter neigte das Knie und bekreuzigte sich, ohne den Stechspieß aus der Hand zu legen.

Ich bat den Herrn und alle Engel um Vergebung für meine argen Lügen und die dreiste List.

»Was ist jetzt? Kann ich endlich zum Kanonikus?«

»Natürlich. Selbstverständlich. Bloß«, er neigte sich nach vorne, stieß fast mit seiner Knollennase an das Tuch, »ich weiß nicht. Die Feder könnte fast auch von einem Küken sein.«

Ich hatte keine Wahl. Ich musste noch tolldreister auftischen.

»Soso. Von einem Küken, sagst du. Eine Engelsfeder kommt also bei dir vom Küken. Das ist Blasphemie!« Es schien, er verstand mich nicht. Ich setzte eine Richtermine auf und sprach getragen weiter. »Gotteslästerung. Ich denke, am besten erzählst du das noch einmal der Inquisition.«

Das Wort reichte, ihn erstarren zu lassen. Er fuchtelte wild mit beiden Händen durch die Luft. Der Stechspieß ging gleich mit.

»Bewahre! Nein! Ihr missversteht mich völlig, junger Bruder. Nie und nimmer würde ich zu zweifeln wagen. Es war nur, weil ich dachte ... Ihr wollt zu Dechant Wigbert?«

»Das sagte ich doch. In der Tat.«

Beflissen kam er aus seinem Unterstand im Torbogen. »Ihr kennt den Weg?«

»Gewiss«, schnitt ich auf. »Falls sich seit vergangnem Sommer nichts verändert hat.«

»Nicht dass ich wüsste. Ihr geht vorn links den Breiten Graben und rechts beim Bürgerhaus dann in die Alte Stadt. Immer an den Herrschaftshäusern entlang. An der Stiftskirche biegt Ihr zur Rechten ab, dann seht Ihr schon am Stiftsplatz den Kanonikerkonvent. Das zweistöckige Haus mit den geschwärzten Schindeln. Da findet Ihr den Dechanten.«

»Habt Dank. Ich kenn den Weg.«

»Und was den Inquisitor angeht …« Der Wärter sah mich mit einem Flehen an, das mir durch Mark und Bein ging. Schon reute mich, wie unverschämt ich ihn mit frommem Aberglauben übertölpelt hatte. »Ich habe niemals nichts bezweifelt. Ich zahl den Kirchenzehnt von meinem Sold, und jeden Sonntag bin ich mit meiner Frau und den fünf Kindern in der ersten Messe. Ich bitte Euch, vergebt mir meinen Argwohn.«

»Wisst Ihr was? Ich denke, wir vergessen alles. Gleich, wie lange ich in Eurem schönen Städtchen bleibe. Kein Wörtchen über Euch kommt über meine Lippen. Wie versiegelt sind sie. Und Ihr versiegelt Eure einfach auch.«

Er wollte dankbar meine Hände greifen. Ich brachte noch mehr Niedertracht nicht auf und machte, dass ich schleunigst wegkam. Zwischen zwei Händlerkarren entwischte ich seinem Sichtfeld.

Die Gassen stanken bestialisch. Alles schwamm im Schlamm. Abfälle, Kehricht, Hühner-, Schweinekot, Verdorbenes und längst nicht mehr Gebrauchtes.

Ich mied den Trubel um den Breiten Graben, schlug mich direkt nach Osten in den Hohlweg zwischen Stadtmauer und dem Mauerrist des Stiftsfriedens, bis ich in die Schreinergasse kam. Dicht drängten sich die Werkstätten in den Unterständen aneinander. Der Holzschuhmacher hatte Ansichtsexemplare auf dem Weidenholz vor seinem Laden ausgestellt. Grobe, ungeschliffne Ware ohne Färbung und Verzierung. Düsseldorf war arm, ein Mann mit Holzschuh halb betucht, ein Herr mit Lederschuhen oder gar mit Stiefeln bestimmt ein Kaufherr oder Kämmerer. Hohe Stulpenstiefel leisteten sich allein der Adel und der hohe Klerus. Seit dem letzten Kreuzzug hatte sich die Afferei verbreitet, die Spitzen immer gewagter zu verlängern, auszustopfen und wie ein Entenbürzel himmelwärts zu biegen. Solch ein geckenhaftes Meisterwerk hatte sich der Schuster gleich nebenan an den Dachbalken gehängt.

Aus der Tischlerei drang der Geruch von Harz und Sägemehl. Ein Geselle versuchte den Deckel einer schweren Truhe einzupassen, wurde dabei vom Meister mürrisch eingewiesen.

Über die Schwelle der Küferwerkstatt kroch der Pechdunst. Der Handwerkerhof selbst war hinter seinem Wall von Hölzern und Eisenreifen kaum noch auszumachen. Zwei Brauknechte, von ihrem Wirtsherrn angeleitet, stapelten fluchend mannshohe Fässer auf ihren Handwagen im Gassendurchgang.

Dann reihten sich die Lehmhütten der Schneider, Schuster und der Gürtelmacher. Der Kesselflicker hämmerte das Zinnblech im Verschlag beim Schmied, den man wegen seiner Esse, ähnlich wie den Bäcker am Fuß der Gasse, nah beim Mauerabschluss angesiedelt hatte.

Danach blieb nur noch ein kaum mannsbreiter Durchgang, der zum rückwärtigen Teil des Richthofs führte. Hier waren noch fast alle Häuser aus groben Bohlen holzgefügt. Mit kleinen, schiefen Fenstern und hingeduckten Türen. Durch die Ritzen roch ich Kohl.

Kohl überall. Und Graupen. Gerstenbrei. Und Haferschleim. Armeleutekost. Und dennoch, ich verzehrte mich nach einem Bissen. Einem Löffel nur.

Einerlei. Ich machte, dass ich weiterkam.

Der Richthof lag am Ostzipfel der Stadt, rechts vom Liebfrauentor nach Gerresheim, an den zweifach zinnenbewehrten Südostturm angelehnt. Auf gleicher Höhe mit dem Löwenhaus, dem größten Steingebäude Düsseldorfs, das sich durch einen schmalen Wandelgang und einen Vorplatz gegen die Fachwerkkaten in der Liefergasse abschied.

Das einstmals langgestreckte, dreistöckige Herrenhaus hatte sich in den letzten Jahren ausgedehnt wie eine Burg. Immer mehr und immer hochragendere Anbauten hatten die Grafen Berg ihrem Herrschaftssitz hinzugefügt, der einerseits als Hofhaltung bei Aufenthalten in der Stadt, andererseits als Speicher und Kontor für gräfliche Geschäfte und Unternehmungen diente und zur Alte Stadt hin, wie sich die Hauptgasse des Fleckens eigensinnig nannte, mit einem Wach- und Zeughaus und dem gräflichen Marstall abschloss.

Genutzt wurde das Löwenhaus freilich kaum noch, seit Berg in Ermanglung männlicher Nachkommen vor Jahresfrist Margarete von Ravensberg zufiel, die nichts Eiligeres zu tun hatte, als ihr Erbe Gerhard von Jülich als Mitgift abzutreten.

Seitdem war für das Löwenhaus der Aufschwung abgeklungen. Nicht einmal hatte Jülich sich mit seiner Margarete ins Bergische verlaufen, geschweige denn nach Düsseldorf.

Jetzt führte hier der Klerus ungestört sein Regiment. Solange er mit harter Hand die Steuern und die Zölle eintrieb und sie aufs Lot genau nach Jülich schickte.

Um jedes Aufsehen zu vermeiden, schlug ich einen Bogen um die Stadtburg und drückte mich unter den schiefen Dächern der Liefergasse zum Südostturm durch.

Ganz am Ende träumte ein Büttel vor dem Doppeltor zum Richthof mit dem Schandpfahl und dem gemauerten Podest des Henkers. Offen wie ein Bärenmaul ragte dahinter der Vorderteil der Schöffenhalle auf den Hof, daneben, rückversetzt, der Abgang in den Kerker und die Folterkammer unterm Turmverlies.

Der Büttel musterte mich aus einem halbverschwollnen Auge mit allem Argwohn eines ausgekämpften Hintersassen, dem man an diesem Ort das Gnadenbrot gewährte. Gleich raunzte er mich an.

»Wohin führt dich der Weg?« Er legte mir die Pike vor die Brust.

»In Euren feuchten Kerker. Zur Breughelin. Falls Ihr nichts dagegen habt.« Unterwürfig rang ich mit den Händen.

»Der ist Besuch verboten.«

»Die Beichte auch?«

»Was weiß ich. Da musst du den Richter fragen.«

»Das hat unser Subprior vermutlich schon getan.«

Wenigstens in meinen Lügen lebte Remigius noch fort. Die Welt war weiter nichts als ganz allein ein Tollhaus.

»Das schert mich nicht. Höchstselbst sitzt der Herr Stadtprälat über die Hexe zu Gericht.«

»Ah, der Kanonikus. Dechant Wigbert von Heinsberg.«

»Der ist nicht mehr Stadtprälat. Hat man dir das nicht gesagt?« Die Pike schlug mir scharf ins Rippenfell. Das halbgeschlossne Auge klaffte eitrig auf. »Und überhaupt ist mir kein Mönch gemeldet. Zeig mir mal deinen Freibrief.«

Mit schlug das Herz zum Hals heraus. Der Kerker war nur einen Atemzug entfernt. Fieberhaft sann ich auf einen Ausweg.

»Den hat man mir am Stadttor abverlangt. Soll ich ihn Euch holen?«

Der Büttel musterte mich mit Bedacht und jeder Menge Argwohn. Dann musste er sich schnäuzen. Die von der Kälte weißlich-blau angelaufnen Finger fuhren an die Nasenwand, der Rotz schoss durch die Luft. Dann kam das Räuspern eines handfesten Katarrhs. Zum Abschluss schnäuzte sich der Richthofwärter, indem er den zerbeulten Handrücken der Linken über die Nasenlöcher schnalzen ließ und dann den Schnodder artig leckte.

»Lasst Euch Misteln und Kamille brühen und etwas Löwenzahn, sofern Ihr fiebert.«

»Kennst du dich da aus?«

Er schnäuzte sich schon wieder. Doch mit dem Rotz schien auch sein Misstrauen wegzufliegen.

»Von Zeit zu Zeit helfe ich beim Infirmarius in unserm Kloster aus.«

Eine Lüge zieht die nächste nach sich, dachte ich. Wie eine Kette, die dich langsam einschnürt.

»Hm. Mistel. Kamille. Löwenzahn. Ja?«

»Ganz genau. Das ist probat.« Ich wurde tolldreist, setzte alles auf ein gnädiges Geschick im Herrn. »Erlaubt, lasst mich mal sehn.« Ich duckte mich, schielte dem Büttel in die Nase, drehte ihm dann die Stirn zur Seite und lugte in die Ohren. »O weh! Da schlägt eine Entzündung durch. Und jetzt seid so gut und öffnet mir den Rachen …«

Er riss das Maul auf, dass der Kiefer knackte. Die Zähne waren grad noch Stummel, durch eine Wolke von Fäulnis und Verwesung reckte er mir den Schlund entgegen, puterrot mit weißen Pusteln, wie ein Fliegenpilz.

»Das sieht nicht gut aus, bester Mann! Kennt Ihr ein Kraut, das sich Eukalyptus nennt? Es wächst nicht hier in unseren Gefilden. Im Kloster hätten wir davon. Hier müsst Ihr es beim Arzneihändler versuchen. Gibt es einen in der Stadt?«

»Draußen. Bei den Juden.« Die Worte gurgelten ihm auf der Zunge. »Steht es denn so schlimm?«

»Wir müssen alle hoffen. Gleichwie kann es doch nur von Vorteil sein, sich immer auf sein letztes Stündlein zu besinnen und ständig sich gewahr zu sein, dass bald schon ein jeder Seiner Gnade gegenübertritt.«

Der Büttel zuckte, als schlüge ihn der Blitz. Dann blickte er mich traurig an. »Meine Kinder sind noch klein. Ich bin erst spät zu einem Weib gekommen.«

»Wie gesagt. Wir müssen hoffen. ER allein gibt und nimmt und wiegt unsere Taten. Das Böse wie das Gute. Die Sünde wie unsern Verdienst am Nächsten.« Ich faltete die Hände. »Bete, Bruder. Bete. So innig du nur kannst.«

Ich wusste nur zu gut, dass Gott mich für mein Possenspiel bestrafen würde. Dennoch. Im Augenblick war Er mir mehr als günstig.

Der Büttel beugte sich herüber, flüsterte mir ins Ohr: »Geh. Nimm der Hex die Beichte ab, wenn's dein Prior will. Und jetzt rasch, bevor dich jemand sieht.« Er schob mich an sich vorbei durchs Tor. »Und nächstes Mal vergiss mir nicht den Freibrief.«

»Gewiss nicht, guter Mann. Ach ja, und eins noch. Sonst schilt mich der Prior. Wer ist denn jetzt der Stadtprälat?«

Der Büttel fischte einen Popel aus dem Zinken. »Markus von Geldern. Für die Stadt Düsseldorf und die gesamte Grafschaft Berg hat Jülich ihn als Prälaten eingesetzt. Bislang, sagt man, war er wohl Abt.«

»Abtverweser. Er verwaltet nur den Stuhl.« Auch wenn die Nachricht mich fast von den Beinen hob, die Richtigstellung würgte ich um meines Geistesvaters willen noch heraus. »Und wann hält der hohe Herr Gericht?«

»Zur Non soll alles hier bereitet sein.«

Dann war der Geldener schon auf dem Weg.

***

Es konnte einen Fels erbarmen. Die armen Würmer, die man ins Verlies geworfen hatte, kauerten wimmernd in den fensterlosen Zellen oder lagen unbewegt, wie abgestorben, auf dem Stroh.

Ich musste immer tiefer steigen. Meine Mutter hatten sie ins unterste Grubenloch gesteckt. Die Gitterstäbe schnitten armdick jeden Lichtstrahl ab, zwischen ihnen blühten Ranken aus Spinnweben und Rost. Einzig ein kleiner Einlass zu einem Lichtschacht ragte aus der Mauer.

Als mein Augenlicht die Dunkelheit durchdringen konnte, wünschte ich sogleich, dass man es mir genommen hätte.

Die Frau, die mich geboren hatte, schlotterte in einer Pfütze ohne Decke. Selbst Stroh hatte man ihr verweigert, wie ein Kadaver lag sie auf der blanken Erde. Was sage ich? Kadaver?

Ein Bündel Mensch. Ein Lumpen Haut.

Die Fingerknöchel stachen wie weiße Dornen aus der Hand. Die Finger ragten ohne Nägel aus den Ringen, in die man sie gekettet hatte, die Mittelfinger ohne Kuppen. Die Augen lagen blutig in den Rändern, stierten stumpf ins Dunkel.

»Mutter! Ich bin es. Dein Gilbert!«

Die Stimme floh mir. Mit Mühe konnte ich die Worte bändigen.

»Mutter! Ich bin da, um dir zu helfen! Ich finde Fürsprache für dich!« Ich wollte weinen. Einfach weinen, wie dereinst im Schoß der Frau, die an den klammen Fels geschmiedet lag. Doch in mir war nichts als Kälte. Reif, der mir die Kehle lähmte. »Dann will ich bei dir bleiben. Und jede Stunde danken wir dem Herrn. Hörst du, Mutter? Bald lassen sie dich frei. Ich weiß, du hast dich nicht versündigt. Das weiß ich nur zu gut. Du bist nicht schuldig. Nicht im Herrn. Das weiß und fühle ich mit jeder Faser.« Die Luft gefror mir in den Lungen. »Ich werde deine Wunden heilen. Und dein Herz heilt Er. Vertrau mir. Ihm. Sag nur ein Wort.«

Ich sah, wie ihre Lippen bebten, fast sprangen sie, als sie sie auseinanderzog, mit dicken Fäden in den Winkeln und tonlos wie ein Karpfen einen stummen Tanz vollführen ließ.

»Mutter, bitte, sag mir nur ein Wort!«

Die Lippen tanzten weiter, schwerfällig und stumm. Als sie sie von sich stülpte, sah ich alles. Alles, was der Teufel je in ein Menschenherz gesät.

Hinter den ausgeschlagnen Zähnen klaffte ein dunkler Lappen Fleisch. Rot wie das Kreuzblut Jesu.

Ich wollte nur noch schreien und vergehen. Nur noch eins sein mit dem Schnitter. Gnädig aus diesem Leben weichen. Auferstehen nur in Seiner Welt.

Sie hatten ihr die Zunge herausgeschnitten.

Ihr das Geschenk des Schöpfers abgenommen, das den Menschen zum Menschen macht.

Am Anfang war das Wort.

Und jetzt war es am Ende.

Der Büttel lehnte matt am Tor. »Na endlich. Hat die alte Hexe ihr verderbtes Gewissen noch erleichtert?«

Ich fuhr auf. »Vielleicht vor Gott. Den Menschen kann sie ohne Zunge keine Reue zeigen.«

Er musste husten, krümmte sich an seiner Pike.

»Dann hatte dieser Pfarrer recht.«

»Ein Pfarrer? Hier? Aus diesem Stift?«

»Woher. Als Zeugen hat man den hier angeschleppt. Aus ihrem Sprengel.«

»Gerresheim?«

»Ich denke schon. Sie mussten ihn vom Richthof tragen. Er hat gewimmert wie ein entmanntes Lamm.« Er wischte sich den Rotz unter der Nase weg. »Wie hieß das? Eulipsus?«

»Eukalyptus. Lös ihn in ein wenig heißem Wein. Wer hat der Breughelin das angetan?«

»Was weiß ich. Ich steh nur hier am Tor.« Er ließ die schlaffen Lefzen hängen.

»Gib Acht, dass du im nächsten Leben nicht am Tor bleibst.«

Ich konnte es mir nicht verkneifen.

12. Kapitel

Ich musste laufen. Laufen. Laufen.

Der Weg nach Gerresheim war breit, fast eine Straße. Die Bauern kamen selbst mit ihren Heuwagen mühelos durch. Ab und an war gar ein Stück gepflastert. Vermutlich aus der Römerzeit.

Meine Füße trieb ich in den Lauftakt. Der Gelderner! Der scheinheilige Schlächter! Kein halber Tag, dann war das Schicksal meiner Mutter ein für allemal besiegelt. Wenn ich noch etwas wenden wollte, musste ich unsern Pfarrer dazu bringen, die Klagen gegen meine Mutter jetzt und sämtlich vor ihm zu widerrufen.

Wie, war mir ein Buch mit sieben Siegeln. Die ich um den Preis meiner Seligkeit eins nach dem anderen zu brechen hatte.

Vor dem Dorf schlug ich meine Kapuze über, dass möglichst niemand mich erkannte.

Das Pfarrhaus duckte sich an die turmlose Kirche. Ein Lehmbau mit einem Schindeldach aus Birkenholz.

Raimund von Goch, der Pfarrer mit der Statur eines zwölfjährigen Knaben, werkelte im Garten, grub die Erde um. Unterm Apfelbaum vorm Eingang lagen Unkraut und ein Haufen Nesseln. Pfarrer Raimund trug nur ein raues Wollhemd und stieß den Spaten mit der bloßen Sohle in das zähe Erdreich. Als er mich kommen sah, verharrte er wie Lot. Salzsäulengleich.

Ich lüftete meine Kapuze.

Gleich zog er mich ohne ein Wort in seine Stube, drückte die Tür mit beiden Händen zu und schob den plumpen Riegel vor.

»Gilbert. Was willst du hier?«

»Den Seelsorger sehen, der sein treustes Schäfchen vor Gott und allen Menschen schamlos verraten hat.«

Raimund nickte bitter. Verkroch sich zwischen seinen Armen. »Ja. Du hast leider recht. Der Stadtprälat gab Auftrag mich zu holen. Sie haben mich nach Düsseldorf geschleppt. Man stieß mich gleich zu deiner Mutter in den Kerker.« Ihm kamen Tränen. Er ließ ihnen freien Lauf. »Zu dem, was von ihr übrig war.«

»Hat Euch das die Seele nicht gerührt?«

Der kleine Pfarrer, wie ihn jeder nannte, war allgemein geschätzt und hochgeehrt. Er war nicht wie die andern, die bei jeder Taufe, jeder Grablegung und Hochzeit zum Schmarotzen kamen. Er suchte die Askese und die innere Einkehr, fast wie ein Eremit. In Paris hatte er Meister Eckhart reden hören, als der noch mit den Engeln predigte, Weltentsagung und mystische Verzückung im stillen Gottbetrachten suchte. Bevor man ihn von dem Gelehrtenstuhl verbannte, vor dem sich die Bettelorden aus dem ganzen Abendland zusammenfanden.

Raimund schwieg beharrlich. Dann schloss er den Fensterladen, zündete die Fackel neben dem Studiertisch an. Schließlich zog er wortlos das Wollhemd über den Kopf und zeigte mir den Rücken.

Rot und schwarz wie eine Kraterlandschaft.

»Welcher Folterknecht hat da gewütet?«

Der kleine Pfarrer ließ das Wollhemd sinken. Sah mich unbewegt, wie in Stein gemeißelt, an.

»Ach Gilbert. Wäre es nur so.«

Erst jetzt sah ich im Fackelschein die Geißel unterm Tisch. Vollgesaugt mit frischem Blut.

»Jetzt sagt mir schon, was ist geschehen? Ihr kennt meine Mutter doch wie fast kein Zweiter. Hat sie die Messe je versäumt? Welchem Bettler hat sie ein Almosen verweigert, auch wenn sie selbst nichts hatte? Sie hat doch nur nach Ihm getrachtet, Maria Muttergottes sich geweiht. Ist sie nicht auf Knien alljährlich nach Kevelaer gerutscht? Wer hat sich der Siechen und der Alten hier im Sprengel angenommen?«

»Ja, Gilbert. Das hat sie wohl.« Er würgte seine Silben tonlos raus.

»Dann sprecht für sie und gebt ihr Leumund! Was hat man mit Euch angestellt? Im Kerker eingeschlossen? Die Daumenschrauben angesetzt? Die Folterinstrumente einzeln vorgezeigt? Womit hat man Euch derart Angst gemacht, dass Ihr falsches Zeugnis ablegt?« Immer mehr kam ich in Regung. »Was fürchtet Ihr? Den Tod? Und handelt Euch dafür ewiglich die Verdammnis ein? Als Kind habe ich Euch wie einen Heiligen verehrt. So sanft und klug wie Ihr erschien mir keiner. Keiner hat wie Ihr die Schrift mit so viel Selbstverständlichkeit gelesen. Ohne künstliches Gehabe. Ihr habt mit uns das Feld bestellt und dabei von Genezareth erzählt, von Wundern und vom Ölberg. Ihr habt Ihn mir zum Freund gemacht. Und jetzt? Was ist von Euch geblieben? Seht!« Ich riss die Fackel von der Wand. Hielt mir die Flamme unter meine Elle. »Fürchtet die Folter nicht! Sie kann Euch nicht schaden. ER schützt die, die reinen Herzens sind.« Die Flamme sengte mir knisternd die Haut weg. Ich zwang mich, keine Miene zu verziehen. »Die Seinen lässt er nicht im Stich. Seht! Glaubt! ER nimmt Euch jedes Leid!« Nur meine Zähne hielten noch die Lippen aufeinander. Ein letztes Mal spie ich den Schmerz hinweg. Ich war schon einer Ohnmacht nah. »Ihr habt mich das gelehrt! Ihr gabt mir Sein Wort!«

Der kleine Pfarrer schlug mir die Fackel aus der Hand.

»Gilbert, es ist schlimmer. Alles ist weit schlimmer, als du glaubst.«

Mein ganzer Unterarm war nur noch eine schwarze, aufgeplatzte Schwäre, wie ein verkohltes Holzscheit.

Raimund von Goch benetzte ein Tuch im Bottich vor dem Herd und schlang es mir um den Arm.

»Die Folter schreckt mich nicht. Geschweige denn der Tod, der erst das Leben ist.« Er nahm das Tuch weg, wrang es aus, benetzte es erneut. »Der Schrecken ist …«, er zögerte, »… die Wahrheit.«

Ich stierte den kleinen Pfarrer rätselnd an.

Er gab das Tuch auf meinen Arm und holte eine Kelle Wasser aus dem Bottich. Gierig trank ich es in einem Zug.

»Sie haben mich nicht einmal angefasst. Deine Mutter hat mich nur gesehen, da hat sie ihr Geständnis wiederholt.«

»Woher wollt Ihr wissen, dass es wiederholt war?«

»Weil sie sich mir schon vorher anvertraut hat.«

Ich schrie ihn außer Sinnen an. »In der Beichte! Das Beichtgeheimnis durftet Ihr nicht brechen!«

»Es war nicht in der Beichte. Sie kam her und sagte gleich, sie hätte einem Mädchen ihre Leibesfrucht beseitigt. Ich war tödlich überrascht und bot ihr an zu beichten. Ach Raimund, hat sie nur gesagt, als Priester könnt Ihr mir doch nicht vergeben! Ich frage

Euch als Mensch, als Mann, darf ich zusehen, wie ein halbes Kind unschuldig in sein Elend stürzt? Weil sich der Teufel mit Gewalt nahm, was sie ihm versagt?«

»Der Bocksbeinige hat sie gezwungen?«

»Jedenfalls hat deine Mutter das geglaubt. Sie wollte ja immer nur das Gute glauben. Sie hat von Anfang an gewusst, dass man sie dafür bitter sühnen lässt.« Er suchte Halt an seiner kahlen Wand. »Als sie mich kommen sah, hat sie gleich geschrien: Ja und noch mal ja! Ich hab das Ungeborne aus dem Leib getrieben!« Er sank die Wand entlang zu Boden. »Auf keiner Streckbank, selbst nicht auf dem Rad, hätte ich sie verraten. Aber das hat sie mir nicht zugetraut. Sie sah mich schwach und gab das Letzte, mich zu schützen.«

»Sie hat Euch gerettet.«

»Nein. Gerichtet.« Der kleine Pfarrer brach in starres Schluchzen aus. »Kaum hat sie gestanden, sagt der Richter, der die Untersuchung führte: ›Gut! Mehr brauchst du nicht zu sagen. Dein Mund hat Gott genug gelästert.‹ Und gibt dem Henker, der die peinliche Befragung ausführt, einen Wink. Der zieht das Kurzschwert aus dem Kohlebecken, greift deiner Mutter in den Mund …« Er würgte nur noch Blut und Kotze.

Ich hob Raimund an die Wand zurück, wischte ihm mit seinem Tuch den Schweiß aus dem Kinderantlitz, das nur noch eine Fratze war.

»Nur noch eins. Wie hieß der Richter?«

»Es war der Stadtprälat von Düsseldorf persönlich. Der junge Graf von Geldern. Markus.« Was trieb den Gelderner nur so unerbittlich an, meine Mutter und Rebecca auszulöschen? Das war kein Eifer. Keine fromm gesinnte Rache. Kein Dürsten nach Gerechtigkeit. Eins wusste ich jetzt allmählich. Markus ging es nicht um Ketzerei, Teufelsbund und Glauben. Alles, was er ausheckte, war bloß ein Machtspiel. Pure Ränke. Das Schauspiel gegen meine Mutter brachte ihn in aller Munde. Er konnte sich zum Salomon erheben. Zu Gottes Richter. Und der Kirche Richtbeil.

Doch warum dann versuchte er, Rebecca bei Nacht und Nebel wegzumeucheln?

Das Rätsel wurde immer undurchdringlicher. Ein wirrer Knoten. Es gab nur eins: Ich musste ihn durchschlagen.

»Was hast du jetzt vor?« Raimund fragte stockend. Mit umflorten Augen. Er barmte mich. Er war nur noch ein Wurm, der durch das Erdreich kroch.

»Ich gehe zu Gericht.«

Der kleine Pfarrer stützte sich an die Wand, rappelte sich hoch, bis er auf seinen Zitterbeinen ankam.

»Warte, Gilbert. Ich komme mit. Ich habe zu viel gutzumachen.«

Ich wies ihn schroff zurück. »Nein, ich muss allein gehen. Ihr könnt nur ihre Schuld bezeugen.« Ohne mich noch einmal umzuwenden, machte ich mich auf den Weg. Mit einem einzigen Gefährten.

Ihm. In jedem Sinn und Trachten.

Mir war endlich klar. Für meine Gebärerin gab es längst nichts mehr zu bitten oder einzutreten. Keine Tür, an die ich für sie klopfen konnte. Kein irdisches Gesuch.

Agnus Dei! Gottes Lamm. Die Hohepriester hatten sie auf ihren Opferstein gelegt, um sie zu schächten. Baal schrie nach Blut, und Babel tanzte!

Das Leben meiner Mutter war verwirkt.

Und dennoch: Auch wenn ich ihren Körper nicht mehr retten konnte, das bisschen stummes Atmen, das man ihr noch ließ. Wenigstens sollten sie meiner Mutter Hülle nicht auf dem Schindacker verscharren. Sie durfte nicht in ungeweihter Erde ruhen!

Doch nicht einmal das vermochte ich zu hindern.

Sie hatte ein Geständnis abgelegt. Ihr Todesurteil mit eignem Wort besiegelt.

Unanzweifelbar, vor Zeugen, dokumentenkundig.

Doch dann durchfuhr es mich wie ein Gewitter. ER gab mir die Rettung ein!

Nichts war unanzweifelbar. Jede Niederschrift bloß brüchig Pergament.

Das Verfahren gegen meine Mutter war ein kirchlicher Prozess.

Der Gelderner war Abtverweser, Stadtprälat, vermutlich demnächst Erzbischof in Köln.

Dennoch – den Richtersessel hatte er sich angemaßt.

Kein Offizium hatte ihn bestellt!

Ich konnte aufrecht vor ihn treten. Am hellen Tag. Vor allem Volk. Wie dereinst Jesus, als er die falschen Priester aus dem Tempel jagte.

So trieb ich mit Seiner Wahrheit und den kanonischen Gesetzen die Dämonen aus.

Die Stadt schlief in der Mittagssonne. Die Mauern schillerten wie Katzengold. Unüberwindlich wie zuvor.

Doch dieses Mal musste ich ohne List und Niedertracht hindurch. Ohne Falsch und Unterschleif frommen Aberglaubens. Ohne Heiliges und Reines in den Schmutz zu kehren! Wie aber dann verschaffte ich mir Zugang ohne Freibrief, Bürger- oder Marktrecht? Oder wenigstens ein Pergament, das mich zu jemandem in der Stadt bestellte?

Geschweige denn mit der Gewalt von Waffen.

Was also blieb mir noch?

Ich blieb auf dem Scheitel eines Hügels stehen. Kniff die Augen gegen die Sonne zu.

Aus allen Winden strömte das Volk unentwegt auf die Tore zu. Mit Sack und Pack und Karren, Tragen, Pferdefuhrwerken und Leiterwagen. Wie Ameisen um ihre Haufen wimmeln und Bienen in den Stöcken summen.

Die Stadt, die Obrigkeit hatte zum Schauprozess geladen. Und alles, alles kam.

Nur die Toten auf dem Gottesacker vor dem Zwinger blieben, wo sie waren.

Unter dem Kreuz, das für den Friedhof Ruhe heischte.

Von Frieden und Vergebung sprach.

Auf einmal wusste ich, was blieb.

Allein Sein Beistand.

Und die Macht eben dieses Kreuzes.

Ich kniete vor dem Kreuz. Ich würde es nicht stehlen. Nur von den Toten borgen.

Ich hatte Mühe, das mannshohe Eichenholz dem Boden zu

entreißen, in den es eingelassen war. Ich stemmte mich mit aller Wucht dagegen, rüttelte und zog, nur ganz allmählich gab es knarzend nach.

Mir wurde heiß, der Schweiß rann mir in Strömen über den Leib. Ich raffte meine Kutte zum Lendenschurz zusammen, band sie mit meiner Kordel und streckte mich erneut gegen die Last des Holzes.

Immer nur Fingerbreit konnte ich es aus der versenkten Eisenklammer lösen, die als Anker diente.

Salzig lief der Schweiß mir auf die Lippen; als ich die Stirne wischte, war sie rot vom Blut, das aus dem Haar gesickert kam. Ich hatte mich wohl an dem Holz gestoßen.

Endlich lag das Kreuz auf meiner Schulter, drückte mich beinah in den Grund.

Ich schöpfte Luft und nahm es vor die Brust.

So schwer es wog. Mir war es leicht. Es war Sein Kreuz, das uns errettet hatte.

13. Kapitel

»Vater unser, der du bist im Himmel ...« Fest setzte ich den Schritt aufs Torhaus hinter dem Stadtwall zu. Ein Wachmann stieß den andern an. Sie starrten auf mich wie auf einen Geist. »... geheiligt werde dein Name, dein Reich komme, jetzt und in alle Ewigkeit ...«

Ich war schon im Tor.

ER würde mir die Türen, Tore, Schranken öffnen, mich geleiten auf mein Golgatha.

Die Wache rief mich an. Ich hörte nur die Engel singen und Seinen Namen preisen. Jeder Tritt war nur ein Schritt in Seine Herrlichkeit.

»... wie im Himmel, so auf Erden. Vergib uns unsere Schuld, wie auch wir vergeben unseren Schuldigern. Amen. Das, Vater, hast du uns gelehrt. Vater unser, der du bist im Himmel ...« Es ging ganz von allein weiter, jedes der gebenedeiten Worte machte meine Stimme heller, fester. »... dein Reich komme, jetzt und in alle Ewigkeit ...« Ich spürte einen Schlag auf meinem Rücken, der Schaft der Pike brach wie ein verdorrter Ast. Kein Schmerz kam auf mich. ER war bei mir. Mit mir. Neben mir.

»... wie im Himmel, so auf Erden ...«

Dicht gedrängt stand eine Menschenmenge um die Richtstatt. Ich hörte Grölen, Fluchen, Jauchzen.

All das bekümmerte mich nicht.

Ich ging nur weiter, das Kreuz vorausgestreckt in meinen Händen wie ein Banner.

»Vater unser, der du bist im Himmel ...« Ich war jetzt bei der Menge, musste lauter sprechen, schreien. »... geheiligt werde dein Name ...« Ein altes Tagelöhnerpaar in Lumpen wandte sich nach mir um. Gleich schraken sie zur Seite, auf andre Rücken zu. »... dein Reich komme, jetzt und in alle Ewigkeit ...«

Wie einst das Meer vor Moses teilte sich der Pöbel jetzt vor mir, gebar mir eine Gasse. Ich schritt hinein, das Kreuz zum

Himmel hoch erhoben. »… wie im Himmel, so auf Erden. Vater unser …«

Die ersten fielen auf die Knie und stimmten ins Gebet ein.

Ich hielt schnurstracks auf die Schöffenhalle zu. Die Tore waren aufgestoßen. Geldern thronte hoch erhoben mit zwei Kanonikern auf der Richterbank.

Meine Mutter kniete, angekettet an zwei Schinder, vor dem Tribunal.

»… der du bist im Himmel, geheiligt werde dein Name …«

Als sie meine Stimme hörte, riss die Frau, die unter Schmerzen mich geboren hatte, ihr haarloses Haupt herum und ließ die Augen von den Toten auferstehen. Nie sah ich so viel Liebe, Hingabe und Gottesfürchtigkeit in einem matten Blick.

Dankbar wollte sie sich bekreuzigen, doch die Schinder rissen ihr die Hände mit den Ketten von der Brust.

»… dein Reich komme, jetzt und in alle Ewigkeit. Vergib uns unsere Schuld, wie auch wir vergeben unseren Schuldigern.« Ich senkte meine Stimme. »Amen.«

»Amen«, hallte es mir aus der Menge in die Ohren.

Markus von Geldern zuckte unruhig mit dem Kopf, strich mit dem Zeigefinger über seine Nase.

»So sieht man sich wieder. Das entsprungne Mönchlein.« Er rückte seinen Sessel vor und streckte sich zu voller Größe.

Ich gab ihm weder Zeit noch Wort.

»Ihr habt kein Recht zu richten, Herr. Gott allein kennt Schuld und Unschuld in jedem Winkel unsrer Herzen. Eitel maßt Ihr Euch Sein Amt an. Das heilige Offizium allein bestellt Inquisitoren, die in Demut vor dem Herrn kanonisches Recht verfügen. Wenn das Weib hier Schuld auf sich geladen hat, soll der Erzbischof in Köln Richter von Gottes Gnaden für sie senden.«

Unter Markus' Brauen sprühten Funken hervor und wollten mich verbrennen. Ich wandte mich von ihm ab, um dem Volk das Kreuz zu zeigen. Hoch und still hielt ich es über alle Häupter. Jetzt ging auch noch der letzte Pelzträger im Patriziergewand auf die Knie.

»Schickt nach Köln um Dominikaner der Inquisition«, verlangte ich, so laut, vernehmlich und bestimmt es mir meine Verzweiflung anbefahl.

»Ich bin in diesem Land der Herr und Richter!«, brüllte Markus unbeherrscht. »Ich! Ganz allein ich!«

»Hier geht es um Hexerei! Um Kirchenrecht!«, schrie ich zurück. »Abfall vom Glauben, Ketzerei und Zauberei sind kirchliche Domänen. Allein die Heilige Inquisition ist von Gott und Kurie berufen und befugt, ein Urteil zu befinden. Die weltliche Gerichtsbarkeit darf dieses Urteil nur vollstrecken. Wer sich dem widersetzt, sich über Kirchenrecht hinwegsetzt, ist von Exkommunikation bedroht!«

»Bestellt den Inquisitor her!« Markus' Worte schnitten durch die Luft. Dann fiel ein Sessel um, und Markus' silberbeschlagene Stiefel klirrten über den blank geschliffenen Granit.

Wie eine Furie schoss er an mir vorbei und klatschte in die Hände um sein Pferd. Bevor er in den Sattel stieg, gab er den Richthofwachen einen Wink.

»Der da hat uns beschämt. Das wird er uns noch büßen.«

Er preschte mit dem Rappen los. Blindwütig durch die Menge.

Die vier Gewappneten streckten die Pikenspitzen vor und kamen auf mich zu.

Ich hob ihnen das Kreuz entgegen.

»In den Staub mit Euch! Beugt Eure Knie! Vor Ihm! Was rennt ihr mit Euren blanken Spießen aufs Kreuz unseres Heilands zu?«

Die Spießgesellen stutzten wirr.

Aus der Menge schwoll bedrohlich Murren an.

Beschwichtigend rannte einer der Kanoniker, der Markus beigesessen hatte, von seiner Richterbank auf die Richthofbüttel zu.

»Erweist dem Herrn die Ehre. Dann zieht ihr euch zurück.«

Die Büttel nahmen fahrig ihre Helme ab und senkten knapp das Knie. In der Menge stimmte eine Frau das Tedeum an. Raue Kehlen fielen ein, krächzten Gott ihr Lob und Leid entgegen.

Ich nahm das Kreuz auf, trug es voll Demut ins Angesicht der Mutter.

Wie an ein Muschelhorn, aus dem die fernsten Sphärenlaute

dringen, lehnte sie ihre Schläfe an das Holz, umklammerte es mit geschundnen Händen. Als entspringe ihm die letzte Labsal unsres guten Hirten.

Als netzte es ein Schwall aus Weihrauch und geweihtem Wasser, entspannte sich das schorfverkrustete Gesicht. Dankbar schlossen sich die Augen.

Ich beugte mich und küsste scheu den nackten Schädel.

Ganz fest und innig drängte sich das vogelgleiche Köpfchen an das Kreuz, als wollte es mit ihm verschmelzen.

»ER weiß alles, Mutter. Und Er liebt dich.«

Sie hob die Stirn und suchte dankbar meinen Blick. So zart war sie, bloß noch ein Windhauch, der schon vom Jenseits überströmte. Ein ganzes banges Leben lang hatte sie nur gebetet und gehofft. Was hatte ihr das Diesseits schon zu bieten gehabt außer Fron und Ackerplage, Plünderungen, Hungerkrämpfen und der steten Angst vor Schändern? Der Mensch ist des Menschen Wolf, hatte sie mich gelehrt. Und mit ihrer einfältigen Weisheit recht behalten.

Die Ketten klirrten. Die Geduld der Henkersknechte war erschöpft.

»Vorwärts, Weib. Ab mit dir. Der Kerker wartet.« Der schiefmäulige Schinder knurrte wie ein Hund.

»Wagt es nicht und nie mehr, diese Frau noch einmal zu berühren. So wahr es einen Gott im Himmel gibt, bringt Er Ägyptens Plagen über Euch, wenn Ihr Seinem Geschöpf noch einen Tort tut.«

Ich streckte meine Rechte nach den Schindern aus.

»Was aber Ihr dem geringsten meiner Brüder antut, habt Ihr *mir* getan! Dies Lamm ist Blut von *meinem* Blut. Und Er ist der, der war. Und der, der ist. Und der, der kommt.«

Sie ließen ihren Ketten Spiel. In dem Augenblick erhob sich meine Mutter auf die Knie, umschlang den Kreuzstamm und küsste ihn im Angedenk des Heilands. Dann stand sie auf, faltete die Hände trotz der Ketten und trat erhobnen Hauptes auf die Treppe des Verlieses zu. Aufrecht wie eine Burgfrau auf die Kemenate.

Nun ging so mancher in der Menge in sich. Hier und dort

schlug man ein Kreuz. Ein Stiftsherr zeigte sich beschämt und packte sich sein Weib zum Gehen an den Arm.

Ich aber nahm das Kreuz auf und schritt auf die Menge zu.

Die Büttel standen nah beim Tor. Es war ein Leichtes, mich zu greifen.

Doch fürs Erste war ich sicher. Die Menge barg mich wie ein Mutterschoß.

Denn ich trug Ihn bei mir.

14. Kapitel

Ungeschoren kam ich durchs Liebfrauentor, noch immer Volk wie eine Schleppe hinter mir. Bei den Brauhäusern im Tagelöhnerlager vor der Stadt kam mir der Tross abhanden. Ich hörte Hufschlag, sah mich um.

Alle vier Büttel hielten mit blank gezognen Schwertern auf mich zu. In den Gesichtern las ich Wut und Angst vor noch mehr Rüffeln.

Jedes Wort war fehl am Platz.

Ich bat den Herrn um Nachsicht, stellte das Friedhofskreuz an einer Scheuer ab und zog mich hoch aufs Dach.

Ich hörte Schreie, duckte mich, kroch zur andern Seite. Die mürben Bretter ächzten, verlegt wie eine Leiter. Ich hangelte mich über Spalt um Spalt, die meisten nur mit Stroh gestopft. Dann Rossgeschnaube, Schreie.

Schon sirrten Pfeile aus dem Torbau. Ich musste rasch vom Dach. Ich sah um mich. Im Süden vier Gehöfte, Stallungen. Dahinter schmiegte sich eng das Judendorf. Nach Norden offenes Gelände. Ein Zigeunerlager, ein paar Gauklerkarren, keine Deckung. Nach Osten, wo der dichte Reichswald und die Aaper Waldung lockt, erstreckten sich die Tagelöhnerkaten, Gesindehütten, das kleine Franziskanerkloster mit der ungedeckten Holzkapelle, das Siechenheim, die Fremdenbleibe, Wirtshäuser, die Hurenschänken, dann der Torfbruch.

Rettung gab es nur im Wald. Wenn ich mich bis zum Torfbruch durchschlug, durch die Stichkanäle zu den Weiden kam, war es nur noch ein Katzensprung ins Unterholz des Laubwalds. Dort, im dichtesten Gestrüpp, kam kein Reiter durch.

Vielleicht versteckten mich die Köhler, die hinterm Hochwald hausten.

Aber wozu? Konnte ich ein Lebtag fliehen? Mich immer nur verbergen, bangen, verkriechen wie ein Wurm? Was würde aus der Mutter, falls der Herr ein Wunder wirkte und die Inquisitoren sie mit Milde straften? Was aus der Berufung, die der Herr mir gab? Seinem Willen kann kein Mensch entfliehen!

Die Hufe trabten an. Ich ließ mich von der Scheuer fallen, rollte in den Raps.

Ich sah zu, dass ich ohne viel Verschnaufen auf die Beine kam, und rannte auf die Gärten der kleinen Ackerbauern hinterm Vagantenlager zu, die mir mit ihren Hecken etwas Tarnung gaben.

Der Hufschlag wurde lauter. Rufe dröhnten an mein Ohr.

Zwei Gäule waren hinter mir. Ich hörte Kettenhemden, die gegen Schwerter scharrten. Ich nahm noch einmal Anlauf, bis mir die Lunge wie von Nägeln stach, und stürzte mich nach vorn, in eine Dornenhecke.

Die Reiter hinter mir trieben die Pferde an. Grad zu in die Hecke. Ich pirschte mich an der Seite vor, immer an der Hecke lang, fand einen Kuhtrog, der mich deckte. Die Reiter galoppierten in die Hecke, bis eins der Pferde scheute und den Häscher abwarf. Hart stürzte er auf seinen Panzer und blieb liegen.

Der andre ließ den Rappen tänzeln, vollführte mit ihm auf den Hinterbeinen einen Kreis. Er strengte seine Augen an, beschirmte sie mit seinem Schwertarm. Als er keine Regung sah, trabte er nach Süden ab.

Ich schöpfte Luft und Hoffnung.

Drei Steinwürfe entfernt in einer Senke läutete im Siechenheim das Totenglöckchen, als riefe es nach mir.

Der Büttel, der nach Süden ausgeritten war, kam im Schritt zurück. Ein andrer suchte noch die Gärten ab, dieweil der dritte schon auf den Torfbruch zuhielt.

Ich konnte keinen Wimpernschlag mehr zaudern. Das Siechenheim war meine letzte Zuflucht, auch wenn ich über einen Rübenacker musste, auf dem mich jeder unschwer sah.

Ich rannte wie von Sinnen los, froh über meinen Lendenschurz, der mir nicht die Schritte bremste.

»Da ist der Lump!«

Mit dem Zuruf kam Hufschlag im Galopp. Der zweite Reiter trieb sein Pferd auf den gestampften Weg zum Siechenheim, um mir den Fluchtweg abzuschneiden.

Ich war so gut wie tot.

Bis Er mir einen Rettungsanker zuwarf.

Im Blumengarten des Siechenheims kümmerte sich ein Frater aus der Franziskanerklause um die beiden Bienenstöcke unterm Vordach. Vorsichtig hantierte er mit dem Wabenbruch.

Ich dachte nicht lang nach, lief geradewegs drauflos, riss die beiden Stöcke von den Sockeln und schleuderte sie hinter mir aufs Feld. Ohne mich umzusehen, gab ich Fersengeld. Ich hörte Wiehern. Einen Aufschrei. Dann war es einige Augenblicke still.

»Den Teufel brat ich mir mit Speck!«

Ein angestochnes Keuchen. Ein Pferd im schweren Tritt. Schnauben wie Posaunenstöße.

Über meine Schulter sah ich den Häscher kommen, das Schwert zum Schlag gehoben. Die Linke führte er um seinen Kalbskopf wie ein Wedel, der Bienenschwarm klebte an seinem Helmbusch wie ein Schweif.

Trotz allem, der Weg zum Siechenheim war mir nun versperrt. Wenn ich nicht abwich, würde ich mit nackter Brust in die gezückte Schneide rennen. Ich schlug mich nach rechts, auf den Handelspfad nach Gerresheim. Natürlich wusste ich, dass das reiner Selbstmord war. Selbst ein Gaul, der hinkte, war hier dreimal so schnell wie ich.

Doch die verlausten Bleiben bei den Schänken vor mir waren mein allerletzter Glücksritt. Ich schaffte es um Haaresbreite, das Schwert schon im Genick.

Ich ließ mich in die Kate zwischen Haus und Abtrittsenke rollen. Die, wie der Gestank verriet, den Zechern als Donnerbalken diente.

Das grob gefügte Balkendach zwischen den wackeligen Wänden war so niedrig, dass ich krauchend ein paar Ellen Vorsprung zurückgewann.

Dem Reiter blieb nichts übrig, als aus dem Sattel zu steigen, um mir zu folgen.

Der Hinterausgang der Abtrittkate verhalf mir zur erneuten Flucht. Ich rappelte mich hoch, kroch den Hang hinauf, der zu den Lagerschuppen führte. Es roch nach saurem Bier.

Da plötzlich fasste eine Hand nach mir. Ich sah in etwas Schwarzes, wie einen dunklen Vorhang. Nur die Hand war weich und trocken und zerrte mich mit Nachdruck. Ich gab dem Drängen nach.

Die Schwärze wuchs sich zur Gestalt aus, im Büßerhemd der Geißelbrüder.

Ich gab meinen Widerstand zur Gänze auf, ergab mich an den schwarz gewandeten Gesellen. Er zog mich zu der Schänke hinterm Giebel. Ich hörte Fluchen, Weiberkreischen, Lachen. Der Geißler schob mich hinters Feuerholz. Dort lagen abgestoßne Fässer, gesplittert, ohne Böden. Morsche Tröge, mit ausgebrochnen Kanten. Ein halbiertes Fuder, in dem sich auf Lumpen zwei nackte Leiber wälzten. Und ein Bottich mit gestocktem Blut für Wurst, gehüllt in eine Wolke Fliegen.

Ein schwerer Nebel aus Wein und abgestandnem Bier lag über dem Inferno.

Der Büßer stieß mich in ein Gatter, das einen Felsenkeller abschloss. Und schon flog sein schwarzes Wollhemd hinterher. Ich zog es über mich, quetschte mich hinter einen Apfelrost. Dann hörte ich das Raunzen einer Stimme.

»Wo ist der Satan hin?«

»Wenn du den Langen meinst, der aus dem Abtritt kroch, mein Schöner, dann versuch's mal bei der Fremdenbleibe dort. Da ist er hingewetzt wie so eine Wutz. Die ganze Herberge besteht nur aus Gesindel.« Ich konnte es nicht fassen. Der Büßer sprach mit einer Stimme, wie ich sie nur einmal kannte. Nur eine war so vogelklar und süß. Rebeccas. »Halt, mein Freund, wo willst du hin? Du kannst mich doch nicht lassen! Gefallen die dir nicht?«

»Nicht jetzt.«

Die Nägel in den Stiefelsohlen kratzten tapsig über Kies.

Die Stimme lockte weiter. Trällerte beinah.

»Nun geh doch nicht, mein Wildfang. Den Lauser kriegst du immer noch.«

»Halt's Maul. Ich kann nicht, Weib.«

»Wenn du zurückkommst, mach ich dir einen feinen Preis. Zwei Silbermünzen für die ganze Nacht. Und noch ein Morgenbier.« Keck schrie die Dirne hinterher. Ich war vors Hirn geschlagen.

Hatte Rebecca sich in ihrer Not als Liebedienerin verdingt?

War ich in einem Badhaus eingepfercht? Voll loser Weiber, Freiern, käuflicher Unzucht der allerderbsten Art?

In der Kaschemme sangen sie, nein grölten. Laut und ungeschlacht. Wollüstiges Kichern drang ruckartig aus dem Fuder.

Dann stöhnte es aus einer Weiberkehle wie ein Hirschkalb. Nie hatte ich so etwas Schreckliches gehört. Dann lacht das Hundsfott wie besessen und schlürft und gurgelt wild drauflos.

Ich hielt es nicht mehr aus, ganz gleich, was jetzt geschah.

Behutsam schob ich den Verschlag auf, um nachzusehen, wo der Büttel abgeblieben war.

Jedoch die tiefe Sonne über den Feldern blendet mich.

Dann steht Rebecca vor mir. Nackt wie Eva. Hält auch noch einen Apfel in der Hand.

»Mein Gewand. Darf ich bitten.«

Ich wende mich von ihr, während ich es reiche.

»Rebecca? Kann ich dich etwas fragen?« Ich hörte außer einem Rascheln nichts und kramte allen Mut zusammen. »Hast du dich als Buhle hingegeben? Schaffst du Sündengelder an?«

»Stört dich das vielleicht?« Sie dreht mich zu sich. »Gefiel dir nicht, was du grad sahst? Bin ich vielleicht so hässlich?«

Ich ließ meinem Unmut freien Lauf. »Schweig mit deinen losen Reden. Ich kann das nicht leiden.«

»Und was kannst du leiden? Außer deinem Gott? Mich? Dich? Wen?«

Mir verschlug es jede Sprache. Was vollführte dieses Weib in mir? Sie legte mir das Hirn aufs Hackbrett. Und wrang das Blut mir aus dem Herzen. Die Judendirne brachte mich zur Weißglut. In meinem Magen wühlten Mäuse. Ich war kurz davor, zu schreien und zu toben. Doch ich kniff meine Lippen zu.

»Was, Gilbert? Du kennst dich mit den Weibern aus!« Rebecca lachte schallend, dass es mir ins Mark fuhr. Dann gab sie mir noch eine Kopfnuss obendrauf. »Wenn du willst, dass einer geht, sag ihm zehnmal: Bleib. Bei Männern ganz besonders.« Sie lachte, unbefangen wie ein Kind. Ich irrte noch durch mein Gedankenlabyrinth. Hinter der bitteren Komödie, die Rebecca für mich gab, steckte ein Mysterienspiel.

»Wie kommst du überhaupt hierher?«

»Mit Freunden hat man Augen überall. Und sogar du hast Freunde.« Erst grinste sie verschämt. Drauf dann verdunkelte sich ihr Mienenspiel auf einen Schlag. »Rasch jetzt. Er kommt bestimmt zurück. Seine Kumpane auch. Wir müssen in den Wald.«

Ich grübelte noch, was Rebecca mit mir trieb. Ich hatte sie gerettet. Jetzt sie mich. Die Waagschalen der Dankbarkeit waren gleich verteilt. Oder erwartete sie mehr von mir? Was war das mit den Freunden? Wer waren sie? Gewissenlose Mörder wie der blonde Hüne mit dem flinken Bogen? Ich zauderte.

»Warten wir die Nacht ab. Im Dunkeln kann man besser schleichen.«

»Ich warte nicht auf meine Henker. Ich halte meine Wange nie mehr hin.« Sie sah mich an. Wie schwarzes Eisen stachen ihre Augen. »Kannst du reiten?«

Auf einem Ackergaul, gewiss, der sonst am Pflug ging. Auf so einem breiten Grat mit feisten Pranken hatte ich als Kind des Öfteren gesessen, aufgesetzt vom stolzen Vater, und war herumgetrabt mit Ho! und Hei! Und freute mich der fetten Wiesen mit den Butterblumen, über die der Gaul mich wie auf einer Sänfte trug.

Rebecca wollte nicht auf Antwort warten, getreu dem Wahlspruch: Was man nicht kann, lehrt ab und an die Not im Nu. Sie nahm den Braunen ins Visier, am Brunnen vor der Schänke.

Ein Junker hatte ihn, voll aufgesattelt, abgestellt, nur mit den Zügeln an einen Holm geknotet. Dann war er hastig in den Schänkendunst getaucht, die Hände riemig an den Leisten.

Keine drei Wimpernschläge, und Rebecca saß im Sattel, sprengte mit dem Braunen los. Kurz riss sie die Zügel an, der Wallach stieg hoch in die Luft und schleuderte den Kopf zum Himmel. Rebecca beugte sich so weit es ging nach vorn, klopfte streichelnd sanft den Nacken. Das Tier beruhigte sich, kam in den Stand. Rebecca reichte mir die Hand, ließ ihre Füße den Steigbügeln entschlüpfen.

Kaum saß ich hinter ihr auf, da ritt sie schon an. Ein wohl gewählter Augenblick, denn der erste Häscher stürmte schäumend auf uns zu, so schnell ihn seine eisengespickten Sohlen ließen.

Gleichzeitig kam von Norden der Häscher aus dem Torfbruch angeritten, und auch der, den sein Pferd an der Dornenhecke abgeworfen hatte, hatte es zurückgeholt und hielt von hinten auf uns zu.

Wir waren langsam, zu zweit auf einem Pferd. Dazu auf einem abgerittnen Gaul.

Rebecca zügelte den Wallach, schätzte die Entfernung ein. Dann gab sie dem Pferd die Fersen, trieb es in die Mitte zwischen den beiden Reitern – um es dann jäh herumzureißen und in einer halsbrecherischen Drehung im Streckgalopp auf den schmalen Steig im Torfbruch zuzuzwingen.

Die beiden Büttel kamen aufgespornt, mit Harnisch, Waffen und Gefechtsgeschirr, nur allmählich auf den abschüssigen Weg.

So schafften wir mit Ach den Durchbruch in den Waldrand. Nach den ersten Bäumen sprangen wir auf einer Lichtung ab und schlugen uns ins Buschwerk.

»Du sollst nicht stehlen.« Ich sah noch einmal auf den Wallach.

Rebecca kniff mich in die Seite.

»Das weiß das Pferd am besten. Sobald es Hunger hat, sucht es sich seinen Stall.« Sie raffte ihren Büßerkittel wie ein Unschuldslamm und ging mir rasch voraus. »Na komm schon, Gilbert. Bevor es dunkelt, will ich bei meinen Freunden sein.«

Was blieb mir, als ihr sprachlos nachzusteigen.

15. Kapitel

Ein Käuzchen rief mit heisrem Schall.

»Hörst du? Das sind meine Freunde.« Rebecca suchte in den Buchenwipfeln.

Ich sah nichts als hohen Wald. Bis wir zu einer Lichtung kamen, auf der zwei Feuer loderten. Ein dicht bestücktes, um das eine Handvoll Männer lagerte. Dahinter eins mit sachten Flammen, in denen Rindenstücke kokelten. Darüber drehte eine dralle Rote mit nackten Bauernwaden einen Spieß, auf dem ein Wildschweinferkel steckte.

Rebecca drängte mich ans Feuer. Ich sah den Wüterich mit seinem Blondschopf.

»Nicht. Ich gehöre hier nicht hin.«

»Wohin dann sonst?« Sie schob mich weiter.

Der Hüne schaute um. »Ah, der Prediger gibt uns die Ehre. Nehmt euch in Acht, ein sittenstrenger Mann. Er hat unsern Herrn für sich allein gepachtet. Ihr hättet hören sollen, wie er zeterte und lamentierte, als ich dem Baumberg seinen Kehlkopf wie ein Äpfelchen gespalten hab. Dabei hatte der Schlächter grad ein Weiblein seiner Hand entledigt, die dabei war, ihm ein paar angefaulte Bohnen zu stibitzen.«

»Schlechtes soll man nicht mit Schlechtigkeit vergelten.« Ich legte allen Mut in meine Stimme.

»Auge um Auge. Zahn um Zahn. Das ist mir lieber. Oder, Leute?« Sein Blick ging fragend in die Runde.

Rebecca zog mich nah ans Feuer und wies mich dort ins Gras. »Setz dich, Gilbert. Ich stell dir meine Freunde vor. Der da ist Antonius. Ihr kennt euch ja.«

Der Blondschopf feixte breit und zog Rebecca zu sich auf den Boden. Dann legte er den Arm wie einen Sattelgurt um ihre Hüfte und fuhr ihr schamlos mit der Hand ins Hemd. Rebecca wand sich los.

»Das da ist Karolus. Man nennt ihn auch Zorn Gottes.«

Ein Kerl mit Vogelkopf und wirrem Grauhaar, lang und dürr wie eine Leiter, entbot mir schelmisch seinen Gruß.

»Karolus war einst fromm wie du. Vielleicht ist er es sogar immer noch. Er hat davon geträumt, dass alle mal in Frieden leben, beten und Psalmen singen. Ein Einfaltstropf wie du«, hämisch schüttelte Antonius sich mit einem künstlich aufgesetzten Lachen, »das Leben hat ihn eines Besseren belehrt. Jetzt teilt er lieber aus. Aus Schaden wird sogar ein Mönch noch klug. Soll ich dir verraten, wie er zu uns kam? Wie wir ihn gerettet haben?« Antonius warf sich in Positur. Ein Herold seiner Heldentaten, der in großen Gesten schwelgte. Ausholend schwangen seine Arme durch die Nacht. »Er kann von Glück reden, dass wir ihn unter unsre Fittiche genommen haben. Nicht wahr? Hast du endlich das Paradies entdeckt, Karolus? Hier bei uns im Wald? Dein Kapuzenbruder kann doch froh sein, dass wir ihn aufgenommen haben, oder?« Fordernd fiel sein Blick auf Karolus, der eingeschüchtert schwieg.

Kopfschüttelnd staunte Rebecca den Selbstverliebten an. Dann sprang sie patzig auf.

»Na schön, zeig nur, dass du der Leitwolf bist. Spuck ruhig große Töne. Ich geh und zieh mich um.«

Der Hüne griff rau nach Rebeccas Handgelenk »Du bleibst, wenn ich's dir sage.«

Rebecca drehte sich aus seinem Griff, stemmte die Hände in die Seiten. »Ich bleibe, wenn und wo ich will.«

»Antonius! Das Kätzchen kratzt gleich!« Die knorrige Ermahnung kam aus dem fingerhutkleinen Mündchen eines Kahlgeschorenen. Sein Bärenwanst bebte dabei vor Vergnügen.

Antonius' Wangenzucken kündete von Hagelschlag. Doch dann besann er sich.

»Geh nur, Liebes. Bei uns ist jeder frei.«

»Ach ja doch, Liebes, bei uns ist jeder frei.« Das Weib, das am Feuer hinterm Drehspieß saß, äffte den Hünen versonnen mit ihren Kirschenlippen nach. Das Kosewörtchen für Rebecca schien ihr ganz und gar nicht zu behagen.

»Kusch, Griet. Mund zu, sonst kommen Fliegen rein.« Antonius warf schelmisch einen Ast nach ihr. Er kam dort auf, wo vorher Griets ungewaschne Zehen mit der Erde gespielt hatten. Im allerletzten Augenblick hob sie die Beine Richtung Mond, als wollte sie ein Kind gebären. Ihr Rock fiel auf das Becken und legte Schenkel bloß, stramm und fest wie Pfeiler eines Kirchenschiffs. Sie ließ die Füße auf den Boden plumpsen.

»Vergissmeinnicht, mein Pfropfen: Ich mach mich immer gerne für dich frei.« Sie lachte unverschämt und rieb sich ihren feisten Busen. »Das hat dir doch so gut geschmeckt! Warum müsst ihr Kerle bloß in jedes Fleischstück beißen, das halbwegs knusprig ist?«

Antonius lief zu der Frau hinüber, barg sie in seinen Armen und küsste ihre Stirn mit einem lauten Schmatzen. »Griet, mein Wonneweib, halt dein Schandmaul schön im Zaum!« Dann zückte er dasselbe Messer, mit dem er Baumberg abgestochen hatte, und schnitt sich von dem Wildschwein ab. Er stopfte sich das Fleisch in einem Brocken in den Mund, schlang wie ein Wolf und leckte sich das Fett von den Lippen. Anschließend säbelte er das nächste krustige Fleischstück aus der Keule, spießte es auf seinen Dolch und reichte ihn der Roten. »Da, der Heilige wird Hunger haben. Ich will nicht, dass es später heißt, wir würden bei den Gästen knausern.«

Ohne Umschweif erhob das Weib sich feixend, nahm den Dolch und trug das Wildstück, kaum kleiner als ein Schinken, vor mich hin. Dann ging sie in die Hocke, neigte das weiße Haupt und blinzelte mir verführerisch entgegen.

»Na, nimm schon, Hungerlappen. Das füllt dir den Magen. Und was darunter hängt.« Sie strich mir verspielt durchs Haar. »Der Mond da hinten ist in einem Monat zugewachsen. Dann sieht man nichts mehr von dem Mönch. Du glaubst ja nicht, was es für schöne Spiele gibt. Wenn man die Regeln kennt.« Sie hielt mir den Braten beinah in die Nase. So oder ähnlich musste das Manna riechen, von dem die Bibel sprach.

»Seid bedankt, Frau. Von eurer Sorte nehm ich nichts.«

»Von unsrer Sorte?« Antonius war über mir, schlug mir den Braten auf den Mund. »Von unsrer Sorte nimmt der feine Herr nichts an?« Er presste mir die Hand von unten um den Kiefer und drückte mir die Zähne, bis sie beinah brachen. »Maul auf, du

Großkotz! Mach es auf!« Er presste fester auf die Stelle, an der sich die Kiefer trafen und schob mir den Braten gewaltsam in den Mund. Das Fleisch war heiß, verbrannte mir die Lippen. Der Hüne schlug mir mit der Flachhand auf die Stirn. »Beiß ab! Ich kann Asketen nicht ertragen.«

Ich biss zu und würgte.

Antonius ließ von mir ab. »Dich muss man wohl immer zum Glück zwingen, he?« Er lachte. »Keine Sorge, das kriegen wir noch hin.«

»Du zwingst mich zu gar nichts. Bei euch ist doch jeder frei.«

Der Kahlgeschorene lachte gackernd. Die Griet genauso. Und Karolus, Gottes frommer Zorn. Selbst Rebecca, die jetzt in Männerkluft zurückkam, mit Beinlingen und Wams, konnte sich das Wort zur Andacht nicht verkneifen.

»Hab ich's nicht gesagt? Mit Kopf und Mundwerk ist er wieselflink!«

»So wieselflink nun auch nicht. Sonst wüsste er schon längst, von welcher Sorte er hier vor sich hat.« Antonius stieß mich in die Rippen. »Du dünkst dich im Geheimen auch was Bessres, ist's nicht so? Na schön, wir hier sind Lumpenpack, vogelfrei und ausgestoßen, leben wie die Wölfe hier im Wald. Und doch ist jeder von uns geradewegs ein Ehrenmann. Mit mehr Anstand und mehr Würde als die meisten Ritter, Grafen, Herzöge und wie sich diese Blutgeschwüre schimpfen. Und mit mehr Menschlichkeit und Nächstenliebe als eure Lotterbischöfe und Kirchzehntschneider und ihr andern Kuttenwichte auch! Wer seid ihr Betbrüder denn schon? Angsthasen, die in ihre Büßerlöcher kriechen, wenn der Wind von vorne weht. Wie steht ihr euren Schäfchen bei, außer mit einfältigem Beten, wenn Krieg und Verwüstung auf sie kommt? Es rundet sich kein Jahr in diesen Landen ohne Thronkriege und eitle Fehden! Und wer verblutet auf dem Schlachtfeld? Das Land ist ausgezehrt, die Äcker liegen brach. Das Viehzeug fressen uns die Söldner weg. Die Hauptleute und Ritter nehmen sich nach Herzenslust die unschuldigen Kinder, stechen ihnen ihre Lanzen auf.«

Rebecca zog Antonius an sich und presste ihm die Hände auf den Mund. Er schob das Fingergitter weg und fuhr in Rage fort:

»Ich hatte eine Mutter, einen Bruder und zwei Schwestern. Alle hat der Krieg mir weggefressen, mit Fehden, Überfällen, Mord.«

»Und deinen Vater auch?«, wollte ich wissen, jedoch er ging nicht darauf ein.

Sein Kehlkopf tanzte, so schluckte er vor Wut. »Wo sind sie denn geblieben? Bei deinem ach so lieben Gott!«

»Versündige dich nicht!«

»ER soll sich nicht versündigen! Und du! Steh ein für das, was in der Bibel steht! Wag es! Einmal nur! Wie Karolus da!«

Der Vogelkopf wippte angespannt mit seinen bloßen Beinen und kratzte sich die Läuse aus dem wirren Schopf. »Lass ihn, Antonius. Lass gut sein. Ein jeder lebt nach seinem Drang.«

Antonius ließ sich nicht beirren. »Von wegen. Ich will das Mönchlein lehren, wie's in der Welt zugeht. Aus einer Jauchegrube haben wir ihn rausgezogen. Der Vogt von Velbert war grad drauf und dran, ihn darin höchstpersönlich zu ersäufen. Für welchen Hochverrat? Karolus war ein Bettelbruder, Franziskaner, ein frommer Aspirant von Mutter Kirche. Nur leider hat er das Evangelium gar zu sorgfältig studiert. Eher geht ein Kamel durchs Nadelöhr als ein Reicher in den Himmel! Selig sind, die Einfalt tragen! Gefährlich wird die Einfalt aber, wenn man die falschen Fragen stellt. Wie können Christen Leibeigene halten? Wie die Prälaten prassen, wenn das Volk verhungert? Wie könnt ihr Muselmanen schlachten, wo Jesus Nächstenliebe auch für diese Brüder lehrt? Sie haben ihn halbtot gedroschen und mit einem Mühlstein im Jauchebad versenkt! Ach ja, und natürlich vorher noch nach allen Regeln exkommuniziert.«

So, wie Karolus abgetreten griente, barmte er mich zutiefst.

»Verzeih mir, Bruder, doch du kennst das Kirchenrecht! Wer Aufruhr predigt ...«

»Ach was! Denk mit dem eignen Kopf!« Der Hüne ging zum Spieß zurück, riss das Schlachtermesser aus dem Block und schnitt sich ein Stück von der Keule. Er stopfte es zwischen die Zähne und kappte dann ein weiteres vom Wildschwein, das er Rebecca auf dem Messer reichte.

Die wehrte wütend ab. Antonius hielt es ihr fordernd weiter hin.

»Das ist Wildschwein!«

»Schwein ist Schwein.«

»Ach was! Die ewige Haarspalterei aus eurer Judenschule!«

Rebecca sprang nach vorn, rückte dem Hünen auf Zehenspitzen auf die Pelle. »Empfindsam wie ein Ochse! Was weißt du von uns? Von mir? Außer, dass ich einen Hintern habe.«

»Hintern nennst du das?« Griet nuschelte mit vollen Backen und ließ sich wieder bei der Feuerstelle nieder. Dann tat sie sich an einem Humpen mit zwei Henkeln gütlich, bauchig wie ein Butterfass. Mit einem Achselzucken rupfte sich Antonius das Fleisch vom Messer und steckte es gut sichtbar für Rebecca in den Mund. Munter kauend schlenderte er zu Griet ans Feuer und setzte sich den Humpen an den Hals. Dann gab er ihn den beiden Schweigern auf dem Findling, die Bucheckern kauten und mit Haselstecken im Feuer stocherten.

»Volker und Adrian.« Er kam zu mir zurück, ließ sich auf die Decke fallen, die auf den Klee gebreitet war. »Jedem von ihnen hat man den Buckel mehr geschunden, als es eine ehrliche Haut verträgt. Weißt du, was sie verbrochen haben? Als ihr Vater bei der Fronarbeit unter einen Ochsen fiel, der ihm die Eingeweide eintrat, war der Hofherr knausrig genug, das Herz seines Leibeigenen zu durchstechen, um sich den Wundscher zu ersparen. Bevor er ihn dann in eine Grube scharren ließ, hat er ihm noch die Lumpen weggerissen und das Silberkreuz von seiner Hochzeit. Wundert es dich, dass die Brüder da das Weite suchen? Allein, die Hunde waren schneller. Und für Kettenruderer zahlen die Rheinschiffer gern mit guter Ware. Vor allem, wenn der Schoner ein bischöfliches Wappen auf dem Segel trägt! Im Bauch des Kahns hat dein Herrgott ihnen dann endgültig jeden Schrei erstickt und jede Träne weggedörrt.«

Ich war immer noch beflissen, für Gottes Menschenordnung einzutreten. »Sie waren Leibeigene, die Ruderbank ihr Urteil.«

»Nur sprechen sie seitdem nicht mehr. Bloß wenn sie schlafen. Dann schreien sie wie Säuglinge.«

Ich wollte nichts mehr hören, nahm Rebecca fiebrig ins Visier. Ich konnte es nicht fassen. Sie lag friedlich an Antonius geschmiegt, den Kopf auf seinen Schoß gebettet, die Arme um sein

Bein geschlungen. Wie war so etwas möglich, nachdem der Galgenstrick ihr derart schroff und ohne Feingefühl begegnet war? Begehrte sie den Wüterich womöglich?

»Noch sind wir nicht fertig. Wir haben hier auch echte Sünder, die du bekehren kannst. Unser Thomas, auch eine Art Bruder. Ich glaub, er war gar irgendwo einmal Novize. Bis er sein Heil bei einer Rotte in den Schweizer Bergen fand. Sie nannten sich Karezza. Liebeskinder. Und haben die Glückseligkeit, das Paradies, im Weiberschoß gesucht.«

Ich sah den Teufel reiten!

»In der Vollendung jeden Liebesakts haben sie Gott gesehen. Im Verschmelzen einen Widerschein der Ewigkeit. Zugegeben, krause Theologie. Aber war das schon Grund genug, die ganze Dionysosgemeinde abzuschlachten? Ihnen die Pfeile wegzubrennen und die Köcher? Die Nasen obendrein?«

Hilfeheischend ging mein Blick zu Rebecca. Sie schlief oder tat so, als ob.

»Hör zu! Es ist noch nicht zu Ende! Dreiunddreißig Tage hat Thomas sich bei den Geißlern die Widerhaken ins Sündenfleisch gepeitscht. Dann ließen ihn die Büßer stehen und kehrten zum Geschäft zurück. Und er? Wer nimmt ihn auf mit seinem Kainsmal?«

»Geißlertum und Schwärmerei sind Frevel. Das ist päpstliches Dekret.«

»Verschone mich mit deinen Kirchenfürsten! Von den Herrschaften kann unser Gottfried dir ein Liedchen singen«, gab Antonius das Wort an den Kahlkopf weiter.

Mit einem Überschwang, als blies er Jerichos Trompeten, begann der zu berichten.

»Wenn Gott mich so liebt wie die Pfaffen, bin ich mindestens ein Heiliger. Mit gerade mal acht Lenzen gab mein Oheim mich nach Köln. Ein Kerzenzieher, ein kleines Fachwerkhaus am Eigelstein. Fünf Knaben werkelten tagsüber brav im Wachshof. Wenn es dann dunkel wurde, schickte man die Bravheit schlafen, und dafür gingen die Geschäfte richtig los. Wohlbeleibte Herren kamen in die kleinen Speicherzimmer. Namen gab es nicht. Allein Getuschel und Gemunkel. Die meisten waren Kleriker. Man sah es an den feisten Händen ohne Schwielen. Dafür waren die dann flink! Ruckzuck waren die Patschen unterm Kittel und huschten überall herum. Danach hieß es streicheln, kneifen, schlecken! Und dafür gab es außer Schlägen vom Hausherrn und Brei und Trockenbrot nur süße Worte, fromme Floskeln und ab und an den Segen. Gelegentlich auch Prügel: Natter! Zu was hast du mich hingerissen! So und nicht anders war's nun mal, zum Teufel.« Gottfried rotzte aus und machte es sich auf der Seite gemütlich, indem er sich mit dem Ellenbogen abstützte.

»Ganz gleich. Das war eine gute Lehre. Ich blieb bei der Kupplerei. Und eins kannst du mir glauben: Was mir die Hurenböcke brachten, kam meistens aus dem Kirchenzehnt. Bis hin zum Kardinal und Domherrn! Wenn päpstliche Legaten kamen, wusste unsereins nicht mehr, wo er die Jungfrauen und Knaben finden konnte. Das war schon ein muntres Treiben in meiner Prasserherberge. Nur schade, dass zwei Domherren es ein wenig arg angingen und ein allzu hübsches Knäblein bis zum Fressen liebten. Wirklich zu dumm! Die Tölpel haben die Reste ihres Festschmauses im Kehrhof abgelegt. Da mussten dann die Nachtwächter drüber stolpern! Zwar hab ich den Gewaltrichtern und Schöffen die Mär vom Judensabbat aufgetischt, wo sie die Christenkinder schlachten. Du kennst das ja von unserem Sankt Rudolf, dem Märtyrer der Wahl für solche Fälle.« Der Kahlkopf lachte schallend auf, rieb sich die Blütenflusen aus dem Haar. Dann kratzte er sich auf dem Rücken, spuckte kräftig seine Hände an, grub unterm Kittel und zwackte sich zwei Läuse aus den Achselhöhlen. Der Einfachheit halber landeten sie auf seiner Zunge. »Bloß, mein Ruf in Köln war leider nicht der Beste. Und als der Judenrat sich eilte, das erzbischöfliche Palais mit Frischgold zu versorgen, war's bald um mich geschehen. Dankbarkeit ist dem Prälaten wesensfremd, mein Freund.«

Gottfried legte einen Luftkuss auf die Hand und blies ihn mir herüber. Es schien, der Kahlkopf wollte sich an Niedertracht von keinem überbieten lassen. Sein Gegeifer machte mir nur allzu deutlich, an welche Bande ich geraten war. Wirrköpfe, Mörder, Aufrührer, Fantasten.

Vor allem aber Gotteslästerer und Leugner. Schlimmer noch

als Juden, Muselmanen, Heiden. Zumindest zweien hatte einst die Kirche gnädig ihre Hand gereicht. Doch alle hatten sie verschmäht und ausgeschlagen.

Ihr Räuberfürst, offensichtlich köstlich stolz angesichts der Schandregister seiner Mannen, kappte sich selbstgenüsslich die Fingernägel mit dem Dolch. Dann musste er als ärgster Hetzer strahlen und hielt nach neuem Händel mit mir Ausschau. Er legte eine Honigspur.

»Verstehst du jetzt, mein Bester, warum dein Kinderglaube scheitern muss? Die Welt ist grausam. Unrecht überall. Wir können dich beschützen. Dein Gott wird dir nicht helfen. Die Pfaffenbrut genauso wenig. Hier bist du sichrer als in jeder Feste. Schlag ein. Ich reich dir meine Hand.«

Der Hüne plusterte sich auf. Der Pfau schlug Rad. Doch seine Augen blieben matt und ohne Glanz. Verstohlen. Die Augen eines Kindes, das hilflos am Wegrand ausgesetzt wird und sich Mut macht, indem es um sein Leben singt, sobald die Nacht hereinbricht.

Alles an Antonius war gewollt. Einstudiert, aufgesetzt wie eine Krone aus Papier. Der Starke war nicht stark, er gaukelte den Übermut nur für die andern. All sein Mut war nichts als Angst.

Ich musste seine Mauern stürmen.

»Sag, Antonius. Jetzt kenn ich alle. Außer dir.«

Er hob den Kopf. Einen Moment nur. Der Blick schwamm ihm davon. Der Hüne schloss die Augen. Die Spitze seines Dolchs stach einen Nagel schmerzhaft durch. Er zischelte und steckte gleich den Finger in den Mund.

»Da gibt es nichts zu kennen.« Er nuschelte und lehnte sich nach hinten. Rebecca zuckte, wand sich um in seinem Schoß.

Wie ein Altarlicht schien eine Ahnung in mir auf und wuchs sich zur Gewissheit aus. »Weißt du, was ich glaube? Du bist nicht der Bärbeiß ohne Gott.«

»Hör endlich auf zu glauben.«

Die Mauer zeigte erste Risse.

»Hass hat immer zwei Gesichter. Man hasst nur, was man wirklich liebt.« Ich beugte mich so nah es ging zu ihm. »Antonius – wer bist du?«

Er zog die Nase hoch, lockerte die Schultern, dann, ohne auszuholen, schoss er den Dolch ins Holz des nächsten Stamms.

»Wer ich bin?« Er hielt ein, presste Luft, sah in die ersten Sterne. »Ein Bastard bin ich. Nur ein Bastard.« Er wischte sich die Nase, die jetzt heftig troff. »Und alle Menschen, die ich liebte, hat mein Erzeuger ausgelöscht.« Die Pause, die er machte, drückte ihn wie Blei. Die Augen fahl, wie ausgelöscht. Er schaute alle Höllen. »Der ...« Er stockte, stotterte dahin. »Der Baumberg war mein Vater.«

Auch Steine werden Staub im Strom der Zeit. Alles, ein Jedes, hat einen Grund und Anfang.

»Deshalb hast du ihn umgebracht.«

»Nein.« Er log. »Nicht deshalb. Für die Gerechtigkeit.«

»Ich weiß. Gerechtigkeit wächst nicht an Bäumen. Genau wie kleine Menschenkinder.«

Der Hüne sackte in sich, wurde Zwerg und Wicht und Wurm. Und Mensch.

Er legte sich nach hinten, auf die Ellenbogen und gab den Blick frei auf Rebecca. Inzwischen schlief sie tief, immer noch die Arme um Antonius verschränkt. Ruhig ging ihr Brustkorb auf und nieder. Süße Schwere lag auf ihren Zügen.

Antonius' Hände griffen in den Klee und rissen Flechten aus. Erde krümelte herab.

»Verdammt. Schließ dich uns an. Sag du dem Volk, dass es sich selbst gehört.«

Er hämmerte mit seinen Worten auf mich ein, als wäre ich sein Amboss. Das also war sein Plan. Der Prediger als Volkstribun.

Es war mir nicht mal eine Überlegung wert, der Versuchung zu entkommen. Auch wenn mein Leben ohne Heimstatt inmitten dieser Bande an einem Spinnenfaden hing. In diesem Waldversteck war mehr verloren als mein karges Dasein.

Mein Glauben. Meine Seligkeit.

Ich sah zu, dass ich auf die Beine kam. Die Gelenke piesackten mich wie Pfeile, die Beine hingen dran wie Blei. Mein Fleisch war schwach, die Knochen wollten bleiben. Sie stachen meine Seele aus.

Ich machte, dass ich wegkam, ohne Abschied.

Zorniges Gemurmel schwoll um meine Ohren an, als ich zum Rand der Lichtung vorging.

Mit einem Mal stand Antonius vor mir. Ein Schatten wie ein Berg.

»Du kannst nicht gehen. Du musst bleiben.«

»Ich hasse alles, was ihr sagt und tut.«

Der Hüne drängte mich mit seinem Klammergriff zurück ans Feuer.

»Willst du nicht deine Mutter retten? Willst du nicht, dass sie lebt?«

»Das ist alles, was ich will.«

»Ist sie zu Unrecht angeklagt?«

Ich nickte eilends.

»Ja doch. Ganz bestimmt doch. Ja.« Ich hastete, ich wollte über meine Lüge weg und musste dabei stolpern, hatte mich doch der kleine Pfarrer letztendlich eines Besseren belehrt. »Denn«, ich schluckte, presste, die Worte wollten einfach nicht heraus, »all das, was Wahrheit scheint, ist in dem Fall gar nicht wahr.«

»Sieh mal an. Entdeckst du, wie das Leben spielt?« Antonius' Häme blühte wieder auf.

»Warum hat meine Mutter Rebecca von der Teufelsfrucht erlöst? Aus lauteren Motiven. Nämlich uns alle vor dem Fluch des bösen Samens zu bewahren.«

»Sie wusste, was zu tun war. Im Unterschied zu dir.«

Er konnte es nicht lassen. Den Ton gab immer er.

»Es gab noch einen andern Grund. Mitleid und Menschenliebe. Beelzebub nahm Rebeccas Körper mit Gewalt.«

»Ach, Beelzebub? Na ja, das kann man sagen. Obwohl *der* Teufel dreimal schlimmer ist.« Die Kiefer mahlten und zermalmten alles. Jeden. Er sah zu mir und forschte, wog sich meinen Blick. Dann polterte er los. »Darum müssen die Tyrannen sterben. Wir müssen uns von unserm Joch befreien. Den Ketten unsrer Herrschaft! Und dem Knebel Kirche! Wir schlagen los und schaffen uns Gerechtigkeit!«

Die Worte waren hehr und leer und kalt. Was schaffte aller Kampf schon außer Leid? Wer dich niederstreckt, dem halt die andre Wange hin! Das sagte, lebte unser Heiland.

»Wer Aufruhr sät, tritt das Unheil los. Die Unschuldigen werden es büßen.«

»Genau das tun sie jetzt schon.«

Er zog mich an sich, warf mich gegen eine Eibe. Einen Augenblick schwand mir jeder Sinn. Der Hüne ließ nicht nach. Er rückte an mich, zerrte an meiner Kutte.

»Wir schlagen los. Schließ dich uns an. Unfreie, Dirnen, Krüppel, Bettler, alles wird uns folgen!«

Ich wusste nur, ich musste widerstehen. Alles in mir sträubte, wehrte sich.

»Nein, nein und nochmals nein. Uns steht nicht zu, Gott in sein Werk zu pfuschen.«

»Wenn wir nicht pfuschen, ist deine Mutter tot. Hör auf, dich hinter deinem Herrgott und deinen Klostermauern zu verkriechen!«

Blindlings traf er in meine tiefste Wunde. Mit Ihm war ich im Reinen. Doch die Rockzipfel von Mutter Kirche erstickten mir schon lang die Luft.

Armut, Keuschheit und Gehorsam. Alles kaute man uns vor: das Beten, Sinnen, Denken, Fühlen. Und ich kaute fleißig nach und mit. Für Ihn und Seine Ewigkeit. Derweil Sein Erdenkreis und Seine Schöpfung vor die Hunde gingen.

So wollten sie uns haben: seelenlose Larven zum Lobpreis IHRES Herrn.

Chorknaben und Ministranten für IHRE Obrigkeit.

In mir rumorte alles.

Mit einmal war auch noch Rebecca da. Drängte mich rückwärts gegen meinen Baum, in dessen Astlöchern und Wipfeln mir der Wind ein Requiem bescherte.

»Denk an deine Mutter, Gilbert! Im Aufruhr holen wir sie raus!«

»Ich kann nicht. Und ich will nicht.«

»Doch. Du willst.«

Sie sah mich an wie eine Echse. Ihre Blicke waren überall auf mir. Und kitzelten und kratzten und drangen in mich ein wie Gift.

»Was soll schon mein Wille. Sein Wille geschehe …«

»… im Himmel wie auf Erden. Ja, ich weiß.«

Das Gebet der Christenheit aus dem Mund der Jüdin berührte mich zutiefst. Weit flogen die Gedanken von mir weg, in Zeiten, als wir Hand in Hand durch die Wälder sprangen. Nicht weit vom Grafenberg tauchten Wölfe auf, nahmen Witterung nach uns. Rebecca wies stumm auf das dunkle Rudel, allein die Schnauzen dräuten weiß wie Schnee mit langen, krummen Zähnen. Grimmig hob ein Heulen an, so leise wie bedrohlich. Rebecca nahm mich bei der Hand, zog mich auf den Wildbach zu. Durch den Felsgang unterm Wassersturz mit der Wolkenwand von Gischt kamen keine Wölfe. Rebecca huschte auf den Kieselsteig im Bach. Die Füße in den Wickellappen tanzten auf den moosbewehrten Steinen. Von einem setzte sie zum nächsten, rutschte ab, fand wieder Stand, streckte die Arme wie eine Gauklerin zum Gleichgewicht, bis sie von einem Felsen abglitt und sich den Knöchel stauchte. Ich hastete heran, besah den Knöchel. Er schwoll schon wie ein Frosch. Das Wolfsgeheul kam näher. Rebecca hustete und schluckte, tastete sich auf allen vieren vor, jetzt selbst ein Wild, ein Reh. Ich fackelte nicht lang und lud sie auf den Rücken. Fast wäre ich mit meiner Last beim Sprung auf einen Felsenrist gestürzt, aber mit der Muttergottes Hilfe querten wir den Bach. Die Wölfe lauerten am jenseitigen Ufer und ließen knurrend ab.

Ich trug Rebecca bis nach Hause; Aaron, ihr Bruder, rupfte mir sie maulend von der Schulter. Doch eines hatten wir von und für uns gelernt: den anderen zu tragen, wenn er strauchelt.

Das alles schoss mir durch den Sinn, jetzt da Rebecca mich zum Bleiben drängte. Es war kein Misstrauen, vielmehr Unvermögen, dass ich mich bis zur Selbstaufgabe sträubte.

»Macht euren Aufruhr ohne mich. Ich kann das Leben meiner Mutter nicht über andre Gräber retten.«

Rebecca schlug die Augen nieder, rutschte aufs Wurzelwerk der Eibe. »Gut, Gilbert. Du kannst trotzdem bleiben.«

»Ach, du bestimmst das jetzt?« Der Hüne giftete sie an.

»Gemeinsam haben wir bestimmt, dass die Bedrängten bei uns Zuflucht finden. Wozu sonst sind wir denn da?«

»Na schön. Für heute Nacht. Da, leg dich ans Feuer.« Antonius wies auf seine Decke. Dann hob er den Kopf, ließ die Haare in den Nacken fliegen, schlang seine Arme um Rebeccas Hüften und drängte sie auf die Zeltwand zu, die in der laubbedeckten Mulde zwischen den Kastanien gespannt war.

Ich schleppte mich zurück ans Feuer, rollte mich in die Decke ein und schloss die Augen. Dann fühlte ich, wie die Hutze angehoben wurde und eine Hand darunterkroch, auf mein Rückgrat zu. Ich fuhr herum.

Gottfried, der Kahlkopf, griente mir entgegen. »Warum lässt du dir alles nehmen?«

»Ich rede nicht mit dir.« Ich mühte mich um Abstand vom verderbten Buhlvater.

»Betrachte es als Beichte. Deine.« Gottfrieds grüne Augen glimmten rot vom Wein. »Erst die Mutter. Dann das Mädchen.«

Ich stutzte. Er meinte wohl Rebecca.

»Nach allem, was man ihr getan hat, hat Rex Antonius sich vorerst recht umsonst bemüht.« Rülpsend sank der widerliche Kahlkopf auf den Saum meiner Decke, setzte seinen Becher an. »Allein ist der Mensch ein Furz. Er kann nur stinken und entweichen. Ich bin der Kaiser aller Sünder. Ich komme jedem auf die Schliche. Du, mein Goldschatz, hast Talent. Als Sünder bist du fast begnadet. All dein Gott und Glauben ist bloß Stolz. Du meinst, du kannst dich auf Seinen Schwingen über unser Jammertal erheben. Ha! Du Tropf! Ging Jesus Christus je allein? War Er nicht mit den Menschen? Keuschheit schwören ist wohlfeil. Erlösung, wenn man sich vor den Menschen fürchtet. Dass ich nicht lache, du Eunuch!«

Ich war zerschmettert. Der Kuppler hatte mich zermalmt. Ich riss die Decke weg. Die Tränen bissen mir in meine Wimpern.

Der Kahlkopf lachte, strich mir über die Tonsur und schlich sich zu der Meute. Sie alle, die Brüder Volker, Adrian, Gottes Zorn Karolus, Thomas, der abgefallne Schwärmer, und natürlich Griet mit ihren drallen Schenkeln, lagerten bei der andern Glut, die Körper in der Nebelkälte an- und aufeinander wie die Hühner. Gottfried schob rau den Thomas fort und packte sich Griets Brüste. Dann rieb er seinen Bauch am wohlbestallten Hintern und schnurrte selig wie ein Säugling.

Doch da, mit einem wüsten Schlag, war die Nacht vorbei. Ein altersschwaches Pferd, ein arger Zossen, brach knackend aus dem Unterholz. Der Packsattel hing schief über der Kruppe aufs Geläuf. Wie ein Irrwisch trabte die Mähre die Lichtung rauf und runter.

Griet schälte sich aus dem Leiberpulk. »Der Robert ist zurück.«

Gottfried murrte knurrend und fasste fester an den Busen. »Na schön. Geh, komm schon, schlaf.«

»Ja und wo ist er dann?« Ächzend stemmte sie sich hoch und zirkelte das Dunkel ab.

Das Pferd strich immer noch wie angestochen übers Gras, schlug mit den Hinterläufen aus. Dann stand es ruhig, versteinert wie ein Monument, die Ohren aufgerichtet. Es witterte Gefahr.

»Gottfried! Da stimmt was nicht.« Die Dralle stupste ihre Faust dem Kahlkopf in den Nacken. »Los, wir schauen nach.«

»Gib endlich Ruhe, Weib.« Gottfried gähnte lang und breit, zog Griet zurück ins Moos.

Da stolperte ein hagrer Bursche in einem engen Wams unter den Bäumen vor. Nur sein Bauch hing seltsam aufgeschwollen unter dem klaffenden Hemd heraus, bedeckt von schwarzem Haar wie Wolle. Der Hagere nestelte die Schnüre seiner Kleidung auf, fiel beinah auf das Feuer zu. Gottfried schlug die Augen auf, die Ruhe war vorbei. Er stieß die anderen Kumpane an, und alles ruckte schläfrig auf.

Der Hagere knickte in den Beinen ein, sackte auf die Erde, dann griff er voran, hievte sich auf allen vieren wie ein Hund zum Proviant, riss den Tonkrug an sich und trank und schluckte, dass ihm das Wasser von den Lippen troff.

»Joi, hat der Schwengel einen Durst.« Gottes Zorn Karolus entfuhr ein beinah andächtiges Wundern. »Der muss drei Tage und zehn Nächte durchgesoffen haben.«

Er krabbelte unter den andern vor und stakste auf den Hagren zu. Freundschaftlich barg er ihn an der Schulter.

»Na, wie war der Markt? Gab's noch was außer Wein und Bier?«

Dem Hagren glitt der Krug dumpf scheppernd aus den Händen, dann kippten seine Bohnenknochen weg wie Stroh im Hagel. Röchelnd lag er auf dem Rücken.

»Seht euch den Saufbold an! Voll wie ein Ententeich!« Karolus beugte sich dem Hageren entgegen. Und stieb gleich hoch, als hätte er sich verbrannt. Wirbelte auf die Bande zu. Ein aufgescheuchter Spatz.

»Oh Gott! Er hat die Pest!«

Alle sprangen auf die Beine, flüchteten zum Wald.

Einsam blieb der Hagere zurück, kaum noch senkte sich sein Brustkorb. Der Schwarze Tod, das Tor zur Hölle offen, und keiner stand ihm bei.

Robert rang sich dünne Silben ab. »Se-gen! Se-gen, Pa-ter!«

Ich hatte Angst. Blanke Todesfurcht. Und dennoch war es einfach meine Pflicht als Mensch, als Mönch, mich um den Sterbenden zu kümmern. Zaudernd wagte ich mich näher, kniete bei dem Siechen.

Die Augäpfel staken schwärzlich grün heraus, das Licht kam matt wie Laich. Die Wangen eingefallen, eine Gruft. Ich sah auf den Bauch. Schwarze Beulen in der Leistenbeuge. Faustgroß blakten sie wie Ruß. Es war die Beulenpest, kein Zweifel möglich.

»Der Herr gebe dir Frieden.« Ich schlug dem Endenden das Kreuz.

»Ich ver-glühe, Vater …« Er brach ab, der Kopf sank auf die Schläfe.

Ich schloss ihm die Lider und bat den Herrn um Gnade.

Ein Stein schlug mir ins Kreuz.

»Bleib da bloß weg. Willst du, dass die Pest über uns alle kommt?« Antonius brach im Schrei die Stimme.

Ich sah mich um. Er stand bei den Kastanien. Die Zeltwand flatterte im Wind. Dichte Wolken flogen unterm Mond. Ein Menetekel.

»Er war dein Freund.«

Der Hüne ließ den Stierkopf sinken. »Und wenn schon. Du verschwindest hier und nimmst ihn mit.«

Rebecca kam aus dem Zelt gestürmt, funkelte den Hünen an. »Sag, hast du gar kein Herz?«

Der drehte ihr den Rücken. »Scheiß auf das Herz. Jetzt hilft nur noch Verstand.«

Ich sah und hörte. Musste lauthals lachen. »Weißt du, was uns trennt? Ich kenne meine Angst.«

Ich wickelte den Toten in Antonius' Decke, lud ihn mir auf den Buckel und trug ihn in den Wald zu einem Überhang, unter dem ich ihn betten konnte.

»Du schickst ihn in den Tod.« Rebeccas brennende Worte galten mir. Aus den Augenwinkeln sah ich, wie sie nach Antonius' Händen griff. »Wenn er geht, geh ich mit.«

Er zog die Hände fort und ließ die Arme sinken. Dann schrie er in die Nacht.

»Schäm dich für deinen Gott!«

Jäh wandte er sich um und stapfte in sein Zelt.

16. Kapitel

Eng duckten sich die Fachwerkhäuser mit den flachen, abgerundeten Dächern aneinander. Gerade mal drei oder vier verfügten über einen überkragenden Speicher, in dem die Kleinhändler Lager und Kontore unterhielten. Hier lebten Menschen, die jedes Aufsehen vermeiden wollten, schon häufig schmerzhaft erfahren hatten, dass alles Aufheben nur Neid hervorlockt. Die Mauern waren geprägt vom schnörkellosen Buchenholz, ohne jede Verzierung oder Schnitzerei, und porösem, angeworfenem Lehm. Hinter den Häuschen duckten sich unscheinbare Höfe, Gatter und Ställe, in denen Geflügel gehalten wurde. Lediglich aus einem Gehöft am Ende der gepflasterten Gasse war das Muhen einer Kuh zu vernehmen.

Rebecca drängte mich zur Eile. »Schnell. Es wird gleich Tag.«

Den ganzen Weg vom Reichswald bis vor die Tore Düsseldorfs hatte ich ihr zugeredet, mich zu lassen. Hinterm Hochwald hatte ich versucht, mich im Schutz des Morgennebels ohne Abschied und viel Federlesen ins Buschwerk abzusetzen. Da rannte sie mir nach, griff mich an den Händen und schritt seitdem stur an meiner Seite. Meine Fragen, wohin sie denn wolle, wischte sie ein jedes Mal mit der gleichen knappen Wortwahl in den Wind. »In Sicherheit.« Kein Sterbenswörtchen weiter war ihr zu entlocken. Nicht mit Drohen, Mäkeln, Flehen.

Dabei wollt ich Gottes neuer Prüfung allein entgegentreten. Jetzt, da wir alle unsre Stunden zählen konnten, Er uns alle vor sich rief, verlangte mich nach Einkehr. Noch einmal wollte ich die Lebensuhr vor meinem Innern spielen. Um dann, wenn die sieben Reiter kamen, mich und alle anderen zu holen, gemeinsam mit der Mutter den letzten Schritt zu gehen. Unsres sichren Untergangs gewahr, würden uns die Inquisitoren gewisslich die Barmherzigkeit erweisen, uns vor den Todesengeln zu vereinen.

Der Fangstrick an dem Plan: Rebecca musste vorher von mir

weg. Sie war so jung und lebensdurstig, wild und frei, sie durfte noch nicht sterben. Nicht durch mein Verschulden.

Inzwischen wusste ich, wohin sie wollte. Noch einmal fasste ich sie bei der Schulter, beugte mich nah an ihr Ohr.

»Jetzt lass gut sein. Von hier aus komme ich allein weiter. Such dir Hilfe bei den Deinen. Rette dich in ein andres Land.«

»Das habe ich auch vor. Mit dir.« Fast schelmisch blitzten ihre Augen auf.

»Ich kann nicht mit dir kommen. Du weißt, wie es um meine Mutter steht.«

»Und wie steht es um dich?« Die Augen schlugen Feuer. Die Haare flogen durch die Luft. »Du kommst mit mir. Das bin ich dir schuldig. Mein Onkel in Toledo nimmt uns sicher auf.« Sie griff nach meinen Händen, zog sie an die Brust. Ich schrak zurück. Vergeblich. Sie schloss die Hände noch einmal so fest um meine. »Dann fangen wir ein neues Leben an. Ohne Gefahr und Todesangst. Pass auf, ich hab mir alles überlegt ...« Ihre Züge waren rot vor Glut, die Sätze flogen nur so aus dem Mund. »... heute Nacht setzen wir über den Rhein. Von Neuss schlagen wir uns nach Lüttich durch. In Antwerpen hat mein Vater viele Freunde. Wir finden leicht ein Schiff, das uns nach Spanien bringt. Oder wir verkleiden uns in Neuss als Pilger, gehen den Rhein hinauf bis Basel und dann auf den Jakobsweg. Das Gold für die Reise und die Pilgerbriefe gibt uns mein Vater nur zu gern. Gilbert ...« Tief drangen ihre Blicke in mich ein. »Du hast mich gerettet. Das vergessen wir dir nie.«

Natürlich war das Angebot verlockend. Nichts war mir so nah, als meine Haut zu retten. In einem Land wie Spanien von vorne zu beginnen. Aber solange meine Mutter Qualen litt, war das durch und durch unmöglich.

»Es geht nicht um mich, Rebecca. Ich wünsch dir von Herzen Glück für alles, was du vorhast. Vielleicht sehe ich dich irgendwo in vielen Jahren wieder, zwei Kinder auf dem Arm. Und drei dahinter, die sich um einen Mustopf balgen. Vorerst werde ich noch hier gebraucht. Erst muss ich alles bei den Inquisitoren unternehmen, die der Erzbischof uns schickt. Vielleicht kann ich das Schicksal meiner Mutter bei den Sendboten des heiligen Offiziums, wenn nicht wenden, so doch, das hoffe ich inständigst bei meinem Herrn, ein wenig mildern. Danach dann muss unweigerlich ich meine Strafe tilgen, die man mir sicher auferlegt. Und dann …«, ich spielte Zuversicht, obgleich ich sie schon lange nicht mehr in mir fand, »… dann pilgre ich den Jakobsweg bis nach Santiago de Compostela und besuche dich.«

Rebeccas Miene wurde ernst. Ja feierlich. Ein Hochgebet.

»Gilbert. Du wirst mich nicht mehr los. Im Osten, an der Wiege meines Volkes, sagt man: das Leben, das man rettet, trägt man ewig auf der Schulter. Siehst du, Gilbert, mit mir bist du vom Pech verfolgt.« Sie lachte neckisch, stieß mich in den Rücken, auf die niedre Haustür zu. »Und jetzt will ich essen, trinken und in Ruhe schlafen. Komm, ich zeig dir, wo.«

»Gleich«, denn eine Frage spukte noch in meinem Hirn, »bist du hier nicht am Ende sichrer als im Wald? Warum bist du nicht gleich nach Haus gegangen?«

»Warum bin ich eine Frau?« Rebecca sah mich mit einer Miene an, in der Mitleid und Belustigung miteinander Fangen spielten.

Hinter der Tür, durch die ich mich ducken musste, kam man in einen schmalen Durchgang, der auf der andern Seite des unscheinbaren Fachwerkhauses in einen erstaunlich großen, ummauerten Hof führte. An dessen Stirnseite erhob sich ein wuchtiger Ziegelbau mit zwei Stockwerken und prächtigen Glasfenstern, in den ein säulenbewehrter Eingang mit Rundbogen und Doppeltür führte.

Im Näherkommen erkannte ich, dass die Türen sorgfältig mit Ornamenten, seltsamen Schriftzeichen und einem sechszackigen Stern im Zentrum jedes Türblattes ausgeschmückt waren. Rebecca nestelte einen zierlichen Vierkant aus der Gürtelschlaufe, öffnete leise die Tür und schlüpfte hindurch. Für einen Augenblick war sie im Halbdunkel verschwunden, dann streckte sie den Kopf heraus und winkte mich hinein.

Vorbei an mehreren mit Samt verhangenen Durchgängen kamen wir zu einer steinernen Stiege. Rebecca entnahm einer in die Mauer gelassenen Öffnung eine Öllampe, entzündete sie an einer der anderen, die an den aus Sandsteinquadern gefügten Rundbögen angebracht waren und den Flur in ein lichtes Rot tauchten, und führte mich die Stiege hinunter in ein Gewölbe, hoch wie ein Kirchenschiff.

Der Raum war kahl und schmucklos bis auf einen hohen Schrank mit gedrechselten Füßen und ein vergoldetes Pult mit zwei samtbedeckten Schriftrollen, aus denen vergoldete Stempel ragten.

»Erinnerst du dich noch? An unsre Thora?«

»Dann ist das hier euer neuer Tempel?« Mich fröstelte. Ich befand mich außerhalb des Glaubens.

»Nur der Unterbau. Die Synagoge der Gemeinde ist da oben. Der Keller hier ist Vaters Andachtsraum und Notbehelf für schwere Zeiten. Unsre Schul. Manchmal feiern wir hier auch die Feste.« Sie knabberte die Lippen an. So geistesabwesend hatte ich sie noch nie gesehen. »Gilbert, ich weiß nicht weiter.« Sie stand mir gegenüber, die Lampe in der Hand, deren Licht seltsame Schatten auf ihr Antlitz schlug, das jetzt, in diesem Dämmer, wie in Wachs gegossen wirkte. »Hier im Haus gibt es einen geheimen Ort, der völlig sicher ist. Niemand kann uns da je finden. Bloß – um da einen Christen hinzuschaffen, muss ich einen reinen Ort entweihen.« Rebecca sprach in Rätseln. Ich verstand kein Wort. Als sie es merkte, stellte sie ihr Öllicht ab. »Warte hier. Ich hole meinen Vater.«

Ich kauerte mich in eine Ecke und kämpfte mit der Müdigkeit. Das Warten schien mir endlos, bis Rebecca wiederkam. Zu meinem Schrecken brachte sie nicht Isaak Ben Baruch, ihren Vater, sondern Aaron, den ungestümen Bruder, mit. Außer seinen Schnabelschuhen und den bunten Beinlingen nach der neuesten Mode hatte er nur eine Decke umgelegt, als hätte er es nicht erwarten können, den Spielgefährten seiner Schwester zu begrüßen.

Herrisch baute er sich vor mir auf. »So. Und was soll das jetzt? Der Goi gehört beim besten Willen nicht hierhin. Noch dazu ein Pfaffe.« Fast spie er, so verächtlich war sein Ton.

»Ich bin Mönch.«

»Das ändert nichts. Ihr hetzt gegen uns, verbreitet Schauermärchen, verhindert unsren Eintritt in die Zünfte und die Gilden. Und wo es geht und gerade passt, saugt uns der Klerus aus. Ihr seid kein Quäntchen besser als die Schweine, die ihr fresst!«

Rebecca fuhr ihm übers Geifermaul. »Sei endlich still. Der Gilbert ist unser Gast. Und Freund.«

»Freund?« Aaron lachte blechern auf. »Freund? Ein Kuttenträger unser Freund? Na, solche Freunde lob ich mir. Ich weiß, wir haben dir zu danken. Hiermit tu ich das.« Er vollführte eine übertriebene, nachgerade linkisch anmutende Verbeugung, die er mit einem spitzen Grinsen kommentierte. Dann wandte er sich wieder an die Schwester, ich war für ihn Luft. »Gib ihm zu essen. Von mir aus gib ihm Wein. Und dann verschwindet er aus unserm Haus.«

»Mein Haus ist dein Haus. Wer selbst verfolgt wird, lernt Verfolgte hüten.« Die volle, tiefe Stimme von Rebeccas Vater hallte angenehm im Raum. Isaak Ben Baruch hatte einen Umhang über seinen Nachtkittel gezogen. Der bis auf die Brust reichende Bart, den ich von früher kannte, war jetzt an den Spitzen grau. Genauso wie das einstmals schwarze Haar, das nur mehr fadendünn den Cäsarenkopf bedeckte. Die Kastanienaugen leuchteten dafür wie eh und je, auch wenn sie jetzt in einem Flor von Falten lagen. »Lass dich als Sohn begrüßen.« Ganz unerwartet umarmte Isaak Ben Baruch mich, legte seine Wange an die meine. Dreimal. Erst rechts, dann links, dann wieder rechts. Dann nahm er Abstand und besah mich mit erregter Miene. »Was du getan hast, vergesse ich dir nie.« Strafend ging sein Blick zu Aaron. »Verzeih dem Vater die Schande, die der Sohn dir zugefügt. Es ist genauso meine.« Er beugte demütig den Kopf.

»Nein. Nicht.« Ich richtete ihn auf. »Bemüht Euch bitte nicht. Ich tat einzig, was Menschlichkeit mir abverlangte.«

»Und jetzt verlangt mich, dir zu helfen. Ich weiß um deine Mutter! Versteh mich bitte richtig, ich bin kein reicher Mann. Jedoch, der Handel bringt Gewinn. Und manchmal Einfluss. Ich hab schon vorher meine Fühler ausgestreckt. Markus von Geldern ist nicht …«, er zögerte, las mein Gesicht, »… nicht gänzlich unbestechlich. Ich bin zuversichtlich, für drei bis vier Pfund Gold löst er deine Mutter aus. Über eine derart hohe Summe verfüge ich zwar leider nicht, doch wird man es mir borgen.«

Fast sprang mir das Herz. Die Himmel stürzten über mich!

Jetzt hatte ich in meinem blinden Eifer der Mutter ihr Geschick verspielt. Kaum war meine Zunge in der Lage, einen Satz zu formen. »Ich danke Euch für Eure Güte. Jedoch – jeder Vorstoß beim Prälaten wäre ganz vergeblich. Die Heilige Inquisition beim Erzbischof in Köln wird das Verfahren übernehmen. Ausgerechnet ich habe mit Nachdruck drauf gedrungen.«

Aaron lachte lauthals auf. »Na, das sieht dir ähnlich! Verzeiht mir, Vater, wir sind machtlos. Der Kuttenträger hat das zarte Hoffnungspflänzchen schon zertrampelt.«

»Schweig. Verlasse diesen Raum.« Rebeccas Vater stand aufrecht wie ein Fels und schloss die Augen.

Doch Aaron beharrte. »Vater, ich fleh Euch an, treibt es in Eurer Dankbarkeit und Güte nicht zu weit. Gebt dem Mönchlein einen Lohn mit auf den Weg. Dann soll er sehen, dass er weiterkommt. Ihr wisst, wie wetterwendig die Christen zu uns stehen. Im Süden haben letzten Monat erst Pogrome stattgefunden. Setzt alles an die Rettung Eurer Tochter. Wir haben *einen* Platz, sie sicher zu verbergen. Gewährt Ihr dort dem Christen Zugang, teilt Eure Tochter mit ihm Raum und Lager.«

Bedenken zogen wie Gewitter auf Isaak Ben Baruchs Stirn. Aaron fuhr wie angestachelt fort.

»Ihr wisst, Ihr dürft den Goi nicht in …« Er unterbrach sich voller Absicht, vollendete das Ungesagte durch ein stummes Stoßen mit dem Kinn. »… der Quell der Reinheit wäre dann für immer unrein.«

Isaak besann sich, strich mit beiden Händen seinen Bart. Dann schritt er hölzern auf und ab. Gewichtig schwang sein Rumpf dabei nach vorn und hinten, die Hände überm Steißbein aneinanderklopfend. Endlich hielt er inne, ein Gedanke schien Rebeccas Vater zu beflügeln. Ein letztes Quetschen mit den Händen, dann rang er sich einen Ausweg ab.

»Wir können ihn an andrer Stelle neu erschaffen.«

»Wo denn, in diesem Haus?« Aaron bedrängte fuchtelnd seinen Vater. »Und wo schickt Ihr so lang die Frauen hin?«

Isaak versteckte seine Hände unterm Überwurf. Sorgenadern schwollen unterm grauen Schopf. »Trotz allem. Sein Leben ist uns anvertraut.«

Aaron beeilte sich, dem väterlichen Entschluss zuvorzukommen. »Gewiss. Auch ich wüsste Gilbert gern geborgen. Glaubt mir, ich würde alles tun, den Retter meiner Schwester zu verbergen. Doch *der* Preis ist zu hoch. Einzig meine Schwester gehört in unsre Kuratel. Alles andre schickt sich nicht. Unter so mancher Kutte eines Gois steckt bekanntlich bloß ein Lüstling.«

Ich war empört. Mit einem Wink pflückte mir Rebeccas Vater die Worte von den Lippen.

»Unfug. Ich dulde nicht, dass du den Gast beleidigst.«

»Und ich ...« Bevor Rebecca weitersprechen konnte, fuhr der Alte fort.

»Dennoch. Deine Bedenken teile ich. Gastfreundschaft und Dankespflicht stehen gegen Schrift und Brauch. Und Schrift und Brauch sind alles, was wir haben.«

»Verbergen wir Rebecca eine Woche. Dann geht der Samt nach Avignon zum Papsthof. Die Pässe, vom Pontifex besiegelt, sind ein Freibrief! Da wagt keiner, die Ladung zu durchsuchen. Von Avignon bis Spanien sind es allenfalls drei Tagesritte. Mit etwas Glück und Gold bring ich Rebecca nach Toledo. Bei Eurem Bruder ist sie sicherer als in Abrahams Schoß.«

Ich konnte nicht mehr an mich halten, wenn mir auch kein Urteil zustand.

»Euer Sohn hat recht. Der Plan ist ganz vorzüglich. Auf mich nehmt keine Rücksicht. Ich komm allein durch. Und jetzt entschuldigt mich. Denn Aaron hat auch darin recht. Hier gehöre ich nicht hin. Ich bring euch alle in Gefahr.«

Isaak Ben Baruch entbot ich meine Hand zum Abschied. Doch er schlug nicht ein.

»Unser Gott hat uns nicht auf die Welt gestellt, in Kleinmut zu verfallen. Ich wünschte, mein Aaron hätte deine Großherzigkeit. Nun denn. Rebecca, zeige Gilbert die Zuflucht. Wir schachten eine weitre Katakombe aus. Ich lasse eine neue Mikwe bauen.«

Alle Erschöpfung fiel von Rebecca ab, erleichtert kam sie auf den Vater zu und zog ihm sachte, als wären sie zerbrechlich, die Hände aus dem Umhang. Dann führte sie sie an die Stirn.

»Wie soll ich Euch nur danken, Vater?«

»Du hast mir schon gedankt, als du ins Haus zurückkamst.

Meine Tochter ist kein Tier im Wald. Aaron! Hol Essen, Wein und frische Kleidung für den Gast. Und eine Rinderblase, um alles trocken zu verstauen.« Er dachte nach. »Decken, Kissen liegen schon bereit.«

Als Aaron sich nicht bewegte, schob sich ein Trauerschleier auf Isaaks Gesicht. »Die Tochter ist zurück. Jetzt hab ich dich verloren.«

Schwer stützte sich die Hand des Alten auf Aarons Schulter, nur zögernd ließ sie von ihr ab. Mit schweren Schritten schlurfte er davon, ohne einen Blick zurück. Wie gebrochne Flügel schleifte er seinen Umhang hinterher.

»Musst du immer alles besser wissen? Du bist so klug. Und so unfassbar dumm.« Rebecca rang nach Luft. »Du brichst ihm noch das Herz. Ist es das, was du willst? Geh schon, hol die Sachen. Tu, was man dir aufgetragen hat.«

»Schwesterchen. Ich bin kein Kind mehr. Und kein Sklave, der auch die andre Wange hinhält, wenn der Herr ihn schlägt. Vater sieht sie nicht, die Brandzeichen der Zeit. Überall um uns lodern sie schon auf. In Basel. München. In Memmingen hat man die Judenviertel dem Boden gleichgemacht. Glaubst du, wir sind hier sicher, bloß weil dein Vater und die andern Alten buckeln? Und emsig ihre Judensteuern bringen? David hat gekämpft und nicht gebettelt. Aber weißt du was? Ich bin bald weg. Ich ziehe in die goldne Stadt.«

Rebecca spitzte spöttisch ihren Mund. »Die goldne Stadt? Was soll das jetzt schon wieder sein?«

»Das Paradies auf Erden. Weit. Weit im Osten. Hinter Persien. Noch hinter den Mongolen. Gleich am Rand der Welt. Mit Mauern, hoch wie Wolken. Türmen aus Smaragd. Bernsteinzinnen.« Aarons Hände malten in der Luft. Er sah, was er beschrieb. »Die Menschen haben eine Haut wie Elfenbein. Alles geht in Seide und Purpur. Isst und trinkt von purem Gold. Keiner wandelt auf den Füßen. Auf Schimmeln reiten sie, mit Geschirr aus Silber und samtbestückten Sätteln. Dazwischen fahren Kutschen aus Perlmutt und Elfenbein. Dort gehör ich hin. Da finde ich mein Glück in dieser wirren Zeit.«

Rebecca nahm sich Zeit für ihre Worte. »Aaron. Wenn du die

goldne Stadt suchst, finde sie in dir. Du kannst nicht über allen Wolken schweben. Es gibt nur diese Welt. Und unsern Vater, der dich braucht.«

Sie ließ sich auf den Boden nieder, den Kopf gegen die Wand geneigt. Schloss die Arme um sich, verharrte reglos in der Stille.

Endlich gab der Bruder nach und schickte sich mit einem Achselzucken und aufgesetzter Trägheit an, den Wünschen seines Vaters nachzukommen.

Ich sank bei Rebecca nieder, suchte Kühle an der Wand. In mir wühlten die Gedärme. Ein schriller Zug von Masken holte mich jetzt ein. Fratzen, die mich hämisch anbleckten, schüttelten wie altes Laub. Pechschwarze Gedanken umkreisten mich wie Fliegen, setzten sich mir auf die Stirn.

Wie aus einem tiefen See drang Rebeccas Stimme zu mir.

»Woran denkst du, Gilbert? Sag doch, was dich quält!«

Katzengleich kam sie näher, schlich auf allen vieren an mich ran.

Aaron ersparte mir die Antwort. Er warf mir einen Wust von Kleidung zu, in eine Rinderblase gedrückt. Mit einiger Herablassung setzte er einen Korb mit Nahrung auf den Boden, schob ihn mir vor die Füße. Einen Proviantkrug Wein, mit Kork verschlossen, hielt er Rebecca hin.

»Hat euch jemand gesehen, als ihr kamt?«

»Wären wir dann hier?« Rebecca nahm den Wein vom Bruder. »Wie kannst du nur so hassen? So ohne Freude sein? Kein Wunder, dass du fliehen willst. Nur weg und weg und fort von dir. Aaron, vergiss nicht die, die dich im Herzen tragen.«

Aaron schlug die Augen nieder. Härte kam ihm auf den Mund. Er nickte eisig und ging mit steifen Schritten aus dem Raum. Hohl hallten seine Tritte durchs Gewölbe.

Rebecca reichte mir den Krug. »Nimm einen Schluck, dann wird es leichter.«

»Was?« Wie konnte ich verstehen. Irgendetwas verstehen in dieser seltsamen Gruft eines andren Volkes, das meinen Gott und Vater einst ans Kreuz gebracht.

»Du wirst gleich sehen. Komm, jetzt trink.«

Ich tat, was sie verlangte. Setzte an.

Rebecca nahm den Korb auf, prüfte seinen Inhalt, entnahm ihm eine zweite Rinderblase. Die zog sie auseinander, schuf armdick eine Öffnung, schob das Brot und Obst, zuletzt den Trockenfisch hindurch, bis die Blase prall gefüllt war. Dann zog sie mit den Zähnen aus der Öffnung eine Schnur, die sie in einem Knoten schloss.

»So. Wir können.«

Rebecca nahm die Blase mit der Nahrung. Ich die zweite und den Proviantkrug, den ich mir an der Schnur um meine Schultern hing. In der Ecke des Gewölbes hob sie eine Bodenklappe und leuchtete hinein. Von unten sah ich etwas funkeln. Behände stieg Rebecca die schmalen Stufen abwärts.

Ich tappte zählend hinterher. Achtundvierzig Stufen führten in ein weiteres Gewölbe mit einem Wasserbecken, dessen Oberfläche wie aus Silber blinkte. Stufen führten in das Becken. Ein Rundloch an der Gewölbestirn ließ jetzt, nach Tagesanbruch, senkrecht eine Lichtsäule aufs Wasser stoßen.

Rebecca legte ihre Last auf der ersten Stufe ab. Dann schlüpfte sie aus ihrem Wams. Nun stand sie beinah bloß, nur mit einem dünnen Hemdchen angetan und ihren groben grauen Beinlingen, wie sie die Handwerksburschen trugen.

Als ich mich zur Seite drehte, gluckste Rebecca auf.

Das Echo in der hohen Wölbung kam auf mich wie Schläge.

»Stell dich nicht an. Es kommt noch schlimmer.« Rebecca lachte ausgelassen. Das Kind in ihr war immer noch lebendig. Wenn man es nicht verschreckte, kam es gleich heraus. »Kannst du tauchen?«

Rebecca wartete nicht ab, stieg mit der Blase in das Wasser. Es war tief, sobald sie von den Stufen war, fing sie an zu schwimmen. Sie bibberte, die Lippen waren schon blau. »Komm endlich. Die Mikwe ist eiskalt.«

Befremdet stieg ich hinterher. Schon an den Zehen spürte ich, wie recht Rebecca hatte. Das Wasser war wie grad geschmolznes Eis, es biss in alle Poren. Als ich zur Gänze drin war, bekam ich keine Luft. Mit zwei raschen Zügen schwamm Rebecca neben mir. »Tauch mir hinterher und lass die Augen offen.«

Schon verschwand der schwarze Schopf in der Tiefe des Gewässers. Ich holte Luft und ließ mich sinken. Mir war, als schnitt die Kälte mich in Stücke. Dann erkannte ich Rebecca auf dem steinernen Grund. Sie stieg immer weiter nieder, bis ihr Rumpf mit einem Mal verschwand. Hastig kämpfte ich mich auf den Boden. Aus einer Wand bleckte ein Durchgang. Groß genug für einen Mann. Mit dem Kopf voran zwängte ich mich hindurch.

Kaum war ich auf der andren Seite angelangt, schoss ich im Wasser hoch, nach oben. Vier, fünf Züge, dann war ich überm Pegel und spürte endlich wieder Luft.

Doch alles war stockdunkel. Ich tastete herum, bis ich etwas Hartes spürte. Ich fasste einen Beckenrand aus Ziegeln. Zog mich heran und stieß mich hoch.

Ich ließ die Rinderblase etwas unsanft auf den Boden fliegen, schob dann den Proviantkrug mit wesentlich mehr Vorsicht hinterher. Dumpf kam er auf, dennoch, mir schien, als wäre nichts zerbrochen.

Dann flammten Funken auf, an einem Kienspan züngelte ein Flämmchen. In Umrissen erkannte ich Rebecca, den Kienspan in den hohlen Händen, aus den Fäusten ragte Werk und Zunder.

Jetzt konnte ich mich ohne Mühe aus dem Becken stemmen, fiel auf den Boden eines Raums aus groben, ungefugten Steinen ohne Putz. Die Luft war ausgekühlt und stickig.

Rebecca entzündete derweil mit ihrem Kienspan eine Lampe. Ein reich geschmücktes Öllicht aus gebranntem Ton, wie man es im Süden gelegentlich benutzte. Rußig stieg der Rauch nach oben, in einen Spalt im Stein der wohl als Lüftung diente.

»Verstehst du jetzt das Zögern meines Vaters? Die Mikwe, unser Ritualbad, das vor allem die Frauen unsres Volkes an gewissen Tagen zur inneren Reinigung benutzen, wird durch jemand, der nicht koscher lebt, entweiht. Der Quell aus tiefster Erde, der das Becken speist, verliert die Kraft der Läuterung zur Reinheit des Gebots.« Rebecca streckte den Rücken aus. »Als mein Vater sich die Zuflucht hier für uns ersann, hat er bestimmt zuallerletzt daran gedacht, sie einem Christusjünger zu verraten. Siehst du, das waren nicht nur blinde Floskeln, als er dir sagte, er nimmt dich auf wie einen Sohn. So. Und jetzt wirf mir endlich die trockne Kleidung rüber, sonst frier ich noch dem Schnitter in die Sense.«

Unschlüssig reichte ich Rebecca die Rinderblase an. Was sie sagte, flog an mir vorbei. Gänzlich andre Überlegungen spukten mir durch meinen Kopf. Insbesondre musste ich mich fragen, ob es einem Christen überhaupt erlaubt war, sich unterm Hause eines Juden zu verkriechen. Noch dazu unter einem Gewölbe, das als Kultraum mit einem Ritualbad diente. Womöglich hatte ich durch dieses Tauchbad mein Taufgelübde schon gebrochen.

Mir war alles andere als wohl. Beinah war ich dankbar, dass ich fror.

Behaglich ächzend, ohne Scham, legte Rebecca ihre nassen Sachen ab. Ich kniff die Augen zu. Lang durfte ich an dem vermaledeiten Ort nicht bleiben. Ich hatte ganz vergessen, Isaak zu bitten, mir Nachricht zukommen zu lassen, sobald die Inquisitoren sich in die Stadt begaben. Ich nahm mir vor, das Versäumte bei erster Gelegenheit nachzuholen.

»Zieh endlich die nassen Sachen aus.« Rebecca stieß mich von hinten an, hielt mir grüne Beinlinge, ein grobes Wollhemd und ein Lederwams nach Art der Marktleute, mit großen aufgesetzten Taschen, vor die Nase.

Ich schlotterte wie ein Küken vor dem Fuchs, griff blindlings nach den Sachen und kroch ins Eck, hinter die Strohschütten für die Nacht. Ich kauerte mich so tief nach unten, wie es ging, bevor ich mir die Kutte abzog.

Die frische Kleidung umschloss anheimelnd meine Gänsehaut. Ich rieb mir die eingefrornen Knochen.

»Dir ist kalt.«

Da entdeckte ich Rebecca, bäuchlings auf dem Stroh, den Kopf zwischen den Händen, Wasser troff wie Perlen aus dem Haar. Sie kam zu mir gerutscht und legte mir die Hände in den Nacken.

»Komm, lass dich von mir wärmen.«

»Das geht nicht!«

Ich löste mich und wich zurück, fiel über einen Schemel, unter einen Tisch. Rebecca beugte sich mit einem scheelen Grinsen über mich und zog mich in die Höhe, dann gleich an sich. Ihre Arme umschlossen mich wie Fesseln. Am Hals spürte ich ihre Wange glühen. Die Haare dufteten nach Nüssen. Wilden Beeren. Mit beiden Händen streichelte sie mich im Rücken.

»Es ist gut, Gilbert. Jetzt ist alles gut. Mein kleiner Gilbert ...«

Ich war kein kleiner Gilbert. Ich war ein Mönch, ein belesner Mann, und stieß sie mit den Ellenbogen von mir.

»Hör auf jetzt. Sag, was soll das denn?«

»Sei doch nicht so widerlich vernünftig. Wir zittern. Uns ist kalt. Mit Angst und Mühe haben wir ein Loch, in dem wir uns verbergen dürfen. Was ist schlimm daran, wenn wir uns in die Arme nehmen?«

Rebecca fiel mir um den Hals, zog meinen Kopf an ihren, bedeckte ihn mit Küssen, auf die Wangen, Schläfen, Augen, Haare – und schließlich auf den Mund.

Ich schauderte zurück. Die Lippen brannten mir wie Feuer.

»Bist du von Sinnen, Weib? Willst du mich hier verführen?«

Rebecca riss die Augen auf. Sie wurden trüb und glasig. Tränen kamen auf die Wimpern, die sie mit ihrem Ärmel wegrieb. Dann setzte sie sich auf den Schemel, lehnte sich mit dem Rücken an den groben Tisch und zog die Beine an, bis sie den Oberkörper schützend bargen.

»Nie hätte ich gedacht, dass du der gleiche Esel bist wie alle andern.« Sie spähte in die Luft, nahm jedes Eck des öden Gevierts in sich auf, in dem wir uns befanden. »Manches Mal ist man so gottverlassen, da braucht man eine Haut, eine Brust, in der ein Herz pocht. Und ihr denkt dann nur das Eine. Du bist auch nicht besser als Antonius. Ich will dir doch nur nahe sein. Kein Mann darf mich berühren. Keiner!« Stolz warf sie den Kopf zurück. Und brach in Schluchzen aus.

Sie sprang vom Schemel, schmiss ihn an die Wand, dass er in Stücke brach, und warf sich auf die Schütte.

»Keiner. Keiner. Nie.« Sie wimmerte ins Stroh.

Ich wollte zu ihr, verharrte aber reglos. Sie war nicht bei sich. Sie war bei Ungeheuern, gegen die sie kämpfte.

Rebecca warf sich auf dem Stroh herum, die Glieder zuckten ihr, als wäre sie von Sinnen. Dann zog sie ihren Kopf unter die Arme, wand und krümmte sich wie eine Made. Bis sie still lag. Starr und still. Wie tot.

Ich wagte nicht zu atmen. Betete nur stumm zur Muttergottes. Maria, voll der Gnaden, nimm dich der Ärmsten aller Armen an!

Da schlug Rebecca die Augen auf. So weit, als müsse aller Schmerz der Zeit heraus. Sie sah mich, rutschte von mir weg, lehnte sich an die Mauer. Und ihre Nägel fingen an zu kratzen. Raschelten wie Ratten. Ein Todesscharren aus dem Stein.

Rebeccas Lippen flohen voreinander. Es war nicht sie, die würgend sprach.

»Du musst alles wissen. Alles. Du denkst, du hast den Freikauf deiner Mutter unterbunden. Nie hätte es den gegeben. Kein Gold der Welt erkauft die Freiheit deiner Mutter.« Die Nägel kratzten weiter ihr eintöniges Wehleid, zogen inzwischen eine feine Blutspur hinter sich. »In Gelderns Fängen war sie sofort mundtot. Sie darf nicht aus dem Kerker. Denn ohne Ketten könnte sie mit Fingern auf ihn zeigen.«

Das Kratzen wurde rascher, lauter, wie meißeln auf dem Stein. Rebeccas Fingerkuppen schabten übers Blut. Sie nahm den Schmerz nicht wahr. Ihr Blick hing an dem schmalen Deckenschlitz, der einzigen Verbindung in das Licht der Welt. »Gilbert, ich weiß nicht, wie ich es dir sagen soll. Noch nie fiel mir ein Wort so schwer. Nie hättest du von mir erfahren …« Sie würgte elend, spuckte Blut.

Mir war schon bang, der Schwarze Tod kröche ihr durch die Adern. Doch das Siechtum in Rebecca war schlimmer als die Beulenpest. Es war die Menschenpest, die tief in ihrem Innern glühte, der Ekel vor dem Abbild unsres Schöpfers, der sie die eigne Haut zerfleischen ließ.

»… ich wollte dich doch schützen, Gilbert. Ich habe Angst um deine Reinheit, die Festigkeit des Hoffens, die dich hält. Du solltest niemals wissen, dass unsre Engel längst geflohen sind und Glück und Tugend in andre Sphären brachten, bevor des Menschen Hand sie endgültig vertilgen konnte. Gilbert … Gilbert!« Sie bäumte sich, schrie lauthals auf. Die Mauern schienen schon im tausendfachen Echo einzustürzen. Dann fuhr sie tonlos fort. »Ich hatte nie die Kraft, davon zu sprechen. Wenn eine Jüdin überwältigt wird, dann heißt es noch: Sie hat den Christenmensch verführt! Konnte ich mir Deiner wirklich sicher sein? Du hast mich schon einmal als Buhlweib angesehen.«

Die Erinnerung fiel über mich und deckte mich mit Scham.

Rebecca wandte ihr Gesicht von mir, zwang sich die Worte ab.

»Der Teufel, der mich mit Gewalt nahm, war der Stadtprälat!«

Wie nach den Wehen der Geburt erlöste sie nach diesen Worten eine Ohnmacht.

Ich holte in den Händen Wasser aus dem Becken, benetzte ihr die Stirn, die Lippen. Allmählich ging der Atem wieder ruhiger und fester.

Ich sank in eine Ecke, fiel in ein dorniges Gestrüpp von Alb.

Düster drangen die Gedanken durch mein Hirn. Die Schändung einer Jungfrau durch Prälaten war beinah alltäglich. Es kam immer wieder bei der Beichte vor. Doch diese Jungfrau war vom schwarzen Blut der Juden. Und ihre Leibesfrucht aus irgendwelchen Gründen ein unumstößlicher Beweis für Gelderns Verbrechen, sonst hätte er nicht mit aller Macht nach ihr geforscht. Und meine Mutter? Markus wusste, sie war fromm und lauter. Keine Engelmacherin für Geld. Einzig Rebeccas Schmach und seine Schuld und Schande hatten ein gottesfürchtiges Wesen wie sie bewegen können, in Seine Allmacht einzugreifen. Jeder Zweifel war ausgeschlossen, Rebecca musste meiner Mutter gestanden haben, wer der Notzuchtsvater war. Und damit war es schon um sie geschehen. Natürlich hätte niemand öffentlich gewagt, den Grafen von Geldern seiner Untat zu bezichtigen. Doch in seiner Lage konnte schon Gerede tödlich sein. Zu viele Gegner, Neider und Adepten stritten mit ihm um Dom und Erzbistum von Köln. Mit Wonne und Genuss würden die jedes Gerücht zwischen Kapitel und Kurie in Avignon verbreiten lassen, bis Gelderns Griff zur Macht vereitelt wäre. Für ihn gab es nur einen Weg, jedes Hörensagen schon am Ursprungsquell zu ersticken: sich seines Opfers und deren Samariterin zu bemächtigen, um sie mundtot zu machen.

Doch wie war alles aufgekommen? Wer hatte den Abortus angezeigt?

Langsam kam Rebecca wieder zu sich. Ungeachtet ihres Zustands konnte ich gar nicht anders, als sie mit Fragen zu bestürmen.

Jetzt, wo sie ihr beklemmendes Geheimnis über die Lippen gebracht hatte, schien sie auf einmal keine Hemmung mehr zu kennen, mir alles restlos anzuvertrauen. Die Sätze sprudelten aus ihrem Mund, als würden sie ihr eine lang ersehnte Erleichterung verschaffen.

Dass der Eingriff meiner Mutter aufgefallen war, hatte sie ausgerechnet ihrer frommen Einfalt zu verdanken.

Rebeccas Leibesfrucht war mindestens zur Hälfte Christ. So sorgte meine Mutter, nachdem Markus' Opfer in Folge ihrer Arznei vor der Zeit niedergekommen war, erst für geweihtes Wasser aus der Dorfkapelle, mit dem sie den fast zur Geburt gereiften Fetus in unsres Heilands Namen taufte. Damit nicht genug, stand für sie fest, dass die Totgeburt, um nicht als Heide der Verderbnis zuzufallen, in geweihter Erde ruhen sollte. Mitten in der Nacht schuf sie ihm ein Grab auf unsrem Gottesacker. Drei Tage später kam der Vollmond und mit ihm ungewöhnlich heftiger Regen nieder, die frische Erde warf sich auf. Aus Angst, so könnte man die Totgeburt entdecken, ging meine Mutter zu Rebecca. Gemeinsam wollten sie dem kleinen Wesen eine neue stille Ruhestatt verschaffen. Doch kaum fingen sie dann an, mit bloßer Hand zu graben, sah sie die Frau des Böttchers und machte Meldung über sie. Gerade hatten die beiden Frauen den Fetus aus der Erde vorgeholt, als Geldern höchstpersönlich, noch vor den herbeigerufenen Gewaltrichtern des Landvogts, mit Eskorte angesprengt kam. Wie das Pech es wollte, war er mit dem Steuerbüttel bei Gerresheim unterwegs. Um Haaresbreite konnte Rebecca sich noch in die Büsche schlagen und mit einem guten Glücksstern in die Wälder fliehen, um dort dem Abortus ein sichres Grab zu schaffen. Derweil bemächtigte sich Markus meiner Mutter, ließ sie als Allererstes knebeln und dann in Ketten in den tiefsten aller Düsseldorfer Kerker werfen.

Wie ein Strom schlechten Bluts beim Aderlass hatte sich der Redefluss aus Rebeccas wundem Herz ergossen. Doch eine Frage lag mir noch immer auf der Zunge.

»Eins verstehe ich nicht, Rebecca. Warum war Markus so besessen vom Abort? Meine Mutter konnte nicht mehr reden und wusste offenbar auch nicht, wo er jetzt ruhte. Aber von dir wollte er um jeden Preis das Versteck des Fetus wissen. Was konnte der schon groß verraten?«

»Der Gelderner hat einen Blutschwamm übern ganzen Rücken.« Mit welcher Art Intimität dieses Wissen sich verband, zeigte ihr Ekelblick nur allzu deutlich an. »Der Gleiche war auch schon bei dem Abort zu sehn.«

Damit wurde ihre Stimme leiser. Wie aus weiter Ferne quoll die Galle der Erinnerung heraus.

Und so erfuhr ich mit gespitzten Ohren endlich, wie Rebecca an den Gelderner gelangte. Lang schon hatte er ihr nachgestellt. Wie Geißelhaken bohrten sich seine geilen Blicke Rebecca in die Haut. Dann kam der Ukas des neuen Stadtprälaten: jede Woche ein Frontag für die Juden. Den Graben ausschachten am Stadtwall. Voll von Schweinekot. Und was das Schlimmste war: am Sabbat. Ausgerechnet. Von Markus trefflich überlegt. An dem Tag, der den Israeliten heilig ist, am siebten Tag des Schöpfungszyklus, der jede Art von Arbeit untersagt, vergatterten die Büttel, was im Judendorf grad laufen konnte, und trieb die Schar der Männer mit ihren spitzen gelben Judenhüten vor sich her. Da barmte es Rebecca derart, dass sie ins Löwenhaus zum Stadtprälaten um Schonung rannte.

»Kaum war ich im Palastsaal, bettelte meinen Spruch, erhob er sich von seinem Polster und ließ den pelzverbrämten Hausrock fallen. Dann kam er schweigend auf mich zu und rieb sich schweißig unter seinem Nabel. Er sprach noch immer nicht, riss jeden Fetzen von mir, kam wie ein Eber über mich. Mit einem langen Röhren beendete er sein Werk. Dann endlich fand er seine Sprache wieder: Sag deinem Vater, für drei Silberbarren beende ich die Fron. Aber ein Wort von dir, und alle graben wieder. Jeden Sabbat. Und diesmal auch die Weiber.«

Rebecca zeigte auf den Wein. Ich gab ihr zu trinken.

»Das, Gilbert, sind eure Kirchenfürsten. Die Diener deines Gottes.«

Ich sah den Zorn. Er wühlte in ihr wie ein Feuerberg. Bis sie zerknirscht auch noch ein Eingeständnis spie: »Das Schlimmste ist, es ist auch meine Schuld. Denn derart ungeheure Biesterei ging über meine Vorstellungskraft.«

Ich konnte nichts mehr sagen. Ich wollte nur noch schweigen. Für immer, immer schweigen.

Rebecca richtete sich auf. »Gilbert – warum seid ihr so? Ihr Christen!«

Ich dachte über Markus nach. Seinen Eifer. Seine Gier. Was galt ihm Christus schon? Er spielte nur das Ränkespiel der Kirche.

Vor beinah tausend Jahren hatte Roms Kaiser Augustus Staat und Kirche untrennbar verwoben. Die Kirche wurde Staat. Der Staat zur Kirche.

Hatten nicht die Mächtigen damit den Nazarener ein zweites Mal gekreuzigt? Hatten sie damit nicht den Gemeinden, die vor allem Jesu Wort der Nächstenliebe lebten, die Glaubensadern abgeschnitten? Aus Suchenden in der Nachfolge unseres Erlösers wurden Würdenträger, die ein Vorrecht auf Sakramente und aufs Jenseits hielten. Aus Jüngern reinen Glaubens wurden Priester, Bischöfe und Kardinäle. Aus dem Statthalter der Liebe erwuchs in aller Allmacht der Fürst der Fürsten.

Bevor mir die Gedanken wie Geschwüre wucherten, rief ich mich zur Ordnung. Waren sie doch letztlich nichts als Irrungen vom rechten Pfad, Schimären eines Ketzers, eines Abgefallenen. Sie waren gerade so undenkbar wie undankbar und schon gar nicht teilbar mit einer aus dem Judasvolk. Aus dem Volk der Heilandsmörder, die sich für Gottes einzig auserwähltes hielten.

»Einer von uns hat gefehlt, Rebecca. Der Gelderner steht nicht für alle, die zum Altar berufen sind. Und für die Christenheit erst recht nicht. Was Jesus Christus lehrte, der Sohn, den uns der Vater als Erlöser sandte, war nichts als Nächstenliebe, Frieden und Barmherzigkeit.«

Bekümmert sah Rebecca auf. Ich war nicht ihresgleichen und würde es nie sein.

»Den Mann, den ihr Jesus Christus, den Messias nennt, kennt mein Volk auch. Als Propheten. Für uns kann er nicht Gottes Sohn sein, denn unser Gott ist einzig. Es gibt nur ihn, den einen.«

Natürlich kannte ich von meinem Seelenvater den Glauben Israels, wonach der Messias erst am Ende aller Tage kam, den Tempel Salomons aufs Neue zu errichten. Es war vor allem dieses Schisma, das uns trennte. Unüberwindlich wie die Dornenhecke, aus der sie unserm Heiland seine Krone flochten.

»ER ist Sein eingeborner Sohn. Rebecca, warum seht ihr das nicht ein? Alle Wunden, aller Hass zwischen unsren Völkern wären auf einen Schlag geheilt.«

Rebecca wurde still. Alles schwieg im Raum. Sogar das Wasser in dem Becken lag ruhig und glatt wie ein unberührtes Moor.

Dann breitete sich ein Bronzeglanz auf Rebeccas leicht getönten Wangen aus. Das Leuchten eines lauen Morgens. Mit Anmut, beinah Andacht, entströmten ihr die Sätze, schafften perlend Ausdruck für das, was sie im Innersten bewegte.

»Ist das denn so wichtig, Gilbert? Ist nicht jeder Gottes Sohn? Oder Gottes Tochter? Ist Er nicht in jedem von uns, in jedem Baum und Stein? Ist Er nicht überall um uns, in uns, in allen Höhn und Tiefen? Ist Er nicht im Wasser, in der Luft, den Vögeln wie den Blumen? Er schuf uns als Sein Ebenbild. Und alles andere aus Seinem Herzen. Gott wohnt in keiner Kirche, keinem Papstpalast. Er wohnt in dir. Wenn du in dich hineinhörst und Ihn findest.«

Arglos fiel ihr Blick auf mich. Fasste mich mit sanfter Nähe. Wie ein Zauber.

Jedes Wort von ihr war wahr und klar und warm in meinem Herzen. Jedes Wort ein süßes Gift. Ich wehrte mich ein letztes Mal.

»Das hieße mit der Kirchenlehre brechen.«

Sie rollte sich in meinen Schoß. Unbefangen wie ein Kätzchen.

»Das hieße Gott vertrauen. In dir und mir ist Er sich gleich.«

17. Kapitel

In der Stille des Gewölbes verlor man jedes Zeitgefühl. Der schmale Lichtspalt gab nur vage Auskunft über Tag und Nacht.

Dennoch denke ich, es war etwa zur Sext, als ich die schlafende Rebecca aufnahm und auf die Strohschütte trug. Sie lag immer noch zusammengerollt wie vorher auf meinen Schenkeln.

Dann streckte auch ich mich nah bei ihr aus und fiel gleich in einen erholsamen, traumlosen Schlaf, wie ich ihn wohl seit Kindertagen nicht mehr gefunden hatte. Denn die Nächte im Kloster wurden durch die Nachtgebete unterbrochen. Litaneien, hingenuschelt, ausgekaut. Die meisten von uns durchlebten Gottes Lob im stillen Dämmer.

Es war Abend, oder später Nachmittag, jedenfalls drang kein Licht mehr aus dem Deckenspalt, als mich ferne Schreie weckten. Gedämpft drang metallisches Klirren durch die dicken Mauern der Katakomben, in denen wir uns befanden. Die Geräusche waren so weit weg, als kämen sie aus einem anderen Land.

Dennoch. Obwohl ich mir keinen rechten Reim auf die seltsamen Laute machen konnte, beunruhigten sie mich zutiefst. Womöglich riefen Aaron oder Isaak nach mir oder gaben Klopfzeichen, weil sie Neuigkeiten über meine Mutter hatten, sich aber den Weg durch die eiskalte Mikwe ersparen wollten.

Ich brauchte nicht erst lang zu überlegen. Wenn ich in Erfahrung bringen wollte, was da draußen vorging, musste ich den unbequemen Weg auf mich nehmen.

Rebecca schlummerte noch immer sorglos wie ein Neugeborenes, für das die ganze Welt allein aus Wunschträumen besteht. Wo sie sich freigestrampelt hatte, zog ich ihr die Decke über und hielt mich bis zum Beckenrand auf Zehenspitzen.

Dann rutschte ich so lautlos wie nur möglich in das tiefe Wasser. Erst als es mich bis zum Hals umschloss, konnte ich mich eines Schmerzlauts nicht erwehren.

Als ich mich endlich aus der Mikwe stemmen konnte, fühlte

ich mich wie erstickt. Eine Weile lag ich japsend auf dem Stein. Erst nachdem mir die Haut zu Eis gefrieren wollte, setzte ich mich auf. In einer Mauernische sah ich etwas. Eine Decke.

Als ich mich in sie einschlug, hörte ich laute Stimmen. Ja Gebrüll. Aus weiter Ferne tönte das Geschrei herüber, nicht aus diesem Haus. Ich rannte, so eilig ich eben konnte, die Stiegen hoch zum Hof.

Dann sah ich schon die Feuer. Jenseits der Häuserreihen, rings um Isaaks Fachwerkhaus, brannte es lichterloh.

Ich hörte Schwerter. Klingen. Einen Rammbock, der gegen feste Bohlen schlug.

Dazwischen Rufe, Schreie, Flüche, Pöbeleien, wirres Zeug. Sicher war nur eins: Die Pest war in der Stadt. Und alle Juden schuld.

Diesmal waren sie nicht nur Pharisäer, Heilandsmörder, Schächter, die sich vom Blut der Christenkinder nährten. Immer wieder schrie der Mob von Brunnen, die die vom Stamme Israel vergiftet hätten.

Ich eilte mich, zu retten, was zu retten war. Als ich die Hoftür zum Wohnhaus aufriss, wusste ich, es war zu spät. Der Straßenzug stand schon in Flammen. Beißend schwelte Rauch im Korridor.

Durch den Luftzug wurde der graue Qualm für einen Augenblick gelichtet. Aaron stand im Haustor, eine Latte in der Hand, mit der er ungebärdig um sich schlug. Ich lief hin, warf ihn zur Seite. Stellte mich mit ausgestreckten Armen vor die Tür.

»Brüder! Leute! Jeder weiß: Du sollst nicht töten! Was du dem geringsten meiner Brüder tust, das hast du mir getan!« Im Gemurre und Gemurmel sah ich endlich das Fiasko. Issak lag hingestreckt auf seiner eignen Schwelle. Rot geknüppelt, in einem Kranz von Blut. Ich kniete mich zu ihm.

Das Augenlicht war schon gebrochen, doch er wollte sprechen. Die aufgeplatzten Lippen murmelten ins Leere. Ganz nah hielt ich mein Ohr an seinen Mund. Dann verstand ich, was er meinte. Drei Worte rang er sich noch ab.

»Bring Rebecca weg.«

Dann krallten sich die Hände mit ungeahnter Kraft an mich, als wäre ich der Fährmann ins Paradies der andern Welt.

Derweil flogen von überallher Steine. Aaron kam zu mir, ein rostvernarbtes Kurzschwert in der Hand.

»Nicht. Du machst es nur noch schlimmer.« Ich griff ihm in den Schlag. Doch ließ er sich die Waffe nicht entwinden.

»Schlimmer?« Er lachte. Lauthals. Gallig. »Goi, siehst du das Inferno nicht? Glaubst du vielleicht, ich will noch leben?«

Er war zur Furie geworden, gänzlich außer sich. Schlug blindlings durch die Luft, traf einen Fettwanst an die Schläfe, der mit der Forke auf uns eindrang. Der Fettwanst brüllte. Drauf bildeten die Schlachter ein Viereck und rückten mit den Ausbeinmessern auf uns vor.

»Das hast du jetzt davon!«

»Ach was! Was hab ich dir gesagt? Im Süden fing es an. Und jetzt geht's immer weiter.«

Er stürzte vorwärts auf den feisten Brustkorb zu, die Klinge zum Vollstrecken vorgestreckt.

Ich sah in seine Augen. Tränenlos. Nur tiefe, schwarze Höhlen, um sich zu verlaufen. Mit einem Ellenbogenschlag stieß ich den Tobenden nach hinten, versperrte ihm die Schwelle.

Ich hob beschwichtigend die Hände.

»Meine Brüder, meine Schwestern in Jesus Christus unserm Herrn! Lasst ab und geht nach Hause. Die Pest kommt über uns für unsre Sünden! Ertragt die Prüfung im Gebet. Geht heim und fleht unsern Erlöser und die Himmelmutter um Ablass für all unser Fehlen an. Erleichtert euch in Einkehr und in Buße!« Sie hörten nicht. Von allen Seiten schlug es auf mich ein. Es kam kein Ave und kein Paternoster. Nur das Lachen von Gelichter auf der Jagd. Zorn schäumte in mir auf. Nahm mich in seine Fänge. Mein Land, meine Heimat, alles, was ich einmal liebte, war bloß noch ein steuerloses Narrenschiff mit tanzenden Schimären auf dem Deck. Isaak Ben Baruch war nicht mehr. Das große Sterben hatte eingesetzt. Und alle Kinder Israels verschlungen. Nur Aaron wehrte sich noch verzweifelt, als wollt er mich damit beschämen. Ich sah die Fratzen um mich, die Fackeln, Reisigbündel, Scheite, die Prügel, Sensen, Forken, die Dreschflegel und Sicheln, Stechmesser und Dolche. Alles um mich blitzte, zuckte, brodelte und kochte. Der Mob war aller Herr geworden und hatte unsern Herrn entthront. Ich wollte schreien, doch meine Seele war zu wund. Ich konnte bloß noch flüstern.

»Jahwes Zorn kommt über euch und alle eure Kinder.«

Etwas schlug mir an den Kopf. Ein kalter Schmerz, er trug mich aus der Zeit.

18. Kapitel

Als ich wieder zu mir kam, lag ich in einem feuchten Raum, in den aus einer Luke knapp unterhalb der Decke ein schwacher Lichtschein fiel. Die Wände waren doppelt mannshoch, Gerätschaften oder Hausrat gab es nicht. Nur verstreut in einer Ecke faules Stroh. Halskrause und Kettenringe an den Wänden sagten mir, es war ein Kerker, in dem ich mich befand.

Mein Hinterkopf war wie zertrümmert. Vorsichtig langte ich an die Tonsur. Die Hand war voll von schwarzem Blut. Dann wurde mir bewusst, wie arg mein Kiefer schmerzte. Im Gaumen der Geschmack von Eisen. Ein schlechtes Zeichen: Blut.

Die Zunge fühlte sich an wie im Schraubstock. Vorsichtig ließ ich sie kreisen, und sie stieß ins Nichts. Die Schneidezähne fehlten.

Die Verwirrung hielt noch eine Weile an. Dann kehrte die Erinnerung in mich zurück. Erst nur als mattes Trugbild, ein Fieber zwischen Raum und Zeit. Allmählich wurden die Gedanken klarer, zeigten Konturen von Gestalten, Orten, Geschehensfäden auf.

Isaak war tot. Das Judenviertel abgebrannt. Vermutlich hatte es der Mob bis auf den letzten Span, das letzte Hirsekorn geplündert.

Die Untertanen dieser Lande duckten sich ein Leben lang, bis sie beinah zerbrachen. Doch erst mal angestachelt, im besinnungslosen Taumel gegen einen Sündenbock, waren sie rasch hemmungslos entfesselt. Dann wüteten die Rotten wie Berserker, mit aller Gründlichkeit und Sorgfalt.

Die Raserei fand erst ein Ende, wenn alles hingemeuchelt war. Frauen, Kinder, kaum einer konnte der bestialischen Mordbrennerei entkommen. Wie hatte Aaron es genannt? Pogrom.

Sicher hatte er den Tod gefunden, dem er so stolz entgegensah.

Und was war mit Rebecca? Hatte man ihr Versteck entdeckt? Es war so ausgeklügelt angelegt, dass ich nicht davon ausging.

Aber Rebecca war ein Heißsporn. Hatte sie der Lärm des Schlachtens aufgeweckt, war sie womöglich ohne langes Überlegen gleich ins Vaterhaus gestürmt und dem Pöbel geradewegs in die Messer gelaufen.

Was blieb, war eine Spur von Hoffnung, dass die Schlafesengel sie so lange in den Armen festgehalten hatten, bis der ganze Furor vorüber gewesen war und sie sich einen Weg ins Freie scharren konnte. Dann könnte sie noch leben.

Falls nicht die Feuersbrunst bis ins Gewölbe durchgedrungen und alles in Asche aufgegangen war.

Jäh wurde mein Gedankenstrom von Schritten abgebrochen. Feste Stiefel trommelten über den Gang. Dann flog das Gitter meines Kerkers auf. Gefasst sah ich den Eindringlingen entgegen. Einen der Schergen kannte ich. Der abgekämpfte Büttel war die Wache vom Verlies im Richthof. Jetzt hielt er einen Bund mit Schließhaken in der Hand und humpelte, um Platz zu schaffen, hastig vom Gitter weg.

Zwei Henkersknechte schleiften meine Mutter besinnungslos in meinen Kerker. Gefolgt von einem Inquisitor. Sie ließen meine Mutter auf den Boden fallen, wandten sich ungerührt zum Gehen.

Gleich raffte ich mich auf. Trat der Inquisition entgegen, die mir nicht länger heilig war.

»Der Herr sei mit Euch, Bruder.«

Der Inquisitor, ein Hund des Herrn von Haut und Knochen und sicher mehr als fünfzig Lenzen, ein halber Greis, doch ungebeugt, stierte mich mit zusammengekniffnen, milchigen Augen an, die ihre Schwäche nicht verhehlen konnten.

»Was will der Kerl?«

Er sprach beileibe nicht mit mir. Die Frage ging allein an die Büttel hinter ihm.

»Ein Aufwiegler. Ein Judenfreund. Und ein entsprungner Mönch.«

Das Näseln kam vom Wärter mit den Schließen. Offensichtlich hatte die Arznei, zu der ich ihm geraten hatte, noch nicht allzu viel bewirkt.

Die letzte Anmerkung entlockte dem Dominikaner einen Anflug von Interesse. Herrisch schlug er die Augendeckel hoch und lehnte sich ein Stück zurück.

»Dann weiß ich ja, von wem die Rede ist. Der Satan hat fast traurige Berühmtheit. Er hat den Stadtprälaten beschämt.« Leise war die Stimme, unaufdringlich, aber schneidend und präzis. Ein ausgeformtes Flüstern, wie Mönche es sich in der Schweigezucht der Orden angewöhnen. »Und er hat wohl eine Delinquentin auf dem Scheiterhaufen der Bestimmung unsres Herrn entrissen. In seinem eignen Kloster.«

»Von welchem Herrn sprecht Ihr, Vater? Vom Herrn im Himmel sicher nicht.«

Der Pater zuckte ungehalten mit dem Mund, um den der lange, feine Kinnbart spielte. »Gab ich dir Erlaubnis, dich zu äußern?«

Ich stellte mich dem Inquisitor gerade vors Gesicht. Ich hatte jede Angst verloren. Denn ohne Hoffnung gibt es keine Angst.

»Verzeiht mir meine Dreistigkeit, verehrter Bruder. Eure Erlaubnis brauch ich nicht. Ich weil schon lange nicht mehr unter den Lebendigen. Was will man mir noch antun? Köpft, rädert, vierteilt mich. Oder ersticht mich gnädig. Jeder Tod ist besser, als mit einem Notzüchter wie dem Grafen von Geldern das bisschen Erdenluft zu teilen.«

Der Inquisitor legte seine Stirn in Furchen. Der Bart wippte ihm auf die Brust. »Schweig, Verleumder. Das steht hier gar nicht zum Disput.« Jetzt war die Stimme schrill. Der selbstbewusste Unterton gebrochen. »Ein Abgefallener wie du soll nicht auf fromme Kirchenfürsten weisen.«

Ein letztes Mal beschwor ich den Gerechtigkeitssinn meines Gegenübers. Immerhin war er ein Priester. Noch dazu ein Ordensbruder. Von Avignon als Kirchenrichter eingesetzt.

»Pater! Ihr seid doch in die Niederungen dieser Stadt gestiegen, um Gerechtigkeit zu bringen. Ihr seid hier, um zu erfragen, was es mit dem schändlichen Abortus auf sich hat, den diese Frau aus Menschlichkeit und Mitleid am Opfer eines Missbrauchs herbeigeführt hat.«

Mein Blick ging zu der Mutter, die immer noch in Ohnmacht

lag. Im Stillen bat ich Gott, ihr diesen Zustand noch möglichst lange zu erhalten, denn ihre Hände waren voller Blut. Man hatte ihr die Daumenschrauben angesetzt. Wenn sie wieder zu sich kam, taumelte ihr Leib im Schmerz.

»Ihr wollt doch wissen, schließlich ist das Euer Amt, welcher Teufel Rebecca unter Zwang geritten hat. Nehmt mich statt meiner Mutter ins Verhör. Ich entdeck Euch alles.«

»Wir werden dich vor deinen Verleumdungen und Hirngespinsten schon zu schützen wissen.« Wie eine Natter zischelte der Canus Dei. Der Hund Gottes, wie man allgemein die Dominikanerbrüder in ihren weißen Kutten mit den schwarzen Überhangen nannte. Dereinst als Bettelorden ausgezogen und jetzt zur schärfsten Klinge unsrer Kurie geschliffen, waren sie der Schreck der Christenheit. Ihr Kommen allein ließ schon jeden Ort ersterben, und jedes Herz blieb so lang stehen, bis sie zur nächsten Ketzerhatz entschwanden. Die weißen Krägen und Kapuzen rot vom Blut.

Strahlende Geister waren das zumeist, wie getauft mit Schrift und Logik. Und ruch- und gnadenlose Eiferer im Herrn. Sklavisch dem Regelwerk des Heiligen Offiziums ergeben, war die Gerechtigkeit der Gotteshunde so eisern wie erbarmungslos. Buchstabengetreu setzten sie die Vorgaben des Kodex der *peinlichen Befragung* in Verhör und Folter um: Der Bezichtigung folgte die Überprüfung und Ausforschung, die Aufforderung zum Geständnis, und, wo der nicht gefolgt wurde, die immer gleiche Abfolge von Gluteisen, Daumenschrauben und Streckbank, bis so gut wie jeder eingestand, was immer man ihm abverlangte. All das, um der reinen Lehre und der Seligkeit der Delinquenten Willen. Fragen, Mitleid, Zweifel erstickten sie im Keim. Bei sich und jedem andern.

Um meine Demut zu beweisen, kniete ich vor dem Inquisitor nieder.

»Verfahrt, Herr, nach Belieben mit mir. Verschont mir nur die Mutter. Ich weiß es längst, ihr Leben ist verwirkt. Ihr wollt doch nicht so gottlos sein und jemand quälen, der nicht mal mehr gestehen kann. Auf Befehl des Stadtprälaten hat man sie stumm gemacht, die Zunge rausgeschnitten. Ein wenig weiß ich über kirchliche Verfahren. Ihr foltert ohne Ziel. Und damit ohne Recht.«

Der Inquisitor stieß mich mit dem Knie. »Du willst mich belehren? Die Abgangszauberei ist längst ad acta. Die hat die Hexe unbezweifelbar gestanden, solange es noch ging. Das Urteil hab ich schon heut früh bestätigt. Die peinliche Befragung ist genauestens protokolliert. Ebenso das Zeugnis ihres Pfarrers, das Bände spricht.«

Er setzte eine Pause, faltete die Hände, ging im Kreis.

»Was uns viel mehr beschäftigt, ist der Schwarze Tod, den uns das Weib da angehext hat.«

»Vom Kerker aus? Dass ich nicht lache.«

»Sie hat uns die Pest geschickt.« Er insistierte. Das Stakkato seiner Schritte schlug jetzt schneller, auch wenn er mit seinen trüben Augen etwas wacklig ging.

»Was behauptet ihr da, Pater? Die Pest, die hat uns Gott geschickt.«

Jäh blieb der Inquisitor stehen, als könnte er nicht fassen, was er hörte. Dann setzte er den Kreisgang fort. »Alles Schlechte kommt vom Menschen. Von Zauberern. Satansdienern.«

»Zur Vesper waren noch die Juden schuld.«

Er schüttelte den Kopf, schritt immer weiter aus, wie ein Gaul am Gängelband. »Die Vermaledeiten haben Judas' Brut als Handlanger in unser Land geschleust. Die da hat die Jüdin in die Zauberkunst gewiesen.«

Bleich stach sein Knochenfinger auf die Mutter zu. Er würdigte mich keines Blickes mehr, stakste aus dem Kerker und gab dem Büttel einen Wink, das Gitter zu verschließen. Die Folterknechte beugten in Erwartung von Kommandos eilfertig die Knie.

»Morgen nach der Messe setzen wir die Befragung fort.«

Es wurde still. Nichts war zu hören außer dem regelmäßigen Tropfen eines Rinnsals bei der Lichtluke und dem fliehenden Atem meiner Mutter.

Ich sammelte das feuchte Stroh in der Ecke und legte meine Mutter auf die ausgestreuten Halme. Wie klein sie war und ausgemergelt. Geschunden wie ein Fell beim Gerber.

Es war tiefe Nacht, als sie fiebrig zu sich kam. Sie kniff die Augen zu vor Schmerz, nagte ihre Lippen an und wand sich wie ein Wurm. Die Finger krallten ineinander, dann streckte sie sie wie Kerzenleuchter von sich. Und schlug mit beiden Händen an die Wand, wieder, wieder, bis ihr Oberkörper in die Höhe schnellte und dem Mund ein Schrei entkam, dunkler, lauter als jeder Donner, den ich jemals hörte.

Sie schlug sich mit den Ellen an den Kopf, die Schläfen, Wangen, auf die Schädeldecke. In jede Richtung taumelte der Kopf, als wüchse er auf einem Halm.

Ich brauchte, konnte, wollte nichts mehr sehen. Mir war klar, dass sie den Höllenschmerzen mit eignem Schmerz begegnete.

In mir wuchs sich ein Monstrum aus. Ein schwärender Gedanke, der mir heiß durch alle Poren schoss. Wie hundert Geißeln schlug er mich.

Sollte ich mein Sünderdasein mit der ärgsten aller Sünden krönen? Mein verworfnes Leben mit der unvorstellbarsten Verworfenheit beenden?

Die Qualen meiner Mutter fraßen sich mir bis ins Mark. Ich konnte nichts mehr denken, fassen. Und durfte nicht mehr glauben, nicht mehr beten. In Liebe hatte mich die Frau geboren, die sich in meinen Armen krümmte. Wenn ich sie nur ein wenig wiederliebte, schenkte ich ihr das Einzige, das ihr noch blieb und das so innig sie ersehnte.

Aber die Schranke, über die ich musste, die Hürde über den Abgrund meines Seelenheils war für einen Wicht wie mich zu hoch. Ich liebte, liebte nur mit Worten, Gesten, nur im Sinn. Ich war ein Kastrat der Liebe, alles, was ich gab, war Lug und Trug.

Mit einem schauderhaften Fluch verband ich mich mit Ihm. Wenn Du die Liebe bist, dann lass mich bis zum Ende lieben. Wenn Du die Liebe bist, dann musst Du auch verstehen, dass ich Deine Gebote aus Liebe mit den Füßen trete! Vergib mir, wenn Du kannst, ich kann mir nicht vergeben.

Und doch will ich es tun. Will einmal meine Liebe leben.

Ich kroch zu meiner Mutter, streichelte den Rest von faserigem Haar zwischen all den kahl gerissnen Stellen.

Die einstmals blauen Augen suchten mich im tiefsten Violett. Sie zuckte mit den Lippen.

Ich hörte nichts und verstand sie doch wie nie. Ohne eine Silbe sprach sie deutlicher mit mir, als je ich sie vernahm.

Sie griff nach meinen Händen und legte sie sich um den Hals. Dann schenkte sie mir einen Blick voll Mut und Wärme und zeigte mir den Nacken. Ich hielt ihr die Augen zu und zog sie fest an mich.

»Du bist Ihm treu geblieben. Bald hält Er dich in Seinem Arm. Aller Schmerz ist dann vorüber. Und du bist frei. Für Seinen Frieden frei.« Noch einmal streichelte ich zärtlich das Gesicht voll höchster Drangsal. »Sieh nur, dort hinterm Fluss! Hinter den Seen mit den weißen Wasserrosen, wartet Er auf dich mit Seinen Engeln. Er lächelt, breitet Seine Arme aus, grad wie ein Bruder. Geh, Mutter, geh. ER liebt dich. Beinah so wie ich.«

Galle schoss mir in den Mund.

Dann drückte ich im Nacken zu.

Und brach dem Menschen, den ich liebte, das Genick.

Memoriam morte. Bedenke, dass du sterblich bist. Gott gibt. Gott nimmt. Doch ich hatte mich über Ihn und Sein Gebot erhoben.

Ich war ausgelöscht, in alle Ewigkeit verloren.

Wie ein Wolf im Käfig rannte ich umher. In mir war schieres Eis.

Bis der Schlaf mich überfiel und mit nur einem Lidschlag niederstreckte.

19. Kapitel

Ich wachte auf, die Häscher kamen. Die eine Hoffnung, die mir jetzt noch blieb, war, dass der Inquisitor und die Henkersknechte mein schauderhaftes Werk entdeckten und mich auf der Stelle aus dem Leben brachten.

Inständig flehte ich in meinem Innersten darum.

Doch wie so oft. ER fügte alles anders.

Vom Kerkergang drang raues Murren. Eine Wache führte ein Trumm von Mannsbild mit gelb und rot geringelten Beinlingen von Kerkerloch zu Kerkerloch. An jedem Elendsloch ertönte dann, wie ein Fanfarenstoß, ein langgezognes »Hm«. Ich ahnte schon, zu welchem Schlingel der eitle Beinschmuck und der Stimmschwall passten.

Nicht lange, und der Wärter rasselte mit seinen Riesenschlüsseln am Gitter meiner Grotte lang. Die Reihe war an mir.

In der Kreidefresse, die sich fast durch die Eisen quetschte, erkannte ich ein wohlvertrautes Antlitz: Doktor Magister Hubertus Großkotz Wipfling, seines Zeichens Scharlatan.

Erst bildete ich mir in meiner Einfalt ein, dass sie den Haderlump nun endlich wegen Gotteslästerung und Menschenschinderei in Ketten legen wollten. Doch der Gedankenstrang war weit gefehlt.

Dröhnend ließ er seine Stimme furzen. »Ah, sieh an. Das wackre Mönchlein. Du hast's ja weit gebracht in dieser schönen Stadt.« Er lachte, voll im Speck, und wandte sich zur Wache. »Den da nehm ich. Den kann ich brauchen.« Ich legte, alles andere als zaghaft, Einspruch ein.

»Lasst mich gefälligst hier verrecken.«

Ich malte mir in grellen Farben aus, zu welchen Schändlichkeiten der verschlagne Quacksalber mich diesmal nötigen wollte. Das aufgedunsne Quarkgesicht war mir allemal ungeheurer als die ledernen Kapuzen der Henkersknechte, die mich demnächst holen würden. Die wollten mir an Leib und Leben. Der arge Doktor an die Seligkeit.

»Den kann ich Euch nicht geben. Der Judenbündler muss erst noch vor den Stadtprälaten. Der Gewaltrichter vermutet, das ist der langgesuchte Mönch.«

Gut so, Wärter! Lasst mich in der Zelle. Es war an der Zeit, die Stäbe über mich zu brechen. Man kann nicht sagen, dass ich innerlich frohlockte, aber jetzt, wo mir der Tod gewiss und auch gerecht war, wollte ich es so schnell wie möglich überstehen.

»Verzeiht, mein Freund. Vergesst mir eins nicht: Eben dieser Stadtprälat hat mich in aller Ehre und liederlich bescheidenem Salär als Marschallsmedikus der Grafschaft eingesetzt. Und was ich brauche, um das Sterben zu besiegen, sind keine Bedenken, sondern Helfer. Wenn der da mit den Juden bündelt, kennt er auch deren Umtriebe der Pestspritzer genau. Richtet dem verehrten Grafen Markus untertänigst von mir aus, dass das, wozu ich das Mönchlein brauche, ihm unbezweifelbar ein lästiges Verfahren einspart. Wen ich mitnehme, der kommt nicht wieder. Was meint Ihr denn, warum ich mir die Helfer in diesem Kerker suchen muss? Es sei denn, guter Mann, der Stadtprälat gibt mir Euch an die Hand. Dann will ich mir nur allzu gern mit einem Tugendhelden behelfen.« Er griente, als hätte er das Kindermaul voll Sauerampfer. »Na, mein Bester, wie sieht's aus?«

Mit einmal eilte sich der Wärter, ihm das Gitter aufzuschließen.

Ich entwich ins Eck der Außenmauer, in deren Dunkelheit die Ratten ihre Hungerlieder pfiffen.

Der selbst ernannte Doktor kam mir nach, die wasserblauen Äuglein stocherten im Dusteren herum.

»Na komm, du Heiliger. Die Arbeit wartet.«

Nichts rührte mich vom Fleck. Sollten sie mich aus dem Schindloch tragen. »Ich komme nicht mit Euch.«

»Ich kriege immer, was ich will.«

Gar zu hohl war mir die Drohung. Das Gedächtnis dieses Wunderheilers war vom vielen Wein zerzaust.

»Von mir nicht. Habt Ihr das vergessen? Ihr könnt mich nicht locken.«

Hubertus trat ganz nah an mich heran, zeigte mir wie ein Mahnmal das totenmaskengleiche Antlitz über seinen Schultern.

Jeder Spott in den kreidebleichen Zügen war verflogen. Die Lippen öffneten sich ruhig und ernsthaft, ohne jede Forschheit kam der Ton.

»Keiner will dich locken. Ich will nur deine Pflicht. Ein letztes Mal gibt dir dein Gott die Möglichkeit, Ihm nachzufolgen. In Samariterdienst und Nächstenliebe. Willst du Ihm nicht ein neues, ehrliches Gelübde geben? Diesmal, Mönch, geht's nicht um mich. Seine Geschöpfe sind es, die uns brauchen.«

»Euch?« Ein letzter, bittrer Hohn.

Er trat mir nicht entgegen. Die Stimme wurde zart, schwebte wie entrückt im Dunkel. »Was mir dein Gott zu sehen gab, hat alles vorher ausgelöscht.«

Mein Sinn ging zu Rebecca. Zu gerne hätte ich im Judenviertel nach einer Spur von ihr gesucht. Jedoch, den ganzen Tag lang schleppte Hubertus mich von einem Haus zum nächsten. Ob alt, jung, nieder oder hoch, überall bloß Leid und Sterben. Die Siechen auf den Schütten oder Betten stanken selbst durch die langen weißen Masken, mit denen uns der Scharlatan versah. Dagegen halfen auch der Kümmel und die Veilchen nicht, die wir in kleinen Säckchen in unsre Nasenlöcher stopften.

So stapften wir wie Greife durch die Stadt. Über der Maske schwarze weitkrempige Hüte, den Körper in lange, dicke Wollmäntel gehüllt. Über den Füßen wachsgetränkte Lappen, mit denen wir in die grob geschnitzten sogenannten Klompen stiegen. Schuhwerk aus Weidenholz, mit dem wir sicher über jeden Unrat klommen und das wir dann am Abend mit den Wickellappen ins nächstbeste Feuer warfen. Die Hände und die Unterarme schützten wir mit Handschuhen und ledernen Überzügen, die Hubertus mit einer Schroffheit den Gerbern abverlangte, dass kein Widerspruch erfolgte.

Ohnehin war jedem alles gleich. Jedes Stündlein konnte dich der Schwarze Tod erreichen. Kaum einer langte, lehnte sich noch nach Gütern und Besitz. Das Einzige, was jetzt noch zählte, war der Beistand meines Medikus und Gottes Hilfe.

Jedes Haus, in das wir gerufen wurden, musste ich mit einem schwarzen Kreuz am Türholm gut sichtbar markieren. Der Stichel eines Herrgottschnitzers und Kohle aus dem Löwenhaus dienten mir dazu. Dadurch wurde jedermann vor Einkehr in den Krankenhort gewarnt. Das galt naturgemäß nicht für die andern, aus den Kerkern rekrutierten Helfer, die widerstrebend in die Pflicht gezwungen worden waren und unterm steten Läuten kleiner Glocken die Toten von den Schwellen holen mussten.

Den Unglücklichen, die bei den Leichenhaufen auf den Gottesäckern selbst wie die Fliegen starben, wiesen meine Kreuze die Wege für die nächsten Leichnamsfuhren.

Keine zwei Tage gingen wir bei den Siechen ein und aus, und schon trug jedes zweite Haus der Stadt das Kohlekreuz, das jeden flüchten ließ, der anderes Obdach finden konnte. Betraten wir dann eine so gezinkte Bleibe, trafen wir im Inneren mit erschreckender Gewissheit ein Bild des blanken Jammers an. Jedes allerdings von ganz eigener Wesensart. Der Tod kam wie ein schwarzer Hagel über alle. Doch jeder zeigte ihm ein anderes Gesicht.

Die einen lagen betend auf den Knien um die Kranken, wenn wir kamen. Die andern fraßen alles, was die Speisekammer hergab, leer. In einem Fachwerkhaus trieben die Mägde mit den Knaben und dem Hausherrn Wollust, dieweil die Frau im Kastenbett sich selbst in die Beulen schnitt und Gott verfluchte.

Die Lehmkate, in die wir gegen Abend kamen, war auf dem Boden vor dem Holzbett mit einem Drudenkreuz aus Hahnenblut geschmückt. Vermutlich hatte es der alte Mann im Sternenkittel der Druiden auf den Grund gemalt, der jetzt die grobschlächtige Eichenbüste vor der Feuerstelle mit dem Rest des Blutes aus der angestochnen Ader zwischen Kehllappen und Kropf des Hahns beträufelte. Der Götze stellte Wotan, den Vater aller Asen, dar. Zwei Raben als Kundschafter der Weltenscheibe auf der Schulter. Und, wie in jeder Darstellung, mit dem einen verbliebenen Auge. Das andere hatte der Heidengott der Sage nach gegen das Anrecht zum Trunk aus der tiefsten aller Weisheitsquellen von Walhalla eingetauscht.

Der Götzenpriester rief mit schrillen Klagen die Ahnen des Geschlechtes an. Dann bot er den Gewesenen einen Choral aus Gurren, Schnarren, Schellen, bei dem sich seine Zunge wie ein Windrad überschlug.

Kein Zweifel, um die Erdenkinder war es derart schlimm bestellt, dass sie in ihrer Pein zu ihren alten Göttern flohen. Gewisslich war der Götzendienst ein Sakrileg. Und jeder, der ihm beigewohnt, des Feuertodes sicher. Früher wäre ich bei einem solchen Kniefall vor dem falschen Gott gleich aufgebraust und lauthals schreiend zur Inquisition gerannt. Doch nach allem, was ich seit meinem Auszug aus dem Kloster gesehen und, wie ich denke, auch verstanden hatte, schluckte ich meinen Eifer weg, bevor er wirklich wallen konnte.

Hubertus beschwichtigte dann meinen erhitzten Geist endgültig mit einem feinen, fiesen Grinsen.

»Wisch das Blut weg und verschwinde hier mit deinem Hähnchen und dem Hackklotz«, wies er den Alten listig an. Indem er übersah, wozu der Spuk hier diente, entband er sich, mich und die andern von jeder Meldepflicht der Gotteslästerung, so ruchlos sie auch war. Der Alte eilte sich beflissen, die Order zu befolgen. Während Hubertus schon seiner Arbeit nachging und den befallnen Hausherrn, einen Seifensieder, nach aller Kunst verarztete, stahl sich der sterbensmüde Greis, den abgestochnen Hahn und Wotan unterm wabbeligen Arm, ergeben dienernd aus der Kammer.

***

Die Nacht war bereits hereingebrochen. Wir waren auf dem Weg zu unserm Lager, einer ausklappbaren Zeltbahn an Hubertus' Karren, mit Seitenwänden links und rechts, die er mit Pflöcken in den Boden binden konnte. Den Karren hatte er bei einem Wirtshaus an der Lindentrappenpforte abgestellt, dem »Goldenen Anker«, in dem die Fischer und die Schiffer mit den Marktschreiern Geschäfte machten.

Seitdem die Pest die Stadt befallen hatte, blieben alle Gäste aus. Allein saßen wir am Abend mit Helmbrecht, dem Schankwirt, Irmtraud, seinem Weib, deren Kälberhüften, Kübelhintern und ausgestellten runzligen Zitzen man unschwer ansah, welchem Gewerbe sie einst und vermutlich immer noch zuweilen frönte, und Gerlinde, seiner Magd, die Hubertus arg hofierte. Alles schmierte er ihr um die trinklustige Leckerschnute: Zucker, Honig und Oblaten, gemischt und aufgewürzt mit unflätigen Zoten und allerlei Anzüglichkeiten. Vor allem aber seinen Großmannstaten am Kaiser-, Papst- und Sultanshof. Am meisten konnte er das Luder mit seiner Mär vom Jungfernwasser locken. Seiner verborgensten Geheimtinktur, für die er in einem Land, weit noch hinter Indiens wolkenhohen Bergen, das er Siam nannte, den Balsam aus den Regenbögen auffing, wenn sie ihre Farbenpracht über brodelnde Vulkane gossen. Mit der Arznei, die schon Helena und Kleopatra sich aus dem fernen Orient beschafften, habe er nicht nur die Tochter eines persischen Kalifen, sondern auch die reife Königin von Saba in strahlend reinen Jugendschimmer und sogar den Zustand neuer Jungfernschaft versetzt. Gerlinde glaubte ihm aufs Wort und hing an seinen Lippen, als künde ein Prophet die Seligkeit, die er geschaut.

In der vergangnen Nacht hatte sich mein Scharlatan dann mit jedwedem Ach und Weh, aber letztlich nur allzu gern von der Buhlerin verleiten lassen, ihr den Wunderbalsam zu verkosten. Er führte sie in seinen Zeltverschlag, dann hörte ich ein Brüllen und ein Stöhnen wie bei der Bärenjagd, und hinterher erklärte uns Gerlinde stolz, sie habe die Phiole mit dem Erdenmanna gleich zwischen Hubertus' Schenkeln angetroffen. Weder kenne ich mich mit der Heilkunst noch der Alchimie und erst recht nicht mit den Weibern aus. Dennoch wage ich zu meinen, dass alles, wessen mein Quacksalber sich da jeden Abend rühmte, nichts als an den Haaren aufgezogner Irrwischkram, Fantasterei und Hahnreikrähen ist.

Doch heute wurde uns der Weg in unser Ruhenest verstellt. Ein Büttel kam mit einer Fackel auf uns zu. Wild fuchtelnd mit den Armen und den Händen, Stirn und Wangen nass von Schweiß. Ich dachte schon, der Mann sei von der Pest befallen, und zog mir die Maske wieder auf, die ich nach des Tages Müh mir abgenommen hatte.

»Euer Wohlgeboren! Doktor! Rasch! Die Hausfrau unseres Kämmerers ringt mit Gevatter Tod.«

Mit seiner Fackel ging der Mann zu einem Steinbau in der Alte Stadt voran. Nicht weit vom Bürgerhaus, genau auf Höhe des Treppenvorbaus der Stiftskirche errichtet, im Schutz und Schatten ihres imposanten Dachgebälks. Das Tor zum Hauseingang war wohlgeformt in einem glatt verputzten Bogen, weiß gekalkt zwischen zwei eben solchen Säulen, die sich mit Ranken bis in ihre Kapitale schmückten, auf denen Engelsflügel wuchsen.

Die Frau im Inneren der Kemenate war nicht nur von allen Engeln, sondern von unsrer Himmelsmutter selbst verlassen. Die Eiterbeulen, die ich sah, als Hubertus Lazarus' Leidensschwester mit aller Schicklichkeit entblößte, waren prall wie Äpfel. An den Lendenbeugen, in den Achselhöhlen, selbst am Hals, glänzten die schwarzen Siechenmale. Der Herr des Hauses, ein verzärtelt vor sich hin wispernder und wimmernder Pfeffersack mit Walrossbauch und einem Vollbart wie ein Hagestolz, der in alle vier Richtungen unsres Himmelszelts gezwirbelt war, hockte auf einem Schemel im zweifach mannshohen Kamin. Er hatte sich den Schädel mit weißen Kohlblättern umwickelt und puren Weihrauch um sich angezündet. Er dachte wohl, so sei er gegen jede Unbill, die der Schwarze Tod für seine Angetraute schon bereithielt, mit Unverletzlichkeit gefeit.

Die Frau, ein dürres Wesen, wälzte sich auf dem Biberpelz, mit dem sie sich sonst deckte, und wehklagte mit schon erfrorner Stimme: »Sagt mir, muss ich sterben?«

»Das liegt allein in Gottes Händen.« Ich kam dem Scharlatan zuvor. Zwei kleine Mädchen, ebenfalls die hitzig roten Köpfe in dicke Lagen Kohlblätter gewickelt, schauten durch die Tür. Erst da bemerkte ich die Barschheit meiner Rede. Wie konnte ich der so Verlöschenden und allen, die sie liebten, den letzten Hoffnungsfunken rauben? Hatte mich die Gräueltat an meiner eigenen Mutter schon zum Menschenfeind gemacht? »Doch unsres Herrn Hände sind mild und gnädig, wie Ihr wisst. Daneben kann ich Euch der Kunstfertigkeit des guten Medikus, den Ihr an Eurer Seite habt, versichern.«

Hubertus schnippte mit den Fingern. Ich setzte mit dem Werk an, das ich zwischenzeitlich bis in die Feinheiten beherrschte. Die mitgebrachte Kerze entflammte ich am Silberleuchter auf der Truhe. Dann entnahm ich dem Lederumschlag, den ich im Gürtel bei mir führte, eins der daumenkleinen, fein geschliffnen Messer. Sichelartig, mit einer Schneide, die, wie Hubertus mir erklärte, mehrfach in Faltenlagen überschmiedet wurde. Die tunkte ich in sauren Wein, den ich in einem kaum handgroßen Fässchen mit mir trug, und brannte sie an meiner Kerze aus, bis sie rot und gülden gleißte.

Drauf reichte ich das Messer an Hubertus weiter, der die feisten Quasten eine nach der andern aufstach. An mir war es, die Patientin während der Behandlung möglichst stillzuhalten, die bei aller Fertigkeit des Wundarztes mit erbarmenheischender Drangsal einherging. Bei jedem Schnitt in die rotschwarzen Quaddeln schrie die Kranke nicht allein auf wie Vieh, sondern bäumte sich mit einer Herkuleskraft auf, wie sie dem Sterblichen allein vom nahen Tod verliehen wird.

Dennoch musste ich sie halten und mich dabei dringend hüten, mit dem Eiter, der in grünlichen Fontänen ausschoss, in Hautfühlung zu kommen. Hubertus hatte mich gewarnt, schon ein winzig kleiner Tropfen könne reichen, dass der Schwarze Tod mich ansprang. Endlich war es überstanden. Mit Gottes Fügung hatte eine Ohnmacht das ausgezehrte Weib erfasst.

»Schafft mir das Weibsbild aus dem Haus, Ihr Herren!«

Die Fistelstimme kam aus dem Kamin. Der Kämmerer, den Sack von Bauch beinah wie ein Wesen guter Hoffnung auf den dürren Schenkeln, flehte, ihm das Stundenglas ein weitres Mal zu wenden.

»Bis dass der Tod euch scheidet. In guten wie in schlechten Zeiten«, war alles, was ich sagte. Hubertus nickte nur und grummelte, das Siechenhaus sei voll. Dabei goss er behutsam der Sterbenskranken vom Gemisch aus Kamillenöl und Wein in die schwarzen Krater, die jetzt den Körper übersäten, den der Jämmerling im Kamin dereinst in Brunst begehrte.

Beim Gehen sahen wir am Küchentisch die beiden Mädchen Hand in Hand, nichts als banges Fragen im Gesicht.

Hubertus nahm die Maske ab. »Könnt ihr beiden eurer Mutter eine Suppe brühen? Flößt sie ihr ein, sobald sie wieder zu sich kommt.« Zum wohlgemeinten Ratschlag zwang er sich noch ein welkes Lächeln ab. »Ihr seid gute Kinder. Der Herr Jesus schütze euch.«

Die Mädchen dankten ihm mit einem Augenstrahlen und eilten schleunigst an den Herd.

Hubertus hatte sich gehäutet. Der Scharlatan war Medikus geworden. Der beste, den ich kannte, noch dazu.

Dennoch. Im Hausgang blieb er stehen und lehnte sich an die Wand.

»Bei Gott. Sie wird's nicht schaffen. Sie schaffen's alle nicht.«

Er war am Ende, brauchte Zuspruch. Den gab ich nur zu gern, mit vollem Herzen.

»Mit Eurer Hilfe werden's viele schaffen. Ihr vollbringt wie ganz gewiss kein Zweiter das Samariterwerk des Herrn. Eure Hände sind gesalbt mit Heilkunst.«

Hubertus wiegelte mit schroffem Nicken ab. »Unfug, ich tu nur, was ich kann. Und das ist viel zu wenig. Das ist nichts!«

Er schrie mir fast ins Ohr. Ich schrie zurück.

»Das ist alles! Alles, was sie haben! Alles, was es gibt! Bei der Gelegenheit ...« Ich ließ meine Stimme sinken. »Woher wisst Ihr so trefflich, wie Ihr vorzugehen habt. Verzeiht mir, doch ich dachte ...«

»Ich dachte, dachte, dachte«, unterbrach er mich. »Wenn es dir nichts ausmacht, frommer Freund, habe ich mal mit recht viel Fleiß und Anstand in Salamanca Medizin studiert. Und wie man die Pest kuriert, haben uns die Mauren schon vor vielen hundert Jahren vorgemacht.«

»Und warum habt Ihr dann«, keinen weitren Wimperschlag konnte ich noch an mich halten, »... warum habt Ihr Euch bei allem, was Ihr wisst und könnt, der Jahrmarktsgaukelei und Alchimie anheimgegeben?«

Er zuckte mit den Achseln. Dann kratzte er sich im schweißig nassen Haar. »Tja, mein Freund, die Sache ist fürwahr vertrackt. Sagen wir's mal so. Wer will schon einen Medikus, der ihn mit Weh und bittrer Medizin kuriert, wenn er einen Alchimisten haben kann, der Wunder wirkt. Und wenn dann noch der Medikus die schönen Dinge liebt, das gute Essen, Wein, Gesang und dralle Maiden, dann ...« Er unterbrach sich, steigerte die Spannung, »dann wird ein Geschäft daraus. Dann stopft der Quacksalber sein Besserwissen untern bunten Hut und bindet jedem gegen bare Münze Ammenmärchen auf und sorgt dafür, dass ihm der Gierschlund voll wird. Das, Mönchlein, ist der Lauf der Welt, denn was ist alle Heilkunst gegen einen nackten Arsch, den dir ein Frauenzimmer in der Scheune hin ...«

Wieder unterbrach er sich, diesmal um einen halben Veitstanz aufzuführen, als ihm zwei Ratten um die Beine sprangen. »Teufelsbiester! Todespack!« Er fluchte, schimpfte, warf mit allem um sich, was der Hausflur bot. Quiekend schoss das Ratzenpaar unter einem Gatter durch und war verschwunden. »Zum Teufel auch! Ich weiß, die sind's!« Er riss mir fast den Arm aus, als er mich vor die Haustür zog. Mit solcher Hast und Forschheit hatte ich meinen Medikus noch nie erlebt. »Nun komm schon, komm. Ich muss dir was entdecken. Möglicherweise können wir ja das Übel an der Wurzel packen und wirklich was erreichen.«

Er rannte wie ein Meldeläufer los, rief über seine Schulter: »Voran, Mönch! Ich brauche einen Prediger. Vielleicht hört man auf dich.«

***

»Da. Siehst du. Ich hatte recht.« Mir war schleierhaft, womit Hubertus recht zu haben glaubte. Was ich sah, war alles andre als vergnüglich. In einem an den Wänden lehmbewehrten Pferch, behelfsmäßig auf einem Hof unweit der Stadt gezimmert, verendeten die letzten Schweine neben ihren toten Anverwandten. Dazwischen pfiffen Ratten ihnen einen Todesmarsch.

Noch eh ich lange grübeln konnte, was mir Hubertus mit dem Anblick unergötzlich zeigen wollte, zog er mich zu einem weitren Pferch, eben noch in Rufweite des ersten. Rosig suhlten sich fünf Schweine in dem Koben, grunzten, quiekten munter vor sich hin. Gerade so wie vor nicht allzu vielen Monaten, als ich noch bei den mir anvertrauten Wutzen hauste.

»Na. Was fällt dir auf?«

Die Antwort, die jetzt fällig war, erschien mir arg gehaltlos. »Denen hier ergeht es prächtig. Während in dem andern Pferch alles aufs Kläglichste verreckt.«

Hubertus setzte eine Miene auf, als müsse Salomon der Weise

all die Törichten der Erdenscheibe unterweisen. »Nun. Wessen du hier teilhaftig wirst, ist ein von mir erschaffenes Experiment. Es handelt sich um eine kleine Herde, die ich zu Anbeginn der Pest in zwei Hälften teilte. Schon da hatte ich die Vermutung, dass der Schwarze Tod von den Ratten rührt. In ihren Fellen tragen sie jede Menge Flöhe mit sich, die auf den Menschen springen und im Biss den Krankheitskeim verbreiten. Ergo setzte ich die eine Hälfte Ratten aus, die ich von Bauernjungen fangen ließ. Natürlich hab ich die in aller Umsicht mit Handschuhen versehen. Nun, du siehst selbst am besten, womit mein Versuch geendet hat.«

Er hob das Kinn und schien dabei noch über seine stattliche Statur zu erwachsen. »Na, was sagt uns das?« Der Medikus stippte mit dem Finger in die Luft, gleichsam, als könne er mit ihm Gottes Eingaben direkt empfangen. Selbstredend ließ er mich in seinem maßlos aufgetragnen Stolz zu keiner Antwort kommen. »Es sagt uns, das ist jetzt bewiesen, dass das ganze Leid nur von den Ratten rührt.«

Die eitle Gotteslästerung brachte mich im Innersten zum Sieden. Kein Wunder, dass ich auffuhr wie der Sprudel eines wilden Quells.

»Das Leid kommt von den bleichen Todesengeln, die durch die Gassen schleichen. Alles andere sind eitel sündhafte Gedanken.«

»Ach, meinst du wirklich? Mich beeindruckt deine Hypothese von den Todesengeln nicht viel mehr, als dass der Schwarze Tod von den Juden und deiner Mutter ausgebrütet wurde.« Ein tiefer Stich drang mir ins Herz, und Hubertus' Selbstgewissheit trieb den Sporn noch tiefer. »Nicht Gottes Engel bringen Tod. Die Ratten und die Flöhe schaffen das allein.«

Ich wehrte mich mit zugehaltnen Ohren. »Nein, nein und nochmals nein! Es ist Sein Atem, der zornig über alle Sünder kommt. Die Pest ist Geißel Gottes. Für unsern Hochmut. Unsre Untreue und Zweifel. Glaub mir Hubertus, du bist mir ein Freund geworden. Der Scharlatan, der mir begegnet ist, der Beutelschneider ohne Rückgrat, ist dahin. Jetzt sehe ich einen Medikus vor mir, der seinesgleichen sucht. Deine Hände sind gesegnet. Was deine Kundigkeit bewirkt, tut dir und unsrem Herrgott alle Ehre an. Besinne dich, Hubertus! Deine Überlegungen sind nichts als Ketzerei. Vielleicht hat Gott die Tiere in dem ersten Pferch einzig ausgelöscht, um deine Hoffart, deine selbstgerechte Ruhmsucht zu bestrafen. Hubertus, ich weiß, du bist mir weit voraus, auch wenn du mir an Jahren keine zehn voran bist, dennoch flehe ich dich an, lass ab von deiner heidnischen Gewissheit. Sonst wird mir schon wieder bang um dein Seelenheil.«

Im Inneren beschwor ich alle Engelszungen, mich mit ihrer Überzeugungskunst zu stärken. Wahrhaft war Hubertus mir ans Herz gewachsen. Ich diente seinem Wirken mit Begeisterung, froh für jede Unbill, die ich mit meinen armseligen Mitteln lindern und in Gottes Obhut legen konnte. Dennoch: Was der Medikus mir da entdeckte, war Gotteslästerung der schlimmsten Art. Sein so bezeichnetes Experiment war ein Schimärenstreich, leugnete es doch Gottes Allmacht und seine weise Sorge für das Wesen, das Er als Ebenbild geschaffen hat. Hubertus hatte den Alchimisten in sich, der alle Rätsel unsrer Welt aus der Natur erklären wollte, noch nicht zur Gänze überwunden. Dreist erhob sich der jetzt über alle Kirchenväter, Glaubenslehren, ja jede fromme Seele.

Angesichts meiner Hartnäckigkeit fuhr auch Hubertus auf. »Lass mich in Ruh mit deinem Ammenglauben. Meine Wissenschaft belehrt mich eines Besseren. Sieh dir die Kadaver an. Ich weiß jetzt, was ich weiß.«

»Nichts wissen wir. Sind machtlos. Allein hoffen dürfen wir. Auf Knien im Gebet. Versündige dich nicht noch einmal mit deiner Ketzerei. Und ich dazu, mit dir, wenn ich das dulde.«

»Es bedarf keiner Heiligkeit, um zu sehen, was offenkundig ist. Du leugnest mir die Ursache und ihre Wirkung. Warum verweigerst du dich Logik und Vernunft?«

Gleich fuhr ich ihm in den Disput. Nicht für mich. Nur für die Wahrheit und die ewige Glückseligkeit des Glaubensbruders.

»Was vermag unser bisschen Logik gegen Seine Allmacht? Was wir Ihm schulden, ist nicht mit Vernunft zu fassen. Was Sein Ratschluss unergründlich von uns fordert, ist Ergebenheit und Zuversicht und Andacht.«

Hubertus seufzte auf. »Spar dir die Novizenlitaneien. Ich kann an nichts glauben als den Tod. Den sehe ich. Den hasse und verfluche ich. Dennoch triffst du ihn überall.«

Er knetete die Hände, blies sie sich ein wenig warm. Mein Gefühl sagte mir, nichts brachte ihn ins Wanken. Er war sich sicher. Schrecklich sicher.

»Versuch mich nicht, Hubertus. Allein der Glaube kann uns lebendig halten. Hier und in Ewigkeit.«

»Ja, natürlich. Amen.« Erst umkreiste er mich wie ein Bussard seine Beute. Studierte mich von Kopf bis Fuß und Fuß bis Kopf. Dann kehrte er zurück zum ersten Gatter. »Gut, Gilbert. Dann will ich's wirklich wissen. Von dir. Du sollst mich glauben lehren. Das willst du doch, als Mönch?« Die Brauen zogen sich zur Stirn. Er lag jetzt auf der Lauer. Mit Sorgfalt zog er seinen Handschuh über. »Wenn Gott allein das Übel schickt, leg Zeugnis ab für deinen Herrn.«

Hubertus langte in den Koben, zog am Schwanz eine feiste Wanderratte raus. Sie strampelte und quietschte infernalisch.

»Nimm sie auf deinen Arm«, bellte mich Hubertus an. Er ließ das Vieh am rosaroten Afterteil direkt vor meinen Augen schaukeln. Ich riss die Arme vor den Kopf. Ekel und Beklemmung pressten mir die Luft ab. Schummer wie von Pech und Schwefel legten sich vor meinen Blick. Unwillkürlich stolperte ich rückwärts.

Hubertus setzte nach, drängte mich entschlossen weiter.

»Nimm doch. Steh ein für deinen Herrn.«

Wie eine Missgeburt zappelte der Höllenkriecher über meiner Nase, ein Geruch von Fäulnis, Gülle, Kot.

Herrgott, hilf!, schrie ich bei mir! Und würgte. Jesus, Gottesmutter, steht mir bei!

Ein letzter Schritt nach hinten, die Ratte pendelte zu mir. Ich strauchelte, fiel rücklings auf den Boden.

»Ich kann nicht. Herr, ich schaff es nicht!«

Ein Hahnenschrei. Ich hatte Ihn verraten.

Wütend schleuderte Hubertus die Ratte gegen einen Findling.

»Dein Gott hat sich erbarmt. Du und ich, wir sorgen jetzt dafür, dass Er Pandoras Büchse wieder schließt und das große Sterben aufhört.«

20. Kapitel

Bevor wir die Tore Düsseldorfs erreichten, bat ich mir von Hubertus eine freie Stunde aus, um sie zu einem Abstecher ins Judendorf zu nutzen.

Allein – es gab kein Judendorf mehr. Nicht eine Wand war heil geblieben. Wo früher Kinder Ringelreihen spielten, zusammen um die Wette rannten, Vieh ein- und ausgetrieben wurde, die großen Zweigespanne aus dem fernen Süden abgeladen wurden, die Gasse fast von Schacher und Gezeter barst, die Frauen mit den hohen Hauben stolz und kopfhoch trotz Judenwinkel vor den Häusern tratschten, die Klein- und Lumpenhändler ihre Waren ausschrien – gab es jetzt nichts als Trümmerfelder und Ruinen.

Isaak Ben Baruchs Heimstatt lag unter einem Berg von Schutt. Die Mauersteine waren abgetragen, der Lehm zerstampft, die Fenster ausgeschlagen, und wo noch Holz vom Fachwerk übrig war, kokelte es vor sich hin. Immer noch. Nach all den Tagen.

Der Hof lag ohne Mauer. Öd und bar. Kaum fand ich einen Pfad durch all die Scherben und den Plunder, den keiner tragen oder haben wollte. Alles von Wüterichen zertrümmert und zerfetzt.

Vom Bethaus hinterm Hof war kein Stein auf dem anderen geblieben. Der Abstieg ins Gewölbe war versperrt. Verkohlte Balken, fest verfugte Mauerbrocken riegelten den Weg nach unten ab.

Nur ein schmaler Stollen fiel mir auf, der aus dem Geröll hervorklaffte und zu einem Spalt in der Kellerdecke führte, durch den man bis in das Gewölbe, auf die einstige Mikwe sehen konnte. Hatte sich Rebecca hier wie eine Wühlmaus einen Weg gebahnt?

Mein Versuch, mich in den Stollen zu zwängen, scheiterte kläglich und auf Anhieb. Ein Zehnjähriger kam hier fraglos durch. Aber Rebecca? Eine ausgewachsene Frau, wenn auch schmal und feingliedrig wie ein Rehkitz?

Dennoch rief, nein, schrie ich wild in den Spalt hinein nach ihr, bis mir beinah die Lungen barsten. Kein Laut, kein Zeichen kam zurück.

War sie am Ende doch durch diesen Schacht gekommen? Das kam wohl einem Wunder gleich. Aber waren Wunder nicht der Weg des Herrn, uns unsres Glaubens zu versichern?

Das unscheinbare Hoffnungspflänzchen, das nach meiner Entdeckung aufs Neue in mir keimte, versöhnte mich denn auch ein wenig mit den lästerlichen Gedankenspielen meines Medikus.

Er erwartete mich voller Spannung und, wie mir vorkam, ausnahmsweise zu später Stunde noch so gut wie nüchtern. Wie ein Eiferer im Herrn beschwor er mich denn auch unablässig, dass seine Absicht, sein ganzes lautres Streben einzig war, Gottes Kreaturen in der Stadt für ein großes Kehren zu begeistern, mit dem sie sich der Nagerplage und allem, was er Seuche nannte, ein für alle Mal erwehrten.

Er predigte mit Inbrunst, Weisheit, fast mit Engelszungen, führte in kühnen Schwüngen seine Beweisführungen auf. Es habe einfach keinen Sinn, Gott für eine Pestilenz verantwortlich zu machen, deren Weg vom Indus ausging und mit den Muselmanen über Euphrat und Tigris nach Kleinasien gekommen war. Von dort war dann nach Ansicht meines gelehrten Medikus der Fluch mit Handelsschiffen nach Sizilien übergesprungen und kaum zwei Monate später über die Alpen, den Rhein hinauf zu uns gelangt.

Um seiner Überzeugungsarbeit willen verzichtete mein Freund in dieser Nacht sogar auf Gerlindes Gunst, die mürrisch mit gerafften Röcken um unser Lager strich.

Kurz nach Mitternacht war ich dann auch endlich von seinen Beschwörungen, der Schwarze Tod sei keine Geißel Gottes, sondern ein aus dem Orient eingeschlepptes Leiden, überzeugt und fest entschlossen, ein jedes Sandkorn aus der Uhr der Zeit, das ich zu fassen kriegte, in meiner Hand zu wenden.

ER war groß, Er war die Güte und Er war mit uns.

Der erste Morgenschein trieb mich von meinem Lager. Die Nacht hatte mir einen milden Traum beschert, in dem Rebecca vorkam. Die Scham verbietet mir, zu sagen, wo und wie.

Nach einer Schüssel Haferbrei begaben wir uns auf den Weg. Ein regelrechter Marktplatz fehlte in der Stadt, Markt hielt man vor den Toren, gleich am Rhein. Doch wo die Alte Stadt in die Liefergasse überging, wo sich Handel und Wandel ballte, stellten wir uns auf.

Hubertus hatte umsichtig sein Pestkostüm gewählt, die weiße Maske unterm Arm. Ich dagegen hatte mich für mein Mönchsgewand entschieden, denn in Seinem Namen wollte ich sprechen.

»Hört, Leute!« Ich erhob die Stimme, so laut, wie ich nur konnte, bis sie mir fast überschlug. »Für eure Lieben, eure Kinder, hört mir zu.«

Der eine oder andere blieb stehen. Langsam scharte sich ein Grüppchen Volk um uns.

»Euer Medikus, ein frommer Mann, hat mir entdeckt, wie wir die Pest besiegen können. Nicht Fügung und Strafe unseres Herrgottes ist das Sterben. Die Ratten tragen es in ihrem Pelz. Die Flöhe springen auf die Menschen.«

Lachen und Köpfeschütteln schlugen mir kalt entgegen. Ich pickte mir mit meinem Finger drei Weiber aus der starrenden Hörerschaft.

»Auf dich. Und dich. Und deinen Vater.«

Ich setzte eine Pause. Die Augen gingen auf. »Auf deinen Sohn. Und deine brave Tochter.« Jetzt hörten sie gebannt. »Schiebt es nicht eine Stunde länger abergläubisch auf den Herrn. Wenn wir nach Seinem Willen handeln wollen, müssen wir schleunigst selber etwas unternehmen.« Der Leichenkarren kam heran, um die sterbliche Hülle eines Jünglings aufzuladen, den man unter dem Vordach eines Handelshofes auf einen schmalen Steig getragen hatte.

Der Fensterladen zur Gasse im Stockwerk darüber wurde spaltbreit geöffnet. Ein Gesicht im Schatten sah hervor. Dann schob sich eine behaarte Männerhand dazwischen und riss den Laden zu.

Ich setzte wieder an.

»Helft mir, die Ratten zu vertreiben. Gemeinsam haben wir sie am Abend aus der Stadt. Dann hört das Sterben endlich auf. Wappnet euch mit Schaufeln, Besen, Fackeln, Stöcken! Leute!

Wir gehen jede Hütte, jede Kellerritze durch. Scheucht die Nager aus den dunklen Ecken auf die Gassen! Zusammen jagen wir sie zum Tor hinaus.«

Niemand, keiner rührte sich vom Fleck. Dumpf, wie zu Salzsäulen verwunschen, stand das Volk um mich herum. Ich flehte, drohte weiter. »Sputet euch. Bald schon ist's zu spät, dann stehen hier die Mauern ohne Christenseelen. Was habt ihr zu verlieren? Mit meinen eignen Augen habe ich gesehen, wie der Medikus zwei Rudel Schweine trennte. Das eine hat er Ratten ausgesetzt, das andere entfernt davon verschont. Wollt ihr wissen, was geschah? Im ersten Gatter starben alle. Im zweiten nicht ein einziges!«

Ich sah, die Leute glaubten mir. Und doch blieben sie träge, unfähig sich zu regen. Ganz gleich mit welchen Worten und Exempeln, mit keiner Darlegung der Welt konnte ich ihr Gemüt bewegen. Mutlos nahmen sie das Sterben hin. Der Wahnsinn um uns war zu arg, um ihn noch mit Vernunft zu bannen. Ich faltete die Hände zum Gebet.

»In Christi Namen, lasst uns um Seine Milde, Seine Hilfe beten. Herr, mach uns stark im Glauben, stark im Hoffen, stark im Wirken für Dein Reich und Deine Schöpfung. Gib uns Kraft und Hoffnung zu wandeln, was wir in Deinem Namen wandeln können, und zu fügen, was wir in Deinem Namen fügen sollen.«

Kaum eine Handvoll machte Anstalt meinem Stoßgebet zu folgen. Sie ließen mich und sich im Stich.

»Brüder, Schwestern, folgt dem wackren Medikus und mir. Lasst uns die Ratzen jagen. Verjagen wir den Tod!«

Ein Dickwanst winkte ab. Zwei Jungfern nahmen ihre Körbe auf. Es gab nichts mehr zu sehn.

Nichts zu sagen. Das Spektakel war für mich vorbei.

Hubertus richtete noch einmal einen Aufruf an die Schar, die sich schon zerstreute.

»Leute, hört! Ihr kennt mich doch! Als Medikus hab ich getan, was ich nur konnte. Wirklich können wir die Pest nur bannen, wenn wir die Ratten jagen! Seid vernünftig, Düsseldorfer. Oder wollt ihr …« Das letzte Wort versickerte im Rachen. Ganz leise presste er es raus: »… sterben.«

Beleidigt winkte er jetzt alle mit seinem Hut von sich wie Fliegen, die lästig um die Suppe schwirren. »Die verdienen es nicht besser. Jetzt brauch ich einen Schluck. Dann gehen wir weiter pfuschen.«

Wie ein Feldherr nach verlorner Schlacht trottete er matt von dannen.

Ich wollte dem Gebeutelten schon hinterher, da hörte ich Gelächter, laut wie Trommelschlag. Fast wie das Wiehern eines Schlachtpferds.

Vor der Schänke am Liebfrauentor, der »Dicken Eiche«, prostete mir ein Hüne in Lederwams und ebensolchem Beinkleid mit einem Bierkrug zu.

»Gut gesprochen, Mönchlein! Du hast alle überzeugt.«

Der Geselle mit dem Ochsenkreuz bog sich schier vor Lachen, schnaubte dabei wie ein Stier und schlug sich seine Schenkel taub. Dann hielt er inne, richtete sich auf, die linke Hand am Kurzschwert, und leerte seinen Krug in einem Zug, wobei er seinen Rumpf nach hinten streckte, als wollte er ein Kunststück zeigen. Er rülpste innig. Drauf plusterte sich der Pfau in Form einer höhnischen Verbeugung vor mir auf, huldigte mir mit einem Kratzfuß.

»Erbitte untertänigst Huld. Als Heiliger bist du unschlagbar. Soll ich mit dir Ratten fangen gehen?« Jetzt gackerte er wie ein Huhn.

Ich war das Lustspiel satt und schritt Antonius geradewegs entgegen.

»Was weißt du von Rebecca?«

»Sie ist schön. Sonst weiß ich nichts.«

Er hörte auf zu lachen, als hätte er den Spaß daran verloren. Mit eingezognem Kopf stapfte der Bankert in den Schmauch der Brauerei zurück.

»So ist sie nicht entkommen und zu euch geflüchtet?« Ich zupfte ihn am Ärmel, er schüttelte mich ab.

Mir blieb nichts übrig, als ihm nachzusteigen. Der Rest der Bande war mit Sicherheit nicht weit. Möglicherweise konnte mir einer seiner Spießgesellen weiterhelfen, hatte sie irgendwo gesehen oder wenigstens durch Hörensagen etwas über sie erfahren.

Doch aus dem Dämmer schälte sich nur Gottfrieds Glatze. Halbnackte Weiber hatten ihn umringt, lagen ihm im Schoß und an den Schultern. Der Lüstling saß im Pelz, ließ eine Kölner Münze in den Händen tanzen, um die die Hübscherinnen rangen. Vor ihm, auf dem blanken Tisch, Wein und Bier in großen Krügen, abgekautes Wildbret mit dem Duft von Rosmarin, Knöchelchen vertilgter Tauben und ein Schinken, schwarz geräuchert, an dem sich zwei der Weibsen labten.

Auch wenn das Sodom und Gomorrha mich beschämte, fühlte ich mich in der Pflicht zu mahnen.

»Alles stirbt. Ihr plündert.«

»Alles ängstigt sich. Wir leben.« Gottfried ließ die Münze in den Ausschnitt einer Roten springen, die ihre Brüste derart weit entblößt hielt, dass man die mit Karmesin geschminkten Höfe ihrer Warzen sehen konnte. »Sauft, in Gottes Namen. Fresst und fickt und furzt und freut euch. Die letzten Stunden rinnen schneller noch dahin als all die anderen zuvor.« Er warf sich auf die Rote, beleckte ihr den Mund.

»Hast du Neuigkeiten von Rebecca?«

Gottfried ersparte sich die Mühe, aufzuschauen, gierig tanzte seine Zunge weiter auf den vollen roten Lippen.

Endlich brach er ab und langte nach dem Becher.

»Aber ganz gewisslich doch. In ihren Adern brodelt Lava. Und sie sucht einen, der sie löscht.« Er fuhr dem Weib an seiner Seite mit beiden Händen untern Rock. »Da entspringt der Fluss im Garten Eden! Siehst du, der Busch brennt auch!« Er riss der Hübscherin den Rock weit über beide Schenkel hoch. Ich konnte eben noch die Augen schließen, der Anblick einer rot umrankten Grotte inmitten weißen Fleisches aber blieb.

Während ich noch den Maulwurf abgab, bequemte sich Antonius zu einem Machtwort.

»Kusch jetzt, Gottfried. Halt den Schnabel. Was schert es uns, wenn einer unverdorben bleiben will. Deine Kuppelherberge ist lang geschlossen. Keinen Heller verdienst du mehr daran. Gibst du jetzt hier den Werber für die Weibsen ab? Und das auch noch umsonst? … Ich hoffe mal, du wirst nicht krank.«

Darauf, nach eben den Ermahnungen für seinen widerlichen

Saufgesellen, überraschte mich Antonius von rückwärts, drückte mich mitten unters Buhlvolk auf die Bank.

»Deine Rebecca hat keiner mehr gesehen. Seit ihr von dannen seid. Da. Bleib sitzen, trink was.« Er gab mir einen Becher in die Hand. »Kein Dünnbier. Gerste. Lass dir's schmecken.« Er holte aus und stieß mit seinem Humpen an, dass das Bier nur so in jede Richtung flog.

Nach einem kurzen, stummen Dankgebet nahm ich mit Maßen einen Schluck, ungeachtet meiner vom vielen Schreien trocknen Kehle.

Antonius schob eine Günstlerin mit sündhaft offnen blonden Locken weg und rutschte zu mir auf die Bank. Die Bierfahne, die aus ihm schlug, hätte leicht bis Köln gereicht.

»Jetzt sag mal ehrlich, warum machst du dich zum Narren?«

So verdutzt ich war, er schien es ernst und aufrichtig zu meinen. In seiner Miene lag kein Arg.

»Gilbert, du kannst nicht ein Leben lang in deinen Träumen leben. Verklär die Menschen nicht. Sie stammen nicht von Gott. Der hat sich schon längst von ihnen abgewendet nach allem, was sie Seiner Schöpfung antun.« Der Schluck, den er sich gönnte, war eines Drachentöters würdig. »Aber Er soll sich nicht beschweren. Er ist noch grausamer als wir. Nicht allein, dass wir sterben müssen. Er hat uns auch noch die Fron des Denkens aufgebürdet, damit wir alle Stunden wissen, was uns blüht. Alter, Siechtum, Tod und Schmerz. Bei uns und jedem, für den wir empfinden. Gilbert, der Mensch ist mutlos.«

»Wenn er glaubt, wird er auferstehen.« Die Gewissheit war die einzige, die mir noch blieb.

Der Hüne wischte sich den Schaum von den Rändern seiner Lippen.

»Kann sein, dass er das wird. Vielleicht am Ende sogar ich. Trotzdem will ich schon vorher leben. Frei und ohne Fesseln. Ohne Predigt. Ohne Joch und Knute.« Er stellte knallend seinen Humpen ab, riss mich zu sich herum. »Hast du geglaubt, du kannst da draußen was erreichen? Wer mutlos ist, ist taub. Wer nichts gelernt hat als gehorchen, scheißt sich vor allem Neuen ein. Wer nur schluckt, was ihm die Pfaffen mit ihren Hamsterbacken vorkauen, betet jeden Abgott an, den man ihm vorsetzt. Denkst du, ein Prälat will, dass wir glauben? Dem Nazarener folgen, dem Rebell? Sie speisen uns mit Frömmigkeit und Aberglauben ab. Warum kann das Volk nicht lesen? Warum haltet ihr die Messe auf Latein? Ablässe, Reliquien und Folterinstrumente – damit habt ihr den Gekreuzigten ersetzt. Wenn sich das gemeine Volk der Bibel erst bemächtigt, bleibt kein Stein mehr auf dem andern. Von keiner Kirche. Keiner Burg. Dann stell dich noch mal hin und zeige auf, wie man den Schwarzen Tod besiegt.«

Ich war verwundert, wie klar und ungetrübt er sprach. All sein Suff hatte sich in Erbitterung und Schänkendunst verflogen.

»Und eben deshalb bitt ich dich. Wenn du die Einsicht hast, ruf deine Leute her, die Ratten zu vertreiben. Und mit ihnen die Pest.«

»Schade. Du verstehst mich nicht. Die Pest lässt sich nicht vertreiben.« Er wiegte müde seinen Kopf. »Weil sie zu uns gehört. Weil Ratten und die Menschen eins sind. Sieh richtig hin, dann lernst du das.«

Das wollt ich nicht. Um keinen Preis. Für mich war nun mal ein jeder Gottes Ebenbild. Und sollte es auch bleiben. Alles war nur eine List. Entsprungen aus dem Abgrund meines Scheiterns. Wo ich die Erdenbürger nicht hatte überzeugen können, trat der Versucher meinem Unvermögen nun in Gestalt von Scharfsinn und geschliffnem Geist entgegen. Es war höchste Zeit, aus diesem Lasterpfuhl zu flüchten.

»Tut mir leid. Ich habe hier nichts weiter mehr zu schaffen. Ihr kommt ja viel herum. Wenn ihr Rebecca seht, richtet ihr aus, wo sie mich finden kann.«

Ich saß so eng; um aufzustehen, musste ich mich an einer Weiberschulter stützen.

»Sieh an, zum Weib geht letztlich alles. Na schön. Ich mach dir einen Vorschlag. Du und dein Medikus, ihr schließt euch unserm Aufstand an. Dann helfen wir euch treiben.«

»Wenn ihr mit eurem Aufstand noch ein Weilchen wartet, könnt ihr ihn euch gleich sparen. Dann gibt es nämlich keinen mehr, für oder gegen den ihr aufstehen könnt. Ich denk mal, deine Bande eingeschlossen.«

Einmal durfte auch ich den Hohn verspritzen, der in Kübeln auf mich kam. Die Tagediebe traf er nur zu Recht.

Antonius lehnte sich zu Gottfried, zog ihn zu sich herüber, schlang ihm die Arme um den Hals.

»Von uns fürchtet sich keiner vor dem Tod. Solang wir ihm mit vollem Bauch und leerem Schwanz entgegentreten. Oder was meinst du, mein Freund?« Er tätschelte dem Kahlkopf die rot gesoffnen Wangen, bis der vergnüglich quiekte.

»Bloß schad, dass du Rebecca nicht aufgesessen bist. Mit dem Kümmerling da geht sie ungeküsst zur Hölle«, prustete der Erzsünder heraus, und alle fielen in sein Jauchzen ein.

Dem unflätigen Lästermaul erwies ich keinerlei Beachtung.

Dafür brauste Antonius auf.

»Noch ein Wort, und ich dreh dir die Gurgel ab. Du weißt, wie man Rebecca mitgespielt hat. Und dass sie anders ist.«

Die Wandlung kam so unvermittelt, dass sie doppelt Eindruck bei mir hinterließ. Dennoch. Ein Abschiedsrüffel, eine letzte Mahnung für den Raukopf, selbst wenn sie ganz vergeblich schien, war einfach meine Christenpflicht. Die durfte ich Antonius, bei seiner Seligkeit wie meiner, nicht ersparen.

»Dein Auflehnungsgefasel ist auch nichts weiter als ein Vorwand für Raub und Hurerei. Nichts als Tiere seid ihr. Diebsgesindel. Nur in einem gebe ich dir recht: Lasst Rebecca aus dem Spiel.«

»Ich verstehe. Ich versteh mehr, als du meinst.« Ein feines Lächeln spannte sich auf Antonius' fein geschwungnen Lippen. Was mich jedoch noch mehr verwunderte: Er hielt mich fest. Wie Zwingen lagen mir die Hände um die Ellen. »Denk einmal über deine dummfrommen Grenzen hinweg. Für die Menschen, denen du mehr bedeutest, als du ahnst.« Dem seltsamen Orakel ließ er ein derbes Rempeln folgen, rüttelte mich wie einen Apfelbaum im Herbst. »Das Tier in dir ist immer da. Hinter Klostermauern heilig sein ist leicht. Im wahren Leben Mensch zu bleiben ist die Kunst. Auch wenn sie beinah schon unmöglich ist.« Er zog mich an sich, bis unsre Nasen aneinander stießen. »Wenn du Ihn sehen willst, dann such im Schmutz. In Elend, Hunger, Not und Leiden. Wo man die Toten wie die Lebenden im Herzen trägt, freigiebig mit der Liebe und dem Lachen umgeht, wo man das Brot teilt wie das Lager, da kannst du Ihn finden. Wer sich im Tod noch küsst, hat Ihn erkannt. Wenn du deine Rebecca noch mal wiedersiehst, erinnre dich an das, was ich dir sage. Und das, was Er uns schenkt.«

Wenn ich bloß wüsste, warum die Worte mich so tief im Innern trafen und immer weiter in mir wühlten? Ich löste mich, wie gegen meinen Willen.

Und kehrte noch mal um, als ich schon beinah aus der Schänke war.

»Und wo willst du das finden?«

Er richtete sich auf, schob die Weibsen, die sich an ihn drängten, von sich und hob mit einer Seidenstimme an, derer sich der Grobklotz nie zuvor bemüßigt hatte.

»Hast du schon einmal was vom großen Tanz gehört?« Er sprach mit Inbrunst. Beinah Ehrfurcht. Doch was er sagte, klang mir fremd. »Er kommt von Süden her. Als Erstes hörst du die Musik. Die Trommeln, Zimbeln, Pfeifen. Die Tänzer nehmen nur mit, was sie essen oder trinken können, lassen all ihr Hab und Gut zurück. Dann heben sie die Kinder auf die Wagen und ziehen wie im Rausch zum Nordstern hin. Abertausende, die tanzen, sich beim Lagern lieben. Paarweise, überkreuz und selbst in Rudeln vereinigen sie sich und pressen sich die Lebenssäfte in Ekstase aus, solange sie noch können. Dionysische Bachanten, die dem Dämonenhauch der Pest ihre Lebensleidenschaft entgegensetzen. Die schwarzen Todesengel mit ihren Lenden bannen, indem sie wie Thomas' Liebeskinder, die Karezza, die Türen zur Barmherzigkeit des Paradieses im gemeinsamen Erkennen öffnen.«

Unvorstellbar kam mir dieser Tolltanz vor. Allein der hilflosen Verzweiflung über unser aller nahes Ende konnte in meinen Augen ein solches Schamgeschwür entspringen. Und war dennoch dreimal ärger als der Schwarze Tod, der sie gebar.

Ich verstand jetzt endlich, warum die Pest den Menschen vertilgen musste. Keinen Tag länger konnte unser Herr und Gott diese Schmähung Seiner Schöpfung dulden.

»Und ihr übt hier für den großen Tanz?«

Antonius dachte eine Weile mit geschlossnen Augen nach. Dann machte er sie auf und sah mich unvermittelt an. Mit einer Wärme, die mich gänzlich unerwartet überströmte.

»Hier treiben es die Bäuche und die Schenkel. Im großen Tanz verschlingen sich die Herzen und holen ein Stück Ewigkeit vom Himmel.«

***

Ob Gott das unfassbare Ausmaß unsrer Sünden strafen wollte und deshalb den Schwarzen Tod von den Muselmanen her zu uns befahl, oder ob sich der Krankheitszug wahrhaftig nur durch Rattenflöhe nährte, war letztlich einerlei.

Als Diener Christi war mir aufgetragen, Leid zu lindern, Trost zu spenden, wo und wann immer ich's vermochte. Auch wenn mich mein Gelübde nur noch im Innern binden konnte, öffentlich hatte man mich sicher längst in Kirchenbann geschlagen, musste ich mit Hubertus um jede arme Seele kämpfen.

Die Sonne stand schon im Zenit, so machte ich mich schleunigst auf den Weg. Die Alte Stadt war nicht allzu belebt. Zu groß die Sorge vor dem Nächsten, der schon die Krankheit tragen konnte. Die Füße schmerzten mir aufs Ärgste. Jeder meiner Schritte ließ mich mit Beschweren spüren, wie müde und erschöpft ich war.

Doch mit einem Mal war ich hellwach. Die Schwarzhaarige, die da die Weinhandlung beim Bürgerhaus verließ und jetzt zum Wallsteig abbog ... der geschmeidig schnelle Gang, die fest entschlossnen Schritte, die strammen Hinterbacken, wie frühlingsreife Äpfel ... die schmalen Katzenhüften ... das konnte nur Rebecca sein. Und jetzt erwies das dreiste Weib auch noch dem Kreuz am Stiftsplatz keine Ehre, wie es üblich war! Das musste, konnte nur Rebecca sein ...

Nicht einen Atemzug durfte ich zögern, auch wenn es ganz gewiss nicht schicklich war, einem Frauenzimmer derart nachzustellen. Gut einen Steinwurf war sie mir voraus, ich musste mich schon sputen.

Ich rannte, wie ich konnte, los, fast wäre ich gestolpert. Umsonst. Im Wallsteig sah ich sie nicht mehr. Ich lief aufs Walltor zu, dann kam die Wegkreuzung, links in die Schreinergasse rein, rechts der kleine Steig vom Breitergraben zur Lindentrappenpforte hin. Welchen Weg hatte Rebecca eingeschlagen? Wohin wollte sie?

Beim Tor wurden nur ein paar Bauern abgefertigt, da war sie also nicht. Der Lindentrappensteig war schmal und dunkel, die Häuser duckten sich fast aneinander. Ich machte ein paar Schritte in den Steig, meinte wohl für einen Augenblick, ich hätte sie entdeckt, mir stockte schier der Atem, doch als sich die schmale Gestalt, gut hundert Fuß von mir entfernt, zu einem Hauseingang hin wandte, erkannte ich auf einen Blick, wie betagt das Weiblein bereits war.

Ich machte auf der Stelle kehrt und rannte in die Schreinergasse rein. Aber auch in dieser Gasse war von Rebecca nichts zu sehen. So blieb mir gar nichts andres übrig, als eilfertig und gehetzt jeden noch so kleinen Laden oder Handwerkshof nach ihr abzusuchen. Gut eine Stunde mochte so vergangen sein, als ich bei der Liefergasse ankam.

In den Hintern wollte ich mich beißen, auch wenn es da nicht viel zu kauen gab! Rebecca war verschwunden. Ich hatte sie verpasst. Oder war es am Ende doch nur eine, die ihr ähnlich sah? Ein Trugbild – oder Wunschbild gar?

Schon um nicht ins Grübeln zu geraten, suchte ich noch einmal die ganze Schreinergasse ab. Und den Lindentrappensteig dazu. Bis zur Mauerpforte und zurück.

Doch wieder schier vergeblich.

Ich konnte nicht mehr. Ich gab auf. Und ließ mich unter einem Erker auf das blanke Pflaster sinken.

Allmählich ging nicht nur meinem Körper die letzte Kraft zur Neige. Viel schlimmer kam mich die Mattheit und Verwirrung in meinem Geiste an. Antonius' tolldreiste Ansichten, mit denen er mein in klösterlicher Zucht und Obhut knabenhaft rein gehaltenes Gemüt gereizt und angestachelt hatte, verfehlten ihre Wirkung nicht. Wie Geisternebel jagten mir Furcht- und Hoffnungsbilder von Rebecca durch den Sinn, voll verbotner Früchte und abgrundtiefer Schönheit.

Mit all den Schimärenzügen, die meine Vorstellungen durchtanzten, trommelte mir immer wieder die Frage durch den Kopf, mit der Antonius mich bis aufs Blut gepeinigt hatte: Konnte körperliche Liebe, fleischliches Verlangen, ohne Sünde sein? Der Apostel Paulus hatte uns belehrt, dass jeder Lustakt der Erbsünde entspringt. Dass demnach also lediglich ausnahmsweise, ausschließlich zum Zweck der Zeugung, das Erkennen lässlich sei. Das war Kirchenrecht und Glaubenslehre. Unumstößliches Verdikt.

Dennoch. Vor meinen Augen schwebten Bilder, in aller fleischlichen Begierde rein und von so behutsamem Erscheinen, dass sie mir wie Spiegelungen aus den Tiefen eines kristallnen Sees erschienen.

Nach einer Weile war ich so weit wiederhergestellt, dass ich mich auf den Heimweg zu Hubertus machen konnte, der sich nach den Enttäuschungen des Morgens vermutlich inzwischen ins vorübergehende Jenseits gesoffen hatte.

Immer noch von dem Hoffnungsschimmer beseelt, Rebecca wiederzusehen, wählte ich den Umweg durch die Schreinergasse, bis zum Kanonikerkolleg, an der Rückseite der Stiftskirche entlang, dann durch die Alte Stadt, am Bürgerhaus vorbei. Ein beinah schlichter Fachwerkbau auf einem grob behauenen steinernen Sockel, einzig geschmückt mit Flachreliefs, die vom Fischerleben und der Fertigkeit der Zünfte kündeten.

Ich ließ es zu meiner Rechten hinter mir, kam auf den schmalen Weg zur Mauer, wo sich hinter einer Reihe niedrig gehaltner Häuser der »Goldene Anker« unter die Mauerbrüstung bei der Lindentrappenpforte schmiegte.

Helmbrecht hockte auf der Bank unterm Fenster mit den rotweißen Läden, auf denen von nicht allzu kundiger Künstlerhand wohlbeleibte Zecher in gesellig feuchter Runde festgehalten waren. Der Wirt, hager wie ein Spinnenbein, doch mit einem Spitzbauch, als steckte ein ganzes Ferkel drin, schlief mit offnen Augen seinen Mittagsrausch aus. Das Dünnbier für die Gäste streckte er des Nächtens mit Wasser aus dem Fluss, sich selbst gönnte der Geizkauz, ein wahrer Griesgram vor dem Herrn, ausschließlich den bräunlichen gehopften Bräu, den er vor hohen Feiertagen im

Sudkeller aus einer Maische dämpfte, die er sich von den Bajuwaren kommen ließ. Ein teuflisches Gesöff mit herbem Malzgeschmack, das er allemal besser zu hüten wusste als sein Weibervolk, die lose Irmtraud, der die ungelöschte Brunst aus jedem Winkel ihres ausgelaugten Leibes sprang, und die umtriebige Gerlinde, die ihre Gunst wie Saat versprühte, solange ihr der Gaumen feucht blieb und sich das Ledersäckchen unterm Brustbein mit milden Gaben füllte.

Die fand ich denn auch gleich wieder im Wagenzelt bei Hubertus, nein, was sage ich, als Decke quer auf ihm. Wie rosa Monde hoben und senkten sich die feisten Hinterbacken im Takt von Hubertus Brust, deren dichter, von Schweißperlen durchnässter Flaum wie ein Biberpelz erglänzte. Die beiden gurrten sich in erdentrücktem Schnarchen an und streckten alle unbedeckten Glieder von sich, als ob sie lästig wären.

Ich rüttelte Hubertus, es war höchste Zeit zur Arbeit, der Tag ja fast vorbei. Zahllos beteten die Siechen um einen Samariter. Doch der Medikus grunzte nur wie ein Eber und schlug im Dämmer seines Rausches um sich.

»Wach auf, Hubertus. Du kannst jetzt nicht schlafen. Zu viele Kranke warten.«

Ich schüttelte ihn noch einmal. Wieder schnalzte er nur mit der Zunge und ließ ein derbes Röcheln hören.

Ich ging nach Wasser in die Wirtshausküche, füllte einen Krug ein aus der Wanne beim Geschirr. Damit verabreichte ich Hubertus einen kühlen Guss. Allein, es half nichts. Ich zwängte ihm mit meinen Fingern seine Lider auf. Leer stierten mich die Augenlichter an.

»Steh auf, wir müssen los, Hubertus. Wir können doch nicht einfach dulden, dass sie verenden.«

Er schnarchte weiter, erkannte weder mich noch was ich von ihm wollte, dann fielen seine Lider wieder zu.

Ich hatte ja vorausgeahnt, was in meinem Medikus nach seiner Niederlage vorging und seine beinah schon überwundne Eitelkeit erneut in voller Pracht ans Tageslicht gefördert hatte. Doch so schlimm hatte ich mir die Folgen denn doch nicht ausgemalt.

Die Zurückweisung seiner Erkenntnis, seines wohlgeprüften

Wissens, hatte jedes Mitgefühl in ihm zerschlagen. Hubertus war kein Samariter. Seine Nothilfe sah er nicht Gott geschuldet noch dem Nächsten. Sie hatte einfach ihren Preis. Ein Lebtag hatte er für Gold und Gut Augenwischerei gegaukelt, jetzt, den Tod zum Greifen nah an jeder Ecke, beschied er sich mit dem Erlass der Höllenpein im Jenseits und der Ehrfurcht aller, die der sagenhafte Medikus an ihrem Krankenbett beehrte. Doch ohne diesen Gegenwert, die Verzückung angesichts des Säulenheiligen, der sich zum Gassenstaub herabließ, fehlte ihm jeder heilsame Ansporn.

Er luderte und liederte wie ehedem.

Ein letztes Mal watschte ich ihm die Wangen. Worauf nichts als ein leichtes Zucken seines Kinns erfolgte, das, wie es aussah, eher dem ersten Nachdurst seines Rausches als meinem kümmernden Bemühen anzurechnen war.

Dafür meldete sich Gerlinde mit einem knappen Zwinkern und einer Stimme wie durch Brei im Maul.

»Der ist selig. Fünf Doppelmaß vom braunen Bier. Drei Tage kommt der nicht mehr auf die Beine.«

Fünf Doppelmaß, das waren mehr als zwanzig gut gefüllte Krüge Starkbier. Nur mit der ihm eigenen dionysischen Robustheit konnte Hubertus die mal grad so eben überleben.

»Was hat er denn gesagt?«, wollte ich allerdings noch wissen.

Gerlinde schluckte schniefend, machte nicht einmal die geringste Anstalt, ihre üppige Nacktheit zu bedecken. Ganz gegenteilig wälzte sie sich auf die Seite und ließ die weißen Brüste durch die Achseln blitzen.

»Nichts. Gar nichts. Nur gesoffen.«

Ich ließ jede Hoffnung fahren. Hubertus hatte sich mit ganzem Willen und Gewalt ins Nichts gesoffen, und keiner holte den Geschmähten da heraus, es sei denn ein langer, tauber Schlaf.

Jetzt war es allein an mir, mit den wenigen unvollkommnen Mitteln, die ich dem krausen Doktor abgeschaut, dem Schwarzen Tod die Stirn zu bieten.

Ich suchte unser Handwerkszeug zusammen. Die Kerze, den Lederumschlag mit den winzigen, sichelgeschliffnen Messern, das handgroße Fässchen mit saurem Wein und den schmalen

Schlauch mit dem Gemisch aus Kamillenöl und Wein zur Wundversorgung, dem ich noch getrocknete Holunderblüten und Binsenkraut aus Hubertus' wohlverwahrtem Vorrat unterm Karren beigab.

Dann machte ich mich mit Kluft und Maske auf den Weg. Schon die ersten Häuser auf dem Breiten Graben, deren Fronten sich artig der Haupttreppe der Stiftskirche entgegenwandten, waren in den Fenstern mit den schwarzen Zinken höchster Not gezeichnet.

Wo ein Kranker niederlag, hatten entweder die Bewohner selbst oder, wo kein Lebendiger mehr übrig war, die Bestatter, die nach den Leichen in den Gassen gingen, schwärzliche Wollfetzen an den Fensterkreuzen angebracht.

Die erste Tür, durch die ich stieg, lag unter einem vorgewölbten Sims, der zu einem zweiten Stockwerk abschloss. Darüber ragte noch, voll Kaufmannsstolz, der Erker eines Speichers, von dem das Zugseil eines Takels runterhing, so wie ein Tau vom Glockenturm. Als wollte die profane Erdenmacht sich mit dem Turm der Kirche gegenüber messen, der sich wie ein Fingerzeig des Ewigen unbezwingbar aus dem Jammertal des Stadtgevierts heraushob.

Die Fenster waren zugeschlagen. Ein Brodem strenger Fäulnis lag unter allen Decken. Wo ich hinkam, riss ich alle Läden auf und schöpfte erst mal Luft.

Erst in der Gesindekammer fand ich eine Spur von Leben. Ein junges Mägdlein, kaum schon Frau und schön wie Gold im Feuer, lag hingestreckt auf einem Strohsack. Als ich hereintrat und die Beulen bis zum Hals sah, ahnte ich, es war zu spät. Dennoch, das Mädchen rührte mich in einer Weise, dass ich nichts unversucht und unverrichtet lassen konnte.

Als sie mein Kommen in ihrem Fieberschlaf bemerkte, flackerten noch einmal ihre Augenlichter auf, leuchteten wie Schmiedefunken von Azur. Auch suchte sie sich aufzusetzen und streckte ihre Hand zu mir. Der Anblick meiner bleichen Maske, die von einer Heilkunst zeugte, die längst wirkungslos geworden war, versprach ihrem unstillbaren Lebenssehnen mehr, als der, der sie trug, bei ihrem Zustand einzulösen fähig war.

Ich zündete die mitgebrachte Kerze an dem kleinen Öllicht auf dem Schemel an. Das hatte jemand der Sterbenden vermacht, vielleicht ihr Liebster, dem die Erinnerung an die geschenkten Stunden den Wagemut verliehen hatte, die Todeskammer zu betreten. Obschon der jungen Frau, die höchstens siebzehn Lenze haben mochte, vor Mattigkeit und Drangsal die Augen beinah zufielen, behielt sie jeden Handgriff, den ich nach den Regeln meines Medikus vollführte, fest im Blick.

Mit Bedrängnis beobachtete sie das Sichelmesser, das ich so lange an der Kerze glühte, bis es gleißend blau wie ihre Augensterne aufschien. Nun musste ich es für einen Wimpernschlag mit dem mitgebrachten sauren Wein ablöschen, was mir um ein Haar misslang. Meine Hände zitterten derart, dass ich es kaum zu verbergen vermochte. Lediglich das Zischen und der heiße Dampf lenkten davon ab, dass ich ein Gutteil des Weins danebensickern ließ. Drei-, viermal musste ich ansetzen, bevor die Schneide auf beiden Seiten sauber abgegossen war.

Als ich dann den Arm des Mädchens anhob, den groben Ärmel ihres Hemds über die ausgezehrte Schulter streifte und das Sichelmesser, von der Kerzenflamme in allen Tönen violett, an die erste von den vielen Beulen in der Achsel setzte, sah sie mich mit Augen an, wie ich sie noch nie gesehen hatte. So voll Schrecken, Furcht und Grausen, dass es sie schier lähmte. Mit tauben Fingern vollführte ich den Schnitt. Das Mägdlein riss den Mund auf, schrie stumm den Himmel an.

Ihr Schmerz war so unsäglich, dass er mir die Eingeweide kehrte.

Bevor ich mich zur nächsten Prozedur entschloss, fasste ich ihre Schläfen, dachte nach. Sollte ich ihr die Qual ersparen, dem sichern Tode ausgesetzt? Viele, so hatten wir die letzten Tage festgestellt, denen Hubertus ihre Schwären schnitt und mit Heilsud netzte, hatten überlebt. Zwei von dreien ungefähr. Zu denen wir nicht kommen konnten oder viel zu spät, fielen bis auf wenige dem Ableben anheim.

Während ich noch überlegte, ging etwas Ungeahntes vor. Wie in einem Wachtraum streckte das Mädchen auf einmal seine Hand zu mir. Tastete mir den Hals, den Nacken ab. Streichelte mir mit einer Zärtlichkeit die Haut, wie ich sie nur von meiner Mutter kannte. Nur einen Augenblick schrak ich zurück. Dann schwand mir die Verlegenheit, das Kosen galt nicht mir. Es galt den letzten Stunden. Dem letzten Wallen von Lebendigkeit. Dem letzten Klammern ans Vergehen.

Ähnlich hatte ich es schon zuvor gesehen; Greise, die vom Lager wollten, kaum noch eines Schrittes fähig; handfeste Bauernburschen, die sich in die Mütter rollten wie Schlupfbienen in den Kokon; Stiftsherrn, die obszöne Worte sinnlos aneinanderreihten, als knüpften sie damit ein Seil, mit dem man aus dem Hinscheiden entfliehen könnte.

Aber dieses Mägdlein, dessen Namen ich nicht kannte, den sie auch vermutlich seit der Taufe nimmer mehr gehört, weil alle sie nur »Magd her« riefen, dieses engelsgleiche Wesen, suchte etwas, das sie für ihr Leid entlohnte, einen Sonnenstrahl, der einmal einzig für sie schien. Ausgezehrt, die Knochen schon als Abdruck auf der Körperhülle, kam ein Glanz auf ihre Wangen, ein Strahlen um den schwarzen Flor der Augenhöhlen, das nicht von diesem Erdenwandel stammte. Was mit dem leichten Seufzen aus ihr strömte, das sie mir ohne Ton entgegenhauchte, kam aus Gefilden, unendlich weit von uns, in denen nur die Liebe herrscht.

Verschämt ließ das Kind die fieberheißen Fingerkuppen unter meinen Kragen gleiten, betastete die Mulde unterm Kehlkopf, die Schlüsselbeine, meine Brust. Das Verlangen in den Blicken, die mich dabei streiften, war derart unbändig und doch zugleich so fern von jeder Wirklichkeit, dass es mich wie ein Traum voll Taumel ankam, bei dem man sich, dem eignen Widerspruch und Willen in der Nachtgewalt entzogen, aufs Unkeuschste befleckt.

Für einen Atemzug schloss das Mädchen seine Augen, nahm mit sich, in sich, was es sah und spürte, dann befreite es die Hände und nahm mir, nach einem stummen Zaudern, das einer Frage gleichkam, die weiße Maske ab.

Es war dumm und schändlich, gegen jede Kunst. Und dennoch ließ ich sie gewähren, wie um einen letzten Willen zu erfüllen, der beim Himmel heilig ist.

Jetzt, wo sie mir in die Augen sehen konnte, legte sie den Kopf mit milder Dankbarkeit zur Seite, nahm das kleine Holzkreuz auf, das neben ihrem Strohsack lag, küsste es mit einer Hingabe und Demut, wie ich sie unter allen Gottesdienern nie zuvor gesehen hatte, führte es mir an die Stirn, die Wangen, Lippen und legte es sich auf die Brust.

Mit spröden Lippen bat sie nun um Wasser.

Ich wusste, das war nicht probat. Hubertus hatte mich und jeden, den er zu kurieren suchte, eindringlich belehrt, dass Flüssigkeit das Fieber bloß entfachte, den Fluss der innern Säfte ungebührlich überhitzte und so der Krankheit Vorschub gab.

Dessen ungeachtet zögerte ich keinen Augenblick, mich nach Wasser umzusehen. In der rauchgeschwärzten Küche balgten sich die Ratten um die letzten Kanten schimmelüberzognen Brotes. Meine wutentflammten Tritte halfen nichts. Erst als ich einen Reisigbesen fand und auf sie keilte, stoben sie mit bitterbösem Fiepen unterm Türsturz in den Hof. Das Wasser in dem Bucheneimer auf dem Küchentisch roch brackig. Dagegen schien mir das im Tonkrug auf dem Fenstersims durchaus noch trinkbar. Sicherheitshalber kostete ich einen Schluck, eh ich zurück ans Krankenlager eilte.

Nur mit meinen Fingerspitzen netzte ich die weißen aufgeplatzten Lippen. Mit einem Dank im Blick, von unirdischer Innigkeit und Inbrunst, wurde ich weit über die Gebühr beschenkt. Nachdem ich das achtsame Betröpfeln mehrmals wiederholt hatte, erinnerte ich mich meiner eigentlichen Pflicht und griff zum Messer, um es erneut zu glühen.

Da kam das Mägdlein meiner schalen Kunst mit einem zarten Schütteln seines schmalen Haupts zuvor. Ganz kurz nur, wie ein Windhauch. Und dabei zeigte sie ein Leuchten um die Wangen, das nicht mehr ihr noch meiner angelernten Fertigkeit gehörte.

Vielmehr erhob sie sich schon über alle Daseinsbürden.

Als ich ihr anbot, zum Kanonikerkonvent zu laufen, nach einem Priester für die letzte Ölung, lachte sie mich aus, grad wie ein ungezognes Kind, nahm meine Hand an ihre Wange und hielt sie fest umklammert, bis ein letzter Atemstoß sie mit sich nahm.

Ich konnte mich nicht rühren, bis etwas in mir sagte: Es ist wohlgetan.

Draufffff trug ich das Mädchen unter das Gesims am Stiftsplatz.

Behutsam drehte ich die jetzt schon kühle Stirn zum Relief in der Arkade um die Kirchenpforte, das die Auferstehung zeigte, und suchte noch fünf Häuser auf mit einem Dutzend Siechen, um sie zu versorgen. Doch mein Bemühen schien mir ungelenk und abgestumpft, denn der Anblick dieses Mädchens, das nach einem Hauch, einer Ahnung nur von Liebeswonne, bescheiden in der Ewigkeit des Herrn verlöschte, ging mir nicht mehr aus dem Sinn.

Ich suchte mich zu sammeln, rief mir gewaltsam meine Obliegenheit vor Augen. Doch sie blieb bei mir, in mir, breitete sich über mich und nahm mich in ihr Schweigen. Bis draußen in der Gasse der Nachtwächter die Schlafenszeit verkündete und mich von meiner Samariterpflicht entband.

Ich wickelte die Instrumente ein und eilte forsch nach draußen. Der kühle Abendhauch des Windes tat mir wohl. In tiefen Zügen schöpfte ich die Luft, die mich beseelte. Die Gasse ruhte ausgestorben vor mir, kein Laut, kein Ton, nur der monotone Singsang des Büttels mit dem Öllicht und der Pieke in der Hand. »Zur Ruhe. Zur Nacht. Mit Gott. Die Wacht.«

Der geduckte Buckel des Gassenaufsehers entschwand in der Dunkelheit der Alten Stadt zum Liebfrauentor.

Stille faltete sich über die Häuser und Katen.

Nur aus dem Pastoratsgarten, in dem die Kirschbäume in zarter Blüte standen, grüßte mich ein später Vogel mit einer verspielten Melodie. Aus dem langgezogenen Triller glaubte ich ein Rotkehlchen herauszuhören. Erst als ein weitres Vögelchen mit zartem Zwitschern angeflogen kam und sich raschelnd ins Geäst gesellte, wurde mir bewusst, wem die süßen Töne galten.

Die Liebe, nach der sich das namenlose Mädchen so spät und unbeholfen sehnte, die sie den Schmerz ertragen ließ und selbst dem Hinscheiden die schlimmsten Stachel nahm, war alles, was die Welt zusammenhielt. Sie war Zuflucht, Rettung und Prinzip, Werden, Weitergabe, Fortbestand der Schöpfung. Ein Himmelsbalsam für all unser Bangen, Barmen, auf dem Trauerweg zum Tod.

Und sie war rein und licht. In jeder Form und Weise, in der sie uns entgegentrat.

Das Mädchen auf dem faulen Strohsack hatte die Erinnerung

in mir noch stärker angefacht, die mich seit Stunden quälte. An alles, was mir noch verblieben und – bei dem Gedankengang und noch mehr dem Empfinden, das ihn in mir hervorrief, erschrak ich vor mir selbst – lieb und teuer war.

Ich musste nach Rebecca suchen. Wo auch immer sie sich jetzt verbergen mochte. Auch wenn ich am Ende kaum mehr als ein Andenken ans Verlorne bergen konnte.

Vergib mir, Herr! Oder nein, verzeih mir nicht. Auch wenn es Sünde ist und Schande, gegen die Gelübde, die ich dir dereinst gab an den Stufen zum Altar. Auch wenn ich weiß, wie arg ich frevle, unbotmäßig gegen Mutter Kirche bin, mich und meinen Stand verrate – was ich in der Kammer sah, dieses Leuchten in den Augenlichtern wie Azur, dieser Widerglanz der Himmel, all das ruft mich hin zur Liebe. Deiner Liebe, die du gibst.

Und du gibst sie ohne Schranken, grenzenlos und allumfassend, jedem Lebewesen, jedem Volk.

So bin ich kein Jota besser als Rebecca. Von andrem Blut und doch der gleichen, deiner Schöpfung! Keiner von uns wirf den ersten Stein! Judas wohnt in jedem von uns. Die Heilandsmörder sind wir allzumal. Morden wir nicht dich in jedem? Schlagen wir dich nicht ans Kreuz, wenn wir Unbefleckte in die Kerker werfen, Ehrenwerte auf die Streckbank spannen, Liebenswerten ihre Glieder quetschen?

Herr, vergib mir alle Tage, an denen ich die Liebe, die du schenkst, verriet. Herr, vergib mir meine Blindheit, alles Unheil, das ich hartherzig beschwor. Ich will deine Gaben geben, annehmen, was du bereithältst, und dich finden, wo du bist!

So fand ich die Worte wieder. Mein Gebet und meinen Mut.

Aus dem Schreckgesicht des Todes keimte Wahrheit auf, und mit ihr und der Weisheit aller, die das Hienieden ließen, sprangen Lebensfunken zu mir hin.

Der Mond stand hoch am Firmament. Als ich ans Liebfrauentor kam, war es längst verschlossen. Diesmal scheute ich mich nicht, den Beschließer aufzuwecken, der auf der Torbank döste. Er murrte mich mit finstren Blicken an. Ich wies auf meine Maske, tat, als wollte ich sie lüften.

Wie wenn Beelzebub darunter säße, eilte sich der Krummgebuckelte, mich durch die kleine Pforte auf den Wall zu lassen.

Der Weg ins ehemalige Judendorf war frei.

Das helle Mondlicht half mir, Isaak Ben Baruchs zerstörtes Bethaus auf die Elle genau auszumachen und die gröbsten Mauerbrocken wegzuschaffen. Ich legte meine Maske und den Mantel ab und versuchte noch einmal, durch den Schacht in den Keller vorzudringen, indem ich ihn erweiterte, so gut es eben ging. Aber der Spalt in der massiven Decke war ohne robustes Werkzeug nicht zu vergrößern. Jedes Eindringen war mir bei meinem Körperbau unmöglich.

Mir blieb nur der ungleich mühsamere Weg, mich durch Trümmer und Geröll zur ehemaligen Kellertreppe durchzugraben.

Glücklicherweise spendete mir der Vollmond gerade so viel Licht, dass ich wusste, wo ich anzupacken hatte. Ich zog mir auch noch die inzwischen durchgeschwitzte Kutte aus und machte mich ans Werk.

Der erste Tagesschimmer brach herein, da hatte ich die Treppe so weit freigeräumt, dass ich geduckt, die Arme schützend überm Haupt, wie ein Hamster ins Gewölbe kriechen konnte. Die Kerze aus dem Instrumentenbeutel nahm ich mit.

Der Raum mit seinem hohen Grat war unversehrt. Doch alle Gegenstände, die den Ort zuvor zum Tempel machten, hatte man geplündert oder auf dem Scheiterstoß vernichtet, dessen Asche die Berserker mit ihren Füßen auf dem Boden ausgetragen hatten, der einst dem Dienst am Judengott geweiht war. Damit nicht genug, hatten Eiferer hier Dutzende gemetzelt und den ganzen Kellertrakt mit ihrer Notdurft eingesaut, um ein ruchloses Fanal zu setzen.

Auch wenn der Leichenmoder mir meine Sinne nahm, ich musste in die Mikwe.

Ich legte meine Kleider ab und tauchte in den Quell, der jetzt nach Pisse stank. Mir wurde übel. Umso schneller ließ ich mich zu dem wohlbekannten Durchgang sinken und schwamm in das verborgene Gemach.

Die Kerze hatte ich zurückgelassen. Ich tastete mich durch die klamme Höhle.

Auch rief ich immer wieder nach Rebecca. Leise, denn ich hatte Angst.

Endlich bekam ich einen Gegenstand zu fassen, unsern Korb. Es gab noch reichlich Brot und Äpfel. Dann konnte ich das Stroh und eine Decke fühlen.

Niemand hatte das Versteck entdeckt.

Doch von Rebecca fehlte jede Spur.

Der Morgen stand in erster Blüte, als ich aus den Ruinen wankte. In der Ferne näherte sich ein Gespann der Stadt. Am Treidelpfad beim Rhein schob ein Mann mit seinem Weib, beide im Lumpenkleid der Tagelöhner, einen zweirädrigen Karren gegen die Steigung an. Mit Ingrimm neigte sich der Hutzelige in die Holme, dieweil sein Weib sich rücklings gegen die hohen Leiterwände stemmte. Elle um Elle trotzten sie dem Fuhrweg ab, dem kargen Lieferlohn am Markt entgegen.

In meiner Nähe rührte sich keine Menschenseele. Im Vagabundenlager muckste sich um diese Zeit noch nichts. Erst wenn die Nacht hereinfiel, standen die Gaukler, Feuerschlucker, Possenreißer und Artisten von den Toten auf und trommelten ihr Publikum herbei. Auch die Bettlergilde kreuchte nicht vor der ersten Messe aus. Almosen gab es in Düsseldorf, wie überall, erst nach der Andacht, wenn sich die Bürger ihrer Sterblichkeit versichert hatten.

Die Bauernkaten sammelten sich entlang des Wegs nach Gerresheim, wo die Felder flacher wurden und das fette Braun der Ackerböden Fruchtbarkeit versprach. Wie ein Tross hatten sich ihnen die Hütten der Altkrämer, Abdecker, Schlachter und Tageknechte angeschlossen, dahinter dann die Dünnbierschwemmen und Buhlschänken. Ein einziges Steinhaus überragte die niedren Decken des zusammengewürfelten Fleckens, an jeder Ecke von einem Turm begrenzt wie eine Burg im Zwergenzuschnitt. Der Scharfrichter samt Anhang und Gesellen beteuerte den Wohlstand seines ausgestoßenen Gewerbes.

Noch einmal spähte ich jede Richtung nach einem Hinweis

ab. Nach einem Fetzen Stoff, einem Überrest von einer Decke, irgendetwas, das auf Rebeccas Überleben wies. Doch nichts. Nirgends ein Anhaltspunkt, wo ich nach ihr suchen, geschweige denn sie finden könnte.

Mehr und mehr wurde mir nun doch mit Unbehagen klar, dass ich sie niemals wiedersehen würde. Niemals wieder würde ich das freche Lachen und die hingehaspelten Belehrungen zu hören bekommen, die mir jetzt, im Nachhinein, wie die Wonnen eines hochgescheiten Seminars erschienen.

Niedergeschlagen streunte ich durch die Trümmer. Ich hatte niemanden mehr. Keiner war mir mehr verblieben, der mir Zuwendung und Zuspruch spenden konnte. Alles hatte ich zerstört. Alle. Dem Seelenvater hatte ich das Herz gebrochen. Das Kloster, das mich angenommen und behütet hatte, hatte ich verraten. Die Mutter, meine Lebensspenderin, mit eigenen Händen in den Tod geschickt. Das Mädchen, das mir meine Kindheit wiederbrachte, hatte ich in einem Kellerloch allein gelassen, dem blinden Wüten eines aufgehetzten Pöbels ausgeliefert.

So war ich zu einer Einsamkeit verurteilt, dass ich selbst einem Raufbold wie Antonius noch seine lasterhaften Spießgesellen neiden musste.

Dabei war mein einziger Gefährte so wetterwendisch wie ein Lurch und obendrein ein Lüstling und alle naselang dem Trunk ergeben.

Es schrie in mir. So dumpf wie wortlos. Es war mein Herz, es schrie in Adern, Lungen, Eingeweide. Es schrie, dass mir die Ohren hallten und die Sinne schwanden. Es schrie, bis ich zu schreien anfing.

Nach der Mutter schrie ich. Nach Rebecca. Nach meiner Seele, meinem Gott.

Es trieb mich um in einem immer wildren Taumel. Ich schrie und raste, schrie und stürzte nieder. Ich schrie zum Himmel, schrie zum Boden, schrie gegen Feld und Wald. Schrie die Stadt an, die Gehöfte. Dann auch noch die Frühlingswinde in den Wipfeln und die moderglatten Lachen im grauen Trümmermeer.

Schließlich fand ich mich auf einem Hügel unter einem Rund von Bäumen, schwer von Blüten, Silberschein im Tau des Blattwerks.

Ich stolperte an eine Weide, presste mich an die bemooste Rinde, rang nach Luft, und um nicht zu ersticken, schrie ich auf, ein letztes, ungestümes Mal. Es kam so tief, so unergründlich weit aus mir, als spie ich wie ein Drache allen Höllenbrodem aus.

»Rebecca!«

Und mit dem Namen kam ihr Bild auf mich. Schon verloren und vergangen auf dem Scheiterstoß beim Rhein. Und die Inbrunst ihrer Lippen, als sie zu ihrem Schöpfer flehte:

»Adonai! Mein Adonai!«

Gleichsam mit Rebecca, eins mit ihr in ihrem Traumbild, formte ich mit Macht die Silben.

»A-do-nai! Mein A-do-nai!«

Lauter, immer lauter, fester, mit jedem Atemzug vernehmlicher in mir und immer sehnlicher aus meiner wund geschrienen Kehle, offenbarte sich ihr Gott.

»Adonai, oh Adonai, du Vater aller Stämme Abrahams und aller Kinder Mose, gib sie mir! Gib sie mir doch zurück!«

War es Gaukelei? Ein Trugbild? Satans Blendwerk? Oder Wahn, den Gott auf mich befahl ob meines Frevels, den Abgott der Israeliten anzurufen?

Als ich wieder zu mir kam, lag sie bei mir. Rebecca hatte ihre Arme fest um meinen Hals geschlungen und ruhte tief im Schlummer. Fassungslos studierte ich die wohlvertrauten Züge. Den makellosen Flor der Wimpern, lang und fein gesponnen wie ein Schleier. Die zarten Wölbungen der Brauen, die die stolze Stirn mit ihrem Seidenschimmer krönten. Unter den sanften Lidern dann die hochgezognen Backenknochen, die dem Ebenmaß der Wangen die Kühnheit einer Herrscherin bescherten. All das reihte sich wie ein Geschmeide um die in Vollendung aufgeschwungnen Lippen, die wie Rubine unter Raureif loderten.

An den grazilen Armen allerdings schienen schon die Gebeine aus dem Fleisch. Rebeccas schlanke Anmut war einer Magerkeit gewichen, die die Schulterknochen wie Kegel durch den Leinenkittel drückte und die Waden dürr wie Storchenstelzen wirken ließ.

Vielleicht im Angesicht dieser Zerbrechlichkeit war mir, als ob wir in der Zeit verloren gingen, bis ich die Sonne hell am Firmament im Goldregen der Weidenkätzchen sah. Ich musste an die Kranken denken, die nach Erleichterung schluchzten. Behutsam nahm ich Rebeccas langgliedrige Hände in die meinen, um sie wie einen Schatz zu hüten, und pustete ihr leise auf die Lider.

Einmal, zweimal, dann schlug sie sie auf.

»Wo warst du denn? Ich hatte Angst um dich.«

Sie fragte mich, als wäre ich nur eine Stunde von ihr weg.

»Und du? Liefst du nicht gestern Mittag durch die Stadt? Wie bist du aus dem Versteck entkommen? Etwa durch den Spalt?« Die Fragen fielen geradezu aus mir heraus.

»Langsam, Gilbert. Lass mich erzählen. Du warst fort, wie lange weiß ich nicht.« Rebecca rückte von mir ab. Die Winkel ihres Mundes zuckten, bevor sie tonlos anhob. »Ich wurde wach von einem Beben. Erst dachte ich, die Erde bräche auf. Dann hörte ich, wie über mir die Mauern barsten. Leute kamen in die Synagoge, Männer. Die schlugen alles kurz und klein. Und Menschen, die um Hilfe schrien. Kaum war das Gebrüll verschwunden, wollte ich nach dem Vater sehen …«

Rebecca brach die Stimme. Ich lehnte mich zu ihr, barg sie in meinem Arm. Stockend fuhr sie fort. Als säße ihr ein Dolch im Hals. »Durch die Mikwe kam ich noch … dann, im großen Keller, Leichenberge. Männer, Frauen, Kinder meines Volks, die sich dorthin geflüchtet hatten. Alles brannte, kohlte vor sich hin. Die Christen waren weg. Der Treppengang zerschlagen und verschüttet, unmöglich da herauszukommen. Ich saß in meiner Falle und dachte, ich wäre bald genauso tot, wie alle andern auch. Bis ich in unserem Versteck den Deckenspalt entdeckte. Stunden habe ich gebraucht, um einen Trittsteig im Mauerwerk zu finden und mich so weit in den Spalt zu drängen, bis ich mit einer Eisenstange die ersten Schuttstücke losgehebelt hatte. Einen ganzen Tag habe ich gebohrt und gescharrt, dann sind die Trümmer auf einmal von ganz allein durch den Spalt gerutscht. Um ein Haar wäre ich in all dem Ruß und Staub erstickt. Ein kleiner Stollen lag jetzt frei, bloß, ich passte nicht hindurch. Ich habe mich gezwungen, nichts zu essen, nicht einmal zu trinken, bis ich halb wahnsinnig geworden bin.

Irgendwann, schon fast ohne Besinnung, habe ich es endlich geschafft, mich durch den Spalt zu zwängen, und bin dann auf den Hügel hier geflüchtet. In dem Erdloch dort hab ich mich verkrochen.«

Das Wurzelwerk der mächtigen Kastanie am Kamm des Hügels hatte eine tiefe Höhlung ins Erdreich gerissen. Ausgeschwemmt von Wind und Witterung gab der Platz einen geschützten Ausguck ab, zumal wenn man ihn, wie ich jetzt auf Rebeccas Hinweis hin erkennen konnte, mit Zweigen und mit Astwerk gegen unerwünschte Blicke schirmte.

»Ich hab mir unreife Rüben von einem Feld gestohlen und so lange in mich reingestopft, bis mir hundeelend war.«

»Also warst du nicht gestern in der Stadt?«

Rebecca schüttelte unwirsch den Kopf.

»Bei diesen Bestien? ... Nein, Gilbert, ich will nur zu Kräften kommen, dann schlage ich mich in den Aaper Wald zu Antonius und seiner Rotte durch. Bist du denn in der Stadt? Und frei nach Herzenslust?«

»Weiß Gott nicht! Sie haben mich vor eurem Haus gefangen, und in den Kerker geworfen, bis man mich einem Medikus als Helfer zugewiesen hat. Die Pest tobt in der Stadt.«

Rebecca ließ den Kopf an meinen Brustkorb sinken und begann matt zu stammeln. »Gut. Die haben sie verdient. Weißt du ... Mein Vater ... Sie haben ihn ... Ich hab ihn vor dem Haus ... Letzte Nacht hab ich ihn begraben ...«

Ich legte ihr die Finger auf die Lippen. Sie zitterten wie Laub im Wind.

»Ich weiß. Ich war dabei. Ich habe noch versucht, sie abzuhalten. Jedoch, sie waren zu verblendet. Aufgehetzt.«

»Wer war es? Hast du ihn erkannt?«

Auge um Auge. Zahn um Zahn. Die Tochter dürstete nach Rache für den Vater. Verlangte einen Hinweis auf den Meuchler. Aber die Tage der Vergeltung waren lange schon vorbei. Der große Schnitter hatte allen kleinmütigen Rächern ihre Henkersarbeit abgenommen.

»Alle. Alle waren es, Rebecca. Alle schrien nach dem Streich, den eine Hand beliebig dann vollführte.«

Ich sah keine Träne. Rebecca war erstarrt. Nichts löste sich aus ihr. Sie musste leiden wie Maria aus Magdala unterm Kreuz. »Weißt du, wo dein Bruder ist?«

Rebecca sah mich blicklos an. Furcht und Verzweiflung der letzten Tage hatten sie in ihren Bann geschlagen und ließen sie so schnell nicht los.

»Vermutlich haben sie ihn totgeschlagen, wie die andern. Hingemetzelt. Der Einzige von uns, den ich beim Dorf gefunden habe, weiß nichts und greint nur noch in sich hinein.«

Wie konnte ich sie trösten? Alle Hoffnung war nur fahl. Dennoch kramte ich im Buch der abgenutzten Worte, die das Unsagbare trügerisch ummanteln.

»Man sagt, manche sind davongekommen. Vielleicht ist dein Bruder auch dabei.« Mut musste ich Rebecca machen. Ihre Verzagtheit brechen, die ihr die Stärke nahm. Rebecca brauchte Kraft, mit der sie sich gegen den bitteren Geschmack der Angst, Beklemmung und Bestürzung auf der Zunge wappnen konnte. »Mit einem Todesmut, wie ich ihn nie gesehen habe, geradezu wie eure Helden bei Masada, hat er sich mit dem Schwert auf sie gestürzt, schlug sich mit wildem Keilen eine Bresche durch den Pöbel. Ich glaube, er kam durch, denn schließlich sah ich weder ihn noch seinen Leichnam.«

»Ach Gilbert, was soll aller Todesmut? Was sollen die Zeloten bei Masada? Die haben sie genauso abgeschlachtet wie uns alle. Mit oder ohne Todesmut. Es gibt nur einen Tod, und der ist armselig und klein.«

Rebecca sprach für sich und doch zutiefst aus meiner Seele. Was sie gesehen, aufgefunden haben musste, als sie aus ihrem Loch hervorkroch, war mir nur zu bewusst. Und doch: Vermutlich reichte selbst mein ärgster Alb nicht hin, das Armageddon auszumalen, das auf diesen Ort des Grauens herabgestoßen war. Das kürzlich noch so schmucke Judenviertel vor der Stadt war in Staub und Asche aufgegangen.

Angezettelt wurde alles, das hatte mir Hubertus zwischenzeitlich unterm Schweigesiegel anvertraut, von den Chorherren im Stift und den belehnten Rittern aus dem Umland, die sich bei den Juden bis zum Hals und Helmbusch überschuldet hatten.

Auch der Stadtprälat hatte in tückischer Voraussicht seine Einpeitscher und Flüsterbuben ausgeschickt, ehe sich Verzweiflung und der ungeschlachte Zorn des Pöbels gegen seine Grund- und Betherren richten konnte.

»Rebecca, was du sagst, ist leider allzu richtig. Der Tod ist armselig und klein. Deshalb habe ich mich auch Antonius und deinen kruden Freunden hartnäckig verweigert. Von Aufruhr, Mordbrennen und Zündeln wird nichts besser. Höchstens anders. Jede Schlacht wird nur geschlagen, damit sich hinterher ein neuer Schinder in den Sattel setzt.«

Sie hatte jedes Wort von mir gewogen. Voll Unmut trommelte sie mir auf die Brust. »Jetzt hör endlich mit der Predigt auf.«

Mein altes Leid war wieder ausgebrochen. Meine hochmütige Neigung zum Belehren. Das Schlimmste dabei war, dass ich meine eigentliche Pflicht vergaß.

»Entschuldige, Rebecca. Du hast Recht. In der Stadt warten die Siechen auf mich und meinen Medikus.«

»Schön, Gilbert ... vielleicht sterben sie ja alle ... du weißt, wo du mich findest. Bei Antonius im Wald, der ...« Ihre Miene wurde erstmals ein wenig licht.

»Hockt in der Schänke«, unterbrach ich bitter. »Mit Gottfried und einer Handvoll loser Weiber. Nachdem sie in der Stadt die Totenhäuser ausgeplündert haben.«

»Das glaub ich nicht. Niemals«, verkündete Rebecca mit Bestimmtheit. Einer Festigkeit der Überzeugung, aus der heimlich Liebe sprach. Und mich zum Lügner stempeln wollte.

»Ich selbst hab ihn gesehen und nach dir gefragt.«

»Und? Was hat er dir gesagt?«

Rebeccas Neugier zeigte mir, wie unausrottbar sich ihr Liebster in ihrem Herzen und Sinnen eingenistet hatte. Wut und Enttäuschung kochten in mir auf. Na schön, sollte sie doch die Lästerzunge ihres Busenfreundes kennenlernen. Er hatte sie gewiss mit lauter sanftem Säuseln eingesponnen.

»Dein Freund, Rebecca, wollte mich belehren, dass der Mensch nicht vom Herrgott stammt, sondern eins mit den Ratten ist. Und dass er den Tod nicht fürchtet, solang er ihm mit vollem Bauch und leerem ... Schwanz ...«, ich rang nach Luft, »entgegentritt.«

Rebecca lachte ausgelassen auf. Mir war, als nehme sie mich überhaupt nicht ernst.

»Ja, das denk ich mir. Und das ist alles?«

Wie konnte sie so zwanglos, ach, was sag ich denn, gefühllos, über derart gotteslästerliche Ungeheuerlichkeiten hinweggehen? Machte sie die Liebe gar so stumpf und blind? Mit einmal wollte, musste ich es wissen, ausloten, aus welcher Richtung ihr Herzschlag auf mich kam.

»Nein, das war nicht alles.« Ich stutzte, wurde kleinlaut, noch verschüchterter als sonst. Erst der feste Blick, mit dem Rebecca mich erforschte, gab mir Mut. »Was er noch sagte, war ... einmal ... wie aus Versehen, nein, wie selbstverständlich hat er es gesagt ...« Ich schluckte, als ob ich ertrinken müsste, dann brachte ich es endlich durch die Zähne: »... *deine* Rebecca.«

Alles in mir war zum Zerreißen angespannt, fieberte auf die Entgegnung hin. Vergeblich. Rebecca blieb entsetzlich ungerührt.

»Ja«, sagte sie tonlos, ohne Umstand. »Ja. Und dann, was weiter?«

Dass sie die Zuordnung zu mir unwidersprochen hinnahm, machte mich vollkommen fahrig. War das ein Zeichen ihrer Neigung oder ein Hinweis darauf, wie unwichtig und überflüssig ich im Grunde für sie war?

»Dann hat er noch vom großen Tanz geschwärmt.« Ich hatte einfach keinerlei Erfahrung, wie man Menschen nach Gefühlen fragt, und stocherte verzweifelt mein Gedächtnis nach einer Finte ab, die sie aus ihrer Fassung brachte. »Im großen Tanz, hat er geprahlt, verschlingen sich die Herzen und holen ein Stück Ewigkeit vom Himmel.«

»Ja, Gilbert. Ja. Das ist wohl so. Schön muss das sein. Ganz wunderschön.« Es war, als lauschte sie dem Klang der Worte nach in ferne Sphären.

»Soll ich dich zu Antonius bringen?«

Strafend sah Rebecca auf. »Sag, warum bist du voll Einfalt, wie ein Kind? Hat man dir gar nichts beigebracht in deinem Kloster?«

Sie war nicht böse. Nur enttäuscht. Langsam stand sie auf.

Ich zog sie wieder auf den Boden. Vermessen überfiel ich sie mit all der Eifersucht, die in mir nagte.

»Ich weiß, du liebst ihn. Glaubst du denn, er liebt dich auch?«

Sie kroch so nah an mich heran, dass ich den Blütenstaub in ihren Haaren riechen konnte.

»Antonius liebt alle. Also: keine.« Sie überlegte kurz. »Er glaubt, er liebt mich. Ja, das glaubt er wirklich …« Sie brach ab, kniete sich hin und nahm ein Blatt in ihre Hände, um den Mund mit Tau zu netzen.

»Und du?« Ich konnte gar nicht anders, als so unschicklich direkt zu fragen.

»Ich liebe seine Kraft.«

Ein Wort, und mir war alles klar. Ich war kein Hüne wie der Blonde. Ich wusste, was mir fehlte.

»Die Kraft. Die hab ich nicht.«

Rebecca suchte meinen Blick. Den ihren fand ich ohne Arg und so vertraut, als sähe ich mein Spiegelbild im See.

»Das denkst du nur. Gilbert, du hast Kraft für zwei.«

»Für zwei? Was soll das heißen?«

Rebecca stieg nur auf die Füße und klopfte ihren Kittel ab. »Ich komme mit dir in die Stadt.«

Ich erschrak. Das war keine Kühnheit, sondern ein sichrer Bittgang um den Tod.

»Bist du des Wahnsinns? Warum fliehst du nicht?«

Sie hob den Kopf und ließ die Haare flattern. Wie ein stolzes Ross den Schweif.

»Das kann ich dich genauso fragen.«

Lang musste ich nicht überlegen. Vor meiner Schuld und meinem Schöpfer konnte ich nicht flüchten.

»Ich hab genug gefehlt, Rebecca. Jetzt wird es Zeit für meine Christenpflicht. Und wenn ich fliehe, geht's Hubertus an den Kragen. Er hat für mich gebürgt. Doch dich, dich hält hier nichts. Und niemand.«

»Meinst du?« Rebecca sah mich mit Erstaunen und, wie mir schien, Verachtung an. »Allein komme ich nicht weit. Erst muss ich wissen, was mit Aaron ist.«

***

Bevor wir ans Südtor kamen und jemand Fragen stellen konnte, bedeckte ich Rebecca mit meinem weiten Mantel samt Kapuze und der Schnabelmaske.

Schon vorher hatte ich mir das Gesicht mit Ruß und Schlacke aus einem Trümmerhaufen siech verfärbt. Günstigerweise stolperte ich im gleichen, bis auf die Fundamente abgebrannten Haus über den zerschlagnen Boden einer Truhe, aus dem die Scherben eines Röteltiegels lugten. Ein paar rasche Fingerstriche, und aus meiner Nase troff das Blut.

Bei meinem Anblick würde sich keiner mehr um Rebecca scheren, die man vermutlich ohnehin für einen Helfer von Hubertus hielt.

Als schlügen Dreschflegel ins Heu, stob alles auseinander, sobald ich auf das Torhaus zuwankte. Die Mütter zerrten schreiend ihre Kinder untern Rock, die Männer drückten sich wie Fliegen an die Wand beim Windenrad, das das Fallgitter bediente.

Die beiden Büttel ließen von dem Fuhrwerk ab, das sie nach zollbelegtem Gut durchsuchten, winkten es gereizt von dannen und fuchtelten mich mit den Spitzen ihrer Spieße an, wobei sie sich zur Sicherheit auch noch den schweren Umhang um die Mäuler schlangen.

»Hau ab«, fuhr mich der Ältere der beiden durch die Stoffbahn an, »Kranken ist die Stadt verboten.«

Der Fuhrknecht gab dem Pferd mit einer Wucht die Peitsche, dass es fast aus der Deichsel sprang und mit derart aufgeregtem Hufschlag aus dem Torraum sprengte, dass die Karrennabe am Türsturz Funken schlug.

»Dann muss ich nicht mehr in den Kerker? Ich bin frei?«

Die Büttel rätselten sich an. Eine derartige Verantwortung wollten sie nun auch wieder nicht übernehmen.

Rebecca war inzwischen unbehelligt hinter ihnen durchgehuscht.

»Scher dich zum Teufel«, rüffelte der Alte noch und schob mich mit dem Schaft der Pieke durch.

Ich war mit Rebecca in der Stadt.

Alles mied uns, ging uns aus dem Weg. Selbst die Hunde, die noch durch die Gassen streunen konnten, weil sie den Hungernden zu mager und zu räudig schienen, schlugen um uns einen Bogen.

Kurz bevor wir im »Goldnen Anker« ankamen, drängte ich Rebecca in einen Hausdurchgang, nahm ihr den Mantel und die Schnabelmaske ab und zog ihr die Kapuze übers Haar.

»Bevor gleich alle fragen, wo du herkommst, bist du jetzt mit der Maskerade dran.« Ich wischte mich mit meinen Händen ab, und was an Ruß und Schlacke an meinen Fingern haften blieb, verschmierte ich Rebecca im Gesicht.

»Kannst du mir verraten, was das werden soll?«, knurrte sie mich störrisch an.

Ich ging nicht lange darauf ein, nahm Mantel und Maske an mich und zog sie zum Hinterhof der Schänke.

Hubertus krümmte sich hingegeben über einen Ledereimer, den ihm Gerlinde unters speiverschmierte Kinn hielt.

»Heilige Muttergottes, ist mir übel«, keuchte er und röchelte. Dann brach er gelben Spei heraus. »Verflucht noch mal, was war das für ein Wein! Den hat der Sauwirt doch gestreckt! Mit Galle. Oder seinem Harn. Pfui Deibel, was für ein Gesöff. Und das für einen zarten Philosophenkopf wie mich.«

Gerlinde riss den triefend nassen Lumpen aus dem Bottich unter ihrem Schoß und wrang ihn wütend auf Hubertus Nacken aus. Der so Geschundne jaulte wie ein Köter auf. Dann packte sich die Magd den Lumpen und fuhrwerkte ihn unsanft durch die Völlerzüge, eine Kraterlandschaft garstig violett vom Suff.

»Meine Herren! So ein Saufloch ist mir ja noch nie begegnet.«

Sie rieb die feuchten Säfte von den Wangen und klaubte mit dem Lappen den trocknen Spei vom Kinn. Dann gab sie Hubertus einen Klaps wie einem Müllerbub und sah freundlich zu Rebecca auf.

»Du hast mehr Glück. Deiner säuft nicht wie ein Schwein. Grad mal ein paar Tropfen, wie ein Spatz. Na ja, obwohl – das ist dann auch kein Spaß.« Gerlinde schmiss den Lappen angewidert von sich. Schwerfällig hob sie sich vom Schemel und ging gähnend auf uns zu.

»Lass dich mal beäugen, Kleine.« Ohne langes Zaudern packte sie Rebeccas Kopf und drehte ihn in jede Richtung. »Du siehst ganz schön schlecht aus, Liebchen. Da müssen wir was tun. Wann hat dein Herzchen denn zum letzten Mal gegessen?«

Damit war ich an der Reihe. Gerlindes Neugier war mir schon bewusst. Vermutlich war die Schnüffelei im Schattenreich der Schänkenwelt berufsbedingt. Aber auch Hubertus war ein Neunmalkluger, der nicht eher Ruhe gab, als bis alles in die kleinste Kleinigkeit geklärt war. Seine Zweifel fürchtete ich mehr als Gerlindes Bauernargwohn. Schon einmal hatte er mich mit der Geschichte vom entsprungnen Mönch und seiner Liebsten in äußerste Verlegenheit gebracht.

Deshalb hatte ich mir, auch wenn ich Hubertus und sein Buhlweib herzlich gerne mochte und gewiss war, dass sie mein Vertrauen nicht verraten würden, vorsichtshalber eine Mär aus Aberwitz gestrickt, die Rebeccas Kommen und die plötzliche Gemeinsamkeit mit einem scheuen Mönch erklären konnte. Dabei hatte ich mich einer Unwahrscheinlichkeit bedient, die Rebecca für verwegen hielt, mir aber in ihrer Durchschlagskraft am überzeugendsten erschien.

»Das Herzchen da ist meine Schwester.« Hubertus und Gerlinde glaubten mir kein Wort und tauschten mit den aufgeschwollnen Augen vielsagend Blicke aus. Damit hatte ich gerechnet, schmunzelte gekonnt. »Nicht vom Blut her. Nur vom Sinn. Renata ist ein Findelkind. Der Krieg mit Kleve hat sie in unser Dorf gespült. Meine Mutter nahm sie an, da lag ich noch an ihrer Brust. Wo einer satt wird, reicht es auch für zwei. So ähnlich hat sie wohl gedacht. Obwohl: Man erkennt den Kuckuck gleich, den sie mir ins Nest gestoßen haben. Aber wartet … ich brauche etwas Wasser, das sieht ja wohl zum Fürchten aus …« Ich ließ den Eimer in den Brunnen ab, hob ihn randvoll aus dem Haken an der Winde und wusch Rebecca mit dem frischen Quell den Schrund aus dem Gesicht. Genauso hatte ich es mir zurechtgelegt. Bevor der Augenschein die naheliegende Vermutung nähren konnte, musste ich ihn ein für allemal verhindern. Wie ein Zaubergaukler musste ich dem Publikum eintrichtern, was und wie es sehen sollte. »Da, alles Ruß und Schlamm und Schlacke. Renata hat sich gegen Wegelagerer geschwärzt. Von Gerresheim her muss man lange durch den Wald. Da wird ganz schön über einen Wüterich gemunkelt, der keine Jungfrau unversehrt hindurchlässt. Antonius und seine Bande.«

Hubertus dröhnte offensichtlich immer noch der Schädel. Er stöhnte laut mit einem Schmerzensseufzer auf. Gerlinde sah besorgt zu ihm. Was Rebecca die Gelegenheit verschaffte, mir ungesehen einen Tritt vors Schienbein zu setzen. Obschon ich alle Engel singen hörte, schaute ich so arglos und versonnen, wie ich konnte, während ich dem Wildfang die Kapuze nicht gerade zärtlich in den Nacken schob. »Seht euch das an. Die braune Haut. Das dichte schwarze Haar. Die Onyxaugen. Und das will meine Schwester sein? Sagt, Freunde, ist das nicht ein Witz?«

»Nun ja …« Hubertus war mit den Gedanken ganz woanders. Vermutlich lechzte er nach einem kühlen Bier. »Bei einem Welpenwurf ist auch nicht jeder gleich. Und außerdem, Findelkind bleibt Findelkind.«

»Aber gleich eins, das derart aus der Art schlägt?«

Ich musste die Bedenken schüren, damit sie verpufften.

Als hätten wir die Vorstellung geübt, löste Rebecca jetzt mit einem Griff ihr Haar, das sie zuvor verknotet hatte, und legte Lockenstrang um Lockenstrang die Fülle frei.

Gerlindes Augen zogen sich zu Schlitzen. Die Brauen stellten sich zu einem steilen Giebel auf. Dann strahlte ihr ein Grinsen auf die Wangen, und ihre Miene löste sich vergnügt.

»Gilbert, mich kannst du nicht necken. Ich falle nicht auf die Scharaden rein.« Mein Leib gefror bis in die Glieder. All meine Anstalt war umsonst. »Glaub mir, ich weiß, wie Weibervolk sich gibt und zeigt. Wenn eine keine Ahnung hat und keine Feinheit kennt, magst du ihr ja leicht vorspiegeln, Renata wäre nicht von uns. Ja, ich gebe zu, auf Entfernung hat sie mich sogar ein wenig an die Metzen aus dem Judensteig erinnert. Aber …«, Gerlinde holte Luft, und ich erstickte an der Spannung, »… die setzen alles dran, wie wir zu scheinen. Die machen sich die Wangen voller Kreide und die Haare blass mit Kalk. Ich kannte mal – durch Zufall – ein Mägdlein aus dem Lotterhaus im Hafen, das hatte auch das Lockenhaar und eine noch viel dunkler eingefärbte Haut. Die haben sie so lange ›Judenbalg‹ geschimpft, bis die Kupplerin die

Abkunft preisgab. Der Neusser Pfarrer hatte sie mit einer Nonne aus dem Stift in Gladbach angesetzt.«

Gerlinde prustete vor Lachen. Hubertus johlte schallend mit – bis ihm der Schmerz in seine Schläfen fuhr und er zu einem Veitstanz aufsprang.

»Schluss jetzt. Hört mit den Albernheiten auf. Von dem Gegacker wird mir ja das Hirnschmalz wund. Euer Geplapper bringt mich schier ins Grab. Denkt ihr vielleicht, in Düsseldorf währte die Fastnacht übers ganze Jahr? Jetzt gib Ruhe, Magd.«

Mürrisch wollte er den Schädel schütteln, was die Pein nur noch vertiefte. Hubertus hielt den Kopf wie einen schweren Leuchter und saugte ächzend durch die Zähne Luft. Zittrig suchte er dann den Weg zum Brunnen. Die Linke auf den Brunnenrand gestützt, gönnte er sich eine Kelle aus dem Eimer. Nach einem Rülpser dann die nächste. Bis er auf seinen Spinnenbeinen Stand fand und gleich den ganzen Eimer schlürfte. Mit einem lauten »Ahhh« zog er das Beinkleid um den Bauch in Form und streckte seine Zitterhände zum Willkommen aus.

»Und jetzt, Renata, komm mal her. Jetzt wollen wir uns doch mal Gilberts allerliebstes Schwesterlein beschauen.« Er grinste schief und ließ die braunen Zähne blitzen. »Verzeiht mir, meine Schöne. Euer Bauerntölpel von Begleiter hat mich noch nicht vorgestellt. Doktor Hubertus Wipfling. Medikus und Magier und Alchimist.« Er schälte sich ein Schmachten aus den Lippen und beugte sich zu einem Kratzfuß, der ihm an der Grenze seines Gleichgewichts gelang. Dann riss er Rebecca an sich und drückte ihr einen Schmatz – ausgerechnet auf die Nase.

»Mich hat mein Bruder ja wie saure Wurst bekanntgemacht.« Rebecca gab sich allerliebst verschämt. Ihre Darbietung, mit der sie bei jedem Gauklerwettstreit alle Ehrenpreise eingesammelt hätte, krönte sie mit einer scheuen Geste. »Soll ich Euch noch ein Wasser reichen, bester Doktor?«

Hubertus wand sich. Nickte dann. Rebecca hatte ihn im Sturm genommen. Auf mich kam dieserhalb ein Schwall von Schelte nieder.

»Und du, Adlatus!« Hubertus musste sich den Schleim vom Rachen räuspern. »Dummer Freund! Nimm dich in Acht mit deinen Scherzen. Die sind ein wenig arg makaber. Und gefährlich!« Er ließ die Stimme sinken, kam verschwörerisch zu mir und ließ mir seinen Jaucheatem um die Nasenlöcher streichen. »Du hast doch mitgekriegt, wie sie die Juden tanzen ließen! Mit so was treibt man keinen Scherz. Was glaubst du, was die Städter mit einem Mägdlein anstellen, das ihr eigner Bruder als aus der Art geschlagen angibt? Da geht glatt einer hin und zeigt Renata im Kanonikerkonvent als Jüdin oder Muselmanin an. Falschgläubig! Du weißt, was das bedeutet!« Er zog sich die flache Hand wie ein Richtschwert an der Kehle lang.

Rebecca kam und bot Hubertus zierlich eine frische Kelle Wasser.

Innerlich war ich erheitert wie schon lang nicht mehr. Der Plan, den ich mir aus der beinah zugewucherten Tonsur gerieben hatte, ging erlesen auf. Hubertus ahnte nicht, wie recht er hatte. Und wie ich jedes seiner Worte wie einen Göttertrunk genoss.

Die Stadt und alles, was so in ihr krauchte, war selbstverständlich Gelderns Willkür ohne Wenn und Aber ausgeliefert. Und Hubertus' Lager, der eine Unterschlupf, der uns noch blieb, durch nichts weiter als Verschwiegenheit geschützt.

Mir baumelte der Galgenstrick ja hier genauso wie im Kerker um den Hals. Man hatte ihn doch nur gelockert, um dann abzuwarten, ob mich der Schwarze Tod nicht schneller als der Henker packte.

Und um Rebecca war es noch um einiges gefährlicher bestellt. Ein Hörensagen über ihre Ankunft reichte allemal, und Markus' Schergen schwärmten in die letzten Winkel aus. Noch einmal ließ der Erzbischof in spe den lebenden Beweis für seine Laster nicht entkommen. Deshalb all mein diebisches Bemühen und Verschleiern. Wenn nur einer von den Städtern ahnen konnte, welchen Batzen Silber, wenn nicht Gold, jeder Wink, auf den hin ihr Prälat Rebeccas habhaft werden konnte, wirklich wert war, war sie schon so gut wie ausgeliefert und verbrannt. Denn eines wusste jedermann: Gegenüber Denunzianten ließ kein hoher Herr sich lumpen, so geizig er ansonsten war. Verrat sicherte den Herren ihre Macht; das einzige was ihnen lieb und teuer war.

Natürlich konnte ich auf die Treue und Verschwiegenheit der

Kameraden zählen. Aber völlig sicher war ich mir eines Säufers und Fantasten wie Hubertus und seiner lebensfrohen Bettmagd nicht.

Da war es dann schon besser, sie an den Nasen auf den rechten Pfad zu führen.

Hubertus leckte sich die Lippen trocken und widmete Rebecca einen Wonneblick. »Habt Dank, mein schönes Mägdelein. Als Medikus und Wissenschaftler von Gewicht weiß ich Eure Fürsorge zu schätzen.«

Gerlinde stemmte ob der losen Rede die Fäuste in die strammen Hüften und hustete vor Schreck. Rebecca zwinkerte ihr einvernehmlich zu und gab dem geilen Geck den eignen Schleim zurück.

»Ich danke Euch verbindlich, hochwerter Herr Doktor. Doch was meine Schönheit angeht, weiß ich, dass Ihr mir nur schmeicheln könnt. Braun und mager wie ich bin, vermag ich nicht so leicht ein Männerherz zu freuen.«

Hubertus machte eine Miene wie ein Schaf und gab sich sichtlich Mühe, Rebecca mit aller Sorgfalt und Eindringlichkeit zu studieren. Erst von einem Ohr zum andern. Dann kamen, mit noch gesteigertem Gefallen, die Brüste und die Hüften dran.

Rebecca zog den Mantel fester, den sie fürs Wasserholen aufgeschlagen hatte, und drohte schalkhaft mit dem Finger. »Und einen hohen Herrn wie Euch beileibe nicht. Magre Kost ist nichts für Euch. Denn, wie ich mit Freude und Beglückung sehe, seid Ihr nicht allein ein Mann der Wissenschaft und Bildung, sondern auch ein Edelmann mit auserlesenem Geschmack. Ihr wisst Euch auserwählt zu geben und zu kleiden. Eine graue Gans wie ich ist Eure Gegenwart nicht wert. Zumal Ihr eine Schönheit für Eure Seite auserkoren habt, von der die Frauen dieser Gegend bestenfalls ein müder Abglanz sind.«

Gerlinde konnte gar nicht anders, als sich in Rebeccas Schwall von Artigkeit zu sonnen. Sie war rundherum zufrieden. Die vermeintliche Nebenbuhlerin hatte sich als Werberin für sie entpuppt. Mit einer Innigkeit, die ihresgleichen suchte, umfasste sie Rebecca für den Schwesternkuss. Rebecca war bei ihr so sicher wie im Engelsschoß.

Hubertus schwelgte derweil in Rebeccas Liebesdienerei.

»Soso, aha? Also, so eine Schönheit, meinst du, ist meine Kissenhupferin? Hm.« Er ließ den Blick über Gerlindes ausgeprägte Hügel streifen und griff ihr prüfend in den Speck.

»Und ob ich meine, was ich sage. Euer Fräulein Braut schmückt einen Mann von Welt und Geist auf das Bezauberndste.«

»Na ja, schön. Na sicher.« Hubertus leckte sich die Lippen. Er war jetzt so erhitzt, dass er Gerlinde geradewegs aufs Zelt an seinem Karren zustieß.

Nur zaudernd mahnte ich ihn an die Pflicht.

»Heda, Freund! Die Kranken brüllen sich die Seelen aus dem Leib!«

Während er sich die Antwort überlegte, lüpfte er schon mal die Zeltbahn und Gerlindes weiten Rock.

»Versteh doch, Gilbert. Erst muss ich die grellen Nebel aus meinem Hirnkasten verscheuchen. Und das Jucken aus der Leiste. Sonst fehlt mir die ruhige Hand für meine Kunst.«

Der Lüstling gab sich nicht mal Mühe, sein lasterhaftes Treiben zu ummanteln.

Was blieb mir übrig, als zu warten.

Deshalb nutzte ich die Zeit, Helmbrecht um eine Unterkunft für Rebecca anzugehen. Die ganze Zeit schon konnte sie sich kaum noch auf den Beinen halten und hockte matt beim Brunnen, die Arme überm Rand gekreuzt, als Kissen für den Kopf.

Helmbrecht hockte mürrisch nicht weit von uns an dem kleinen Tisch im Hof. In den letzten Tagen war er mehr und mehr sein bester Gast geworden. Auch jetzt roch alles an und um ihn schal nach Bier.

»Meister Helmbrecht. Seid mir gegrüßt in aller Form.« Ich neigte wohl das Haupt ein wenig gar zu artig, denn Helmbrecht runzelte die Brauen, und Irmtraud linste mit gelindem Misstrauen zur Küche raus. Die beiden ahnten schon, dass ich als Bittsteller gekommen war. Den leeren Muff in unsren Beuteln zu riechen war wahrlich keine Kunst. »Wir suchen eine Unterkunft für meine Schwester. Bei Hubertus und Gerlinde, im Verschlag am Karren, ist es scheußlich eng. Und vermutlich, sagen wir – nicht wirklich ziemlich.«

Jetzt ließ Helmbrecht denn doch ein feines Schmunzeln sehen.

Er lehnte sich ein Stück zurück und brachte sich so recht als Schänkenherr in Positur.

»Je nun. Das versteh ich schon. Ich hab Euch ja schon kommen sehen und so bei mir gedacht, ob das mal gut geht mit Eurer … wie hieß sie … Renata?« Er sah mich fragend an. Natürlich hatte er mangels andrer Gäste nichts Besseres zu tun gehabt, als unserem Gespräch zu lauschen. Na sei's drum, umso besser, dachte ich und legte noch ein Scherzlein nach.

»Ja genau. Renata. Das schwarze Schaf in unserm Stall.«

Er zog mich zu sich, flüsterte mir zu. »Aber so etwas von hübsch und wohlgeformt. Ich liebe schlanke Glieder. Und alles Fremde zieht mich an. Ein angeranztes Fass hab ich ja schon in meinem Wirtshaus. Meine Irmtraud kennt Ihr ja!« Er legte eine Pause ein, um seine Frechheit zu genießen. »Wusstet Ihr, dass ich in jungen Jahren als Söldner in Neapel war? Die Franzosen haben sich das Königreich gekrallt und halten eine Riesenstreitmacht. Was soll's. Das tut jetzt nichts zur Sache. Aber«, er wurde noch mal leiser und vertraulicher, »die haben Weiber da im Süden! Gott im Himmel, sind die Fohlen rassig! Die …«

Helmbrechts Irmtraud stellte Röstäpfel ans Fenster. Schlagartig änderte der Wirt den Ton. »Also. Unterkunft hab ich natürlich. Das Schlafgemach im Speicher. Mit frischem Stroh und fein gewirkten Decken. Oder soll es vielleicht das Herrschaftszimmer sein? Mit Bett und Fenster auf die Gasse. Ich weiß ja nicht …« Mit einem Seitenblick versicherte sich Helmbrecht, ob sein Weib noch lauschte. Irmtraud legte säuberlich auf einem Tuch die Äpfel aus. Mich fraß der Wahnsinn ob des Wohlgeruchs und der Gewissheit, dass ich sie mir nicht leisten konnte.

Helmbrecht nahm mich lauthals in Beschlag. »Sagt … das Gemach für die Patrizier und Rittersleute kommt wohl nicht in Frage? Da hat es sogar eine Feuerstelle für das Wasser und einen Zuber für ein Bad.«

»Danke, Meister Helmbrecht, das können wir uns ganz bestimmt nicht leisten.«

Es kam mir vor, als fühlte Helmbrecht sich getäuscht.

Er wurde ungehalten. »Ja, was denn dann? Was stellt das Fräulein sich denn vor?«

Was anderes als ein Lager aus Barmherzigkeit? Der Geschäftssinn unsrer Wirte war mir wohl bewusst. Doch in diesen Stunden allgemeinen Sterbens hatte ich mir mehr Entgegenkommen vorgestellt. Jetzt noch nach dem letzten Heller haschen schien mir schlichtweg abgeschmackt.

»Denkt lieber drüber nach, verehrter Herbergsvater, was Ihr Eurem Herbergsvater sagt, wenn Ihr bei Ihm an der Himmelspforte anklopft.«

Helmbrecht rieb sich über den feisten Schädel. »Nun ja. Nun, sicher. Aber Ihr müsst auch begreifen, dass ich nicht jeden Hergelaufenen für Gottes Lohn in meinem Gasthaus unterbringen kann.«

»Dabei ist der Lohn der Einzige, der jetzt noch wahrhaften Gewinn verspricht. Was verlangt mein Medikus, wenn man ihn ruft? Oder ich für meine Mühe?« Ich setzte eine kummervolle Miene auf. »Wer weiß denn heut, ob er den Morgen noch erlebt. In diesen Stunden ist doch nichts so wertvoll wie ein Freund, der weiß, wie man Gevatter Tod begegnet.«

Helmbrecht musste schlucken. Gab sich endlich einen Ruck.

»Na schön. Also dann um Himmelslohn. Aber eine Kammer kann ich Euch nicht lassen. Unverhofft will jemand Obdach, und dann ist der Raum belegt. Um Euretwillen und der hübschen Äuglein Eurer Schwester machen wir es so: Bereitet Euch ein Lager in der Stallung. Bloß – wenn Reiter kommen, müsst Ihr raus.«

Just bei diesen Worten stapfte Gerlinde aus Hubertus' Zelt. Und auch wenn sie den Rock zur Hinderung der Notdurft gegen ihre Sündenbeuge pressen musste, kam sie schnurstracks auf uns zu und fauchte Helmbrecht an.

»Hüte dich, du Geizhals! Du gibst Gilbert und Renata eine Kammer. Es kommt ja doch kein Schwein. Du weißt doch, Helmbrecht …«, sie strich ihm vielversprechend um den Bart, »… ich mache es dir wieder gut.«

Es bedurfte keiner Silbe mehr, um Helmbrecht umzustimmen. Gerlinde rannte auf den Abtritt zu. Dafür kam Helmbrecht mir noch mit einem zugeraunten Wunsch.

»Aber ja kein Sterbenswörtchen von Euch beiden! Meine bessre Hälfte macht mir sonst die Hölle heiß. Das Weibsstück fuchst mit jedem Kölner Pfennig! Und vor allem ängstigt sich Frau Nimmersatt vor jedem andern Rock. Nun ja. Sie hat natürlich Grund dazu. Als ich noch wacker im Geschirr stand, wurden viele schwach. Da!«

Er bot mir seinen immer noch recht prallen Oberarm zum Fühlen. Das war aber auch schon alles, was an dem abgedankten Schlachtross noch stramm und kernig war.

Die Aussicht auf ein Lager, behaglich unter einem Dach, ließ mich vor Freude überströmen. Doch eh ich zu Rebecca lief, packte ich die Gelegenheit beim Schopf und rückte Hubertus aufs Gewissen.

Jetzt, seiner Geilheit ledig, schlief er schon wieder wie ein Ratz. Doch diesmal blieb ich unbarmherzig und rief und rüttelte so lange, bis er sich voll Widerwillen aus dem Stroh erhob.

Gerlinde wies uns eine Kammer am Eck, beim Abtritt an. Das Loch war fensterlos und muffig. Dafür gab es reichlich Stroh, das trocken und nicht platt gelegen war, und eine fein gewirkte Decke, die nicht kratzte. Am liebsten wäre ich gleich mit Rebecca auf der Schütte eingeschlafen, aber der Müßiggang der letzten Stunden quälte mich.

Ich hatte schon zu lange meine Christenpflicht versäumt und brachte meinen Medikus auf Trab. Die Glocke an der Stiftskirche läutete den Mittag ein, als ich mit Hubertus in die erste schwarz gezinkte Stube kam.

21. Kapitel

Die Tage strömten emsig wie der Rhein, den die Frühjahrsschmelze aus dem Bett getrieben hatte. Das Wasser stand der Stadt bis an die Mauern, und hier und da liefen die Keller voll.

Mag sein, dass so ein Exodus der Ratten begann. Obwohl, es liefen noch genug herum. Überall, wo Kehricht und Essensreste faulten, pfiff und fauchte es gewaltig.

Dennoch, jetzt, wo es auf Fronleichnam zuging, ebbte die grauenhafte Plage langsam ab. Nicht jedes Haus war mehr vom Schwarzen Tod geschlagen. Die Leichenträger zogen nur noch am Morgen und am Abend aus. Und nur noch hier und da entdeckten wir das schwarze Zeichen an der Tür.

Weit mehr als die Hälfte ihrer Bürger hatte die Stadt verloren. In den Gehöften und den Lagern vor den Mauern sah es nicht viel anders aus.

Trotzdem war ich mächtig stolz auf meinen Medikus. So manchen hatte er mit seinen Künsten vor dem sichren Tod bewahrt. Mitzählen konnte, wollte ich auch nicht, aber ich schätze, an die hundert schafften es dank seiner Pflege übern Berg.

Eben kam ich mit Hubertus von einer Fischerkate auf dem Eder. Der Knabe, dem wir letzten Sonntag seine Beulen aufgeschnitten hatten, war der Pest davongekommen und besserte schon wieder seines Vaters Netze aus.

Des ungeachtet schaute Hubertus sorgenvoll, ja ganz bekümmert drein.

»Der Schwarze Tod ist überwunden. Du machst dich am besten heute Nacht noch aus dem Staub.«

Schon in der Früh hatten Büttel bei Hubertus nachgefragt, ob er nicht ohne meine Hilfe auskäme. Dabei hatten sie verlauten lassen, dass der Gelderner jetzt, wo die Stadt vom Pestbefall befreit war, das öffentliche Tribunal für den Fronleichnamstag befohlen hatte.

Keine zwei Tage schale Freiheit blieben mir also noch. Wie es hieß, waren die Inquisitoren des Erzbischofs aus Köln schon auf dem Weg.

Einzig der schicksalhaften Fügung, dass wir dem einen Büttel Weib und Töchterchen gerettet hatten und der andere kaum mehr als elf, zwölf Lenze zählen mochte – auch die Büttel waren wie die Fliegen weggestorben –, konnte ich eine letzte Galgenfrist im Schatten von Hubertus danken.

Am liebsten hätten sie mich auf der Stelle ins Verlies zurückgebracht. Denn auch wenn die armen Tröpfe meinen Fall nicht in den letzten Einzelheiten kannten und mit Ausbruch des großen Sterbens ein Generalerlass der Obrigkeit erging, Kerkerinsassen zur Pestknechtschaft zu zwingen, ahnten sie, dass es besser war, sämtliche auf freien Fuß gesetzten Gefangenen schleunigst wieder einzusammeln.

Es war die blanke Not, die Geldern und den Vögten unter seiner Macht gar keinen andren Ausweg mehr gelassen hatte, als die Totengräber, Leichenschlepper und eben auch die Medikusgehilfen im Verlies zu rekrutieren. Die Pfleger aus den Siechenstätten und die eigentlichen Gottesackerwärter hatten sich ja längst davongemacht. Aber dass der Kerkermeister dann in seiner Fügsamkeit so weit ging, ausgerechnet mich an Hubertus freizugeben, musste Geldern rasend machen, wenn er es erfuhr.

Kein anderer als ich, der widerborstige Zersetzer, der dem Abt und Stadtprälaten von Bergs und Jülichs Gnaden unflätig die Stirn geboten hatte, war durch den blinden Gehorsam seiner eignen Schergen freigekommen. Statt auf der Streckbank konnte das Mönchlein, das dem Graf vor aller Augen widersprochen hatte, ungeschoren unter Gottes freiem Himmel liegen.

Wahrscheinlich war den Kerkerschergen einiges erspart geblieben, als der Schwarze Tod sie Mann für Mann ins Jenseits brachte.

Hubertus hatte den beiden unbedarften Bütteln mit der listigen Behauptung, wir seien noch in den Kanonikerkonvent bestellt, der Dechant, Wigbert, liege auf den Tod, so unendliche Angst eingejagt, dass sie mich ihm fürs Erste ließen. Denn der Gesundheit des Vornehmsten, den Düsseldorf zu bieten hatte, wagten sich die beiden Unglücksraben natürlich nicht zu schaden. So zogen sie mit einer dringenden Ermahnung ab, den Stadtbereich auf keinen Fall mehr zu verlassen.

Was nichts andres hieß, als dass sie mich im Morgengrauen, noch vor der ersten Messe, in Gewahrsam nehmen würden.

Ein letztes Mal wollte ich meinem Medikus für alles danken. Wie gerne hätte ich ihm die Wahrheit über mich erzählt: den wahren Grund für all die Ruchlosigkeiten, die man mir vorhielt. Vor allem aber von meinen wahren, unaussprechlichen Sünden gegen die Mutter und den Geistesvater, von denen keiner wissen durfte außer Gott.

Hubertus' Freundschaft traute ich. Doch der Verschwiegenheit des Schluckspechts war ich mir nicht sicher. So musste ich mit einem Sack voll Lügen vom Vertrauten scheiden. Allein, die hatten auch ihr Gutes. Die Lügen sparten meinem dionysischen Hubertus die schlimmsten Sorgen – und Gefahren.

»Lass, mein Freund, es ist schon gut. So viel kann ich dir sagen, ohne Gefahr für dich: Ich saß nicht ohne Grund im Kerker, wenn auch nicht für die Vergehen, die wirklich sündhaft sind. Ich muss der eisernen Gerechtigkeit des Inquisitors trauen. Dass ich den Stadtprälaten beleidigt habe, als ich für die Mutter bat, wird mich hoffentlich nicht das Leben kosten.« Hubertus schaute mich zweifelnd an. Er spürte wohl, dass das Scherflein Zuversicht, das ich da ausgoss, arg lau und aufgesetzt aus meinem Herzen rieselte. »Man wird mich peitschen oder an den Pranger bringen. Dann schätz ich, kommt die Fron. Im Steinbruch oder auf der Ruderbank. Das überleb ich schon.«

Hubertus nickte bitter. Und nahm mich in den Arm. »Du läufst noch heute weg. Ich komme mit dir.«

»Und Renata?«

»Auch.«

Es war ihm ernst. Ich konnte es ganz deutlich sehen. Einmal, endlich war ihm etwas ernst. Wie gerne wäre ich mit dem Gierschlund bis an den Rand der Welt gereist. Doch jeden, den ich zum Komplizen machte oder gar zur Flucht mit mir verleitete, brachte ich in unerträgliche Gefahr. Gut möglich, dass ich außerhalb von Düsseldorf vom Regen in die Traufe kam. Fing der Gelderner mich erst mal jenseits der Mauern ein, machte er vermutlich kurzen Prozess mit mir und knüpfte mich und jeden, der bei mir war, an den nächstbesten Baum – da wartete kein Inquisitor, der das Kirchenrecht vertrat.

So oder so gab es keinen Ausweg mehr für mich. Denn ohnedies war jede Flucht unmöglich. Die Schergen ließen mich bestimmt nicht aus den Augen.

»Hubertus, du weißt nicht, was du sagst. Mit mir kommt keiner weit. Die Wächter auf den Zinnen haben mich die ganze Zeit im Blick. Sobald ich mich aus ihrer Sicht entferne oder zu einem Boot im Hafen will, geben sie Hornsignale. Wenn du, der Medikus, nicht mit deinem Brauseschädel für meinen Kopf gehaftet hättest, hätten sie mich nicht mal in die Ruinen vom Judendorf gelassen, sondern gleich Reiter ausgeschickt.« Wir hatten den Deichweg vom Eder auf die Lindentrappenpforte zu genommen, standen jetzt unterm Mauerkranz der Stadt. Die Falle schnappte zu. »Schluss jetzt. Lass mich dir nur danken. Für all das, was ich in den letzten Tagen sah. Und wobei ich helfen durfte. Für mich ist der Scharlatan in dir schon lange Zeit gestorben. Deshalb bitt ich unsern Herrn, dass er dich noch möglichst lange so vortrefflich als Samariter wirken lässt.« Für einen Wimpernschlag musste ich mich überwinden. »Wenn du mir wirklich helfen willst, lass dich um etwas bitten. Bleib noch ein, zwei Tage in der Stadt. Renata sucht nach einem … Vetter von uns, dem man übel mitgespielt hat. Wenn sie ihn findet, was ich eigentlich nicht glaube, nimmst du die beiden mit auf deine Reise. Und wenn nicht – nimm dich Renatas an.«

Hubertus Augen wurden warm. Bei ihm war Rebecca mit Sicherheit geborgen.

»Und lass die flinken Finger von ihr. Ich weiß nur zu gut, was du sie gerne lehren würdest. Überlass das dem Mann, dem sie sich für immer anvertraut. In unser aller Gottes Namen.«

Ich hatte meine Ermahnung bloß zum Scherz gemeint. Aber Hubertus war zutiefst gerührt. In seinen Augen standen Tränen. Und sein Mund, der schwieg, voll Schmerz.

Als wir zum »Goldnen Anker« kamen, tummelte sich da überraschend jede Menge Volk. Fast konnte man schon denken, dass

Helmbrecht heute ausnahmsweise nicht über Gästemangel klagen musste.

Doch die guten Leute führten sich seltsam auf, blickten merkwürdig herum und ruschelten und maulten, als wäre eine Verschwörung geradewegs im Gange.

Grad wollte ich bei der niedren Tür der Wirtschaft durch, zu Rebecca in die Kammer, da hörte ich schon das Gemurmel.

»Wetten, das war eine Judenmetze?« Die Alte mit der platten Nase keifte wie ein Rohrspatz los.

Ein klapprig Dünner tat sich dicke. »Wie ich gehört hab, wird die gesucht.«

»Den Brunnen drüben …«, eine Kaufmannsfrau, so klein wie rund, der Käseschädel großspurig von Biberpelz und Spitze eingerahmt, wies mit ihren Klumpenfingern auf den Platz am Bürgerhaus, »… wollte uns das Aas vergiften. Damit die Pest uns alle holt.«

»Ach was! Zum Stehlen hat die sich hier eingenistet.« Der Fuhrmann mit der Lederkappe winkte ab. »Und außerdem, das war kein Judenweib. Das war eine Zigeunerin! Wie die die Hüften schwenkte! Die Gaukler haben sie geschickt. Die hat sich als Buhle ausgegeben. Und in der Nacht dann, war sie schwuppdich weg. Mit allem, was sie raffen konnte. Und ihr Kuppler wartete als Mönch verkleidet auf die Beute.«

Ich stürzte in den Schankraum. Helmbrecht und ein Haufen Grauschöpfe in pelzgesäumten Mänteln schwafelten sich am Humpentisch im Eck die Köpfe heiß. Mein Kommen ließ sie grimmig starren. Helmbrecht sprang gleich auf und kam heran.

»Sagt mir sofort, wo meine Schwester ist.«

»Da, wo das Miststück hingehört. Und du mach ja, dass du verschwindest. Schleppst mir deine Judenhure ein! In meinem Haus ist kein Platz für dich. Belogen und betrogen hast du uns. Und unsern guten Willen schamlos ausgenutzt!«

Er schob mich mit dem Bauch zurück zur Tür. Ich ging ihm an den ausgefransten Kragen.

»Wo ist sie? Wo habt ihr sie hingebracht?«

»Ich würde mal im Kerker fragen.« Helmbrecht zog ein schiefes Lächeln.

Die Herausgeputzten am Ecktisch lachten auf. Das verschaffte Helmbrecht Dampf. Schnaubend holte er mit beiden Händen aus, schlug in Richtung meines Schädels.

Mit dem Angriff hatte ich gerechnet. Ich duckte mich und schnellte seitwärts. Nahm den Oberkörper runter und holte Schwung für einen Pferdetritt in Helmbrechts aufgeblähten Wanst. Da kam Hubertus mir dazwischen und riss mich mit sich aus dem rauchgeschwärzten Raum.

Vor der Tür wurde immer noch getuschelt und gemunkelt. Mich stierte man voll Argwohn an. Alles fand ein schnelles Ende, als Hubertus ein lautes Hustenkeuchen hören ließ.

»Bring mich schnell aufs Lager, Gilbert. Mir ist heiß wie in der Hölle. Ich glaube fast, der Schwarze Tod hat mich erwischt.«

Die Leute rannten, wie sie konnten. Selbst die kleine alte Vettel raffte ihre Röcke und gab Fersengeld, als hätte man sie soeben in der Jungmühle zum Springinsfeld gemacht. Widerwillig folgte ich Hubertus an sein Zelt beim Karren. Als er die Zeltbahn hochhielt, um mich einzulassen, sprang ich von ihm fort.

»Lass mich. Ich muss Renata suchen.« In meiner Lügerei war ich mir mehr und mehr zuwider.

»Die sitzt im Kerker. Da richtest du nichts aus. Lass mich's morgen bei der Obrigkeit versuchen. Man schuldet mir noch einen Dank.«

Wie ein Mühlstein hing mir das Herz im Leib. Meinen Gönner konnte, durfte ich nicht weiter täuschen. Sonst brachte er sich sinnlos in Gefahr. Für Rebecca war es eh zu spät. Die konnten meine Täuschungsmärchen längst nicht mehr beschützen.

Ich ließ mich auf den Boden nieder, schloss die Augen und legte eine lange Beichte ab. Vom Scheiterhaufen hinterm Kloster, Rebeccas Freunden tief im Wald, meinem Kreuzzug gegen Gelderns Tribunal. Dann vom Versteck in Isaak Ben Baruchs Synagoge, den Brandschatzern im Judensteig und sogar der Mutter, die ich eigenhändig dem Gnadentod anheimgegeben habe.

Den Rest, seit er mich aus dem Kerker holte, kannte Hubertus ja genauso gut wie ich. So endete ich mit einer inständigen Bitte um Vergebung, was meine Lüggespinste um Rebecca anbelangte.

Die musste mir Hubertus schuldig bleiben. Er starrte mich mit aufgerissnen Augen an, den Mund zum stummen Schrei verzerrt. Die Augenhöhlen lagen tief und schillerten von Zähren. Ein wildes Schluchzen drang hinter eingefallnen Lippen durch, dann stammelte der Medikus drauflos.

»Das … das ist … Was haben sie dir angetan? … Nie wusste ich … ich dachte nicht … Wie kann die Welt so sein? … So viel Leid kann keine Schulter tragen … Mein armer, armer, guter Freund. Hiob ward nicht mehr geprüft als du. Wenn es einen Gott gibt, was ich nach allem, was ich von dir höre, keine Stunde länger glaube, muss er dich wie einen Heiligen in seine Arme schließen.«

»Gott ist da. Er war die ganze Zeit mit mir.«

Hubertus schlug mit eingefrorner Miene stumm das Kreuz. Dann nickte er wie unter tausend Lasten und führte seine Rede fort. »Ich bring dich aus der Stadt. In meinem Wagen liegt ein Trank, der die Torhüter zwei Tage schlafen lässt. Ich mache ihnen weis, es wäre ein neues Elixier gegen den Befall mit Pest. Die Kerle werden sich drum balgen. Dann …«

»Gar nichts dann.« Ich war zutiefst gerührt von meinem Freund. »Morgen geh ich mit den Bütteln. Wenigstens sehe ich dann vielleicht Rebecca wieder. Wenn die Schergen erst mal wissen, wer sie ist, kriegt sie kein Mensch mehr frei. Aber vorher muss ich mich noch kümmern.«

Ich stand auf. Hubertus fasste meine Hände. Seine Stimme war ein Flehen.

»Bleib. Was hast du vor?«

Ich zögerte nicht einen Augenblick. »Ich brenne Helmbrecht seine Bude ab. Heute nacht. Sobald er schläft.«

Es war mir ernst. Alles in mir schrie nach Rache. Jahwe hob sein grimmes Haupt.

Hubertus wiegelte mit beiden Händen ab, ließ mich nicht aus dem Blick. »Gilbert, das ist nicht dein Wesen.«

Er stellte mir den kleinen Schemel hin, zog den Zapfen aus dem Fass und schüttete vom schweren Wein ein, den er in seinem Karren wie einen Augapfel gehütet hatte. Er füllte beide Becher bis zum Rand.

»Nicht dein Wesen. Und nicht dein Geschick. Du hast dich Gott verschworen und der Nächstenliebe. Noch mehr und ernster, seit du dein Gelübde brachst. Wer gegen Unrecht aufbegehrt, tut recht. Solang er vor Gewalt zurückscheut. Die sät bloß neue aus. Du darfst dich nicht an deiner Überzeugung, deiner inneren Gestalt vergehen. Und außerdem, woher willst du wissen, ob es wirklich Helmbrecht war?« Ein spitzes Grinsen flimmerte um seinen Mund. »Dass du dich rächen willst, ist nur natürlich. Bei jedem andern machte ich gleich mit. Aber dir geht es in Wahrheit doch um etwas gänzlich andres. Soll ich dir sagen, was dich umtreibt? Die Felsenlandschaft in dir zum Rumoren bringt? Du bist Hals über Kopf verliebt.«

Als hätte eine Biene mich gestochen, fuhr ich auf. »Was für ein Unfug. Ich? In eine Jüdin gar?«

»Ja, Gilbert. Du. Was heißt denn eine Jüdin? In ein Weib. Mit Flammenaugen und Lippen rot wie Kirschen.«

In mir kochte wild die Glut hoch. Ausgerechnet der Beschäler, der geile Bock mit seinem kunterbunten Wams und Schnabelschuhen, bis zum Knie gerollt, zog meine Keuschheit in den Schmutz! Und, was mich noch schlimmer ankam, die Tugend von Rebecca.

»Ach sieh mal an. Du kennst ja wohl die Weiber! Ausgerechnet du? Die Dirnen kennst du. Die Buhlen und die Bademägde und sonst nichts. Beschmutz Rebecca nicht mit deinem Sabbermaul!«

Hubertus schlug sich auf die Schenkel. »Na, wenn das keine Liebe ist, was dann? Du bist besessen, von dem Mädchen, Freund. Gesteh's dir endlich ein. Und übrigens, die Mutter unsres Heilands war, soweit ich weiß, auch Jüdin.«

Er setzte seinen Becher an und leerte ihn bis auf den Grund. Dann schwieg er. Ich mit ihm. Ich dachte nach. Und trank. Und dachte. Hubertus füllte wortlos nach. Der Wein benebelte mich nicht. Er ließ mich klarere Gedanken fassen.

»Na schön, Hubertus. Ich hab mich vergessen. Bei allem, was mir heilig ist, schwör ich von Rache ab. Aber ich muss wissen, wer es war. Danach erledige ich es dann auf meine Art.«

Bedenklich wog der Medikus sein Haupt. Seine Miene hellte

sich erst auf, als Gerlinde unter die aufgespannte Zeltbahn schlüpfte.

Gleich stellte ich mich ihr in den Weg. »Hast du Rebecca denunziert? Sag? Warum? Was hat sie dir getan?«

Hubertus kam dazwischen. »Jetzt sei nicht toll. Für Gerlinde war Rebecca eine Schwester. Sie mochte sie von Herzen gern.«

Ich war nicht überzeugt. Münzen haben eine eigne Sprache, bei der leicht das Herz verstummt.

»Also dann, was ist mit Helmbrecht? Was weißt du? Hat er sie angezeigt?«, herrschte ich die Schankmagd an.

Sie sah hinter sich, wie um sich zu versichern. Dann kam sie nah an mich heran und raunte mir ins Ohr.

Zaudernd gab sie preis, wie sie am Morgen Irmtraud die feiste Anker-Wirtin beim Kanonikerkonvent gesehen hatte. Was hatte da ein Weib zu schaffen? Es sei denn, es liefert etwas aus.

Bier, eine Leckerei, oder, aus Niedertracht und Raffgier, einen Mensch, der nicht zur Christenheit gehört: Rebecca? Das war, was es festzustellen galt.

Ich brauchte nicht lang nachzudenken, denn Gerlinde half mir schnatternd mit der Vorgeschichte auf die Sprünge.

»Rebecca hat dir nie etwas erzählt. Sie wollte dich mit ihrer Widrigkeit verschonen. Vom ersten Tag an, als du mit ihr eingezogen bist, stieg Helmbrecht ihr, kaum dass du aus dem Haus warst, nach. Ständig hat er an ihrer Tür gekratzt und durchs Treppenhaus gegurrt. Vom Morgen bis zum Abend ging das so. Je mehr Rebecca Helmbrecht dann beschimpft hat, desto rolliger und ranziger hat er sich aufgeführt. Einmal hat sie ihm die Augen derart aufgekratzt, dass ihm das Blut in Strömen über die dumme Rübe lief. Er hat nur gelacht und rumgekaspert: Täubchen, wenn ich dich erst kriege, mache ich's dir zu gern wieder gut. Bis Irmtraud die Bescherung sah und deiner Rebecca drohte, sie aus dem Haus zu jagen, wenn sie nur einmal noch in Helmbrechts Nähe kam.«

Wie Schuppen fiel es mir von meinen klosterblinden Augen. Nicht Helmbrecht, sein Koloss von Weib hatte unsre stillen Tage glücklichen Verschnaufens hintertrieben und Rebecca gegen einen Lohn verraten, der weit höher lag als die paar Münzen, die sie dafür ernten konnte.

Sie war die unfreiwillige Nebenbuhlerin los. Das junge Fleisch war aus dem Haus.

Vor dem Zelt fiel sternenlos die Nacht herab. Ich umging die rückwärtige Tür zum Schankraum, sah, dass ich an der dichten Buchsbaumhecke lang zur Küche kam. Und Irmtraud überraschte.

Sie rührte eine dicke Suppe, die mir verführerisch in den Geschmackssinn dampfte. Das war jetzt freilich einerlei. Bevor sich die Matrone mucksen konnte, presste ich ihr die Hand aufs Maul und zog sie eng an mich, die Rechte an der Gurgel, dass es schmerzte.

»Was hast du beim Kanonikerkonvent gewollt? Ein lautes Wort, und ich drück zu. Bei meinem Leben, schwör ich dir!«

Irmtraud ließ die Wasseraugen kreisen und sah den Furor, der mich trieb.

»Ich …« Sie schluckte ängstlich, überlegte angestrengt, wie sie sich bemerkbar machen konnte. Ich fasste noch ein wenig härter zu. Irmtraud gab den Kampf verloren und stammelte heraus. »Ich war beim Herrn Dechanten, Wigbert … er … er lädt mich manchmal zu sich … ein.«

»Das heißt, du hast dich ihm verkauft?«

Ich fragte mit einer Bestimmtheit nach, die ich noch nie an mir erfahren hatte.

Die Wirtin ließ den Euterbusen wogen, alles an ihr pupperte wie Gallert. Es war nur allzu deutlich, dass sie nach einer Ausflucht grub.

»Nichts als eine Gefälligkeit, ein Aufleuchten der Jugend. Der Dechant schätzt es, mich einfach zu betrachten. Er liebt das Üppige, sagt er.«

»Und weiter?«

»Manchmal lässt er sich …«, alles in der Wirtin ruderte und fand die Richtung nicht, »… berühren … dann spiele ich an ihm, ich fasse mir den Schwengel und lass die Glocken läuten, dann jauchzt er auf und freut sich wie ein Kind …«

»Und?«

»Und das ist alles. Bei meiner Seligkeit. Ich bin doch keine Badehure.«

Das feiste Weib belog mich wie ein Heide. Der Dechant, Wigbert, war nicht nur vorbildlich und fromm, sondern vor allem auch so alt und hinfällig, dass ihn bestimmt kein Weib mehr rühren konnte.

Aber ich war Irmtraud auf der Spur. Noch ein, zwei anstellige Fragen, dann kam ich ihr gewisslich auf die Schliche.

»Das heißt, du lässt dich nicht bezahlen?«

Sie stockte. Wand sich. Mehr noch als zuvor.

»Ab und an steckt er mir eine kleine Münze zu.«

»Und die verschwindet dann in deiner … Katze?«

Mit dem Wort hatte ich der Wirtin schon die Geldkatze vom Gürtel abgepflückt. Prall und schwer wog ich den Beutel in der Hand.

Von Verachtung aufgewühlt, riss ich ihn auf und ließ die Münzen auf den Boden springen. Ein ganzer Haufen kullerte auf den ungewischten Brettern rum. Den Rest warf ich samt Beutel in die offne Feuerstelle vor dem Fenster.

»Das ist dein fetter Leib nicht wert. Nicht eine Kölner Münze. Und Dechant Wigbert hat kein Weib mehr mit Gefallen angeschaut, seit ihn der Herr zur innern Einkehr der Altersmüdigkeit verurteilt hat. Mir machst du nichts weis. Du warst beim Dechanten. Ohne Frage. Weil Rebecca dir mit ihrer Schönheit in die alten Augen stach. Sag mir, was hast du angezeigt? Dass sie Jüdin ist?«

Irmtraud nickte nur stumm und wagte nicht zu sprechen. Bibbernd ging sie in die Knie und klaubte Münzen auf. Ich bückte mich zu ihr, zwang sie in meinen Blick, der wie ein Eishauch auf sie kommen musste. »Was noch? Was hast du dem Dechanten noch verraten?«

»Die Wahrheit! Dass sie hurt! Die Ehe bricht!«, keifte das Weib jetzt auch noch mit Stolz zurück.

Ich kam ihr nah, so nahe es nur ging, und legte ihr die Hände, wie bei der Taufe auf den Kopf. Und sprach mit einer überzeugten Innigkeit, als gäbe ich ein Sakrament.

»Der Judaslohn wird sich in deine Hände brennen. Die Münzen dir die Lunge schmelzen. Das Blei wird sich vom Golde scheiden und sich als Mantel über deine Seele legen. Und dich in die Hölle ziehen, wo deinesgleichen auf dich wartet. Kein Jahr gebe ich dir noch. Und kein Ablass und kein Segen vermag dich mehr zu retten.«

Hart schlug die Wirtin auf dem Boden auf. Inmitten ihrer Münzen. Der Atem senkte ihr die Brust erbebend auf und nieder. Denn in den Lungen tobte er wie Sturm.

***

Der Wächter auf der Mauer bei der Lindentrappenpforte schnürte sich das Wams. Vermutlich hatte er es wie die meisten für das Einerlei der Nacht gelöst.

Weit in der Ferne, überm Mauerkranz, erschien ein erster Streifen Licht. Hubertus schüttete ein letztes Mal die Becher voll. Dazu musste er das Weinfass bis zum Spundloch neigen. Der Schatz, den er so lang gehütet hatte, war jetzt leer.

Mit Andacht setzte er den Becher an die Lippen und schlürfte einen Schluck. Dann spülte er den Wein im Gaumen, bevor er ihn mit einem Schnalzen in die Kehle ließ.

Die ganze Nacht hindurch hatten wir nicht geschlafen. Furcht und Wehmut lagen unausgesprochen in der Luft. Keine Silbe hatten wir an das, was kam, verschwendet. Nur einmal noch hatte mich der Medikus zur Flucht ermuntert. Ich hatte mir die Handvoll Sterne angesehen, die uns kümmerlich beschienen, und an den gedacht, der sie uns schuf.

Dann sagte ich Hubertus, dass mein Weg jetzt keine Gabelung mehr hätte. Ich war zu weit gegangen, jede Umkehr war unmöglich, und links und rechts lag keine Straße mehr. Nur eines musste ich noch wissen. Hatte ich mich für diesen Lebenspfad entschieden, oder hatte Er mich geradewegs auf ihn gesandt?

Danach hatten wir wieder, wie beinah die ganze Nacht, geschwiegen. Vertrautheit braucht die Worte nicht. Das hatte ich seit meinem Auszug aus dem Klosterpferch gelernt.

Im »Goldnen Anker« wurde sacht ein Fensterladen aufgestoßen. Ebenerdig, zwischen Gaststube und Küche. Mir war, als könnt ich Irmtrauds Flachshaar schemenhaft erkennen. Es stand ihr wie ein Ginsterbusch vom Haupt. Augen und Gesicht hatte sie an die Nacht verloren. Und an den Tag, der ihr entgegenkam.

Gleich drei Büttel hatte der Stadtvogt ausgeschickt. Ganz schön viel der Ehre.

Hubertus stützte sich am Karren ab und zwang sich auf die Beine. Er richtete sein Wams, sein Beinkleid, wetzte sich die Schnabelschuhe an den Waden blank und nahm, wie zum Zeichen seines Adels, die weiße Vogelmaske in den Arm.

So trat er vor das Zelt, Kopf und Hals voll Stattlichkeit gereckt. Er wankte. Leicht. Keiner außer mir würde es bemerken.

Die Büttel kamen von der Gasse schnurstracks auf den Karren zu. Gleich herrschte sie Hubertus an.

»Was wollt ihr hier? Verschwindet.«

Ein Kerl, den ich noch nie gesehen hatte, ein Zyklop, die linke Augenhöhle von einem Lederband geschützt, trat vor seine beiden Mannen. Er hatte einen Federbusch am Topfhelm, war demnach ein Weibel, der Hauptmann einer Rotte in Gelderns grünweißgrauen Farben. Vermutlich ein Adlatus aus dem Tross von meinem Bruder Walter, der Markus' Ankunft sichern sollte.

»Wir suchen deinen Helfer. Den entsprungnen Mönch.«

»Den gibt's hier nicht. Das Einzige, was ich hier für euch habe, und zwar gut und gern im Übermaß, ist alles, was zum Schwarzen Tod benötigt wird.« Er hatte sich die Worte sorgsam hingebogen. Hubertus mied die Drohung, zählte trotzdem auf den Schreck der Plage.

Die beiden jüngeren Büttel traten einen Schritt zurück.

Der Einäugige hielt stur die Stellung. »Gebt mir den Kerl raus, Mann«, bellte er.

Ich wollte aus dem Zelt. Hubertus sperrte mir den Ausgang mit dem Rücken.

»Weißt du, was der Schwarze Tod bedeutet – *Mann*?« Er schallte dieses *Mann* heraus, als wollte er's dem Weibel um die Ohren prügeln. »Weißt du, wie viele er gerettet hat? Getröstet? Frag deine Büttel – *Mann*.«

Der Zyklop wandte sich nicht mal um. Er raunzte. Ein karges Eck versöhnlich. »Mag sein. Ich hab Befehl.«

Er war das Gezeter leid und schob Hubertus mit den Fäusten

weg. Der streckte ihm die spitze Maske wie einen Dolch vors unversehrte Auge.

Der Scherge griff nur einmal zu. Die Maske flog zu Boden. Mit einem Krachen trat der Büttel sie entzwei.

»Das lässt du besser sein.« Er griff zum Schwertknauf.

Ungläubig sah Hubertus das Zeichen seines Stands geschändet. Er bückte sich und hob das erste Bruchstück auf.

Da rammte ihm der Büttel mit aller Wucht das Knie gegen die Schläfe. Hubertus kippte um. Der Scherge packte mich mit Wucht, zerrte mich unter der Zeltbahn vor.

In dem Moment erklang ein wüster Aufschrei. Hubertus ging mit bloßen Händen auf den Häscher los.

»Fass mir den Heiligen nicht an.«

Ich wollte mich dazwischenwerfen. Kam zu spät. Der Scherge hatte meinen Medikus schon abgestochen.

Das bunte Wams war rot. Das Schwert stak in der Brust. Hubertus sackte mit gebrochnem Blick zu Boden.

»Ich glaube an …«

Mehr brachte er nicht mehr heraus. Der Scherge bohrte ihm das Schwert noch tiefer in den Rippenbogen.

Ohne Rührung zog der Häscher die Schneide aus dem Leib und wischte sie an seinem Beinkleid ab. Das Eisen bleckte noch immer voller Blut, als er es in die Scheide führte.

Der Freund, der einzige, den ich je hatte, war nicht mehr. Ich kam mir vor wie eine Natter. Wer mir zu nahe kam, war tot.

Noch nicht einmal das Kreuz konnte ich über den Gefährten schlagen. Die Häscher rissen mir die Hände weg und banden sie mit Riemen.

»Dir vergibt der Herrgott nicht. Er kennt dich nicht mal mehr.«

Der Einäugige merkte auf. Meine Prophezeiung hatte ihn kalt erwischt.

»Du hast jemand im Gebet getötet. Dem Medikus den Glaubensschwur erstickt. Was dich erwartet, ist noch ärger als die Hölle. Bis ans Ende aller Tage wirst du flehen, bei Satan Aufnahme zu finden.«

»Mann …« Der Häscher griff zum Schwert.

Geist und Körper waren mir derart von Entbehrung ausgemergelt, dass ich am Ende allen Widerstrebens angekommen war.

»Stich nur zu. Getrost. Ich bitte dich. Gib mir das Blut von meinem Freund zurück.«

Der Büttel wich zurück.

Und niemand rührte mich mehr an, bis wir im Kerker waren.

Sie brachten mich in eben jenes Turmverlies beim Schöffenhof, dem Hubertus mich vor beinah einem Monat entrissen hatte.

Damals schien der Vollmond, wie auch jetzt. Er ging eben unter, als man mich auf die Treppe stieß.

Das Gitter hinterm Treppensockel schlossen sie mit dumpfem Schlag und legten doppelt Ketten vor. Ich brauchte eine Weile, mich wieder an das Dunkel im Verliesgang zu gewöhnen, in den man mich jetzt knuffte.

Wo ich nur konnte, quetschte ich mich an die Gitterstäbe, presste mein Gesicht, so gut es ging, eine Handbreit durch die Eisen. In einem der verlausten Kerker hoffte ich auf einen Hinweis auf Rebecca. Doch ich sah nur Schemen, unmittelbar am Gang.

In mir nagte es. Ich brauchte Klarheit. Was in aller Welt hatte ich noch zu verlieren? Wenn ich mich noch sorgte, dann um sie. Ich scheute mich, nach ihr zu rufen. Beeilte sich dann Geldern nicht noch mehr, seine Rache zu vollstrecken? Oder hatte er das längst getan? Hatten sie Rebecca gar nicht erst in diesem Kerker, sondern gleich im Rhein versenkt?

Wie der Herrscher dieser Unterwelt kam ein Asket aus Haut und Knochen den klammen Gang entlanggestakt. Es hätte nicht des eierweißen Habits der Dominikaner mit dem schwarzen Überwurf bedurft, mich schmerzhaft zu erinnern. Die abgezehrten Züge, korkig, wie aus dürrem Wurzelholz geschält, daran der brustbeinlange, spitze Bart waren mir noch als Nachhall der Folterqualen meiner Mutter hinlänglich bekannt.

Dennoch keimte in mir angesichts des Paters spärlich Hoffnung auf. Unter der Richtgewalt der Gotteshunde hatten es die Büttel wohl kaum gewagt, Rebecca einfach nächtens abzumurksen. Selbst der hartleibigste Inquisitor mied jeden Anschein eines Willküraktes wie die Pest. Zumal in dem Fall die Jüdin auch noch auf Hinweis des Kanonikerstifts als Ehebrecherin festgenommen worden war und Dechant Wigbert als einer der seltenen Gerechten unter Gottes Himmel galt. Solange die Gefahr bestand, dass der sich für Rebecca interessieren könnte, verfuhr der Inquisitor gemäß den Kodices mit ihr, die die kirchliche Gerichtsbarkeit für die Verfolgung der Ketzer, Häretiker und Zauberer in der jüngsten Zeit erlassen hatte – selbst wenn er sich dabei gegen Anweisungen und Begehrlichkeiten des Gelderners stellen musste.

Denn eins war unumstößlich Kirchenrecht: Solang der Inquisitor seine Untersuchungen führte, lag alle Macht über die Angeklagten ganz allein bei ihm. Erst nach Abschluss seiner Nachforschungen und Befragungen übergab er sie an die weltliche Gerichtsbarkeit, die dann das Urteil in seinem Sinne zu vollstrecken hatte.

Auch als Stadtprälat und Machthaber der Landesherrin konnte Markus Rebecca deshalb nicht so einfach hinterrücks verschwinden lassen. Einmal im Ruch, kirchliche Gesetze und Vollmachten zu übergehen, hätte er sein weiteres Geschick und Fortkommen leichtfertig aufs Spiel gesetzt. Denn kaufen ließ der asketische Eiferer sich ganz gewiss nicht.

So wurde mir der Kettenhund der Kirche zum Gewährsmann, dass Rebeccas Lebensfaden noch nicht abgeschnitten war, so sehnlichst sich der Gelderner das auch in seinem schwarzen Herzen wünschen mochte.

Vorläufig zitterte Issak Ben Baruchs Tochter mit einiger Sicherheit noch im tiefsten Kerker.

Die größere Gefahr bestand sicherlich darin, dass Markus die Folterknechte bestach, sobald er eintraf, und Rebecca einer *handwerklichen Ungeschicklichkeit* ihrer Peiniger zum Opfer fiel, was bedauerlicherweise schon mal vorkam – vor allem, wenn damit Bezichtigungen gegen Höhergestellte unterbunden werden konnten.

Wie folgerichtig ich vermutet hatte, zeigte sich nur Augenblicke später. Der Häscher und die Büttel schubsten mich zur Seite, traten ebenfalls zurück und neigten ihre Galgenköpfe bis zum Nabel, um den Inquisitor durch den Gang zu lassen. Dann nahmen sie mich beim Genick und stießen eine unscheinbare Pforte im Winkel bei der letzten Zelle auf. Über eine holprige Treppe mit acht roh gefügten Stufen kam man in ein nasses Loch ohne Licht und Fenster, in dem höchstens Zwerge aufrecht stehen konnten.

»Der Höllenschlund für unsre liebsten Gäste«, posaunte der Schließbüttel künstlich laut und raunte mir dann zu, »eine Münze und er bleibt dir erspart.« Er feixte mir entgegen.

»Allein, die fehlt mir«, druckste ich im Angesicht des schieren Hades, aus dem es wie aus einem Schweinehintern stank.

»Na dann«, ohne weiteres Federlesen schubste mich der Kerkerscherge derart in das Moderloch, dass ich auf meiner Nase landete.

Nach einer Weile hatten sich meine Augen an die Dunkelheit gewöhnt, die einzig eine Mauerritze ein klein wenig erhellte. Kaum hatte ich entdeckt, dass ich nicht allein war, da hüpfte mir auch schon das Herz, als würde ich im Paradies erwachen.

Geknebelt, in der Ecke, starrte mich ein vertrautes Antlitz mit schwarzen Augen an: Rebecca.

Die Häscher polterten die Treppenstufen hoch. Die Tür fiel hohl ins Schloss. Dreimal schlug der Schlüsselring beim Wenden vor das Holz. Danach war jeder Laut erstorben. Unwirklich still war jeder Ton erstickt.

Rasch, mit ungeübten Fingern, löste ich Rebeccas Knebel. Tief schöpfte sie die dumpfe Luft. Noch bevor sie sprechen konnte, fuhr ich ihr die Glieder lang. Die Folter war ihr wohl erspart geblieben. Denn die hätte vermutlich auch Geständnisse erbracht, die Geldern keinesfalls in andern, machtbefugten Ohren wissen wollte.

Sie drängte sich an mich und schluchzte leise. »Jetzt haben sie uns beide.«

Mir war fast, sie beklagte mein Geschick noch bitterer als ihres.

»Nichts haben sie. Den Geist so wenig wie den Glauben.«

Rebeccas Lippen bogen sich zu einem Lächeln voller Schmerz. »Du brauchst mich nicht zu trösten. Seit Mülheim war mir klar, dass wir zusammen sterben. Der Scheiterstoß, von dem du mich geborgen hast, hat ohne Unterlass für uns gebrannt.«

Noch enger schmiegte sie sich gegen die Grabeskühle in der tiefen Zelle an mich, verwob sich mit mir zu einem Knäuel, wie ich es von den Schafen bei Frost und Raureif kannte. Rebecca sagte nichts mehr, denn es gab nichts mehr zu sagen. So lauschte ich dem Atem, bis ich die Zeit verlor und in einen tiefen Schlummer tauchte.

Das Stöhnen war verhalten, das mich weckte. Schwach schimmerte das rötlich gelbe Licht in der Leuchte, die bei mir auf dem Zellenboden stand. Dann sah ich das Gerangel. Markus von Geldern kniete auf Rebecca, zwang ihr einen Trank aus einer Lederflasche in den Mund. Sie wehrte sich mit Händen, Füßen, bockte auf, versuchte sich zur Seite abzurollen. Geldern ließ nicht ab und war zu stark. Ich sprang vor und ging ihm an den Kragen. Er lachte nur und schlug mich mit der Elle rücklings an die Wand.

Er ließ die letzten Tropfen zwischen Rebeccas Lippen fließen, richtete sich zu halber Höhe auf und warf den Bocksschlauch von sich.

»Dich hole ich mir anders.«

Er lachte meckernd und bedachte mich mit einem Tritt, dass mir die Rippen barsten. Ohne Luft zu kriegen, japste ich ihn hilflos an.

»So gefällst du mir schon besser, Mönch.«

Rebecca lag bewusstlos. Befriedigt sah von Geldern hin und wollte aus dem Karzer. Es gelang mir, die nahe Ohnmacht mit einem letzten Aufbäumen zu überwinden. Ich walzte vor die Treppe, schlug die Leuchte aus.

Im selben Augenblick war Markus durch die Dunkelheit gebannt.

»Ihr habt uns nichts vorzuwerfen. Der Missetäter seid allein Ihr. Doch Eure Willkür wird ein Ende finden. Dafür wird der Herrgott sorgen, bei meinem Leben schwör ich das.«

»Na, darauf werd ich noch was geben.« Ich hörte, wie er gluckste. »Grad der Lotterlump schlechthin spuckt mich mit seinem Anwurf an! Du hast keine Schandtat ausgelassen. Erst Insubordination, dann Ketzerei, Befreiung einer Hexe, Judenbündelei und …«

»… Tötung aus Barmherzigkeit«, fiel ich ihm ins Wort. Damit er auch den letzten, größten aller Frevel von mir kannte. »Allein, mir ist nur eines wichtig: Ein Ketzer war ich nie! Denn in mir, aus mir, halte ich meinem Heiland stets die Treue. Im Gegenteil, je mehr und ärger Ihr mich leiden ließet, Ihr brachtet mich nur Seinen Schmerzen nah! Vor nicht einmal zwei Monden noch glaubte ich, was mich das Kloster lehrte. Nun glaube ich, was Gott mich durch Erfahrung lehrt. Und die heißt: ER ist groß und gnädig und in Seinem Antlitz so viel menschlicher als alle Kirchenobrigkeit. Und eines ist mir hier und heute überaus gewiss: Die Gelübde, die ich Ihm und meinen Brüdern gab, hätte Er zuallererst gebrochen. Denn der Gott, dem ich sie versprach, war bloß ein Abgott der Prälaten. Das einzige Gelübde und Gebot, das Er von uns, den Menschenkindern, fordert, heißt Liebe. Liebe ganz allein. Und jetzt, mein hoher Herr, verschwindet. Nur ein Allerletztes noch. Ihr könnt versichert sein, ich bin bereit zum Sterben. Die Luft, in der Ihr atmet, verpestet mir den Sinn.«

Ich rutschte von der Treppe weg und gab sie Geldern frei. Ohne Wort schlich er an mir vorbei und drückte sich geduckt hinauf.

Ich tastete mich zu Rebecca. Sie ruhte reglos wie ein Stock. Sacht rief ich ihren Namen. Sie reagierte nicht. Das Ohr an Rebeccas Busen, lauschte ich nach einem Atemzug. Es blieb alles still. So still. So unaufhaltbar still.

Was konnte ich noch tun? Vielleicht … Ich musste Markus' Lederfläschchen finden. Auf allen vieren kroch ich, blind und unbeholfen wie ein Maulwurf, über die feuchtbemoosten Steine, bis ich den Ziegenbeutel fand. Kaum hatte ich geschnüffelt, stach mir der beizende Gestank von Gift die Nasenwände hoch ins Hirn.

So also hatte Geldern sich das vorgestellt. Auf die verkommenste von allen Meuchlerweisen wollte er die Zeugin seiner Schande aus dem Dasein treiben. Vorbei an Stadt und Schöffen, Gewaltrichter und der Inquisition vom Domstift Köln.

Vor derart kruder Niedertracht floh ich mich ins Gebet, zu Gott, Jahwe, Rebeccas Adonai, die alle eins und einzig sind, als eine Eingebung mich wie ein Blitzschlag traf.

Mit einem Aufschrei sprang ich zu Rebecca vor, stieß mich irgendwo und spürte nichts, grad mal ein wenig Kühle auf der Wange und den Bleigeschmack von Blut. Wie im Fieber fröstelten meine Finger Rebecca um die Lippen, klemmten sie ihr auf, bis ich den Zeigefinger behutsam durch die Zähne schieben konnte, bis zum Rachen – und hinein …

Nichts geschah. Ich schrak zurück. Hatte ich Rebecca jetzt erstickt? Was konnte ich noch schaden? Ein zweites Mal ließ ich den Finger in die schlanke Röhre gleiten … da brach der Schleim heraus. Erst nur ein feiner grüner Faden sprang dann die Giftgalle im Schwall hervor.

Ich richtete Rebecca auf. Sie rang nach Atem, Luft und Leben, schluckte, würgte, schlotterte und schlang, dann fiel sie matt, bewegungslos in meine Arme.

Noch hatte sie es nicht geschafft. Sie musste trinken, um das Gift herauszuschwemmen. Wasser gab es in der durchnässten Höhle grad genug.

Ich riss das Moos vom Boden, presste es wie Trauben aus. Durch meine Hände rann die Nässe Rebecca in den Schlund und mahnte sie ans Leben. Nach einer Weile dankte sie mir, ohne es zu ahnen, indem sie ihre Zunge an den Gaumen presste.

So voll Glück war ich noch nie. So köstlich und so kostbar hatte man mich nie beschenkt. Eurydike war es nicht vergönnt. Rebecca jedoch war dem Todesvogel aus dem Hades davongeflogen.

Aber sie brauchte noch mehr Wasser, feuchte Nahrung aus dem Moos. Und Worte, die sie bei Besinnung hielten, die stärker wirkten als das Gift.

Die ganze Nacht lang – ich glaube, es war Nacht, genau kann ich's kaum wissen in einer Höhle ohne Licht und Sterne – malte ich Rebecca die Bilder unsrer Kindheit vor die Augen. Jedes Rennen um die Wette, jeden Apfel, jeden Schelmenstreich, jeden Morgen an dem Bach beim Weiler, jeden Herbsttag rot vom Mohn, jedes Lachen, Kichern, Necken, jedes böse Wort, bei dem die Welt versank. Alles füllte ich Rebecca in den Sinn, bis sie sich wieder von allein regte und mit einem rüden Räkeln den letzten Anflug Gift aus ihren Poren jagte.

»Gib mir einen Kuss.«

»Hier? Jetzt?«, staunte ich verwundert. »Ich glaub, du bist verrückt.«

»Nein, du. Wenn nicht jetzt, wann dann? Viel Zeit lässt uns Geldern bestimmt nicht mehr.« Schon spürte ich Rebeccas Lippen auf den meinen, weich und feucht, und ich war wie betäubt, und dann … ich wag es kaum zu schildern … war mir, als ob die heiße Spitze ihrer Zunge meine Lippen streifte …

Nein, die Feder eines Engels koste mir den Mund!

Ich ließ mich sinken und versank – im Frieden eines Kosmos, den ich noch nie geschaut. Still war es, licht, behaglich, und tausend Brünnlein flossen um uns her. Fremdartig staunten Vögel in aller Lichter Farben uns wie Geschwister an und zwitscherten voll Spott.

Als sich Rebecca löste, war mir, als müsste ich im Blei der Zeit versinken.

Bewegen konnte ich mich nicht. Ich war nur froh, dass wir im Dunkel saßen, denn was sich in und an mir regte, zeichnete mir die Wangen mit der Glut der Scham.

Nicht mein Gelübde, nicht die Furcht vor Sünde hielt mich fest wie eine Klammer, ich schrak aus Unerfahrenheit zurück. Und vor der Grabeskälte unsrer Gruft.

Mit einer galligen Bemerkung brach ich den Zauber des Augenblicks, den ich gekostet hatte wie noch keinen.

»Was ich da spürte, war das Gelderns Gift?«

Rebecca schlug nach mir und traf ins Leere. Dann küsste sie mich noch mal. Diesmal kurz.

»Das war's. Das Gift ist weg.«

Und dann erschrak sie. Erschrak wie eine Rose in einem Hagel Eis.

»Gilbert. Das Gift. Was hast du nur getan? Ich hatte es doch schon geschafft.«

22. Kapitel

Mir kam es vor, als sei noch keine neue Stunde angebrochen, da kam der einäugige Häscher, der Hubertus auf dem Gewissen hatte, mit zwei Bütteln, um mich wegzuschleifen. Vergeblich fragte ich die Schergen, wohin sie mich brachten. Ich hörte nur ein raues Grunzen.

Ach, wäre ich doch bereitwillig und still verschwunden, denn jetzt klammerte sich Rebecca wie ein Muttertier an mich.

»Nein! Ihr dürft ihn nicht unter die Folter schlagen. Er ist ein Gottesmann, ein Mann der Kirche!« Fast brach ihr die Stimme weg.

»Verzag nicht, Weib. Ich kümmre mich um dich.« Der Einäugige machte aus seiner Überraschung und Genugtuung über die Stimme einer wehrlosen Frau keinen Hehl und lachte rülpsend auf. Ich hörte es nur allzu deutlich, er schleckte sich das Maul, als läge Wildbret auf dem Tisch.

»Ja schau. Was haben wir denn da? Ein Mägdlein schon halbreif!« Ich hörte Fingern, Kratzen. »Mager wie ein Lurch. Dafür ist der Busen …«

Der Lüstling zischte auf. So sicher, wie ich meiner Mutter Kind war, hatte sich Rebecca von dem Häscher mit einem tollwütigen Biss befreit. Nur – gewisslich nicht für lange.

Noch ärger freilich war: Mir war nur zu bewusst, warum der Zyklop so freudig überrascht war. Niemand hatte ihn auf eine Gefangene vorbereitet, weil Markus von Geldern von einem Leichnam ausging, der stumm im schimmligen Verlies verrotten würde.

Und jetzt sollte ich als Nächster an der Reihe sein.

Sicher hatte Markus schon auf dem Kerkergang heut Nacht zutiefst bedauert, dass sein Giftgebräu nicht für zwei zeugenlose Morde in der Zelle langte. Und ganz bestimmt war er sich jetzt auch gram, dass er mich nicht in einem Wisch, wenn schon nicht mit Gift, dann wenigstens mit seinem edelsteinbesetzten Dolch erledigt hatte. Auch wenn der Stich den Mord belegte. Letztlich hätte Markus allemal vermocht, ihn zu vertuschen.

Doch aufgeschoben war nicht aufgehoben. Den verpassten Streich sollte ihm sein Weibel nun in aller Stille schaffen, denn dazu hatte er ihn ausgeschickt.

Jetzt schrie Rebecca auf. Ich hörte dumpfes Lachen.

Wie im Fieber ließ ich die Gedanken fliegen. Ich musste Gelderns Meuchelmörder aus der Zelle treiben und dafür sorgen, dass der Inquisitor erfuhr, dass es die Jüdin und mich noch gab – was immer man ihm zwischenzeitlich berichtet haben mochte.

Gelderns unwillkommener Prozessvormund war unsere letzte Hoffnung auf Aufschub und Gerechtigkeit.

Ich musste uns in seine Hände geben.

In mir entstand ein kühner, vermutlich allzu kühner Plan. Wir mussten beide vors Gericht … und dann … vielleicht … mit Seiner Hilfe …

»Schafft den Delinquenten raus!« Gelderns Schlächter mit dem Lederriemen keifte. Die Büttel wollten mir die Hände fesseln. Einer nestelte mir mit einem Knebel um den Mund.

Die Dunkelheit war längst mein Bruder. Der einzige, den ich noch als Verbündeten gebrauchen konnte. Ich lehnte mich zurück, trat mit aller Wucht dem Weibel in den Leib. Dem Büttel neben mir rammte ich die Elle unters Kinn. Dem dritten stieß ich mit meinem Kopf den Kehlkopf mürbe.

Für einen kurzen Augenblick verschaffte ich mir Platz, sprang die Treppe hoch zur Pforte und warf mich mit einem lauten Aufschrei aus der Tür.

Gott sei Dank! Der Inquisitor stand mit einem Wärter im Gang vor einer Zelle.

Ich rannte auf ihn zu. Sein getrübter Blick ruhte lang und tastend auf mir, dann erst bemerkte er mit einiger Überraschung meine Kutte.

»Der Aufwieglermönch? Was will der hier?« Dem Wärter galt die Frage.

Ich stürzte mich dem Gotteshund zu Füßen. »Mea culpa, Pater! Meine übergroße Schuld! Ich unterwerfe mich Euch und dem einzig heiligen Glauben.«

In voller Absicht ließ ich die Kirche aus dem Spiel, der unterjochte ich mich nimmer mehr. Schließlich war mein Glauben, meine tiefe innere Überzeugung, mir tausendmal mehr wert als mein bisschen Lebenssand, das noch im Stundenglas verblieben war.

Ich legte mich in Kreuzesform zu Boden.

»Der Sohn der Hexe! Der entlaufne Mönch aus Sankt Benediktus, nahe Mülheim. Dein Orden hat dich ausgestoßen. Die erzbischöfliche Kurie in Köln dich ebenfalls bereits exkommuniziert. Du hast verwirkt an Leib und Seele.«

»So ist es Vater. Ja.« Ich murmelte zerknirscht.

»Lauter, du Verworfener. Bekenne laut!«

»Ja, ich bekenne mein Verfehlen. Ich habe diese Welt verwirkt.« Die Vorstellung, Rebecca vor dem Gelderner zu schützen, gab mir Kraft, auch in der Stimme.

Der Inquisitor säuselte im Singsang eines Klosterlebens. »Ich kenne dich. Und alle Protokolle, die man mir über dich vorgelesen hat. Die Schriften sprechen geradeso wie du eine klare, unheilige Sprache. Du warst der Hexenmeister dieser Jüdin. Hast sie vom Sühnetod befreit. Mit dem Weib hat deine Mutter, die Natter, die dir einst den Busen gab, gebündelt. Zusammen haben sie das unheilvolle Gift zum Schwarzen Tod gebraut und mit den Juden in den Brunnen dieser Stadt verteilt. All das ist schon bekannt. Und jetzt bist du geständig?«

Ich verharrte, neigte meine Stirn noch tiefer in den Staub.

»Nun gut, dann können wir vollstrecken. Der Abtverweser deines Ordens hat dich bereits in einem klösterlichen Verfahren zum Feuertod bestimmt.«

Wie konnte ich den Wahn, der längst schon in Pergamenten und Folianten kundig war, mit meiner simpel-frommen Wahrheit brechen? Dem Inquisitor die Hintergründe der Verkettung noch einmal zu entdecken war so sinnlos wie ein Tanz mit einem Lahmen.

Jeder Vorwurf gegen den Grafen von Geldern und Prokurator Bergs verschlimmerte Rebeccas Lage nur.

Schon einmal, als ich um Erbarmen für meine Mutter flehte und dabei in letzter Not ihr wahres Fehlen und damit auch Rebeccas Schuld verriet, hatte ich schmerzhaft erfahren müssen, wie unsinnig und selbstmörderisch jedes Unterfangen war, den Eiferer im Herrn von Markus' Schandtaten und roher Gier zu überzeugen. So leicht hackte nun auch mal die pflichtbewussteste Krähe der anderen kein Auge aus.

Fürs Rechtsgeschehen stand ich verloren da. Der einzige Beweis, den ich für meine Anschuldigungen gegen den Gelderner anbringen konnte, war der Fetus mit dem Blutschwamm. Aber jedes Wort, mit dem ich ihn erwähnte, brachte nicht Markus, sondern Rebecca auf die Folterbank. Wenn sie dann unter allen Qualen den geheimen Ort verriet, an dem die Totgeburt verscharrt war, änderte das an dem, was man Wahrheit nahm, kein Jota.

Denn bevor der betagte Inquisitor sich auch nur auf den Weg begab, den Schandbeweis zu sichern, hatte der Gelderner ihn schon längst für alle Zeit vernichten lassen. Oder aber, falls es gar nicht anders ging, und der Alte Markus doch noch irgendwie zuvorkam, wurde der halbblinde Gotteshund ein Opfer seines Eifers und kam bei einem dummen Unfall tragisch um.

Im günstigsten Fall würde dann noch eine Untersuchung gegen von Geldern angestrengt, die schnell im Sand verlief, solange der nur alles gründlich und entschieden genug abstritt und seine Fäden ins Kölner Domkapitel zog. Mehr als die schale Genugtuung, Markus' Fortkommen für eine Weile behindert zu haben, blieb Rebecca und mir bei all dem nicht – in Sonderheit nicht posthum, nach unsrem Tod!

Nur mit List konnte ich uns vielleicht das Leben und ein Stück Freiheit retten. Ich spielte den Verängstigten.

»Pater! Herr! Einmal hab ich Euch getäuscht. Geleugnet. Jetzt nicht mehr. Ich bin in jedem Punkt geständig! Und unterschreib Euch alles! Jede Selbstbezichtigung! Erspart mir nur das peinliche Verhör. Urteilt mich im Namen des Allmächtigen mitsamt der Hexe aus meiner Zelle ab.«

»Von wem redest du?« Jetzt war der Inquisitor ernstlich überrascht.

»Die Jüdin, die mir diente. Die ich vom Scheiterhaufen barg.«

»Was? Die Metze lebt noch? Warum weiß ich nichts davon?«

»Es ist die Nämliche, die vom Dechanten des Ehebruchs bezichtigt wird. Sie wurde Euch anscheinend noch nicht vorgeführt?«

Der Inquisitor bestätigte meine Vermutung mit einem grübelnden Verneinen.

Mir war nur allzu bewusst, warum: Einer der Büttel, vermutlich aus Walters Tross, hatte bessere Augen bewiesen als der trübsichtige Inquisitor, die Jüdin aus dem Klosterhof erkannt und sie sang- und klanglos verschwinden lassen, bis der hohe Herr, Markus, höchstselbst vor Ort erschien.

Ein letztes Mal war ich versucht, mit allem Unrat aufzuräumen, in dem Geldern uns versenkte. Allein – ich musste weise und mit perfider Einsicht walten. Zumal die Büttel mit Rebecca kamen. Alle drei. Und ich die Frau, für die mein Herz so ungebärdig schlug, vor Schändungen und Übergriffen fürs Erste sicher wissen konnte. Ihr Erscheinungsbild in diesem Kellergang voll Schmerz und Arg in all dem Moder, so unbeugsam wie herzensrein, verlieh mir Kraft, Titanenmut, das Äußerste zu wagen, um die zu überwinden, die Rebeccas Lebenslicht aus Niedertracht und Eigensucht für immer löschen wollten.

Und mit einmal kamen Stimmen, fein und zart wie Zimbeln, in mir auf, als hätten Engel sie geschickt, und flüsterten mir zu: Die Lügen sind wahrer als die Wahrheit, weil alle Wahrheit so verlogen ist! Wie eine Prophezeiung tönten die Worte aus meinem Innersten heraus und lösten mir die Zunge: »Die Jüdin ist, wie ich, geständig. Und all ihre Schuld von mir bezeugt. Allein das Urteil fehlt noch. Und danach die …«, ich kasteite mich zerknirscht, »… Vollstreckung.«

»Nun gut, wenn du reuig bist und ihre Schuld beschwören willst, steht dem nichts mehr im Wege.« Der Inquisitor stierte mich und Rebecca mit seinen verschleierten Augen an. Abwägend ging sein Habichtschädel hin und her. Ihm war sichtlich nicht ganz wohl, dass die Verfahren gegen mich und die Jüdin eine derart abrupte Wendung nahmen. Dennoch. Mit meinem umfänglichen Geständnis in der Hand war sein Soll erfüllt. Sollte er meinen Geständniseifer ruhig für Feigheit vor der Folter halten. Fürs Erste hatte ich mein Ziel erreicht: Rebecca und mich konnte endgültig niemand mehr klammheimlich verschwinden lassen. Wir standen unter Macht und Aufsicht der Inquisition, die uns erst aus den Fängen lassen würde, wenn all unsere Geständnisse öffentlich unterzeichnet und gesiegelt waren.

Dann erst konnte das weltliche Gericht, Markus als Stadtherr mit den Schöffen, ein Urteil sprechen und vollstrecken – wie es ausfallen würde, stand allemal schon fest.

»Na, wenn das so ist«, er setzte wieder an, »verfasse ich jetzt gleich das Protokoll. Du kannst wohl schreiben, also unterschreibst du es. Die Hexe setzt ihr Zeichen drunter. Und auf morgen, Christi Himmelfahrt im Jahr des Herrn, anno 1349, setzen wir das Tribunal an, das euer Schicksal schließt. Der Bedeutung halber nicht im Schöffenhofe, sondern unter Gottes Augen am Altar.«

Mit einem knappen Nicken ließ er die Büttel wissen, dass sie mich wieder in den Kerker werfen konnten.

Als sie mich durch die niedrige Pforte stießen, wagte ich einen letzten Blick. Der Inquisitor wiegte, ermattet schlurfend, seinen von einem weißen Flaum umflorten Kopf.

Rebecca kauerte im letzten Winkel unsrer feuchten Höhle. Sie bebte zwischen Angriffswut und Angst.

Ich suchte ihre Wärme, tastete mich neben sie und spürte durch die Dunkelheit den bangen Blick in ihren einst so flammend wachen Augen.

»Ruhig. Ganz ruhig. Sie können's nicht mehr wagen. Der Inquisitor weiß um uns. Es ist geschafft, Rebecca. Ich habe alles eingestanden und uns jeder Schuld bezichtigt. Morgen müssen wir das Eingeständnis unterzeichnen. Ganz gleich, was drinsteht. Tu es. Tu's für mich. Denn danach sprechen sie ihr Urteil. Dann kann das Scheusal endlich unsern Flammentod verkünden und voller Instand hoffen, sein Schandfleck sei getilgt.«

»Und dann?«

An ihrem starren Flüstern merkte ich, dass sie die Antwort schon vor Augen sah. Ich nahm sie in den Arm und gab ihr, so bestimmt ich konnte, den letzten Funken Zuversicht, den ich noch hatte.

»Dann sehen wir, ob Adonai uns hilft.«

»Adonai.« Rebecca ließ sich sinken, tauchte in sich ein.

Gnädig hatte Morpheus sie umfasst.

Ich schnitzte noch an meinem Plan. Der letzte Hoffnungsschimmer, der in mir mit der Nennung des Altars Gestalt gewonnen hatte, war so abgründig und selbstvergessen, dass er mich zutiefst erschreckte. Die Brücke, die ich in Gedanken baute, bestand aus nichts als Widersinn und Aberwitz und Wahn.

Und dennoch – war's nicht eben das, was unsre wirre Zeit zusammenhielt? Hatte ich nicht inzwischen schmerzhaft lernen müssen, dass jeder Glaube an Vernunft wohlfeil und tödlich war?

Die Wahrheit war so umgebogen und verbraucht wie unsre Kirchenlehre. Gottes Wort, die frohe Botschaft, war vom Aberglauben ausgestochen. Und die Liebe, die uns der Nazarener brachte, von Frömmelei erstickt. Frömmelei und Aberglaube, sie waren die Insignien der Macht.

Ein letztes Mal noch hatte ich die Gelegenheit, sie Markus zu entreißen und so mit Rebecca dem sichren Ende zu entkommen.

***

Als sie uns aus dem Karzer rissen, wartete der Inquisitor vor der Tür. Die Büttel zwangen uns die Köpfe auf die Brust und führten uns zu ihm.

Er machte sich nicht einmal die Mühe, das Pergament, das er halb entrollt unter dem Arm trug, zur Gänze vor uns zu verlesen. Vielmehr beließ er es bei ein paar rasch genuschelten Worten und zahllosen »et cetera«. Ohnehin ging alles seltsam schweigend vonstatten.

Mit einer harschen Geste strich er die Unterkante handbreit auf dem Wachtisch glatt und wies mit seinem Spitzbartkinn auf Tintenfass und Feder.

Zuerst zwängten die Schergen Rebecca an den Tisch. Bevor sie ihren Namen auf den Ukas setzte, sah sie noch einmal fragend zu mir auf. Dann trat ich vor und zeichnete genauso ungesehen das ellenlange Register meiner Missetaten ab.

Die kleinen Greisenaugen des Dominikaners, rötlich und dicht beieinander wie verschreckte junge Mäuse, verfolgten jeden Federstrich mit Argwohn. Erst als ich meinen Namenszug beendet hatte und er die Tinte auf dem Pergament mit Sand getrocknet und mit dem Siegel des Offiziums bestätigt hatte, erschien der Gotteshund zufrieden und hob die schale Stimme an.

»Die Metze wird gefesselt und geknebelt durch die Küsterpforte vorgeführt. Befehl vom Stadtprälaten. Und dieser Mönch da ebenfalls.«

Schon packte mich ein Büttel. Ich riss mich wütend los.

»Ich dachte, ihr wollt ein Geständnis hören.«

»Was gibt's noch zu gestehen? Es steht schon alles hier.« Er pochte müde auf das Pergament, schob es gerollt in seinen Ärmel.

»So darf ich nicht bereuen? Nicht voller Demut mein Verfehlen beichten? Den Respekt seid Ihr, wenn nicht mir, dann unserm Schöpfer schuldig. Und den Menschen, gegen die ich mich verging.«

Ich merkte, wie der Inquisitor in sich forschte. Der Mönch in ihm rang mit dem Offizial, der Bettelbruder mit dem Würdenträger aus dem Kölner Chorstift.

»Nun gut, beklage deine Frevel vor dem Herrn. Vor allem jedoch bist du angehalten, Abbitte bei der Obrigkeit zu leisten, die du herausgefordert hast. Das mag dem Pöbel eine Lehre sein. Aber«, er hob die Finger hoch zur Schelte, »kein falsches Wort! Keine dreisten Lügen und Bezichtigungen gegen irgendeinen Würdenträger wie zuvor. Vor allem keine Schmähung gegen deinen Abtverweser, unseren Stadtprälaten! Kannst du mir das beschwören? Bei deiner Seligkeit und der von allen, die dir nahe sind?«

Ohne Zögern stimmte ich aus reinster Seele zu. Nein, bei Gott, *ich* würde dieses Tribunal nicht gegen Geldern richten!

Nicht ich. Nicht der, der vor dem Inquisitor stand.

»Das kann ich, Pater. Bei dem kümmerlichen Rest Vergebung, den ich noch vom Herrn erflehe, kann ich Euch das schwören. Ich will nichts andres, als nur meine Schuld bekennen. Alles. Bis zum Letzten. Äußersten. Vor unseres Heilands Abbild am Altar.«

Er sollte hinterher nicht sagen, ich hätte ihn mit List hintergangen und am Ende nicht gewarnt.

Wie Fliegenflügel ließ der Alte die Arme in der Luft vibrieren. Ein Gliedertier der Kurienmacht im schwarzen Habit überm weißen Ordenstuch.

»Also hüte dich. Ich bleib bei dir. Ein verleumderisches Wort, und ich nehme dich nach allen Regeln meines Amtes derart ins Verhör, dass dir der Tod als pure Lust erscheint. In unsrer Kirche Namen läutre ich dich bis zum Letzten derart, dass allen Teufeln nichts zu läutern bleibt. Verstehen wir uns richtig?«

Gehörig mulmig war mir schon. Die Racheorgien, die mich erwarteten, wenn mein wüster Plan nicht aufging, jagten mir einen Schauer nach dem andern schwitzig auf die Haut. Aber sollte ich darauf verzichten, die eine, letzte Karte auszuspielen, die ich mit wachem Mut und Fantasie vom Spieltisch meines Schicksals aufgelesen hatte?

»Ich weiß, was mich erwartet, Pater. Das weiß ich nur zu gut. Doch ein Letztes noch. Lasst mich, Pater, noch eines für das Judenweib erbitten: Lasst auch sie am Saum der ewigen Verderbnis von den Übeln Abschwur leisten, die sie herbeigerufen hat.«

Mir war beileibe klar, welche Furie da auf mich niederkommen würde. Der Inquisitor starrte mich wie den Gehörnten an und rückte auf zwei Manneslängen von mir ab. Dann rupfte er sich im verbliebnen Haarkranz und strich mit düsteren Gedanken die Finger durch den Bart.

Natürlich rechnete ich bei meinem Winkelzug nicht einen Lidschlag lang im Ernst damit, Gnade für Rebecca zu erreichen.

Geldern wollte sie geknebelt und in Ketten wissen.

Und – wie ich aus andern Schauprozessen wusste, die allenthalben unsre Christenschar verzückten – das Volk die Judenhexe grad so sehn: Gedemütigt, im Büßerkleid, den Kopf geschoren, den Hals im Kettenring zur Brust gepresst. So und nicht anders musste man sie vor die Kleriker und Schöffen schleifen, wollte man den Pöbel freuen! Ihr stand als Jüdin keine Redefreiheit zu. Nicht in einer Stadt der Christen. Nicht vor einem christlichen Gericht – das sich mit jedem Nichtgetauften, dessen es sich annehmen musste, zu besudeln gezwungen war.

Den Inquisitor um die Möglichkeit zu bitten, dass auch Rebecca Reue zeigen dürfe, war nichts weiter als ein Schachzug gegen ihn. Mir war einzig daran gelegen, mich eingeschüchtert zu erweisen, bereit, mich in aller Fügsamkeit zu unterwerfen. Um nämlich auch nur in die Nähe der Möglichkeit zu gelangen, meine Pläne umzusetzen, war es unverzichtbar, den zerknirschten Sünder abzugeben, der öffentlich seine Schmach bekennt und sich in Reuigkeit kasteit: Das Opferlamm, das entrückt ins Feuer geht, nachdem es alle Schlechtigkeit der Welt auf sich genommen hat!

Nichts brauchten die Gottes- und die Erdenhunde jetzt, nach dem Todesschreck der Pest, so sehr wie Sündenböcke, die sie in einem Purgatoriumsspektakel stellvertretend für die Verfehlungen der Christenschar läutern konnten. Schließlich gab es keinen besseren Leumund für die Gottgefälligkeit der Leichenberge aus dem Judensteig als eine Tochter Zions, die sich als Hexe preisgab, und einen Klosterzögling, der diese Hexerei beschwor.

»Abschwur für die Metze? Niemals gewähr ich die! Die soll zu ihren Teufeln fahren! Juden und Hexen ist jede Reue fremd und jede himmlische Absolution ewiglich versagt!« Die Stimme kam voll Galle und fuhr auf mich herab, als wollte sie mich zerschneiden.

»Die Hure hat zu schweigen. Vielmehr will ich aufs Genauste von dir hören, wie sie dich in ihren Hexenbann gelockt hat! Wie die Judasjüngerin dem Christen die Seele aus dem Leib gerissen hat.« Ich merkte, dass ihm etwas im Kopf herumstreunte. Er zog mich von den Wachen fort, ein Stück beiseite.

»Bekenne, wie sie deinen Glauben weggezaubert hat. Wie die Christusmörder uns mit ihren dunklen Künsten auszulöschen suchen. Wie allein Mutter Kirche ihre Schäfchen vor dem Hexentreiben schützt. Dann … möglicherweise … weiß ich ein Tränklein, das die Flammenqualen auf dem Scheiterhaufen lindern kann … ja, vergessen macht …«

Mit aufgesetzter Inbrunst nahm ich das Verdikt entgegen, warf mich zu Boden und küsste in Ergebenheit den Stoff der Kutte. »Vergebung, Pater! Ich bat unbedacht. Der Strom von Bußgebeten in mir hat mich mit sich fortgerissen. Ich bekenne: Jede

Nachsicht für die Judashexe wäre Frevel gegen Christenheit und Mutter Kirche.« Ich sah auf. »Darf ich um eine Geißel bitten?« Ich wusste zu genau, wonach sie alle lechzten.

»Dazu ist es zu spät«, der Alte bedeutete mir aufzustehen, »bekenne lieber am Altar.«

Er war versöhnt. Besänftigt. Eingelullt.

In seinem trüben Blick las ich höchste Zufriedenheit: Über meine Zerknirschung, das, was sie bewirken würde, und die Trefflichkeit, mit der er sie hervorgerufen hatte.

Er sehnte sich geradezu nach meinen Bekennerworten vor dem Tribunal – und schliff mir so die schärfste Waffe, die mir blieb.

Der Inquisitor schlurfte auf den Ausgang zu. Ohne sich umzublicken, bellte Gottes Hund den Bütteln eine letzte Weisung zu.

»Die Metze kommt zur Frau des Kerkermeisters. Die richtet sie fürs Tribunal. Den Mönch führt ihr beim Schlag zur Terz in Ketten in der Kirche vor. Und gebt ihm Brot und Bier.«

Rebecca wurde von den Bütteln abgeführt. Nur einmal wandte sie noch kurz den Kopf. Als wollte sie mir einen stummen Abschied senden. Dann holte sie sich ihren Stolz zurück, machte sich von den Bütteln frei und stieg mit hoch erhobnem Haupt die schmale Leitertreppe in den Wachsaal rauf.

Ich fühlte mich erleichtert, denn der Weibel blieb bei mir. Im Gerichtsgewahrsam bei der Frau des Kerkermeisters war Rebecca vor jeder weitren Notzucht sicher – das alte Zotteltier mit dem halbierten Blick musste sich seine Eier an einem andern Spundloch reiben.

Selbstredend war der Springbock jetzt geladen. Jedoch, die zwei Vergeltungstritte mit dem Knie, auf die er's abgesehen hatte, vergab ich ihm mit Freuden.

»Na, wie ham wers denn? Wie ham wers denn?« Er stöhnte mehr, als dass er Worte von sich gab. »Wie ham wers denn, hä? Wie?«

Unter derart einfallslosen Beschimpfungen zerrte er mich zu einer kargen Schmiedewerkstatt in einem Mauerbogen vor dem Doppeltor zum Hof. Der Amboss vor der grob gefugten Esse in der Wand war rot und schwarz von Blut.

Ich hatte wahrlich keine Zärtlichkeit erwartet, aber so ruppig wie mich der Weibel mit dem Grobschmied zwischennahm, hatte ich mir das Schellenschlagen auch nicht vorgestellt.

Erst ließ der Einäugige seine Stiefel vor mein Schienbein krachen und stieß mich kopfüber in den Dreck. Dann griff er meine Unterschenkel, dass die Gelenke krachten, und bog mich wie ein Schaf zur Schur. Er und der Grobschmied schnappten sich je einen Fuß, quetschten mir die Fußfesseln auf dem Kegelspitz des Amboss fest. Ich hörte schrille Hammerschläge, spürte Eisenreifen, heiß wie Glut, dann hatte mir der Schmied die Fußgelenke eng im Eisenschlag vernietet und band die Kettenglieder mit einem schweren Schloss zusammen.

Dieselbe Prozedur erwartete mich bei den Händen.

Dann rissen sie mich auf die Füße, und ich stand, gebunden wie ein Hopfenstecken, die schweren Schlösser noch einmal derart querkreuz angekettet, dass ich nur mühsam trippeln konnte, mit einer Unzahl Blasen an den Fesseln beim kalten Ausgang in den Schöffenhof.

»Bier. Der Inquisitor sagt, der kriegt noch Bier.« Was er dem Schmied da wiederkäute, der finstre Scherge vermochte es schier nicht zu fassen. »Bier. Und dann ist er gleich tot.«

»Na, aber wenn's der Inquisitor sagt. Du weißt …« Sie wussten beide. Und wussten auch, dass es nicht angeraten war, noch viel davon zu sprechen. »Besser, ich geh zum Kerkermeister und sehe zu, was er uns anschafft, oder?«

Der Grobschmied lief gleich los und kam im Nu auf seinen kurzen, krummen Beinen wieder, zwischen beiden Händen einen Henkelkrug voll Bier.

»Schande, eine Schande isses. Nee. So was. Eine Schande aber auch. Der säuft und kann's nicht mal mehr pissen. Und wir, bei aller Müh und Fron …« Der Einäugige kochte innerlich vor Neid.

»Was will man machen?«, schickte sich der Schmied ins raue Schicksal und ließ mich von dem Dünnbier nippen. Ich schluckte gierig, was ich lecken konnte. So warm die Brühe war, am Ende machte sie noch einmal beinah satt.

»Schluss jetzt. Das muss genügen.« Der Schergenobmann packte sich den Krug und stürzte ihn mit einem Schnapp ans

Maul. »Der Inquisitor sagte Bier. Nicht gleich ein Fuder.« Er griente ranzig. Der Grobschmied nahm den Krug. Sollten sie sich die Plörre munden lassen. Solange sie beschäftigt waren, blieb ihnen jede Müh erspart, neue Schindereien auszuhecken. Erst wenn das dünne Bier zur Neige reichte, würden sie ihre armseligen Mütchen wieder an den Gerichtsbefohlenen kühlen.

»Hopphopp. Der Mönch soll her.« Der Bursche mit dem Möhrenhaar und der Weißkohlhaut war völlig außer Atem. »Das Kirchenschiff, der ganze Treppenabsatz vor der Tür, bis zum Kirchhof runter, alles ist so vollgepfropft wie nie. Die grölen sich die Fressen wund! Der Scharfrichtergeselle hat gesagt, das wird ein Fest wie anno '90, als sie die Firnerjungen allesamt gevierteilt haben. Da, wo der eine Ochse einfach umfiel. Der fünfte Firner war zu viel für ihn.«

Die stolzen Recken lachten schallend. Wie schal und bang und widerwärtig war doch die Freude über andrer Leute Qual. War das die Botschaft Jesu Christi, in der die Kommunion gehalten wurde?

Der Lachspuk fand ein rasches Ende. Der Möhrenlümmel zurrte schon an mir. Der Einäugige schob den Helm bedrohlich in die Stirn und zog die Federn glatt. Dann legte er die Hand aufs Schwert und stieß mich in den Hof.

Wie einen Tanzbären ließ er mich über den beflaggten Richthof, die Liefergasse längs, zur Rechten am Liebfrauentor vorbei, durch den Morast der Alte Stadt von einem Pflasterstein zum nächsten hüpfen, wobei auf jeden engen Schritt als Lohn ein Schwertknaufknuff genau aufs Rückgrat folgte.

Am Stiftsplatz wurde mir dann klar: Kohlrabis grüne Lippen hatten nicht gelogen. Die ganze Stadt reckte den Hals nach mir.

Weihevoll schob mich der Weibel mit der Gürtelscheide vor.

Fünf Stufen hatte ich zur Küsterpforte der Kirche zu erklimmen, den Seiteneingang des stolzen Stifterbaus. Schon auf der dritten fiel ich strauchelnd hin.

Das Volk im Kirchhof, der auch als Gottesacker für die Noblen diente, bejohlte meinen Ausrutscher mit Trampeln und mit Klatschen. Manch einer pfiff auch, was die Lunge hielt.

Als ich wieder auf die geschundnen Beine kam, sammelte ich

meinen Rest von Würde ein und schritt gemessen die letzten Stufen auf den Absatz mit der Pforte zum Altarraum hoch – wo sich das Tribunal im Hochchor versammelt hatte.

Markus von Geldern saß als Stadtprälat erhoben in der Mitte. Rechts und links von ihm je ein Kanoniker im Messgewand mitsamt vier Schöffen, sämtlich aus dem Patriziat, sämtlich in Spitzenkragen, die schwere Robe pelzverbrämt. Zwei von ihnen kannte ich. Den einen hatten wir höchstselbst, dem anderen die Tochter jüngst versorgt, als der Schwarze Tod noch ungehemmt im Landstrich tobte.

Kaum war das Sterben aus dem Sinn, kaum rangen nur die Alten und die Armen noch um ihr bisschen Leben, kaum schlug die Totenglocke wieder gemächlich voller Andacht, kaum knarrten die Leichenkarren anderswo entlang, war jede Dankbarkeit vergessen.

Nun, da der Schnitter seine Sense abgesetzt, um sie erneut zu schärfen, holten sich die Blutsauger ihr Regiment zurück.

Geldern richtete sich in seinem Sessel mit den hohen Lehnen auf und präsentierte sich bewusst erhaben. Er hatte sich die Mitra des Abtes aufgesetzt und gab sich stoisch wie ein Fels.

Der gesamte Altarraum, dessen reich geschmückter Hochaltar auf dem Zentralrelief die Grablegung des Heilands und die Auferstehung vor den Jüngern wiedergab, war aufs Kostbarste mit einem Meer von Kerzen herausgeputzt. Ein Strahlenkranz von Goldflammen schmückte die Stufen, die sich unter dem Thronsitz des Stadtprälaten und obersten Richters pyramidenförmig verbreiterten, bis sie in einem flachen Sockel endeten. All dies von einer zauberhaften Wirkung, dass Markus regelrecht von einem Glorienschein umstrahlt erschien.

Geziert fiel ihm dabei im Lichterschimmern das Goldhaar auf das Karmesingewand aus Samt, daran die Borten und die Säume schon mit weißem Pelz besetzt, im schwülstig selbstverliebten Protz der Kardinäle.

Als er mich in Ketten, zerknirscht und allem Augenschein nach voller Reue fand, kam ein Glanz in seine Augen, als sähe er sein Lebensziel im Dom von Köln ganz nah.

Zustimmungsheischend blickte er mich an, als er seine Pastorale, den Bischofsstab der Äbte, hob. Beinah wie ein Zepter hielt er sie, dieweil er von seinem Podest herab sein Publikum studierte.

Zunächst die Ritter, Lehnsherren und Patrizier, die sich an den Längsseiten des Chorgestühls in Reih und Glied versammelt hatten. Ganz vorn, im Halbrund um die Stufen des Altars, die Kleriker und die Kanoniker aus dem Konvent, bei denen einzig Dechant Wigbert fehlte, mag sein aus Widerwillen gegen Markus' Willkürakte, vielleicht auch einfach, weil die Altersschwäche ihn an seinem Lager festhielt. Dann schlossen sich die Stiftsherren mit ihren schwarzen Ohrenkappen an, darauf, wie es der Rang bestimmte, die Ratsherrn, Obleute der Gilden und die Meister der diversen Zünfte.

Sie alle hatten sich wie zum Weihnachts- oder Osterhochamt herausgeputzt, die Haare und den Bart gestutzt, die Nägel an der Hand gekappt, die Ketten und die Würdenringe angelegt, womöglich gar, voll Freude überlebt zu haben, ein Bad genommen, selbstredend nicht allein, und gaben sich jetzt achtungsheischend, das Mienenspiel gemessen ernst und dennoch voll Erwartung des Spektakels, das nun im Namen der katholischen Gerechtigkeit gehalten würde. Dahinter dann, im Geviert des Kirchenschiffs, bis in die seitlichen Kapellen, das Volk, auf Zehenspitzen, die ausgezehrten Hälse langgereckt, schnatternd, gurrend, wie ein Schlag voll Tauben, vom Schergentross, den wie immer, als Gelderns Leibschild, Walter führte, mit Piken, Großschwertern und Hellebarden eingezäunt, dass ja kein Murren, Brodeln oder Wallen der Gemüter in den Altarraum schlagen konnte.

Dreimal pochte Markus mit seiner Pastorale auf die Kante des Gerichtstisches, den man genau vorm Hochaltar errichtet hatte, als säße Gott der Herr selbst zu Gericht. Als er dann auch noch sein Haupt mit dem Goldhaar eines Seraphim erhob und stumm die Augen wandern ließ, kam demütig von allen Seiten Stille auf. Starr und atemlos verharrte alles wie gefroren.

Ein knappes Räuspern, dann hob der Stadtprälat den Arm. »Der Inquisitor hat das Wort.«

Aufrecht wie ein Stock trat der Dominikaner aus Markus' Schatten vor den Tisch der Richter beim Altar. Mit ehrfurchtgebietender Ruhe ordnete der Alte den schwarzen Überwurf der Kluft und sammelte die Stimme für die Klagen, die er mit Donnergrollen aus dem Rachen stieß.

»Du hast gestanden, Gilbert, eingeboren anno 1326 ins Kirchregister Gerresheim, exkommuniziert und aus dem Noviziat verstoßen im Kloster von Sankt Benediktus nahe Mülheim am Pfingstmontag dieses Jahres, die folgenden Verbrechen und Verfehlungen gegen Gott und alle Menschen …« Mit Wucht entrollte er das Pergament und trug mit stetig steigender Betonung das Register meiner Sünden vor, das ich ihm abgezeichnet hatte. »… die fortlaufende Insubordination unter die Obrigkeit des Ordens, schändlichsten Treuebruch gegen die Gelübde, in Sonderheit das des Gehorsams. Sodann auf ärgste Weise Ketzerei, Vergehen gegen das Gesetz und einen aufgestellten Richtspruch deiner Kirche, im Bannkreis deines Klosters, indem du eine ihrer Schandtat überführte Hexe der Gottesobrigkeit entrissen hast! Hinzu kommt widerlichstes Bündeln mit den Heilandsmördern, hier, in dieser Stadt, Verschwörung mit den Juden gegen den gerechten Zorn der christlichen Gemeinde. Hexenmeisterei für eben jene Jüdin, die du aus dem Richtspruch raubtest! Und …«, er setzte eine scharfe Pause, die das Volk sogleich ins Toben brachte, »… und … und …«, er erzitterte vor Grausen, »… und gemeinsam mit der eignen Mutter, einer wohlbekannten Hexe, die ihre maßlosen Frevel in einem anderen Verfahren eingestanden hat, und der Judenhexe habt ihr ein Satansgift gebraut, mit dem ihr für Stadt und Lande den Schwarzen Tod herbeigezeitigt habt, indem ihr es von Judas' Brut in alle Brunnenwasser mengen ließet.«

Wie angestochen jaulte jetzt der Pöbel auf, brandete gegen Gelderns Schergen an. Hinter mir sah sich der Weibel darob gleich bemüßigt, mich an den Ketten auf den Bauch zu zerren und mir den Stiefel ins Genick zu setzen.

Erneut nahm sich der greise Inquisitor mit einem ausladenden Fingerzeig das Wort. »Das ist jedoch beileibe noch nicht alles. Satansopfer, Dämonenmessen, Ausritte zum Hexensabbat, Blutopfer und Sodomie mit Knaben, Teufelsausschickung und schwarze Blickmagie, das Schandregister will nicht enden. Und all das hast du gestanden! Unter Zeugen! Mir! Jetzt wiederhole dein Geständnis vor Gericht und füge dich ins Urteil, das dich trifft. Genau wie dieses Hexenweib.«

Ein tumber Aufschrei wogte durch die Menge. Der möhrenrote Grützkopf schob mit linkischem Gehabe Rebecca auf die Stufen des Altars. Er buckelte und grinste, als erwarte er Applaus. Das Volk war viel zu aufgekratzt, ihn mit Beachtung zu beehren. Die Meute wollte Fleisch. Und Blut. Und Hass und Wut und Qualen.

Rebecca kniete jetzt geschunden und geschoren vor dem aufragenden Holz des Tribunals. Finster richteten die Edelleute Düsseldorfs den Blick auf sie. Das also war die Metze, die alles Leid und Sterben vom Höllenschlund heraufbeschworen hatte. Keiner Sippschaft, keinem Haus war Trauer um Verstorbene erspart geblieben. Jeder war am Kummer fast erstickt.

Nun senkte hier, im Haus des einzigen und wahren Gottes, die Judenhexe in verlogner Demut ihren kahl geschorenen Kopf. Viel zu weiß erschien das kurze Bußhemd, in das man sie gekleidet hatte. Viel zu heil die Haut auf ihren Knochen. Jeder Schnitt und Schrund und Grind von einer Wunde wurde lüstern ausgespäht. In nie gekanntem, nie gewesnem Schmerz sollte das Judasaas verenden, das sich der Ausrottung der Stadt verschrieben hatte.

Bis in die Eingeweide konnte ich den Furor spüren, der auf uns niederschlug. Als schwitzte ihn die Menge aus, stieg er in das Gebälk des Giebels, legte sich als unsichtbare Schwade auf die seitlichen Altäre, kochte an den gekalkten Wänden hoch, um uns dann, als Essenz des gottbefohlnen Zornes aller Frömmler, zu vernichten. Als riefen sie im Angesicht der Höllenbrut zu einer neuen Kreuzfahrt auf.

Der greise Inquisitor hob die welken Hände erregt zum Himmel hoch, als käme gleich der Rachegott hienieden.

»So lege dein Geständnis vor allen Menschen guten Willens ab! Bist du der Hexenmeister dieser Jüdin? Ja?«

Die Menschen guten Willens auf den Richterstühlen gifteten

mich mit wutverzerrten Mienen an. Bei Markus konnte ich die Spannung noch an der Büßerstufe des Hochaltars spüren, selbst jetzt, da mich der Weibel kaum das Kinn erheben ließ.

So gut es eben ging, verschaffte ich mir Luft und würgte so viel Laut heraus, dass darauf der Inquisitor Zeichen gab, mich von dem Stiefel auf dem Nacken zu befreien.

Wenigstens auf die Knie konnte ich mich so erheben.

»Ihr edlen, braven Herren«, schmeichelte ich den Abschaum an, »nur zu gern will ich Euch jede Missetat gestehen. Jede Sünde will ich Euch am Fuße dieses heiligen Altars beichten. Mein Hexerwerk, das Mauscheln mit den Juden. Ja, bei allem, was mir heilig ist, ich will gestehen! Denn einzig und allein so kann Eure Güte mir ein wenig meiner unfassbaren Schuld vergeben. Bei allem, was ich offenbaren werde, vergesst nicht, woher meine Sünde rührt. Jeder unter Euch weiß zu genau, mit welch perfiden Mitteln, auf welch verschlungnen Wegen die Jesusmörder uns das Christenherz vergiften. Uns die reinen Seelen mit ihrem Götzenspuk verderben. Uns mit ihren wollüstigen Leibern, die des Teufels sind und nichts als das, in wilder Lust und Leidenschaft zur Abkehr von dem wahren Gott verleiten.«

Der Inquisitor nickte stumm erhaben, beifallheischend Markus zu. Gelderns Hofhund hatte seine Zähne lang genug gefletscht. Ohne jeden Zweifel hatte er sein Ziel erreicht: Für einen raschen Gnadentod war ich zu jedem Anwurf und Verrat bereit. Und was alles andre anging, würde ich schweigen wie ein tiefes Grab.

Was dagegen Rebecca traf, war kein Erschrecken mehr. Ich hatte ihr den Todesstoß versetzt.

Rebecca, Liebes, alles ist nichts als ein bitterböses Spiel! Ein dunkles, schwarzes, widerwärtiges, das uns vom Abgrund retten soll! Vertrau mir! Einmal noch! Dann will ich dir beweisen, was ich für uns vermag.

»Hat sie dich zum Hexendienst verführt?«

Der Inquisitor hakte nach. Im ganzen Kirchenschiff wurde es totenstill. Alle warteten gebannt auf meine Worte, lechzten einer Schilderung der Hexenbuhlerei entgegen. Schon hielt ein Weiblein ihrem Bub die heißen Ohren mit den Händen zu.

Nur das dünne Fiepen unterm Boden des Altars zeugte noch von Leben, als pfiffen sich die Ratten munter Wiegenlieder zu. Die jungen Würfe machten sich zum Sprung ins Licht der Welt bereit. Als fehlte nur ein Laut, ein Fingerzeig, die Nacht der Keller mit der Menschen Nacht zu tauschen.

»Ich will alles gründlich mit offnem Herzen eingestehen.«

Damit brach ich ab. Ich schlug die Augen auf und sah mich um. Alles starrte nur auf mich. Kaum hielt es den Gelderner noch auf seinem hochbelehnten Sessel. Irritiert suchte er in des Inquisitors hohlen Wangen Auskunft.

Der trat zu mir herüber, flüsterte über mich hinweg. »Du weißt, was dich erwartet. Sprich.«

»Ihr hohen Herren, frommen Leute, ich fleh Euch um Vergebung an.« Ich kämpfte mich auf meine Beine. Dumpf klirrten meine Ketten gegen den Altar. Ich hob die Arme, so weit ich konnte, und rang die Hände bußfertig zum Holzkreuz über dem Gericht. »In Christi Namen! Nehmt mir die Ketten ab. So red ich nicht im Angesicht des Herrn!«

Ein Raunen hallte durch den Raum und setzte sich im Giebel fest. Die Schöffen neigten sich zu Geldern. Der prüfte starr mein Mienenspiel, um so mein Trachten zu erkunden, und wandte sich dem Inquisitor zu.

»Löst die Ketten. Der Weibel bleibt bei ihm.«

War es sein Übermut? Er wollte Größe zeigen.

Der Einäugige hatte schon verstanden. Rückte mir mit gezückter Klinge derart auf den Leib, dass ich in seinem Bierdunst fast besoffen wurde. Dann wagte sich der Möhrenkopf mit seinen Schlüsseln ran und löste mir die Hände aus den Eisen.

Ich deutete zum Boden: Die Füße fehlten noch.

Der Rotschopf stutzte, suchte beim Inquisitor um ein Zeichen nach. Der wog seinen Habichtkopf und stimmte endlich zu. Mit lautem Rasseln knirschte meine Kettenlast zum Grund.

Ich drehte mich zum Volk. »Nun denn, so ist jetzt meine Zeit gekommen. Und mein Gerichtstag bricht jetzt an. Ihr seid fromme Leute. Ich kenne Euren Glauben nur zu gut.« Der Hohn, den ich in mir verspürte, in meine Stimme kam er nicht. Fürs Erste sollte sich der mordgierige Pöbel noch im Sicheren wiegen. Jeder

Argwohn konnte meinen Plan im letzten Augenblick zunichte machen. »Mea culpa! Mea culpa! Meine übergroße Schuld! Gegen alles, jeden, Gott und seine Welt, habe ich mich in Schuld gestellt. Die Sünde habe ich wie Wein geschlürft. Und mich in Niedertracht gesuhlt. Mit meinen Hexen habe ich auf Euren Gott gespuckt. Sein Idol, das Kreuz, war unsrer Notdurft ausgesetzt. Wir haben es wie tollwütig vor Seinem Bild getrieben. Ja, selbst auf dem Altar! Mit Wollust und Dämonenwonne. Euch, das Christenvolk, haben wir mit jedem Fluch belegt! Der Schwarze Tod war nur der Auftakt für den Höllenschlund, das Inferno, das wir Euch mit unserer Dämonenkunst bereiten wollten.«

Sie waren still. So totenstill gebannt. Jetzt waren sie bereit, zu hören und zu sehen und in sich, zu sich zu gehen! Ich hob die Arme, als wollte ich den Weltenkreis umfassen, und wandte mich dem Richttisch zu.

»So wahr es einen Teufel gibt, wir wollten diese Stadt vernichten! Bei Luzifer und Beelzebub und allen Höllenengeln, die ich rief, wir haben jeden Einzelnen von Euch verflucht! In alle Abgründe der Ewigkeit verflucht, verstoßen, ausgespuckt, verbannt!«

Ich nahm den Tabernakel ins Visier. Der Seidenvorhang klaffte so weit auf, dass ich den Messkelch sehen konnte. Fünf, sechs beherzte Schritte mussten reichen, und schon war ich am Ziel und konnte meine Waffe greifen. Friedlich und vergessen ruhte sie im heiligen Verschluss. Und war dennoch mächtiger als jede Lanze, jedes Schwert, dem Geldern zu gebieten wusste.

»Nun, da die Stunden ausgezählt und nur der Tod verblieben ist, will ich Euch das Geheimnis meines Wirkens offenbaren.«

Ich nahm die Brust nach vorn und war mit einem Sprung auf Höhe des Altars: Die Schöffen stoben von den Sesseln auf. Der Weg zum Hochaltar war frei.

Ich stürzte direkt auf den Tabernakel zu und konnte ihm, bevor mir jemand in die Quere kam, sein heiliges Geschirr entreißen. Der reich geschmückte Kelch der Wandlung war fast bis an den Rand mit Hostien gefüllt.

»Aus dem Weg! Zeig Ehrfurcht deinem Gott!«

Der Weibel hatte ausgeholt, das Schwert zum Schlag bereit.

»Agnus Dei! Gottes Leib! Gesegnet und im Sakrament geweiht! Verneige dich vor Ihm!«

Der Scherge wusste nicht, wie ihm geschah. Hilflos taumelte er Schritt für Schritt zurück, dem Tribunal entgegen. Einzig Geldern hielt noch seinen Platz besetzt. Ich schob den Weibel wie einen leeren Teller aus dem Weg und maß den Platz zum Sprung.

Fest barg ich an meiner Brust den Messkelch. Dann ein entschlossner Satz auf den nächstbesten leeren Schöffenstuhl, ein kecker Schritt, und ich erhob mich auf dem Richttisch aufrecht über Gelderns Scheitel.

Markus starrte mich mit offnem Mundwerk an. Für den Moment war er gelähmt.

Wie einst Jesaja streckte ich den Kelch empor und zeigte ihn der Menge.

»Agnus Dei. Euer Gott!« Ich flehte Ihn um Nachsicht an und ließ die Hostien für jeden sichtbar auf meine flache Linke rieseln. Dann ballte ich die Hand zur Faust und zeigte feixend so viel Ingrimm, wie ich nur aus der Seele quetschen konnte. »Ich bin der, der ist, wo sonst nichts ist. Ich bin der, der immer ist. Ich bin das Nie und auch das Nein. Ich bin das Wider und der Hass. Ich! Euer Gott bin *ich*! Wisst ihr jetzt endlich, wen ihr vor euch habt? Reißt euch die Augen aus und klagt und zagt und weint. Christenhunde! Räudiges Geschmeiß! Ich bin es! Satan selbst! Seht her!« Ich ließ ein wildes Lachen hören, das mir die Brust fast platzen ließ.

Ein banges Kreischen tobte durch das Kirchenschiff, die Masse wich zurück. Die Würdenträger sprangen von den Bänken auf und drängten wie die Schafe aus dem Chorgestühl.

»Ich habe alle Hexenmacht! Und ihr seid mir zu Willen! Folgt Satans Wort, ihr Erdenkriecher, sonst lass ich die Dämonen frei! Luzifer, ich rufe dich! Beelzebub, herbei! Abaddon, Engel des Abgrunds, ich befehle dich zu mir! Leviatan, steig aus dem Meer herauf! Behemot, lass alle Wüsten hinter dir! Seht nur, seht, da sind sie schon und lauern längst auf euch!«

Ich zeigte in die Leere unterm Glockenstuhl. Da fiel der Pöbel auf die Knie und fing zu klagen an. Das Wimmern sirrte wie Hornissen durch den Raum. Gefolgt von Heulen, Zähneknirschen und Gebet.

»Ja. Betet nur. Solange ihr noch könnt. Wenn ihr uns nicht zu Willen seid, vertilg ich euren Gott!« Weithin sichtbar legte ich mir eine Hostie auf die Zunge. »Was euch geheiligt wurde, ist vertan! Barmherzigkeit und Gnade ausgelöscht! Verstoßen wird euch euer Gott in meinen Schlund der Hölle. Kommt nur, wir warten schon auf euch!«

Ein atemloses Schluchzen. Die Wachen zogen ihre Waffen blank und stemmten sich, so gut sie konnten, gegen den Tumult.

Haltlos, hilflos irrten ihre Blicke. Zum Klerus und zum Patriziat. Doch niemand wagte es, sich Satans schwarzem Flügelschlag zu widersetzen. Ich nahm die Hostie vom Rachen und hielt sie drohend hoch.

»Sodom und Gomorrha, steht mir bei! Finsternisse öffnet euch! Dämonen, Höllenausgeburten, her zu mir! Und alle andern weichen! Gebt meine Hexe frei! Kniet nieder! Senkt vor ihr das Haupt!«

Der Weibel selbst beeilte sich, stieß schlotternd Möhrenkopf vor Rebeccas bloße Füße. Der konnte kaum die Schlösser lösen, so zitterte die Hand.

Da setzte Markus an. Er hatte sich gefasst und war bereit, mein Schauerspiel zu brechen. Doch darauf war ich schon gefasst. Im Nu war ich bei ihm, erwischte ihn am Arm und zog ihn gegen seinen Willen herauf zu mir aufs Tribunal.

»Ehrfurcht meinen Hexen! Aus meinen Rippen schuf ich sie. Doch dich aus meinem Herzen! Mein Schwager, Bruder, Fleisch von meinem Fleisch!«

Markus wich verstört von mir, ich ließ ihn nicht entweichen. Mit einem Ruck zog ich ihn an die Brust und netzte ihn mit Küssen. Der Aufschrei in der Menge war so garstig wie gewaltig. Das Kreischen ein Orkan.

»Mein Hohepriester! Huld und Lobpreis ihm! So wie er auf die Hexen, sind sie auf ihn gekommen! Sie haben sich vermählt.« Noch einmal deckte ich die weiße Haut mit Küssen. »Folgt ihm! Was immer er euch weist, es führt euch gleich zu mir!«

Sie klammerten zusammen, schlugen sich das Kreuz, stammelten Stoßgebete wie ein Geißlerzug.

Der Gelderner stierte mich ohne Fassung an. Er war verfemt,

verloren. Sein ganzes Trachten hatte ausgedient. Ich hatte ihm mein Kainsmal auf die Stirn gesetzt. Stadt, Land, Profane wie Geweihte, flüchteten vor seinem Schritt. Wie aussätzig, mit der Leprösenschnarre, musste er von jetzt an durch die Wälder streifen. Geldern war lebendig tot.

Der Traum vom Bischofsstuhl in Köln war ausgeträumt. Selbst aus dem Kloster würde man ihn jagen. Da half kein Betteln. Und auch kein Argument. Ja selbst die Macht von Jülich-Berg versagte da. Wer für den Satansjünger Fürsprach hielt, war sogleich selbst des Teufels. Satans Bruderkuss vor hochgestellten Zeugen kam der Vernichtung gleich. Der Glaube war so schwach in dieser Zeit, dass jeder Aberglaube triumphierte.

Leise, voll der falschen Seelenfreundschaft, raunte ich Geldern in sein Ohr. »Von heute an gehörst du mir. Du kommst mir nicht mehr aus.«

Mit einem Lachen stieß ich ihn vom Tisch des Tribunals. Er strauchelte und brach in Tränen aus, verkroch sich vor der Sakristei.

Ich sprang mit einem Riesensatz vom Richttisch auf Rebecca zu und nahm sie bei der Hand. »Den Weg frei, Leute. Schafft uns Platz!«

Sie zögerten und zuckten. Die Büttel blieben totengleich auf Posten.

»Siehe, das ist mein Fleisch und Blut, das ich für euch vergoss.«

Mit garstigem Gelächter führte ich die Hostie zum Mund. Selbst Rebecca schrak vor meinem Spuk zurück.

Langsam wich das Volk von uns und ließ uns eine Gasse. Die Büttel wurden einfach weggedrängt und wagten nicht zu handeln. Nur Walter, der wie angegossen vor der Kanzel harrte, griff sich beherzt ans Schwert.

»Du beugst das Knie, Vogt! Sonst kommst du gleich mit uns!«

Walter zauderte und maß mich ab. Schnurstracks ging ich auf ihn zu. »Stich mir ruhig den Busen auf! Lass meine Teufelslarven frei!«

Gleich fiel dem Trossvogt ein Haufen Würdenträger in den Arm. Der Fluchtweg war bereitet.

Ich musste nur noch dafür sorgen, dass niemand uns verfolgte. Vergib mir, Jesus, wenn du kannst! Ich hatte keine Wahl!

»Da! Behütet euren Gott!«

Wie Aussaat streute ich die Hostien ins Volk. Kreischend kroch die Meute auf den Knien heran und klaubte wie besessen Brosamen und Gebrösel auf.

Rebecca lief mir nach zur Tür, ich spürte schon den Wind und roch den lauen Regen, der auf die Gassen schlug.

Da kamen sie unterm Altar hervor. Wie eine graue Wolke, die der Sturm zerriss.

Zu Hunderten, zu Tausenden, als aufgewühltes, graues Meer wogte das Heer der Ratten durch das Schiff der Kirche, bedeckte unersättlich alles, ellenhoch, im Kampf um die Oblaten.

Ich musste an Hubertus denken. Er hatte sie gemahnt. Den einen, der sie noch gerettet hätte, sie hatten ihn gemeuchelt.

»Wer dem Wort nicht traut, vertraut dem Tod.« Wie ein Stoßgebet aus tiefstem Nachtmahr entwich mir die Gewissheit durch die halb geschlossnen Lippen.

Die Stadt war ausgestorben. Die Ratzen an der Macht. Die Menschen stöhnten unterm grauen Fluch, den Rattenpelz am Leib.

Ich nahm Rebecca fester an die Hand. Die Alte Stadt, durch die wir liefen, lag wie ein Gottesacker, lautlos und verwaist.

Das Einzige, was lebte, waren wir. Es war ein Wunder, ein Geschenk und alles, was jetzt zählte.

Bevor wir durchs Liebfrauentor entwichen, bei dem nur ein schwindsüchtiger Knabe mit einem Haselstecken wachte, stießen wir vor der Schankwirtschaft »Zur Dicken Eiche« auf den Kräuterkarren von Hubertus. Man hatte ihn wohl unfreiwillig abgestellt, die Achse war gebrochen. Die Zeltbahn hatte man entfernt; als ich hineinsah, war er leer.

Bis auf ein Bündel, fest verschnürt in einer alten Decke, die mit Morast und Kot bestrichen war. Ich konnte mir schon denken, was das war: Vermutlich hatten Plünderer ihre Beute so getarnt, weil sie ohne Ballast in der Stadt nach weiterem Raubgut Ausschau halten wollten.

Was Hubertus eigen war, durfte ich Dieben und Schacherern

nicht lassen. So löste ich trotz meines Ekels den stinkenden Ranzen auf und hatte genau das Richtige vermutet: Der gelbe Hut mit Quasten und grellroten Borten und das Wams mit seiner goldgestickten Sonne auf der Brust stachen vom Tuchwerk ab.

Mit Hubertus stolzem Hut konnten wir Rebeccas kahle Schande königlich bedecken. Und auch sein schwerer Umhang würde gute Dienste tun. Das Wams jedoch nahm ich als Teil von ihm an mich und zog es stolz als Verneigung vor einem trefflichen Freund und Gelehrten über.

23. Kapitel

Die Sonne stand schon tief auf ihrer Bahn um unser Erdenrund, um das sich alle Himmel winden.

Wir konnten uns nur mehr nach Süden wenden. Nur ein Landstrich war für Juden, wie man sagte, halbwegs sicher: die Königreiche von Kastilien, Navarra, Aragon – und mitten drin Toledo. Die imposante Perle von Iberien. Jedoch, in unserer Verfassung war an eine derart lange Reise nicht zu denken. Im Kloster hatte ich gehört, allein nach Santiago sei man zwei Monde unterwegs. Zwischen Santiago und Toledo lag noch einmal, so schätzte ich aufgrund der Karten, die die Klosterbibliothek besaß, ein Fußmarsch von drei Wochen.

Dennoch, wohin wir uns auch schlugen, wir mussten weg aus Jülich-Berg. Mein Dämonenspuk wirkte bestimmt nicht ewig. Und sollte es von Geldern wider Erwarten doch noch einmal gelingen, zu Einfluss zu gelangen, konnten wir seiner Rache sicher sein. Dann hetzte er uns jede Menge Häscher hinterher und schürte in der Folterkammer von Mülheims Klosterburg in Vorfreude die Kohlen.

Rebecca hatte vorgeschlagen, auf die gegenüberliegende Seite des Rheins zu wechseln, sich dann aber so weit westlich zu halten, dass wir die Grafschaft Berg umgingen und auch die Kölner Lande.

Auf der Suche nach einer geeigneten Stelle zum Übersetzen wanderten wir ein Stück weit nach Süden. Bei einem Flecken mit ein paar Gehöften und einem Fischersteg, trieben wir einen müden Fährmann auf. Wir mussten lange betteln, dass er uns nur für Gottes Lohn ans andre Ufer brachte. Doch selbst die Großmut fordert ihren Preis. So bat er mich, als wir bei Neuss den morschen Kai erreichten, um meinen klösterlichen Segen. Wahrlich arg ging mich das an, aus meiner Ordenstracht Gewinn zu schlagen, die ich schon lang zu Unrecht trug. Allein, ich sprach im Namen Jesu unseres Erlösers, und dessen Huld vermochte mir am

Ende kein geistliches Konvent und ganz gewiss kein angemaßter Abtverweser abzusprechen.

Wir mussten einen Bogen weit nach Westen schlagen, um Jülich zu umgehen, und marschierten rastlos in die Nacht, bis wir schier nicht mehr konnten. An einem endlos geraden Flüsschen, gesäumt von hohen Birken, legten wir uns erschöpft ins Gras. Kein Haus stand weit und breit. Nur in der Ferne, auf einem Hügelrist, erkannte ich ein kleines Kloster, vermutlich die Schwesterabtei des Sankt Benedikt am Gladbach.

Wenn mich die Erinnerung an meine Landschaftskunde nicht allzu sehr betrog, erreichten wir von hier in einem Tagesmarsch die freie Reichsstadt Aachen – über ein Örtchen namens Erkelenz, inmitten weiter flacher Felder voller Kohl und Rüben, und dann vorbei an Alsdorf, wo Fronknechte aus dörfergroßen Gruben die braune Kohle scharrten.

Beim ersten Lichtstrahl weckte ich Rebecca. Sie zitterte vor Schmacht. Mit mehr als ein paar Schlucken Wasser aus der hohlen Hand konnte ich ihr nicht helfen. Ich sah mich um. Für Eicheln und Kastanien war es noch zu früh im Jahr. Was ich fand, war etwas Moos am Saum des Flusslaufs, das reichlich bitter schmeckte, und ein paar Blätter Löwenzahn. Wenigstens hatten wir so die Illusion von Essen.

Bis kurz vor die Gehöfte rund um Erkelenz schaffte es Rebecca noch, dann musste ich sie stützen. Am Wegrand lockten Obstspaliere, erste, grüne Birnen und Äpfel, die klein und säuerlich in der Sonne glänzten. Trotzdem hätte ich nur allzu gern hineingebissen.

Doch auf Sichtweite, kaum mehr als ein Werst voneinander aufgestellt, hielten die Bauern und ihr Gesinde Wacht. Mag sein, dass wir den einen oder nächsten in unserer Erbärmlichkeit zu Anteilnahme rührten. Jedoch – das Mitgefühl war nicht so stark wie die Furcht vor rüden Strafen, die unweigerlich erfolgten, sobald der Gutsherr oder seine Hausmeier und Vögte mitbekamen, dass jemand aus Barmherzigkeit Herrengut verschenkte. Ganz gleich, was für ein Lumpenpack über die Karrenwege streunte. Verrohte Söldner, Possenreißer und Zigeuner, Diebsgesindel und

Gesellen auf der Walz, allesamt waren sie dem Landmann und dem Hintersassen, ja noch dem Leibeigenen und Knecht nichts anderes als Tagediebe fern von Haus und Hof und Herrschaft, denen sie gehörten. Und zu nichts anderem gekommen und ständig unterwegs, als um zu stehlen und zu plündern, was die Unzahl von Kriegen und Missernten der letzten Jahre dem Landvolk noch gelassen hatte. Wer mehr als einen Strohverschlag besaß, galt schon als wohlhabend, und wer nicht von der Hand zum Mund sein Leben fristete, als reich.

Auch als Mönch war ich im Staub der Straße nicht besser angesehen. Zu viele Bettelmönche zogen durch die Lande, bei denen keiner wissen konnte, woher die Kutten kamen. Nur allzu viele besorgten und verliehen sie sich kraft eigenem Gutdünken, um Gutherzige und Fromme nach Möglichkeit zu schröpfen.

Dennoch musste ich es wagen. Von Rebecca war kaum noch mehr als Haut und Knochen übrig. Fahrig jagte ihr der Atem, hämmernd pulste ihr die Brust, Stirn und Wangen glänzten fahl.

Bei einem umgeschlagnen Baumstamm lagerten zwei Männer. Wohl keine Knechte, denn sie trugen Stiefel aus ungegerbter Haut vom Rind. Wie ich auf sie zuging, starrten sie mich unverhohlen voller Argwohn an. Der eine griff sich seine Sense, der andre richtete einen ausgemusterten Obstpflücker auf mich, nichts andres als ein Stecken an dem ein Zackenkranz aus Eisen mit Überresten eines Lederbeutels hing – um Vögel zu verjagen, mochte das Ding ja tauglich sein, jedoch als Waffe gegen einen Menschen rührte der Pflücker reichlich hilflos an.

Dennoch blieb ich freundlich auf der Hut.

»Wir sind schon lange ohne Wegzehr unterwegs. Ich möchte auch nicht betteln, ich kenne eure Not. Jedermann muss darben, und jeder sieht nur zu, dass er den Kindern ihre Mäuler stopft. Allein, ich erbitte nichts für mich. Ich kann grad noch ein wenig laufen. Aber diesem Mägdlein da blüht bald der Hungertod. Seit Tagen konnte ich außer Moos und Gras nichts für sie finden. Um Christi und der Muttergottes willen frag ich euch bescheiden an: Habt ihr nicht einen Krumen Brot für sie? Einen Apfelweck oder eine verdörrte Birne vom vergangnen Jahr, die schon zu madig ist, um sie noch zu verspeisen?«

Der Größere der beiden schniefte unwillig herum. Der andre, dem ein Buckel auf der linken Schulter den groben Kittel blähte, sah zögerlich herum, bis er den Blick mit leisem Fordern auf den Großen richtete. Mir schien, mein Bettelspruch befasste sein Gemüt.

»Na. Nana.« Der Große, dem der Brustkorb wie ein Trichter eingefallen war, schabte armselig mit seiner Sense im dürren Gras herum. Sie kratzte über Steine.

»Nana. Der Herr sieht alles.« Er kaute seine Worte wie Knorpel eines Huhns.

»Es gibt nur einen Herrn, der alles sieht«, hielt ich ihm entgegen.

»Ja doch. Ja. Gib …«

Mehr brachte der Geduckte nicht heraus, sein Nachbar bremste seinen Eifer.

»Die Bäume tragen nicht. Das Korn hat's uns verhagelt. Du findest keinen Hund mehr auf den Höfen. Letzte Woche ist mein Junge …« Mit seiner hohlen Hand verschloss er sich den Mund.

Das Unglück konnte ich nur ahnen. Aber als Bauernjunge kannte ich die Not der kleinen Pächter nur zu gut. Die Grundherren und Ritter saßen ihnen wie die Wölfe im Genick und holten ihnen ungerührt selbst noch das Saatkorn aus der Scheune.

Ich gab es auf, denn länger konnte ich nicht drängen bei Leuten, denen selbst der Hunger nur das Hausdach hielt.

»Ich verstehe, Gott mit euch. Möge er euch schützen.«

Kaum wandte ich mich wieder Rebecca zu, da kam ein Irrwisch angefegt. Schwarz und glänzend lang die Locken, wie die geknüpfte Mähne eines Rappen beim Turnier. Die Augen strahlend wie ein Öllicht, das Antlitz ebenmäßig wie Apoll.

Rebecca starrte, staunte, konnte es nicht fassen, wankte gar. Der sehnige Athlet, wie ein Senator Roms in weißes Tuch geschlungen, war Aaron, niemand sonst, obgleich er seine Schwester vorerst gar nicht wahrzunehmen schien.

Mit weit gestreckten Armen kam er auf die Hintersassen zu, umfing sie wie zwei Brüder und herzte sie wie lang vermisste Kinder.

»Seid so gut.«

Er lächelte entrückt. Dann zog er eine Handvoll weißer Muscheln aus dem Kittel, wie man sie bei Niedrigwasser an beiden Flussseiten des Rheines sammeln kann, und legte sie mit frohem Mut den abgehärmten Bauern in die Hände.

»Gebt reichlich. Geben bringt euch Glück ins Haus.«

Es waren Muscheln, trockner Kalk. Und dennoch wirkten sie wie pures Gold.

Als triebe sie die eigne Herrschaft mit der Knute an, trollten sich die beiden und pflückten einen Korb aus dem Geäst des verharzten Birnbaums, an dem auch ihre Überwamse baumelten. Mit dem Korb eilten sie dann sogleich herbei und winkten auch Rebecca zu sich, die erschöpft im Gras am Wegrand lag. Jetzt schien auch Aaron zu erkennen, wer ihm näher kam, sprang wie ein Füllen auf sie zu und deckte sie mit Küssen.

Derweil beluden mich die Bauern mit allem, was sie hatten. Gerstenfladen, süße Rüben, Brot, gar eine Scheibe Speck häuften sie mir in die Hände. Als ich schon nichts mehr nehmen konnte, bedrängten sie mich noch und klemmten mir ein Kant von einem Honigkuchen untern Arm.

Ich wusste nicht, wie danken, stammelte nur von »Gott vergilt es!« und »Die Himmelmutter segne euch«.

Die Bauern klopften mir voll Leichtsinn auf die Schultern und gingen von mir wie beseelt.

Immer noch voll Staunen und Befremden trug ich die so gewonnenen Schätze zu Rebecca, von der sich Aaron gar nicht mehr losreißen konnte. Er hätschelte und koste sie und prüfte jedes Fleckchen Haut wie ein Baumeister den Marmor am Altar. Dann hob er kindlich Hubertus bunten Hut und murmelte versonnen: »Schön bist du. Noch schöner. Wem gabst du dein Haar?«

»Ich gab es nicht, man nahm es mir. Vor dem Prozess im Kerker.« Rebeccas Stimme brach fast vor Beschämung ob der Schmach. Doch Aaron streichelte die nackte Kopfhaut unverdrossen selig, als leckte eine Katze ihr gerade Neugeborenes ab. Den Hut hielt er wie einen Schleier drüber.

»Wie er. Jetzt bist du ganz genau wie er.«

Aaron befremdete mich, nicht nur weil er in Rätseln sprach,

doch fürs Erste war Rebecca wichtig. Ich hielt ihr die paradiesische Mahlzeit hin. Sie griff sich hastig einen Gerstenfladen und biss mit Raubtierlust hinein.

Mit meinem Ärmel kämmte ich ein Fleckchen Wiese sauber, legte meine Kostbarkeiten ab und gönnte mir ein Stück vom Brot. Rebecca brauchte Kraft, deshalb brach ich ihr von dem Kuchen ab und lockte sie damit. Wie eine Göre schob sie es blindlings in den Mund und schluckte ohne Kauen. Sie war so sehr bei sich, dass gar nichts anderes mehr zählte. Dann, nachdem der ärgste Schmacht gestillt war, besah sie sich den Schmaus im Gras der Wiese, von allen Seiten lauernd, prüfend wie ein Luchs, bis sie die Rübe wählte, sanft in die weichen Hände nahm, ein letztes Mal in ihrem Elfenweiß und Gelblichrot bestaunte, dass ein Blinder hören konnte, wie ihr das Wasser in den Gaumen schoss. Alles in ihr verzehrte sich nach diesem Prachtstück einer saftig süßen Kost. Doch da besann sie sich, als kehrte sie aus einem fernen Raum zurück. Rebecca drückte mir die Rübe in die Hand und ließ sich bei mir nieder.

Aaron tat es ihr gleich. Dabei war mir, als wäre ich für ihn nicht da. Auch um ihn auf mich aufmerksam zu machen, richtete ich das Wort an ihn.

»Ich danke dir für deine Hilfe, Aaron. Hast du die goldne Stadt erreicht?«

Mir war klar, dass das so gut wie ganz unmöglich war. Wenn es sie wirklich gab, so weit im Osten, nah beim Erdenrand, wie er behauptet hatte, wäre man Jahre dorthin unterwegs.

Doch bass erstaunt erlebte ich, wie Aaron eifrig nickte und dabei mit dem Rumpf wie beim Rudern auf und nieder wippte. So eifrig und so emsig, als müsste er mit einem Nachen durch aufgewühlte Schnellen eines Stroms. Und dabei fing er mit geschlossnen Augen an zu reden, als künde er vom Himmel eine Botschaft als Prophet, hastig hechelnd, wie gejagt.

»Die goldne Stadt! Die goldne Stadt ist gar nicht golden.« Er war beseelt, von Glück und Geist ergriffen. »Sie liegt im Osten. Weit nach Ost. In hohen, weißen Bergen. Weiß ist sie und ragt auf wie Wolken, ja, das schon. Ihr Name ist Angkor. Ein Wanderer hat sie mir gezeigt, mit Worten. Ein strenger Mann mit einem steten weisen Lachen. Barfuß schritt er mir auf einem Feld entgegen. Die Sonne stand schon im Zenit. Alles lag in Dunst und Flirren. Die Vögel träumten stumm. Ja, selbst der Wind hatte sich dort zum Schlaf gelegt. Der Mann trug ein Gewand, das nur die eine Schulter deckte, wie eine Tunika vielleicht. Von einer Farbe, wie ich sie vorher noch nie sah. In einem Rot, gelb wie die Sonne, wenn sie im Herbst sich in den Hügeln bricht. Und seine Haut war braun wie von Kastanien und seine Augen von Mandelform und glänzend, wie Federn vom Schwanze eines Hahns. Das Seltsamste jedoch war seine Sprache. Nicht Deutsch und kein Latein, auch Griechisch nicht und kein Hebräisch, obwohl er das in Ansätzen verstand. Er sei ein Pilger in dem Rad der Zeiten, hat er mir gesagt. Und dass wir alle Pilger seien, in steter Wiederkehr.«

Was Aaron sagte, kam mich ungemein befremdlich an, doch ihn schien es wie Hellsicht zu beglücken.

»Rebecca, ich bin des einen Gottes Rabbi! Was unser Vater sich ein Lebtag wünschte, der Pilger hat es mir geschenkt! Ich bin ein Rabbi des Einen und Gerechten. Sein Diener und Verkünder. Und sieh, die goldne Stadt, die unter sieben Himmeln liegt, auf sieben Sternen thront und sieben Meere deckt, ihr Gold ist nicht aus Gold, ihr Marmor nicht aus Stein, die Türme aus Kristall sind nichts als die sieben Lichter dieser Welt, die Gott für uns erschuf. Die goldne Stadt liegt so unendlich fern, dass wir sie niemals finden. Denn sie liegt tief in uns, in den verschlungnen Kammern unsrer Herzen. Und nur der Weg des Schweigens führt uns hin, das völlige Verschmelzen im stillen See des Nichts.«

Er nahm uns in die Arme und presste uns an sich.

»Hört ihr mein Herz? Hört hin! Gott hat sich darin eingewebt. In unsre Pilgerherzen. Wenn ihr Ihn sucht, dann findet ihr den einen Gott in jedem. Leben bereitet nichts als Leid, solange wir nicht lieben. Liebt einen jeden, alles, Tag wie Nacht, den Spatz so wie den Kranich in den Lüften, den Schmetterling im Sog des Lichts und geradeso den Käfer, der unter Borken haust. Weil alles alles ist und alles einzig Liebe.«

Aaron legte sich ins Gras und streckte alle Glieder von sich. »Gilbert, du sollst mein Bruder sein. Ihr alle meine Brüder.

Denn«, er schlug die Augen auf, betrachtete die Wolken, »Rebecca, unser Vater ist nicht tot. Er lebt schon wieder. Irgendwo. In einer neuen Seele. Vielleicht bei den Ägyptern oder bei den Sarazenen in Damaskus, in einem Kind, das eben in das Weltlicht schreit. Oder fest gewickelt, in einem Fellzelt der Mongolen. Bei den Schweizern, hoch droben über allen Klüften der Bergmassive. Oder im Osten, da wo die Sonne wohnt, beim Volke meines Pilgers, von dem ich alles weiß. Nein, halt, Rebecca, der Vater lebt jetzt dort, wohin er immer wollte, als Erstgeborener eines Hirten im Ihm gelobten Land.«

Behände sprang er auf die Füße und tänzelte herum.

»Ich muss weiter. Und immer weiter noch von Seiner Liebe künden. Hört ihr die Musik? Schalmeien und Trompeten, Tamburine, Trommeln, Flöten, alles singt für Ihn.« Wie ein Kitz sprang er verspielt von dannen.

Rebecca, von den kruden Reden des Bruders aus dem Lot, lief ihm in äußerster Erregung hinterher.

»Aaron, bleib. Wo willst du hin? Du kannst mich doch nicht lassen! Aaron, du brauchst mich doch so sehr.«

Der drehte sich nur lachend um, warf ihr im Laufen Hände voller Küsse zu und juchzte in den Wind. »Er braucht mich! Seinen Rabbi! Er ruft doch schon nach mir. Ich muss erst nach Angkor, danach komm ich zurück!«

Ungestüm wie ein Fohlen hopsend eilte Aaron weiter und war bald ohne Spur verschwunden. Rebecca kam zurück und ließ sich schluchzend in die Wiese sinken.

»Alles war zu viel für ihn. Jetzt kann er nicht mehr träumen. Der Wahn hat ihn gepackt.«

Ich war mir sicher, dass sich Rebecca irrte, denn Aarons Wahn war Glück. Nur dass das Antlitz seines Glücks in derart grellem Schein erglühte, dass unser Augenlicht geblendet war.

***

Auch wenn ich alles daran setzte, Rebecca mit meinen Empfindungen zu trösten, verstrichen noch Stunden, bis sie wieder einigermaßen Ruhe fand. Für sie war der Bruder nun zum zweiten

Mal und jetzt wohl endgültig verloren. Nun war sie ohne jeden Menschen allein.

Hubertus' Umhang hatte tiefe Taschen, in denen er seine Zaubersteine und Arzneien mit sich trug. Jetzt stopfte ich sie mit den Gaben voll, die uns noch von den Bauern blieben. Ein Kanten Brot, ein Eckchen Kuchen und ein Schnitz vom Speck. Dann legte ich Rebecca den Umhang um die hageren Schultern und drängte sie zum Gehen.

Die Ackerleute waren längst verschwunden, brockten in ihren Katen vermutlich die allabendliche angeschwitzte Mehlmilch ein.

Da hörte ich es auch. Gedämpft, in weiter Ferne. Sphärenklänge, wie Musik, flirrend zarte Töne, der Rhythmus schwellend wie ein Tanz. Aarons Ohren hatten nicht gespukt. War am Ende seine Wahrheit wirklich wahrer als alle Wirklichkeit, die uns betrog?

Sacht kam die Melodie heran, als schwebt sie mit den Wolken. Jede Melodie, jeden Cantus wollt ich hören, in mich saugen, als wäre es das Lied, das meine Mutter mir vor Tausenden von Nächten in ihren Armen sang.

Im Übermut riss ich Rebecca mit mir mit. Hügelan, den schmalen Weg entlang. In den Gehöften schlief schon alles. Nur ein Kater streunte noch herum. Der Weg, mit Kies für Karrenräder ausgestreut, strebte nach einer Biegung steiler hoch.

Der Laut der Pfeifen aus dem Tal wogte alle paar Schritte auf und ab. Oben angekommen, sahen wir, weshalb. Die Landschaft war zerklüftet, mit Buckeln übersät. Dahinter wuchsen sich die Hügelketten zu Höhenzügen aus, mit beinah kahlen Gipfeln, umringt von weiten Kratern, finster wie ein Moor. Die Vorboten der Eifel grüßten uns von fern.

Ihnen zu Füßen lagen die aufgekratzten Flure, die wund gerissnen Senken, aus denen sie die braune Kohle scharrten. Kein Baum, kein Strauch, kaum eine Narbe Gras, bloß Lehm und schwarze Brachen, gespickt mit Lachen Sand und rot schimmernden Pfützen.

Die Musik erklang jetzt laut, ein stoßend fremder Rhythmus. Auf einen weitläufigen Höhenscheitel, bei einer jüngst geschliffnen Burg, flackerten Hunderte von Feuerstellen hoch. Der ganze Hügelzug, ein Stundenmarsch in Breite und in Länge, war übersät von Fackeln und Gestalten.

Wir querten rasch die Niederung und stiegen auf die Kuppe. Mit unserm Näherkommen senkte sich endgültig die Nacht herab, schwarz und mondlos wie im tiefsten Herbst. Dennoch war alles hell wie Tag beleuchtet und funkelte die paar verwegenen Sterne an, die durch die Wolken lugten.

Bei einem Pferdewechsel hatten sie die Ochsen und die Rosse an den Tränken abgestellt, zu viele, sie zu zählen. Eine Schar von ausgelassenen Rangen versorgte sie mit Klee und Heu und band sie mit den Führungsstricken so kunstvoll aneinander, dass sie zwar Raum zum Ruhen hatten, doch keine Möglichkeit zur Flucht.

Seitlich der Ruine stauten sich die Fuhrwerke und Karren. Manche hochbeladen, mit Bergen von Gepäck, andre leer und grade mal mit Stroh zum Schlafen ausgestreut.

Um die Gefährte lagerte ein Schwarm von Menschen, buntscheckig gewürfelt und vermischt. Das dröhnende Gewirr der Stimmen offenbarte ein derart waghalsiges Durcheinander von Mundarten und Sprachen, die wiederum einen Kanon der eigentümlichsten Färbungen und Formungen hervorbrachten, dass »babylonisch« es schon gar nicht mehr beschrieb. Es schnatterte und brummte, brabbelte und schnaufte, fiepte und tirilierte in einer Vielfalt, wie sie vielleicht bestenfalls auf Noahs Arche schon einmal anzutreffen gewesen war. Italienisch hörte ich heraus, das Säuseln der Franzosen, kehliges Galizisch, auch angelsächsisches Geröll von Lauten, dann wieder grobschlächtig Latein, inmitten dann ein Griechisch, das meine Lehrer mir im Mund zu Leim geohrfeigt hätten, damit ich es nie rausließ. Dazwischen rollten Worte, die ich für Alemannisch hielt, ein bajuwarisches Geraunze, das Fisteln aus dem Elsass und das Silbenspiel der Franken, hin und wieder untertönt von hessischem Gesums und heimisch eingefärbtem Singsang.

Krüge, Kannen, Kelche, getriebne Silberbecher gerade so wie plumpe Rindenschalen, flache Tassen aus ungebranntem Ton, Haut- und Blasenschläuche, angestoßne Hörner von der Kuh, ja selbst mit Bier und Wein gefüllte Hüte gingen rum und füllten eifrig die scheinbar nimmersatten Schlunde. Alles schluckte, schlürfte, gierte, lechzte, labte sich im Rausch des Trunks. Wer für den Moment nicht soff, ergötzte sich am Fressen. Dörrfleisch, Trockenfisch, Geselchtes, Wildbret, Huhn und Schinken, Trauben, Kirschen gar und Feigen, rote, schwarze Beeren, Honig und Spezereien, alles verschwand wie weggehext im Maul. Sofern nicht andre Schnuten am selben Braten naschten und ein kauendes Wettbeißen ums fetteste Stück Fleisch vom Zaune brach, das sich hie und da zu einem tändelnden Lasterpfuhl von Gebalge und Geschmuse und Geschmause auswuchs, als hätte das Südenbabel Rom sämtliche Lustknaben und Liebesdienerinnen aus seinen Orgienpfuhlen vor den Aachener Wald gespuckt.

Und wahrhaft, je mehr die Becher kreisten, die Zungen schleckten und die Wangen glühten, die Schenkel und die Busen sich aneinanderrieben, desto aufgekratzter und hemmungsloser nährte sich das Treiben, ohne jede Scham. Unter den Karren, bäuchlings auf den Deichseln und rücklings auf den Ladeflächen, mit letzter Zucht in abgehängten Zelten, aber auch nackt und bloß auf ihren Kleidern, trieben es die Leiber im Angesicht der Welt.

Und wo sie sich nicht herzten oder schleckten, kosten oder stopften, kneteten oder stießen, da tanzten sie wie nicht bei Sinnen: Männlein, Weiblein, Mägdelein und Knaben auf den schmutzbesuhlten Zehen, aber auch Greise, taperig auf krummen Fersen, Muhmen und Matronen, spindeldürr und ausladend, wie trächtig, zuweilen züchtig und gar zünftig eingekleidet, zuweilen aber selbstvergessen bloß an Schultern, Schenkeln, Brüsten und gar Scham – sie alle tollten, trollten, tänzelten querbeet.

Ein Sodom und Gomorrha, wie es kein Bild je zeigte, kein Dichter je beschrieb. Und alles endlos aufgeheizt von schwelgender Musik. Das also war der große Tanz. Die letzte, pure, dem Sterben überm Abgrund abgepresste Lust.

Das aufgeschäumte Treiben widerte mich an und schlug mich dennoch wie ein Höllenblick in Bann. Welch ein Destillat aus Gier und geilem Laster, aus Sinnenrausch und Liebkosen, das nach Erlösung roch und nach Erfüllung schrie und sich die Ewigkeit vom Himmel in das Dasein stahl als zweiten Garten Eden!

Rebecca drängte sich an mich, als müsste ich sie schützen.

»Gilbert, bring mich aus dem Tollhaus fort. Ich kann das nicht ertragen.« Wie ein Kind hielt sie die Hände vors Gesicht, als könnt sie so verschwinden.

Halbblind, die Blicke strikt zum Boden, folgte sie meinem Pfad durchs Leibermeer, sprang hinter meinen Füßen her, fast gleichauf mit dem rauschbeseelten Takt des Tanzes.

Die Feuer und die Fackeln glommen schwächer, als wir die Wagenburg verließen, allein den Rauch nahmen wir in den Kleidern mit. Wir hielten ohne Zögern auf die Straße zu, die sich nach Aachen hin erstreckte. Mächtig schimmerte der Dom mit seiner Kuppel uns aus dem Mauerrund entgegen.

Rebecca strauchelte ganz leicht und musste husten. Sie hatte sich bis an die Grenze ihrer Kraft verausgabt. So sah ich mich nach einem Schutzdach um, in dem wir wenigstens notdürftig Unterschlupf bis zum Tagesanbruch finden konnten.

Mir war, als sähe ich ein Stück den Hügel abwärts, inmitten hoher Farne, eine Gruppe Bäume mit dicht belaubten Ästen, die wohl ein Schutzdach boten.

Ich hatte keine Wahl, Rebecca war am Ende. So lud ich sie mir auf wie einen Rangen, der Ritter spielen will, streckte meinen Buckel aus und schritt mit ihr voran. Was mich dabei zutiefst erschreckte, war die Leichtigkeit, mit der ich ihren Körper trug; ein Mägdlein von vielleicht zehn Lenzen wog schwerer als das Knochenbündel, das mir um die Schultern hing.

Da schälte sich ein morscher Jagdstand voll ausgerissner Planken aus dem verdörrten Unterholz. Die Hoffnung auf ein geschütztes Lager zerstäubte sich sogleich.

Ein dunkles Etwas mit dicht gewachsenem Fell hatte das Schutzdach längst belegt und ruhte auf den Pranken. Die strotzten derart derb mit einem Berg von Muskeln, dass jedem Eindringling der Mut verging, auf Rufweite zu nahen.

Das Bärenwesen – war es ein übergroßer Kerl, ein Waldschrat, oder, schlimmer noch, ein beutehungriger Meister Petz, wer konnte das schon wissen? – hob mit Gemach den Schädel. Ich bedauerte bereits, dass wir so nah gekommen waren, und zog Rebecca weg. Da kam ein aufgekratztes Brummen aus dem Unterstand.

Massig wälzte sich, was ich für einen Bären gehalten hatte, und richtete sich auf: »Rebecca? Bist du das, mein schönster Augenstern?«

Der Menschenbär warf sich den Pelz vom Leib und kam im Hemd zu uns gerannt. Jetzt staunte ich zur Gänze. Der Hüne, der die blonde Mähne fliegen ließ, war niemand anders als Antonius, der Prinz der Wegelagerer und Raubgesellen. Doch etwas stimmte nicht mit ihm. Er schaukelte im Lauf.

»Rebecca.« Er riss sie stürmisch an sich. »Rebecca, dass du lebst!«

Die Stimme klang erstickt, als ringe er mit Tränen. Des' ungeachtet zog er sie mit Wucht an seine Brust und schleuderte sie herum. Wie sein Banner wehte jetzt das zarte Weib um ihn und flog beinah vom Arm. Nur mit der Linken hielt er sie gepackt, unlösbar, ohne Mühe. Doch seine rechte Seite hielt der Hüne steif, als wäre sie ihm nicht zu eigen. Endlich ließ er Rebecca sacken, sie prustete erschöpft.

»Ist das dein großer Tanz? Die Ewigkeit im Leben?«, machte ich mich im Zorn bemerkbar.

Bedächtig drehte sich der Goliath herum. Und schenkte mir ein Runzeln. »Du siehst nur, was du siehst.«

»Was gibt's denn schon in diesem Lasterhort zu sehn.«

Ich konnte spüren, wie gespannt Rebecca auf Antonius' Antwort spitzte. War ihr der Unruhstifter immer noch so nah? War sie dem Raureiter so herzzerbrechend eng verbunden?

»Begreifst du nicht? Sie müssen über alle Stränge schlagen, um endlich dann ihr eignes Maß zu finden. Das *ihr* ihnen genommen habt mit euren zig Verboten. Wer will den Liebesgliedern denn jede Begehrlichkeit versagen? Wer tötet denn die Sinnlichkeit und macht uns zu Eunuchen?«

»Versündige dich nicht an Gott.«

»Und ihr nicht an den Menschen.«

Antonius war das Reden satt, packte Rebecca bei der Hüfte und strebte auf die Hütte zu. Wie ich die beiden vor mir sah, erkannte ich, ich störte. Gleichzeitig blieb mir nicht verborgen, wie mitgenommen sich Antonius bei aller Männlichkeit bewegte. Der rechte Arm baumelte hölzern aus dem Schultergelenk und schlenkerte, sobald er sich bewegte, wie steifgefrorner Stoff.

Und ich, ich hatte den Versehrten liederlich geschmäht.

»Antonius, verzeih, ich habe nicht gewusst … Wo sind die Kameraden?«

Der Hüne blieb wie angewurzelt stehen und hob den Blick ins Garnichts.

»Tot. Alle, alle tot. Nachdem ihr aus der Kirche wart, kam alles durcheinander. Die Schergen liefen Geldern weg. Mit Müh fand er zwei Häscher, die ihm die Treue hielten. Der Weibel und sein Trossvogt. Keiner sonst. Die andern rissen aus und gaben Fersengeld am Stadttor. Selbst am Löwenhaus die Wache hatte sich verflüchtigt. Was glaubst du, was ich machte? Die Zeit war reif, ja überreif zur Tat. Im Löwenhaus war alles, Schwerter, Schilde, Kettenhemden, Lanzen, alles was du willst. Und Gold. Jede Menge Gold und Münzen. Ich hab nicht lang gefackelt und bin drauflos gestürmt. Woher der Vogt und Gelderns Weibel mit einmal Leute hatten, kann ich dir nicht sagen. In vollem Harnisch kamen sie gestürmt. Gottfried hatten sie als Ersten und stachen ihm die Kehle durch. Volker, Adrian, Karolus, sie waren sofort dran. Griet kriegte eine Lanze ab, die sie nicht gut vertrug. Die Eingeweide traten ihr im Rücken aus. Wer dann noch blieb, war Thomas. Nicht lange, dann flog ihm der Schädel weg. Und mich, mich packten sie von hinten. Zwei hab ich nach allen Regeln aufgeschlitzt, dann blieb mein Kurzschwert stecken. Dem Weibel brach ich das Genick, doch dann … Der Vogt hat mich mit seinem Beil erwischt, die Schulter glatt gespalten.« Er würgte gallig, ließ die Zunge spielen und rotzte auf den Lehm.

»Was haben sie mit dir gemacht, mein Lieber, Guter, Bester?«

Rebecca schluchzte, dass mir die Ohren schmerzten. Dann trat sie vor den Goliath, liebkoste ihm die Wangen und streichelte den toten Arm, als wäre er ein Kätzchen.

Der Galgenstrick umfasste sie mit einer Selbstverständlichkeit, als wäre sie sein eigen, und griente großspurig dazu.

»Was soll's, ich leb ja noch. Macht euch mal keine Sorgen. Da ...« Er kroch in seinen Unterstand und kam mit einem Beutel, der schwer von Gold und Münzen war und angefüllt bis oben. »Fast tausend Kölner Mark, vierzig Hollandgulden, dazu noch Gold aus Frankreich, Flandern und kaiserliche Kronen.«

»Unrecht Gut gedeihet nicht.«

Er überging die Mahnung. Und pfiff durch seine Zähne. »Weiß ich, wem Jülich-Berg die Münzen abgeschunden hat? Hauptsache ist, ich hab sie. Wenn's sein muss, kauf ich Geldern die ganze Grafschaft ab. Dann wollen wir mal sehen.«

»Du gibst das Geld beim nächsten Pfarrer für die Armen ab.« Rebecca klang entschieden.

»Und wir? Was wenn ich eines schönen Tages ... kann sein ... ich will noch Kinder haben, um mich sehn ... Soll denn das Elend ewig für uns währen? Ich hab nichts gegens Geben, Teilen, von mir aus auch mit dem.« So abfällig, wie er auf mich sah, konnte er mich gleich bespucken. »Aber ich habe nicht den Kopf gewagt, um nichts davon zu haben. Und jetzt ist Schluss, ich habe Durst. Die Italiener haben schmackhaft erlesne Tropfen aufgeladen und gaben sie wohlfeil für kleine Münzen her.«

Er spreizte sich, als er Rebecca in den Jagdstand schob und zeigte mir mit seinem Bärenhintern, was er von mir hielt.

Mir reichte es. Ich ging davon. Dann sollten sie doch turteln.

»Jetzt komm schon, Gilbert, sei kein Frosch.«

Schau an, der Herr bequemte sich. Das war doch reine Häme.

»Ich werd euch schon nicht fehlen. Lasst mich nach Aachen. Einmal in den Dom. Da weiß ich, was ich habe.«

»Bleib, Gilbert, geh nicht allein in die Stadt. Das ist viel zu gefährlich.«

Welch Wunder, warme Worte! Doch Rebeccas Anteilnahme kam mir arg gekünstelt vor. In Wahrheit war ihr doch nichts lieber, als in dem noch verbliebnen Arm des Guten, Besten zu versinken.

»Schon gut, ich weiß, was ich zu tun hab.«

Am Ende war ich doch ein Mann. Auch wenn Rebecca das nicht scherte.

Ich stapfte mürrisch meines Wegs und kam beinah ins Rutschen. Der Trampelpfad durchs Unterholz war glitschig, und heute lag die Dunkelheit so schwarz und tückisch, als flösse sie Antonius aus dem Herzen.

Allein, so sehr ich mich an jedes Zweiglein hielt und hügelab so wie ein Hund auf allen vieren kroch, ich kam gerade mal bis an die Windung eines Bachs, die wie ein großes Knie auf Aachens Mauern wies.

Dort stand ein Karren, der verunglückt schien, die Achse schief am Boden. Ein schwaches Öllicht blinzelte aus einer Plane hinterm Kutschbock vor, von dem ein Mägdlein mit einer Haut wie Schnee die bloßen Beine baumeln ließ. Sie schielte betrüblich auf den Ochsen, der angepflockt im Wiesengrunde ruhte.

Als sie mich sah, bewegte sie sich vor und schielte um die Plane. »Wohin die Reise, frommer Herr? Ihr seid zu jung zum Sterben.«

Schalkhaft rutschte sie vom Bock und schlüpfte mir entgegen. »Mein Oheim treibt sich vorn, beim großen Tanz, herum und lässt mich hier ganz einsam. Aber allein fürchte ich mich so. Die Nachtgespenster belauern uns ringsum, die auf verwunschnen Seelen reiten. Die Judenbuche da, da sind die Wurzelgeister unterwegs. Und was im Bach so gluckert, ist der Klabautermann, der Kinder in den Grund reinzieht.«

Da war er wieder, dieser Aberglaube, den ich zerstampfen musste. Nur diesmal kam er honigsüß im Unschuldskleid daher.

»Schäm dich, den Ammenspuk zu glauben. Alles ist das Wunderwerk des Einen. Und von Natur aus gut. Wenn etwas zum Dämonen werden kann, dann ganz allein der Mensch. Du brauchst dich nicht zu fürchten. Und wenn, dann hol dir Kraft aus dem Gebet.«

»Könnt Ihr mich beten lehren, schöner Mönch?« Sie lächelte verschmitzt und kam mir immer näher.

»Du versündigst dich, wenn dein Gebet nicht fromm und aufrichtig gemeint ist. Das ist alles, was ich dich lehren kann.«

Mit einem Mal war sie an mir und rieb sich mir entgegen, die

Hände glitten rasch an meinen Rippen lang, lösten mir den Gürtel und zogen mir die Kutte hoch. Ich zuckte gleich zurück – wiewohl sie mich mit ihrem jungen Ungestüm betörte.

»Bist du des Irrsinns, Mädchen? Führst dich wie eine ... na, du weißt schon auf«, ich schob sie mir vom Hals, »falls du ... ich meine ... manche treiben es für Lohn ... wenn du das suchst: Ich kann dich nicht bezahlen.«

Da kamen ihr die Tränen. Unvermittelt brachen sie hervor. Der ganze Körper bebte. Sie warf sich gegen mich und schniefte ungehemmt drauflos.

»Wie könnt Ihr nur! Ich will kein Geld von Euch. Ich will nur ... Ihr seid so schön, Herr Mönch, so überirdisch schön, so ernst und klar und heilig.«

»Nicht! So etwas darfst du mir nicht sagen!« Mir war schon bang, ich musste mich ja schämen. »Und jetzt lass mich den Pfad meiner Bestimmung ziehen. Und mit dir und deinem Geist sei Gott.«

Ich wollte fort, doch sie hielt mich an beiden Händen fest, als hing sie überm Abgrund.

»Nein, Ihr ... Ihr seid von Gott geschickt. Nur Ihr, Ihr könnt mich heilen.«

Ich war verwundert, denn ich sah keine Wunde, ja nicht einmal ein Mal. Auch sonst schien sie gesund. Dennoch, wenn jemand Samariterdienste brauchte, durfte ich mich nicht verweigern.

»Dann sag, was quält dich für ein Leid?«

Sie schaute um sich, als würde sie verfolgt, und zerrte an den Armen. »Kommt. Kommt mit an den Wagen. Hier wag ich nicht zu reden.«

Im Namen der Barmherzigkeit tat ich ihr den Gefallen. Über die Deichsel stieg sie auf den Kutschbock hoch und winkte mich daneben.

»Erst sagst du mir den Namen. Dann setz ich mich zu dir.«

»Patrizia. Aus Worms.«

»Na schön, Patrizia.« Ich rutschte neben sie. »Wie kann ich dir denn helfen?«

»Ich muss Euch etwas beichten.«

»Beichten kannst du mir. Absolution kann nur ein Priester dir erteilen.«

Patrizia ließ sich nicht beirren, wie Quellen sprudelten die Worte aus ihrem Einfaltsmund.

»Der Niklas, der Älteste vom Korbflechter aus Basel, ich hab mich ihm vermählt.«

»Du? Dem Niklas? Ohne Gott und Segen?«

Sie knabberte die Lippen an. »Er ... er hat mir beigelegen ... wir haben uns so lieb ...«

Allmählich dämmerte es mir, wo hier die Krankheit lag. »Sag mal, wie alt bist du?«

»Schon siebzehn.«

»Nie. Im Leben nicht.«

Sie schluckte schuldbewusst und flüsterte geziert: »Fünfzehn. Ich zähle fünfzehn Lenze. Und jetzt ...« Sie packte meine Kutte. »Jetzt will der Oheim mich dem Kufstein geben, dem mit den Apfelschimmeln vor dem Fuhrwerk, der immer seine Diener schlägt. Dem Kauffahrer aus Wien.«

Wie konnte, sollte ich verstehen. »Dem Obmann unsrer Zugkolonne.«

Noch immer sagte mir das wenig, außer dass ich den Kufstein keiner gönnte.

»Aber den willst du nicht?«

»Was soll ich machen, wenn der Oheim mir keine Mitgift gibt. Aber ... aber der Kufstein merkt doch ... Ich habe so geblutet ... Der Oheim schlägt mich lahm ...«

Sie sah mir zehnmal tiefer in die Augen, als es eigentlich schicklich war. Erst recht bei einem Mönch.

»Nur noch Ihr könnt mich jetzt retten.«

Ich dachte mir, ich sollte wohl den Kufstein zum Verzicht bewegen. Jedoch es kam ganz anders. Das Unschuldslamm war dreist.

»Man sagt doch ...« Sie legte keck das Köpfchen schief, die Lippen leicht geschürzt. »Man sagt, wenn Ihr mich pfropft ... Ich meine, wenn ein Mönch es tut, wächst alles wieder zu.«

Sprachlos starrte ich Patrizia an. So verquer und schamlos traf das Ansinnen mich, dass mir die Worte fehlten.

Da fasste mir das Küken auch noch den Phallus an – der, wie ich eingestehen muss, ganz gegen meinen Willen, standhaft ein Eigenleben führte.

»Finger weg! Und jetzt hör zu. Sobald dein Oheim kommt, gestehst du alles ein. Wenn Gott uns Liebe in die Herzen pflanzt, soll sie kein Unbefugter ernten. Wenn der Herr will, dass du Niklas kriegst, dann sollst du ihn auch haben. Dass ihr einander ohne Vermählung beigelegen habt, ist selbstverständlich Sünde. Doch scheint mir die in unserer wirren Zeit eher lässlich. Sobald der Morgen graut, gehst du zu deinem Niklas, und ihr steht dann zusammen für euch ein. Bei seinem Vater erst. Wenn der euch seinen Segen gibt, kommt ihr zu dritt zum Oheim. Wenn der sich aber weigert, sagst du ihm, dass deine Mitgift wahrhaft fürstlich ist: der Wille unsres Herrn. Erzähl ihm ruhig von mir und meinem Ratschlag. Und dass ich für euch bete.«

Das Mägdlein war nicht ganz beruhigt, doch halbwegs überzeugt, dass sie es schaffte. Sie setzte Zuversicht in ihre Miene und ballte ihre Fäuste. »Das hast du schön gesagt. Genauso muss ich sprechen.«

»Na schön, dann will ich meinen Lohn.«

Sie stutzte, ward verlegen und legte Kummergrübchen auf ihre hellen Wangen.

»Ich will, dass du nie mehr so aberwitzig denkst. Es gibt nur einen Geist, auf den du bauen kannst: in der Dreieinigkeit des Herrn. Die Geister in den Bäumen, die Irrlichter im Wald und der Wassermann im Bach sind nichts als dumme Götzen. Die können keinem helfen, weil es sie gar nicht gibt. Einzig Gott ebnet dir deinen Weg, auf dem du zu Ihm schreitest. Auch wenn der zuweilen steil und steinig ist und voll Enttäuschung und Gefahr. Verzweifle nie an Ihm und nicht an dir, dann kann dir nichts geschehen. So, und jetzt hab ich genug gepredigt. Jetzt will ich in die Stadt und mich dem Herrn aufs Neue zu Füßen legen und Ihm aus tiefster Seele danken, dass Er mir dich geschickt hat. Denn das Beten, dass ich dich vorhin lehren wollte, hast du mir beigebracht.«

Patrizia war so verstört wie glücklich, dass ich sie so beschied.

Ich sprang vom Kutschbock, gerastet hatte ich genug. Mit dem ersten Lichtschein, der von Osten aufzog, konnte ich schemenhaft den Dom erkennen.

In Aachen sperrten sie die Tore auf, ich musste mich beeilen.

Als ich keinen Abschied von Patrizia vernahm, wandte ich mich noch einmal um. Sie lag auf ihrem Kutschbock in unbesorgtem Schlaf. Einen noch schönern Dank konnte ich mir nicht wünschen.

24. Kapitel

Rebecca hatte mich gewarnt. Doch was gab ich in all meiner Verblendung und Vermessenheit darum? Hätte ich genau gewusst, dass sie mich erwischen, ich wäre trotzdem in die Stadt gelaufen, Rebecca zu beschämen. Ich fühlte mich verstoßen und verraten, das sollte sie mir büßen. Am besten mit der Nachricht, dass es mich nicht mehr gab. Sollte sie sehen, wie sie dann mit ihrem Buhler glücklich wurde.

Doch erst mal war ich überzeugt, ich könnte unbeschadet beten, und hier, im hohen Dom der Franken, mein unstetes Gemüt nach allem ungebührlichen Verlangen in Frieden meinem Schöpfer weihen.

Ich war noch nicht am Tor, da stürmten sie schon raus und schlugen mich zu Boden.

»Sieh an, mein werter Bruder. Wie schön, dich so zu sehn.« Walter feixte grob, die Stiefel gegen meine Brust gestemmt.

»Walter?«, ich stammelte verdutzt. »Wie hast du mich gefunden?«

Er lachte schallend auf. »Wenn der Teufel ausfliegt, findet man den leicht. Vor allem wenn er wie ein Geck mit einem Goldwams rumrennt – noch dazu mit einem kahlgeschorenen Weib, das einen Narrenhut mit Quasten trägt. Ihr hättet gleich ein Banner hissen können! Nachdem der Wächter an der Lindentrappenpforte euch beschrieben hat, brauchten wir nur hier und da zu fragen, so unübersehbar, wie ihr wart. Schluss jetzt. Genug geredet.«

Er riss sich einen Strick vom Gürtel, warf mich auf dem Boden um und fesselte mir meine Hände unters Kreuz.

»Walter, nur eins gewähr mir noch. Führ mich noch in den Dom. Um unsrer …« Mutter willen, wollte ich noch sagen, doch ich verkniff es mir. Es hätte ihn nur toll gemacht. Mit ihrer Innigkeit und gutgläubigen Zuversicht war sie ihm seltsam fremd von Anfang an. Wie unsre Mutter in jedem Schurken noch den Kern des Guten sah, erschien Walter alles und jeder eigensüchtig und durchtrieben. Rüde war er. Die Welt war ihm ein Schacherhaus, ein Schlachthaus, eine Burse. Wer nahm, der wurde satt. Wer gab, gab, um zu nehmen. Wer stahl, zeigte Voraussicht. Wer sich dabei erwischen ließ, war dumm. »Tu nichts Gutes, dann hast du nichts Böses zu erwarten«, war von Jugend an sein Credo. Und dennoch: er war nicht wirklich schlecht. Alles in ihm zehrte, sehnte sich nach Wärme und Erlösung, die er sich selbst vergällte, denn was die Weiber anging, war er erst richtig arg. Begehren war für ihn nur eine Stundensache. Und Liebe kam Verschenken gleich. Gott war ihm noch der Dämon des Alten Testaments, den man mit Opfern stillhielt. Der Teufel ein Lump, der sein Geschäft verstand und dem früher oder später die meisten auf den Leim gingen. Und so bog und krümmte Walter sich beizeiten vor dem Edelstand und war ihnen gefällig, wo es eben ging. Willst du ewig als Bauerntropf vertrocknen, hat er mich nach der Kommunion gefragt. Axt sein oder Klotz? Willst du aus deinem Ackersumpf heraus, gibt es nur eine Zunft, die hohe Herren lieben: die Schlachter! Die bringen ihnen Fleisch zum Fressen. Noch inniger lieben sie allerdings die Schlachter, die ihnen Menschenblut verspritzen. Die Reisige und Büttel laden sie zu Tisch und zahlen sie mit Münzen, weil sie die wirklich brauchen, für ihre Händel und gegen ihre Angst. Was soll es, das Blut an deinen Händen wäscht sich ab. Mit Met und Bier und Wein. Und was dann noch dranklebt, das lecken dir die Hübscherinnen mit ihren Schnäuzchen ab. So sprach Walter, als ich zum ersten Mal zum Tisch des Herrn geladen wurde, auf mich ein.

Mein Bruder! Mein großer, grober Bruder!

»Mutter«, raunzte er mich an, »lass ja die Kräuterhexe aus dem Spiel.«

»Gott verzeih dir! Sie war fromm.«

Der Stiefel drückte fester zu, nahm mir den Rest von Luft.

»Das sind die Hexen alle.«

Mit einer Hand hob mich der Trossvogt auf, knickte meine Arme ein und steckte mir den Schaft einer Pieke zwischen den Ellenbogen durch, den er dann noch einmal mit Schnüren an die Gelenke band.

»So. Jetzt kann der Storch zur Herrschaft staksen.«

»Hat Geldern noch nicht abgedankt?«

Die Backpfeife, die mich erwischte, machte mich halbtaub. Die Ohren glühten mir wie auf dem Rost. Und Walter ließ nicht nach und zog sie mir noch länger, bis ich fußbreit an ihnen überm alten Römerpflaster schwebte.

»Du denkst schon immer, du bist neunmalklug. Na schön, im Kirchstift hast du ganz schön Wirbel aufgerührt. Die Betschwestern und Waschweiber sind nun mal abergläubisch. Und Satan kommt nicht alle Tage zum Altar. Du hattest dein Verwirrspiel ganz neckisch aufgetischt. Im ersten Schreck lief gar das Büttelpack davon. Kaum drei Getreue blieben noch bei Geldern. Doch dann, dann brachte uns das Unglück Glück. Die Räuberrotte aus dem Aaper Reichswald, nach der wir ewig suchen, um diesen Bastard des vom Baumberg ... Guck nicht so dämlich, ich weiß, du weißt, von wem ich red ...«, Walter ließ mich unsanft fallen, auf Dauer war selbst ich ihm wohl zu schwer, »... die wollten wohl den Aufruhr proben und plünderten im Löwenhaus drauflos. Herr im Himmel oder wo du steckst, die schleppten alles weg! Schwerter, Lanzen, Harnische und Kandelaber, Truhen, Gold und Speck! Sogar ein Fuhrwerk mit zwei Pferden hatten die dabei! Markus trieb uns schon aufs Haus vor: Los! Da fand ich einen besseren Gedanken. Für das Gold macht sich jeder krumm! Ich schnappte mir den Weibel. Ab in die Dicke Eiche. Da fanden wir auf Anhieb, was wir suchten. Zwei Handvoll Büttel, voll wie Streu und Hagel, hockten da dumpf beim Hurenvolk und ließen sich die Eier reiben. Ein Viertel von dem Plündergut lobte ich aus als Sold. Du hättest sehen müssen, wie sie sprangen, die Karnickel, hoch und hastig und voll Gier nach Blut, wie ich noch nie sah! Die Schlacht war nur ein Schlachten. Wie die Hunnen kam mein Haufen übers Pack! Im Nu hatten sie alle aufgeschlitzt und hörten nicht mehr auf. Und dann ...«, Walter gluckste, gurrte, gackerte in sich hinein, »dann hab ich sie entlohnt. Wie ich's mir dachte, haben sie sich mit ihrem Anteil in der Eiche festgesetzt. Derweil hat der Gelderner die Tauben aus dem Schlag im Löwenhaus nach Jülich losgeschickt. Schon am nächsten Morgen kam Entsatz. Nicht einer von dem treuelosen Haufen in der »Eiche« hat es überlebt. Die Räuber ausgelöscht, die abtrünnigen

Schergen, die ganze Stadt in Furcht und schrecklichem Entsetzen – da war Markus von Geldern gleich wieder eingesetzt und alles brav beim Alten. Nur der Baumberg ist uns irgendwie entwischt, mit einem Haufen Münzen. Aber ...«, jetzt kicherte mein Bruder wie eine Jungfer vor dem Tanz und konnte sich kaum halten, »... das war es dann schon wert. Für das Gold hat er Geldern den Bischofsstab gerettet.«

Rebeccas wildgesottener Umstürzler hatte das schiere Gegenteil von dem erreicht, was er zuvor gepredigt.

Bei all dem war das Unerträglichste die Ruhe und gelinde Selbstverständlichkeit, mit der Walter seine Gräueltaten wie hehre Heldensagen darbot. Alles war noch hundert-, tausendmalig schlimmer vorgegangen, als ich bislang vermutet hatte.

»Schreckt dich die Hölle nicht ...?«

Statt einer Antwort gab er mir einen Lederlappen. Mit einer Wucht zwischen die Zähne, dass mir ein Schneidezahn aus meinem Kiefer brach.

Er lachte. »Und wenn schon! Zimperlich wie immer, mein kleines Brüderlein! Hat sich nicht unser Mütterchen ein Hundeleben lang ein Mägdelein gewünscht? Das im ellenlangen Rock fromm Gebete brabbelt, bis es ihn hebt, dass einer sie bespringt? Na also! Da haben wir es doch.« Unversehens verabreichte er mir zwei Tritte, dass mir die Eingeweide durch den Körper sausten. »Mach mir noch einmal Schande, Lauser! Mich übertölpelst du nicht mehr!« Breitbeinig stellte er sich über mich und beugte sich hinab. »Der Herr wünscht dich zu sehen. Und danach sehen wir uns dann. Wie früher. Unter uns. Wir beide, ganz allein. Und dann, mein lieber Bruder, hör ich von dir haarklein, wo deine Judenhure steckt, der Rest vom Räuberpack, dem sie als Abtritt für den Samen diente, und dann, wenn ich das alles weiß und wir sie alle haben, dann finden wir beide heraus, wer von uns beiden wirklich und wahrhaft Satan ist. Und eins, das schwör ich dir schon jetzt: Den Wettstreit werde ich gewinnen! Du wirst vor Freude jauchzen, wenn du aus meiner Hölle in die andre fährst! Da! Mach deine frommen Augen auf und schau dir das mal an!«

Er riss sich seinen Waffenrock vom Buckel. An Armen, Schultern, Bauch und Brust war er mit Gelderns Wappen übersät. Versklavt im Brandmal seiner Gäule. Ein abgerittner Zossen, schlachtreif gut im Futter, dem man misstrauisch auf jedes Körperteil das Eignersiegel glühte, bevor man ihm dem Abdecker entgegentrieb.

Mir schauderte vor so viel Grausamkeit, die sich von einem auf den andern übertrug und dabei einen Stall von neuen neunköpfigen Plagen aus des Gehörnten Lenden kreißte.

Walter pellte sich in seinen Waffenrock zurück und raunzte grantig: »Falls es dich kümmern sollte: Die Wappensammlung hab ich meinem herzallerliebsten Bruder zu verdanken, nach seinem Streich im Stift. Und seitdem bin ich beinah selbst ein Pfaffe. Denn jedes Weibsstück, mit dem ich mich aufs Lager bette, lacht mich erst mal aus.« Dieweil er seine Westenschnüre knotete, schielte er unbeherrscht zu mir und zückte voller Wut die Streitaxt aus dem Rückengurt.

So also sollte es zu Ende gehen. Grad wie bei Kain und Abel. Ich machte mich bereit und fand, soweit ich es vermochte, meinen Frieden mit dem Herrn.

Mein Bruder holte aus und schlug mir auf die Schläfe.

***

Als ich wieder zu mir kam, dröhnte mir der Schädel wie ein Holzschlag. Walter hatte die beiden Enden des Spießes, den er an meine Armbeugen geknotet hatte, mit langen Lederriemen am Sattelzeug von zwei Pferden befestigt.

So schleifte ich, das Gesicht kaum einen Arm weit überm Boden, zwischen den Rössern, die vor Schweiß und Mittagshitze dampften. Wer auf ihnen ritt, blieb meinem Blick verborgen, denn eben mal zur Sattelschürze konnte ich den Kopf erheben, so sehr ragte ich nach vorn.

Die Rösser sprengten im leichten Jagdgalopp voran. Wie ein Deichselwimpel flatterte ich zwischen ihnen her, am Schaft des Speeres zwischen meinen Achselbeugen festgehängt. Die Füße schrammten über Sand und Schlick. Bei jedem Stecken, Stock und Stein peitschten sie hoch wie Schweife und brannten mir wie Feuer. Als ich für einen Augenblick den Spann zu sehen kriegte, bis auf die Knochen wund in einem Schrund von Dreck und Blut, entfloh mir die Besinnung.

Hufschlag schreckte mich aus meinem Dämmer. Noch immer schleiften mich die Rösser zwischen sich wie einen Leichnam, den man für seine Tapferkeit und Treue von der Schlacht zur Heimstatt schafft. Die Straße unter mir war fest gepflastert, die Gasse einer Stadt.

Die Pferde fielen sanft in Trab, dann keuchten sie im Stand.

Während mich zwei Schergen von den Rössern schnürten, trat Walter vor mich hin. Ruppig riss er mir den Kopf an meinen Haaren hoch.

»Schick dich ja, dem Herrn aufs Feinste zu gefallen. Er …«, er musste husten, krümmte sich und spuckte Rotz und Galle aus, »er …« Der Trossvogt konnte sich kaum noch in seinen Stiefeln halten und stützte sich am Vorrist seiner Pferde ab, »er … der Herr … er …« Er hustete und würgte und japste vor sich hin, und aus den Nasenlöchern schoss rosigrot das Blut …

Walters Büttel lösten das letzte Band, ich krachte auf den Boden, schon pflückten sie mich hoch. Jetzt, wo ich auf den Knochen meiner Füße stand, nahm mir der Schmerz jäh wieder die Besinnung.

Ich wachte auf, nass wie ein Biber auf dem Damm.

Walter hieb mir mit einer Rohheit meine Wangen durch, dass ich vor Schwindel kaum noch sah.

»Komm endlich auf die Beine, Lump! Soll Graf von Geldern vielleicht noch länger warten?«

Jetzt half er mir denn doch und stützte mich ins Sitzen. So nah bei meinem Bruder sah ich gleich fürchterlich bestätigt, was ich schon zuvor befürchtet hatte. Dunkle Stellen, erste Beulen am Hals unter den Ohren, der Schwarze Tod schritt hinter Walter auf und ab und lud ihn schon zum Tanz.

»Walter, lass dir helfen. Wes ich da gewahr werde, ist arg. Bist du matt und flau und fiebrig?«

»Unfug, bestens geht es mir. Mein Kopf sitzt gewisslich fester als der deine. Nun komm schon, Schlingel, mach voran.«

Er half mir auf, mit seinen Riesenpranken. Hielt mich so, dass ich den Boden kaum berührte, und schaffte mich ans Tor vom Löwenhaus.

»Ich kann dir helfen. Besorg mir sauren Wein, Kamille, Binsenkraut und Öl und ein kleines scharfes Messer, dann …«

»Das kriegst du alles. Freilich nicht für mich.«

Er schob mich durch das wagenbreite Tor in ein Vestibül, hoch wie ein Kirchenschiff, mit Dutzenden von Säulen. Die Wände ziseliert, mit Holz verschalt, gerahmt von lehmgebrannten Ziegeln.

Eine Treppe, aus dunklem Eichenholz geschnitzt und derart ausladend, dass ungestört sechs Männer gleichzeitig die Stiegen nehmen konnten, zog sich zu beiden Seiten auf eine Empore hoch, mit braunem Samt verhangen.

Kaum setzte ich die Füße auf der ersten Stufe auf, da brach ich schon zusammen. Unwirsch winkte Walter einen Knappen her zu uns, schickte ihn nach Wasser und folgte ihm gebückt den Wandelgang entlang, vermutlich zum Gesindehof, von wo er bald mit einer Magd zurückkam, die angesichts der Leibesfülle, die sie durch ihr Leben trug, gehörig Mühe hatte, dem Trossvogt schlurfend hinterherzukommen. Maulend, jedoch nicht halb so unsanft, wie ich es erwartet hätte, richtete Walter mich auf der Stufe in einer Weise aus, dass er sich wie ein Hufschmied meine Fesseln zwischen die Achseln klemmen konnte. Da brachte auch schon der Schildknappe im Laufschritt einen Kübel, dieweil die Magd ein Lumpenstück in breite Streifen riss. Mit einem wusch sie mir behänd die ärgsten Wunden aus, soweit sie es vermochte, weil Walter sie schon ungeduldig bellend zu noch mehr Eile mahnte. So schaffte sie es gerade noch, die bis zur Knochenhaut entbeinten Zehen mit ein paar Fetzen zu verbinden und mir die Unterglieder doppelt zu umwickeln. Meine Armseligkeit musste sie dabei weidlich rühren, denn in ihrem Dauern opferte das gute Stück danach auch noch die beiden derb gestrickten Wärmestulpen, die sie sich von den Ärmeln rollte und mir, von Walters Nörgeln unbeeindruckt, als Füßlinge schützend über meine Knochen streifte. Noch mehr Wohltat konnte sie mir nicht mehr angedeihen lassen, denn Walter war des Aufschubs müde und hob mich auf die Tatzen.

Im Schutz meiner Verbände konnte ich jetzt leidlich von einer Stufe auf die nächste humpeln, was Walter aber auch nicht reichte. So kam er neben mich und hievte mich als Stütze bis nach oben, auf einen Treppenbogen mit Altan, der mir wie ein Olymp erschien, weil alles licht und silbern im tausendfach gebrochnen Licht der Butzenfenster gleißte.

Die Wände waren kunstvoll mit Seidenstoffen ausgespannt, rundum zierten Kandelaber mannshoch alle Wände. Zwischen mit Schnitzwerk reich bestückten Flügeltüren aus samtig schimmerndem Walnussholz erhob sich schon am Eingang in die Grafenflucht ein marmorner Kamin. Alles strebte nur nach Wucht und Pracht.

Noch reicher zeigte sich das Löwenhaus im Herrensaal des Oberstocks. Brokatgehänge, Teppiche mit Jagdmotiven und zahllosen Abwandlungen des bergischen Löwenwappens wechselten mit kostbar ausgeschalten Nischen ab, die jeweils steinerne Skulpturen bargen, Heldenkörper, unverhüllt, wie ich sie wohl aus Folianten kannte, die als Bebilderung der Dichtung von Ovid, Homer und Hesiod Abbilder antiker Griechenplastik zeigten.

Durch einen Vorhang, schwer und dicht wie Bärenfell, wuchtete Walter mich mit dem Knappen in den Schummer einer mit aller Sorgfalt abgedunkelten Kemenate, über und über holzvertäfelt, den verhangnen Fenstern gegenüber ein Feuer, hochauflodernd knisternd im Kamin, als wollte man das Eis aus einer Tropfsteinhöhle schmelzen, ausgerechnet an einem dieser seltenen Sommertage, da man unschwer in der Glut der Mittagssonne auf Schieferplatten hätte Eier braten können.

Inmitten des stickig aufgeheizten Raumes befand sich ein Himmelbett, wie für Titanen oder aber ganze Rudel Menschen, mit Trittstufen zu beiden Seiten und mit getriebenem Silberlaub berankten Pfosten, die turmhoch einen Baldachin ertrugen, der mühelos die Tribüne eines fürstlichen Turniers hätte bedachen können.

Darinnen ein hingekrümmtes Wesen, verfallen, ausgezehrt und faulig, wie ein moderiger Halm im Stroh, die Haare dürr und wirr und gräulich wie ein Rattenfell, das Antlitz ohne Kiefer, Löcher nur, voll Schrund und Eiter, Höhlen, wie zerklüftet, die Spitzenhaube schweißig um das Haupt, starrend gelb von Rotz und frisch Erbrochnem. Das alles lag im Übeldunst, so säuerlich vergehend wie eingelegter Aal, den sie den Hafenschänken liefern, aus aufgetriebenen Kadavern, im Reusenarm erstickt, drei Stück für einen Pfennig. Schon dauerte es mich, das alte Hutzelweib, das man hier so vergessen, wie zur Strafe abgelegt in dieser Riesenbettstatt, die man für einen Goliath geschaffen und nicht für einen Menschen, der Wärme braucht.

Jedoch, dann konnte ich erkennen: Das Inbild des Verfalls, das mit jedem fieberigen Atemzug um Erbarmen rang, in seiner Haut geschrumpelt, beinah wie ein Molch, verpackt in seinen Großornat aus Samt und Hermelin, der jetzt als Nachtgewand für Wärme sorgen sollte, war kein Geringerer und anderer als Markus, Graf von Geldern, mein Abtverweser, Stadtprälat und Prokurator aller bergischen Besitze. Nicht einmal so vieler Tage, wie Finger einer Hand, hatte es im Ratschluss unsres Weltenherrn bedurft, den Schicksalsgünstling mit allen Leiden Hiobs zu schlagen.

Mit einer Ehrfurcht, die mir nur noch einfältig erschien, nahm Walter seinen Vogtshelm ab und neigte steif das Haupt. Mit einem Ellenstoß hielt er mich an, dem Beispiel nachzufolgen. Die Milde dieses Stoßes gab mir Rätsel auf. Grad so wie der Halt, den er mir auf der Treppe spendete. Weshalb schonte er mich plötzlich und wozu? Aus Rücksichtnahme auf den Siechen, der nicht mit Gassendreck behelligt werden sollte? Oder sprach doch das Blut in ihm eine versöhnlichere Litanei?

»Da vorn ist alles, was du brauchst.«

Er flüsterte gelind und wies mich zu einem Schemel, auf dem man Wasser, Wein und ein, wie's aussah, sorgfältig gewetztes Messer vorbereitet hatte. Jetzt, nah genug, dem Kranken ins eingefallene Gesicht und die von Beulen und Geschwüren entstellten Halsbeugen zu sehen, wusste ich, worum es ging und wozu man mich so ruppig hergeholt hatte. Die Pest hatte sich des Gelderners bemächtigt und ihn wie ein Wickelkind zusammenschrumpeln lassen.

Fraglich war mir bei all dem nur: was war mit mir? Sie hatten doch nicht ihre Häscher nach mir ausgeschickt, mich bis Aachen zu verfolgen, nur um mich an Markus' Krankenbett zu schleifen und zu seinem Medikus zu küren? Die Vorstellung war zu einfältig, um Wahrheit zu enthalten.

Eher schon wollte man auf einen Streich das Angenehme mit dem Nützlichen verbinden und mich so lang dem Gelderner und all den andern Kranken in der Stadt, die es gewisslich hundertweise gab, als Kurator lassen, bis meine Dienste aufs Neue überflüssig wurden und ich auf einem Scheiterhaufen ritt.

Dennoch. Ich wagte gradheraus die Frage: »Warum ich?«

Walter flüsterte, den stolzen Helmbusch vor dem Mund, als könne der den Schall der Stimme schlucken. »Der Medikus aus Jülich hat es nicht gewagt, dem Grafen einen Schnitt zu setzen. Er meinte, alles sei schon längst verloren. Und der aus Köln ist uns vom Pferd gefallen und liegt jetzt selbst danieder. Und außerdem, solang der Herr bei Sinnen war, hat er mit garstiger Bestimmtheit streng nach dir verlangt. Halt mir die Quacksalber vom Leib mit ihrem armseligen Brimborium! Er war der festen Überzeugung, der Einzige, der helfen könnte, wärest du. Schafft mir den Satansjünger ran, dass er mir seinen Hexenfluch vom Balge zieht!«

Walters Satz verschreckte, ja entgeisterte mich zutiefst. Die Gräuel der Apokalypse, die ich mir am Hochaltar als Fluchthelfer zueigen machte, die Endzeitrösser, auf denen ich wortmalerisch von dannen ritt, waren doch nichts weiter als Schimären: Zeichen, Mahnung, Warnung, auch Spektakel, doch satanische Verwünschung war das nie!

»Ich habe Markus nicht verflucht. Ich bin ein unwürdiger Diener unsres Höchsten und jedweder Magie abhold! Da seien alle Heiligen davor, dass ich jemand verfluche!«

Walter kam zu mir gehuscht und beugte sich ans Ohr, als wollte er es kauen. »Wer dem Wort nicht traut, vertraut dem Tod, genauso hast du es gesagt.«

»Das ist kein Fluch, sondern die Wahrheit unsres Christenglaubens. Das Wort, das ist die Schrift. Und wer sich der nicht anvertraut, ist unweigerlich verloren.«

Mein Bruder stieß mich sachte an. Markus rang dem Schwarzen Schnitter seine letzten Stunden ab.

»Also gut. Dann tu ich, was ich kann. Versuch mir Binsenkraut und einen Ölsud mit Kamille zu besorgen. Und Wasser. Eine Kerze. Halt!« Kerzen gab es in der Kemenate grad genug. Und Wasser auf dem Tisch am Bett.

Während Walter sich um die Besorgungen kümmerte, entzündete ich am Kamin zwei der schenkeldicken Wachslichter, die derart reich verziert waren, dass sie in jedem Dom höchste Ehre eingelegt hätten.

Den Schliff des Messers prüfte ich an einem Linnen, das der Bettstatt als Unterdecke diente. Kein Sarazenenschmied hätte bei aller Handwerksfertigkeit vermocht, die Klinge bissiger zu schärfen. Ich glühte sie von beiden Seiten aus und löschte sie im Weinkrug ab.

»Der Kamillesud wird schon bereitet, nach Binsenkraut hab ich geschickt«, kam Walter angehetzt.

Geldern konnte in seinem Zustand nicht mehr warten. Dann musste ich die Wundversorgung eben zu spätrer Stunde angehen.

»Du musst mir deinen Graf schon ausziehen und halten. Sonst rutscht mir noch das Messer ab, wenn er sich regt.«

Ich krempelte die Ärmel auf, wusch gründlich meine Hände und glühte noch ein weitres Mal die Messerklinge aus.

Als ich dann mit dem Messer an die Bettstatt trat, lag Markus bloß und strampelnd auf dem Linnen, die weiße Haut von blauen Adernzügen und rötlich schwarzen Beulen überschwemmt. Er hechelte und keuchte und kratzte wild an sich.

Walter blieb nichts andres übrig, als sich über seinen Herrn zu knien, um ihn halbwegs ruhigzustellen – ein waghalsiger, aufopfernder Freundschaftsdienst, den ich ihm da abverlangen musste, denn auf die Nähe wäre der Schwarze Tod so gut wie sicher auf ihn übergesprungen, hätte ihn nicht schon die eigne Krankheit gegen ihn gefeit.

Ich stach die erste Beule ein, da kreischte Geldern auf und bäumte sich zur Decke.

»Verfluchter Satan, du! Was schneidest du da rum? Hör auf und zauber die Beulen weg, ich darf doch noch nicht sterben.«

»Herr, ich kann nicht zaubern.« Ich sprach ruhig. Mit Sorgfalt und bestimmt.

»Hol mir die Pest vom Leib, du Satan! Du hast sie mir geschickt.«

»Ich will Euch gerne helfen. Jedoch nicht mit Magie. Bleibt ruhig, Herr, ich öffne Euch die Quaddeln und schwemme sie Euch aus.«

»Jetzt nehmt ihm schon das Messer weg! Der sticht mich sonst noch ab!« Markus schnaufte wie ein Stier, die Augen traten ihm aus ihren Höhlen.

»Bei meiner Mutter Seligkeit. Jede Barmherzigkeit, die sie mich lehrte, gebietet mir, Euch nicht zu schaden.«

»Sie hat mich verflucht und mir den Schwarzen Tod geschickt! Und deine Judenhexe. Sie kommen wieder! Alles kommt zurück und will mich holen!« Geldern rotzte, flennte, wimmerte, keifte und wand sich wie ein Wurm in Walters Fängen.

»Glaubt Ihr am Ende wirklich, dass es Hexen gibt?«

Der Rasende wurde seltsam still. Mit allem hielt er inne. Sogar das Atmen schwand ihm aus dem Körper. Dann schrie er auf, als platze ihm der Kopf, und ließ sich nicht mehr halten. Er tobte, raste, schüttelte selbst Walter ab und stand in seinem Bett.

»Alle sind sie Hexen! Und sie sind überall! Das weiß ich doch schon immer! Du Hexe, Mutter! Ich bin von deinem Blut.« Markus ließ sich fallen und krümmte sich zum Lurch, und dabei lallte er und spuckte und kreischte zornig wie ein Kind, das nach der Mutter weint, so laut im Taumel, so von Sinnen, als hätte er es so sein Leben lang getan.

Nach einer Weile fiel er taub in ohnmächtigen Schlaf.

So nahm ich denn erneut mein Werkzeug auf, Walter kniete sich aufs Bett, und endlich konnte ich mit meiner Prozedur beginnen, nach der Kunstfertigkeit und Art, die Hubertus mich an hundert Siechen lehrte.

Doch da, ich war schon beinah fertig, schrak Markus wieder auf, jetzt ganz von Sinnen. Er wütete und schuppte sich und spie mir wild entgegen. Mit einer Kraft, die dem Verfall in ihm vertrackt entgegenstand, warf er Walter vom Bett – und stürzte sich auf mich.

Wie ein Besessener ringt er mich nieder, zwingt mir das Messer aus der Hand und will …

Walters Hände stehen mir vor Augen, gekrümmt von Gicht, doch groß wie Karrenräder, voll Schwielen, Adern, Warzen und üppiger Behaarung halten sie Markus' Antlitz vollständig bedeckt. Wie eine innige Geliebte presst sich Walter Geldern an die Brust, bis der sich nicht mehr regt.

Dann lässt ihn Walter sinken und legt ihn unendlich behutsam, voll Zärtlichkeit aufs Bett, schließt ihm die Augen, ordnet ihm das Haar, birgt ihn in seinem Mantel aus Samt und Hermelin, ja richtet noch die Kissen und die Unterlinnen und auch das Deckbett aus, dann neigt er stumm den Kopf und schreitet aus dem Zimmer.

Als ich in die Wachstube trat, hockte der Trossvogt auf der Fensterbrüstung und starrte auf die Gasse.

»Warum?« Ich wagte nicht zu danken, kaum zu denken.

»Dir ist immer etwas eingefallen, wenn wir vor der Mahlzeit saßen. Wenn du das Tischgebet gesprochen hast, das war, als trügen dir die Engel ihre Worte zu. Wenn ich dann an der Reihe war, ich brachte keinen Brocken raus. Da gab es nichts, was in mir war. Alles war bloß leer. Und Mutter hat gewartet und gehofft, und wenn mal wieder gar nichts kam, hat sie gelächelt. Da war so viel Verzeihen in ihr. Das war das Schlimmste. So furchtbar viel Verzeihen. Alles hat sie mir verziehen. Und dafür hab ich sie gehasst.«

Längst hatte ich genug gehört. »Komm. Lass mich dich versorgen.« Ich breitete mein Handwerkszeug auf der rau gefügten Truhe hinter der Pritsche aus.

»Gilbert? Wenn sie dich in den Himmel schicken, dann grüß mir unsre Mutter.«

»Jetzt streck dich aus, sonst bist du vor mir da«, raunzte ich schroff, um meine Rührung zu verbergen.

Die Sonne leuchtete den Fensterbogen aus. Als ich hinzutrat, spielten ihre Strahlen wie Lichter auf dem Kalk. Walter zeigte mir den Rücken, er saß da wie versteinert.

»Da ist kein Platz für mich. Ich hab mein Eisenherz dem anderen verpfändet.«

So bitter wie bestimmt Walter mir das sagte, er rührte mich zutiefst. Was blieb von seiner Hauptmannsherrlichkeit? Der Federbusch am Hut? Das Wams mit goldnen Tressen? Er kam mir noch viel ärmer vor als jeder Mönch und Bettler, er hatte nichts, nicht mal sich selbst, und weinte trockne Tränen.

»Und dennoch kannst du auf Ihn hoffen. Seine Güte kommt auch noch auf dich.«

Sacht wollt ich ihm die Schultern reiben, da sprang er auf wie toll. Mit einem Fußtritt kippte er die Truhe um, verschüttete den Wein und sämtliche Essenzen. Drauf bückte er sich, hob das Messer auf und warf es aus dem Fenster.

»Verstehst du nicht? Hör endlich auf zu beten. Ich fahr zur Hölle, wo ich hingehöre, und aus und Schluss, vorbei. Ich hab gelebt, was man so Leben nennt, und einmal geht's zur Neige. Verflucht, dass ausgerechnet jetzt die Sonne scheint, da fällt das Gehen schwer. Dennoch. Du stichst mir keine Beulen auf, denn die gehören mir!«

Ein Lachen fuhr ihm ungestüm zur Kehle raus und dröhnte vor die Mauern.

»Du glaubst an Gott und willst Ihm dauernd in den Ratschluss pfuschen! Hat Er uns nicht geschaffen, wie wir sind? Gilbert, du hast den Satan nicht nur vorgespielt, du bist einer in Wahrheit! Ein Teufel, der dem lieben Gott Sein Werk verbessern will und Ihm die Nase drehen, wie artig du's vermagst. Du bist so eitel und vermessen, dass der Himmel um dich weint! Und darum hasst und fürchtet dich ein jeder. Du bist vor Güte toll und vor Verstehen krank, und deine Sehnsucht nach Gerechtigkeit ist die reinste Völlerei. Du kannst nichts bessern. Nichts. Mit Glauben nicht, nicht mit Gebeten, mit Predigt nicht und auch nicht mit Vernunft. Lass meine schwarze Seele getrost dem Schwarzen Tod und bete erst für mich, wenn Bruder Tod mir seine Weise spielt. Und jetzt verschwinde schon, sonst knüpfen sie dich auf oder verbrennen dich beim Gottesacker mit den Toten. Raus. Ich will dich nicht mehr sehn. Sonst muss ich an zu Hause denken.«

Mein Bruder packte mich mit seinen Pranken und schob mich aus der Tür.

»Lässt du dich noch mal sehn, dann schmeckst du hundert Peitschen!«

Das war sein Abschiedswort. Für immer.

Natürlich kam ich noch am gleichen Tag zurück, um ihn zu pflegen.

Jedoch, da war es schon zu spät. Er kannte mich nicht mehr.

Ich schnitt ihm noch die Beulen auf, versorgte ihn nach Kräften, blieb Tag für Tag und Nacht für Nacht bei ihm, bis in den hellen Morgen. Mein Bruder hatte so viel Kraft und Ungestüm, er konnte noch nicht lassen, als schon der ganze Körper schwarz in Fäulnis lag und aufgeschwemmt von Eiter. Wie eine Trommel in der Schlacht, schlug ihm das Söldnerherz den Takt und ließ ihn nicht entweichen.

Fünf volle Tage währte so das wilde Ringen, und erst als ihm die Beulen aus den Wangen und den Augenhöhlen krochen, gab Walter endlich auf und ließ das letzte Banner streichen.

Es war zur Non, der Sommer stand in Pracht, die Sonne jubilierte, da holte der Trossvogt seine Fahne ein und ging dahin.

Im Vestibül, gleich unterhalb der Treppen, fand ich, wonach ich suchte: einen fein geknüpften Wandbehang mit Bergs und Jülichs Wappen. Darin schlug ich meinen Bruder ein, verschnürte ihn mit seinem Schwertgurt und gab ihm dann noch auf die Reise mit, was er mir einst, in Kindertagen zugesteckt: das kleine Kreuz aus Pappelholz, das Walter mir ausgerechnet für jene Schicksalsstunde schnitzte, als ich das erste Mal zur Kommunion gerufen wurde. Fünfzehn Jahre lang hatte es mich an meiner Brust begleitet. Nun sollte es ihm seine in Ewigkeit erwärmen.

25. Kapitel

Man ließ mich ungeschoren aus dem Haus.

Doch als ich dann beim Brunnen in der Gabelung zur Alten Stadt verharrte, wusste ich schon gar nicht mehr, wohin. Zurück ins Kloster konnte, wollte ich nicht mehr, auch ohne Graf von Geldern. Wie sollte ich den Brüdern noch ins Auge sehn? Auch musste ich mich fragen, ob der nächste, neue Prior mich noch in die Andacht nahm. Meine Demut, den Gehorsam hatte ich verwirkt. Die Artigkeit des Klosters hatte ich verlassen und meinen eigenen Gott gesucht.

Und Rebecca? Die war mit ihrem Liebsten längst über alle Berge. Vermutlich saßen sie jetzt irgendwo in Flandern oder gar schon im französischen Gebiet und tranken Wein und scherzten und gaben sich der Liebe hin. Rebecca hatte ich verspielt, verloren, mit meiner Zauderei. Ich war kein Mann der Kraft, des Kampfes, ja nicht einmal ein Mann mit Haus und Grund. Ich war ein Bettler, Almosenempfänger, ein wirrer Prediger des Herrn, ein Einfaltspinsel auf dem Weg ins Garnichts, ein Schwärmer ohne Glück. Was sollte sie? Mit mir gemeinsam hungern? Mich wärmen, wenn ich fror? In Lumpen mit mir unterm Himmel liegen, das Dach nur aus Gedanken aufgebaut? Sich am Wort und Geist betrinken und irgendwann sich nackt und nutzlos aus der Welt fortstehlen, ohne jede Spur? Von mir würde am Ende gar nichts bleiben, kein Hof, kein Baum, kein Strauch, ja nicht einmal ein Grashalm oder ein Krumen Brot. Nichts war mein als die Kutte, die wie Moder stank, und das verräterische Stickwams von Hubertus, das mir mit seinen Zierfäden die Brust vor den Winden schützte. Vor allem aber, und das wurde mir mit jedem Schlückchen Wasser, das ich mit meinen Händen aus dem Trog beim Brunnen schöpfte, klar, war ich ein Heuchler und Betrüger, der sich von Gott und allen Menschen, die ihn liebten, allen weit voran dabei Rebecca, abschloss und verweigerte, wozu die Mutter ihn gebar. Der Welt die Frucht zurückzugeben, aus der er einst entstand.

Mit müdem Herzen wusch ich mich für einen langen Weg am Brunnen und wanderte zum Tor.

Zwei Büttel lungerten im Schatten unterm Torhaus und knabberten am Brot. Den einen kannte ich, den Säufer mit dem Knollenriecher, dem ich den ersten Einlass in die Stadt mit meiner falschen Engelsfeder abgeschwatzt. Der andere war jung und ungestalt, mit einer teigig aufgedunsenen Röte im Gesicht, wie sie Menschen entwickeln, deren Blutfluss träg und stockend vor sich geht. Als er mich kommen sah, geriet der dennoch in Erregung und stieß den andren Wächter an.

Ich tat so unbefangen, wie ich eben konnte, blieb langsam auf dem Weg, kein Jota näher oder abseitiger von den Bütteln, mit einer Miene, als ruhte ich im wohlverdienten Einklang des Gerechten.

»Gott zum Gruß, die Herren. Lasst mich durch.«

Schon wieder stieß der ungelenke Knabe den älteren Büttel an und senkte matt den Spieß.

Drauf ging die Knollennase mit quer gelegter Pieke auf mich zu.

»Das, äh, kann, äh, darf ich nicht.« Er schielte mich ein wenig lauernd an.

Also doch. Sie wollten meinen Kopf.

»Wer sagt das? Wer hat das bestimmt?«

»Nun, also, das … das kann ich Euch nicht sagen.«

Er stammelte und trat dabei von einem Bein aufs andre, nur die Pieke hielt er mir wacker mit der rostbeschlagnen Spitze in den Weg.

So entschied ich mich erneut zu einer List, auch wenn ich wenig Aussicht auf Erfolg vermuten musste. Augenscheinlich war man im Löwenhaus zu dem Entschluss gekommen, Weisungen aus Jülich abzuwarten, oder man überlegte, ob ich angesichts der wieder aufflackernden Pest noch einmal Nutzen für die Bürger bringen könnte, ließ mich so lange noch ein wenig in den Gassen schmoren, wohlweislich unter striktestem Befehl an alle Wachen, mich keinesfalls aus dem lieblichen Düsseldorf entfleuchen zu lassen.

Trotzdem sagte ich mein flaues Sprüchlein auf.

»Der Trossvogt hat mich angewiesen, nach Siechen vor der Stadt zu sehn.«

Der Nasenbüttel blickte sich vergeblich um. Der unbeholfene Knabe war wohl der Letzte, der ihm Rückversicherung erteilen konnte.

»So ... ja ... ja, dann ... Ihr wartet hier. Und du gibst auf ihn Acht.«

Ich staunte über dieses »Ihr«? Woher die Ehrfurcht kam, blieb mir vorerst ein Rätsel.

Der Trunkenbold von Wächter lief aufgeregt um mich herum und stakste hastig Richtung Alter Stadt, dieweil der Jungspund mit dem Spieß den ganzen Torweg sperrte.

Kaum zwei Kirchturmschläge hatte ich auf der Steinbank vor der Wachhütte Gelegenheit, über mein baldiges Ableben und die Sünden der letzten Wochen nachzugrübeln, ein letztes, stummes Gebet in Freiheit zu sprechen und mich derart ins Unvermeidliche zu schicken, da hörte ich ein wohlvertrautes Poltern.

»Sieh an. Der Herr gehabt sich wohl.« Wie der Koloss von Rhodos stand Antonius breitbeinig in der Alten Stadt und rieb sich seinen Wanst. »Nun komm schon, keiner tut dir was.«

In der Tat sah es nicht danach aus. Vielmehr beeilte sich der Büttel, Antonius wie ein Höfling nach allen Regeln ärgster Unterwürfigkeit die paar Schritte bis zu mir hin zu geleiten, als sei der Kaiser oder mindestens einer der Reichsfürsten unterwegs zu mir. Er buckelte und dienerte so ausladend wie schwungvoll, wie ihm vermutlich niemand derartige Regsamkeit in Alter und Statur auch nur ansatzweise hätte zutrauen mögen. Den erlesensten Bückling freilich vollführte er unmittelbar neben mir, als Antonius ihm mit der Linken fünf Goldmünzen in die Handfläche zählte und ihm mit dem großspurigen Zusatz, diese sei ein Zehrgeld für seine fürsorgliche Umsicht, eine weitere zukommen ließ. Nicht nur dem Büttel rannen die Dankestränen aus den Augen, sein jüngerer Kumpan geriet in derart unvermutete Verzückung, dass er einen schon beinah bedrohlich wirkenden Schluckauf ins Leben rief. Kein Wunder, entsprach Antonius' Belohnung, die ja wohl eigentlich eher eine Bestechung war, ungefähr dem Doppelten, was ein Scherge so ein Lebtag lang verdiente.

Mir war noch längst nicht klar, welche Absicht Antonius mit derartiger Freigiebigkeit verfolgte, nur eines war ganz sicher: Fürs Erste war ich frei.

»Antonius, was geht hier vor?«

»Hier?« Er strebte auf die »Dicke Eiche« zu. »Was soll hier vorgehen? Man schätzt mich, mag mich, ach, was sag ich denn, man liebt mich.« Mit einmal wurde er ganz laut und tollte, trotz seines steifen rechten Armes, überschwänglich rum. »Kaum bin ich ein paar Tage hier, liebt und hofiert man mich schon in der ganzen Stadt. Was glaubst du wohl, woran das liegt?« Er machte es mir einfach, indem er seinen Säckel fürsorglich beklopfte. »Hast du dich nicht gefragt, warum du wie ein Freund am Tor erwartet wurdest? Warum du in die Sonne blinzeln und dämlich auf mich starren kannst? Das Spielchen ist ganz einfach. Und wahrlich sehr probat. Ich kauf mir Stück für Stück mit Bergs und Gelderns Münzen, was die sich einst gestohlen. Ich kauf mir Freunde, Einfluss, Macht. Seit nämlich ruchbar geworden ist, dass Graf von Geldern sich auf seinen Heimweg in den Höllenschlund begeben hat, gibt's nichts mehr zu befürchten. Ein Goldstück hier, ein Pfennig da, und schon bist du der Held, dem alle willig folgen.«

»Du willst behaupten, du bist kaum angekommen und hältst schon deine Schutzhand über mich?«

»Wenn niemand sonst die Pratzen nach dir ausstreckt? Der Vogt hat die letzten Tage doch auch nur mit dem Schwarzen Tod gelegen. Hast du nicht mitbekommen, dass heut früh gleich die ganze Besatzung vom Löwenhaus aus der Stadt gesprengt ist? Trotz allem. Meine Schutzhand ist das nicht! So weit reicht mir die Menschenliebe nicht. Na, jedenfalls nicht ganz. Seitdem das Weib dir bis nach Aachen nachgelaufen ist und dort von dem Mönch erfahren hat, den man mit seinem Goldwams fing, hat es mich ohne Unterlass getriezt. Sie ließ mir nicht mal Muße, den Weinschlauch auszusaufen, den teuren Portugieser! Jetzt komm und lass uns trinken.«

»Ich danke schön. Es ist noch nicht mal Abend.«

»Bestehst du drauf, dann lasse ich am Stift den Abend läuten.« Er feixte breit. »Weil ich seit Kurzem zaubern kann.«

Mit Widerwillen folgte ich dem Hünen in die »Dicke Eiche«. Im Schwadendunst der Wirtsstube wurde er mit nicht endendem Gejohle und Schulterklopfern überhäuft.

Noch eh Antonius bitten konnte, kam schon die Tischmagd mit einem Krug voll Wein und schenkte in Pokale ein.

»Hier weiß man, was man an mir hat.« Er zog die Magd mit ihren Kübelhüften wie selbstverständlich auf den Schoß. »Sag, seid ihr hier zufrieden mit eurem neuen Wirt?«

Statt einer Antwort schenkte ihm die Magd ein stürmisches Durchwuscheln seiner Mähne.

Antonius grinste breit. »Beim Dionysos, was für ein pralles Leben! Ich denke mal, dank Gelderns Spende kann ich getrost auf meinen Arm verzichten. Ich hab jetzt Hände überall.« Der Hüne stieß mit mir an, dass goldne Gischt aufschäumte. »Süß und würzig wie Muskat. Man sagt, in Avignon am Papsthof trinkt man genau den Gleichen. Lass uns Sorge tragen, dass des Klerus fromme Kehle trocken bleibt. Die sollen sich gefälligst in Heiligkeit mit Weihwasser bescheiden.«

Ich nippte nur, mir war zu flau, um jetzt auch noch zu trinken.

»Wenn du hier jetzt das Sagen hast, dann hätte ich gern ein Stück Brot.«

»Brot?« Antonius dröhnte auf. »Die Zeiten sind vorbei. Wer mit mir umgeht, der isst Braten. Und Kuchen. Spezereien.«

Schon war er weg und kam mit einem Holzbrett voll Schwelgereien zurück. Oh Antonius, du warst am Ziel. Du hattest deinen Aufruhr. Das Unterste war oben und alles umgestülpt. Dass der neue Reichtum mit Raub und Blut bezahlt war, stieß niemandem weiter auf. Der Bürger mag's behaglich und fragt nicht nach, woher.

Obwohl ich schon seit Tagen nichts mehr gegessen hatte, griff ich bescheiden zu. Mein Hunger war so rasch gestillt, dass selbst Antonius' Köstlichkeiten mich nicht zu mehr verlocken konnten. Noch ärger stand es um den Wein. Ich mengte ihn mit Wasser, zwei Tropfen auf den Kelch.

»Na sag mal, du gefällst mir gar nicht.« Antonius luchste mich überprüfend an. »Ah, ich ahne, was dich drückt.«

Er brauchte nicht zu ahnen, es stand mir im Gesicht.

»Du bist genauso fahrig und wuselig wie sie.« Rebecca! »Seit sie erfahren hat, dass Gelderns Vogt und seine Schergen dich am Tor in Aachen abgefangen und überrumpelt haben, hat das Weibsstück keine Ruhe mehr gegeben. Gleich musste ich zwei Pferde kaufen, und frag mich nicht, zu welchem Preis. Ich habe noch verhandelt, als sie mir schon die Münzen aus dem Beutel riss. Im Galopp hat sie mich hergehetzt, die Gäule lahmten schon! Und als nicht gleich ein Fährmann kam, verlangte sie ein Boot. Was will man machen? Die Weibsen rupfen dich mit Wonne und Behagen.«

»Dann ist Rebecca also hier?« Ich schrie es fast heraus.

»Beim Boot im Eder, wo sie kein Auge von der Lindentrappenpforte lässt – ob zufällig ein Mönchlein durchkommt, das auch noch Gilbert heißt.« Er zwinkerte mir zu und grinste in sich rein.

Das war genug, ich sprang schon auf. Doch Antonius hielt mich mit Eisengriff zurück.

»Bleib. Ich lasse nach ihr schicken.«

»Ich nehme dir dein Weib nicht weg.«

Antonius sah mich mit großen Augen an. Die wurden immer größer, bis sie zu Schlitzen schrumpften und sich mit Tränenwasser füllten. Der Riese brüllte los.

»Rebecca und mein Weib? Ja bist du noch gescheit, du Pinsel? Die ist doch voll von dir. Tag und Nacht hat sie die halbe Stadt bestochen, dass man dir ja kein Härchen krümmt. Wo sie doch selbst mit einem Fuß im Feuer steht.«

Mir wurden beide Knie weich. Ich musste mich fast stützen. »Antonius. Wie soll ich dir nur danken. Doch jetzt, jetzt muss ich los.«

»So weit kommt's noch.« Er riss mich schroff zu sich. »Dass du wieder alles verdirbst und durcheinanderbringst. Hast du denn nie gemerkt, du wirrer Tropf, wie furchtbar sie dich liebt? Wenn du mir danken willst, verlange ich nur eins: Versiegle bei Rebecca so lang dein einfältiges Maul, bis von allein herausquillt, was wirklich wichtig ist.«

Wie besessen rannte ich die Alte Stadt entlang, da kam mir schon Rebecca beim Bürgerhaus entgegen.

»Gilbert!« Der Wildfang sprang mit seinen raspelkurzen Haaren auf mich zu. »Was haben sie bloß mit dir angestellt?« Wie ein Wundscher auf dem Siechenplatz beim Schlachtfeld fingerte sie an meinen Knochen und Gelenken rum. Vergaß dabei das Atmen.

»Nichts, Rebecca. Nichts hat man mir angetan. Ich sah sie nur noch sterben. Geldern. Meinen Bruder Walter. Alle hat sie der Schwarze Tod geholt.«

»So gibt es doch Gerechtigkeit im Himmel?«

Die Frage zielte nicht auf mich. Ich sparte mir die Worte.

Für einen Augenblick erschien es mir, als wäre ich mit Rebecca aus unsrer engen Welt getreten. Dann spürte ich, wie Finger nach mir griffen, sie nahm mich bei der Hand.

»Komm, Gilbert. Komm. Ich warte schon so lange.«

So selbstverständlich zog sie mich mit sich, als wären wir dem gleichen Mutterschoß entsprungen. Wie zum Altar durchschritten wir die Pforte.

An der Landungsmole, im Eder, lag das Boot, eine Schnigge, die bis vor Kurzem noch einem Getreidehöker als Lieferkahn gedient hatte, wie die zahllosen leeren Hanfsäcke im Rumpf verrieten. Mit eingeholten Rudern dümpelte sie gleich am Steg, der Hilfsmast schief und offensichtlich morsch, samt Segel abgetakelt.

Gleich drängte Rebecca mich ins Boot und löste die Vertäuung.

»Rebecca … ich …?«

Mit beiden Händen verschloss sie mir den Mund. »Still, Liebster. Es gibt nichts mehr zu sagen. Es ist gut.«

Dann griff sie zu den Rudern, brachte uns mit fünf, sechs Schlägen in die träge Sommerströmung des Rheinbogens, holte die Riemen ein, bis das Boot gemächlich mit dem Fluss dahintrieb. Mit ruhiger Bestimmtheit, dabei unendlich zärtlich, schob sie mich von der Ruderbank auf die Planken herunter und legte sich zu mir.

Das kleine Regendach im Vorderteil des Rumpfes bot uns vor der Sonne Willkür Schutz.

Noch immer sprachen wir kein Wort, entdeckten uns mit Blicken.

Dann sah ich mich in ihr, und es geschah.

Sie löste ihr Gewand, das neu und prachtvoll war, und ließ es einfach gleiten. Wie selbstverständlich, als berge uns der Garten Eden, tat ich es ihr nach. Sie strahlte, lächelte mich an und zog mich nah zu sich.

»Du bist der Mensch, in dem ich mich verliere, der meine ungesprochnen Worte hören kann.« Endlich, endlich durfte ich es sagen.

Wie sacht, bedacht, mit daunenweicher Vorsicht, mein Weib sich zu mir beugte, wie leicht, wie schwebend, sich unsre Haut verband ... Da, ganz unvermittelt, im Firmament der Sehnens, sprang es mich stechend an und würgte mir das Herz ... Rebeccas peinvoll furchtbares Erschrecken, das sie sogleich verbergen wollte, mit Küssen überdecken ...

Nur einen Wimpernschlag im Augenblick vermochte ich zu ahnen, was jäh mein Glück bestürzte.

Es war etwas an mir.

Ohne es an mir selbst zu sehen, wusste ich gleich, was meine Liebe sah. Ich tastete und fühlte ... ich fühlte und ich wusste ... ich tanzte mit dem Tod.

Handbreit unterm rechten Ohr spürte ich die Verdickung ... wir mussten gleich an Land, bevor ... ich griff schon blindlings nach den Rudern ...

Da kam Rebecca über mich und nahm mich in sich auf. Ich wollte sprechen, sie beschwören, doch sie schloss mir verspielt mit ihren feenhaften Fingern die spröden Lippen zu.

Der Himmel über mir lag licht und unberührt von Wolken. Rebecca war mit mir, wir waren endlich eins auf unserm Fluss der Zeit.

Da sah ich Ihn. Da konnte ich Ihn sehen.

ER war so morgenschön und lächelte uns zu.

Der Novize **Gilbert** Breughel aus Gerresheim bei Düsseldorf entstammt im Unterschied zu seinen klerikalen Brüdern einfachsten Verhältnissen und steht jetzt, in seinem 22. Lebensjahr, vor den endgültigen Weihen im Kloster des Sankt Benedikt bei Mülheim.

Remigius, Gilberts Förderer und Lehrer, fungiert angesichts des eingesetzten Abtverwesers (weltlich eingesetzter Statthalter der Privilegien und Befugnisse einer Abtei) lediglich als Subprior (geistlicher Stellvertreter des Abts) des Klosters.

Walter, Gilberts älterer Bruder, dient Markus von Geldern als Trossvogt.

Markus, Zweitgeborener des **Grafen von Geldern** und gerade mal zwei Jahre älter als Gilbert, wurde mit den Pfründen eines Abtverwesers im Kloster Mülheim abgefunden. Begierig nach höheren Würden, dient er sich dem mächtigen Haus Jülich-Berg als Gefolgsmann an und wird als Prokurator der verwaisten Grafschaft Berg und Stadtprälat von Düsseldorf belehnt – Ämter, die Markus genügend Macht und Einfluss verschaffen sollen, nach der strahlendsten Krone im ganzen Reich zu greifen: dem Stuhl des Erzbischofs in Köln.

Rebecca, Gilberts Gefährtin aus Kindertagen und Tochter des Kleiderhändlers Issak Ben Baruch, ist nicht nur das Opfer eines Missbrauchs, sondern einer daraus resultierenden Intrige geworden, die sie auf den Scheiterhaufen bringen soll. Rebeccas Bruder **Aaron** flüchtet sich vor dem allgemeinen Judenhass in immer neue Träume.

Antonius von Baumberg, ein unbeherrschter Weltumarmer und Bastard eines Ritters, der sich zum Kopf der Vogelfreien aufgeschwungen hat, setzt alles daran, Rebecca für sich zu gewinnen.

Hubertus von Wipfling, ein gelernter Medikus, der sich der profitableren Alchimie und allerlei Scharlatanerie verschrieben hat, lebt als skrupelloser Genussmensch vom Aberglauben seiner Umwelt.